MOEWIG KRIMI

William X. Kienzle

# Requiem für einen Mörder

MOEWIG KRIMI

MOEWIG Band Nr. 2403
Verlag Arthur Moewig GmbH, Rastatt

Titel der Originalausgabe: ASSAULT WITH INTENT
Aus dem Amerikanischen von Joachim Körber


Umschlagentwurf und -gestaltung: Werbeagentur Zeuner, Ettlingen
Verkaufspreis inkl. gesetzl. Mehrwertsteuer
Auslieferung in Österreich:
Pressegroßvertrieb Salzburg, Niederalm 300, A-5081 Anif
Printed in Germany 1986
Druck und Bindung: Ebner Ulm
ISBN 3-8118-2403-1

## *Zum Buch*

Zwei katholische Priesterseminare geraten in die Schlagzeilen, als eine Reihe bizarrer Anschläge auf Professoren des Seminars verübt werden. Sei es Pech oder glücklicher Zufall, jedes Attentat mißlingt. Als auch Pater Robert Koesler zum Opfer wird, bezieht ihn die Mordkommission von Detroit in die Ermittlungen mit ein. Zwischen laufenden Kameras, Kabelrollen, Regie- und Produktionsassistenten einer Filmgesellschaft, die die ungewöhnlichen Vorgänge in den Seminaren als Spielfilm festhalten will, beginnt ein Wettlauf mit der Zeit: Wird es der Polizei und Pater Koesler gelingen, die Täter zu fassen, bevor einer der Anschläge Erfolg haben kann?

## *Zum Autor*

William X. Kienzle war 20 Jahre lang Gemeindepriester und in dieser Zeit mehr als 12 Jahre Chefredakteur des *Michigan Catholic,* ehe er als Direktor und Dozent für kontemplative Studien an die Universität von Dallas berufen wurde. Heute lebt Kienzle, ein Mann mit ausgeprägtem Humor, mit seiner Frau in Detroit, der Szenerie seiner Romane.

Das neueste Abenteuer Pater Koeslers ist eine Tour-de-force voll Slapstick-Komik, in der der Pater selbst in das Fadenkreuz eines unbekannten Killers gerät.

Als MOEWIG-Taschenbuch sind bereits erschienen:
6132 Der rote Hut des Todes
6127 Ein Rosenkranz für jede Leiche
2354 Dieses Mal hilft dir kein Gott
2379 Monsignores Tagebuch
In Vorbereitung:
2416 Scharlachrot – mausetot
2420 Schwarz ist die Farbe des Todes

Für Fiona

*in saeculorum saecula*

# 1

An dem Schädel fehlten mehrere Zähne. Die Lücken verliehen ihm ein noch unheimlicheres Aussehen, obschon er kaum etwas gebraucht hätte, um seine furchteinflößende Wirkung zu steigern. Der bloße Anblick eines menschlichen Schädels genügt oft, um einen empfindsamen Betrachter in schwermütige Stimmung zu versetzen. Er betont nicht nur die Vergänglichkeit menschlichen Lebens; in Verbindung mit überkreuzten Knochen versinnbildlicht er tödliches Gift. Der Schädel bildet Sitz und Schutz für das Gehirn, jenes Organ, das letztlich den Menschen ausmacht. Wessen Gehirn in dem Schädel enthalten gewesen war, blieb ein Geheimnis. Er war, zusammen mit dem dazugehörigen männlichen Skelett, seit Jahren im Besitz der Biologischen Fakultät des Sacred-Heart-Seminars. Als das Seminar vor mehr als einem Jahrzehnt aufgehört hatte, Biologie zu unterrichten, waren die verschiedenen Habseligkeiten der Fakultät in die Hände von einigen Studenten und Fakultätsmitgliedern gefallen, die sich wie Geier darauf gestürzt hatten.

Pater Leo Ward hatte den Schädel bekommen. Er hatte seine Pläne damit. Fast fünfzig Jahre lang unterrichtete er schon Englisch für alle vier Jahrgänge des Seminars. Sein Lieblingsthema war Shakespeare. Er achtete darauf, daß die Studenten, die bis zum College-Examen überlebten, alle Schauspiele und den größten Teil der Sonette kennenlernten.

Bis es ihm gelungen war, den Schädel aus dem todgeweihten Biologielabor herauszuholen, hatte Ward jedoch keinen Yorick gehabt. Er hatte allerdings nicht nur keinen Yorick, sondern auch keines der anderen Requisiten, die von den Stücken Shakespeares gefordert wurden. Aber Ward genoß es, die Studenten zu verunsichern. Wenige Methoden waren besser dazu geeignet, dieses Ziel zu erreichen, als einen jungen Mann dazu zu bringen, die Wunder von Shakespeares Englisch – für amerikanische Studenten des zwanzigsten Jahrhunderts praktisch eine Fremdsprache – zu rezitieren, während er gleichzeitig gezwungen war, einen Schädel in der Hand zu halten.

Heute hielt sich Yorick auf Wards unordentlichem Schreibtisch auf, weil die Oberstufe morgen damit beginnen sollte, die fünfte Szene des vierten Akts aus *Hamlet* zu lesen. Yorick tauchte erst in der ersten Szene des fünften Akts auf. Aber bis dahin waren es nur wenige Seiten, und selbst wenn sie morgen nicht bis Yorick gelangten, würde es herrlich sein, Yorick im Klassenzimmer zu haben, damit die Studenten sich bereits über den Schmerz im klaren werden konnten, der in Kürze über sie kommen würde.

Die einzige Beleuchtung in Wards Zimmer bildete eine Schreibtischlampe. An allen vier Wänden befanden sich vom Boden bis zur Decke Bücherregale. Das schwache Licht der Lampe spiegelte sich in den Glasschiebetüren vor den Regalen. Fast jeder Zentimeter des Bodens war mit Bücherstapeln vollgepackt. Das galt nicht nur für sein Wohnzimmer, sondern auch für sein Schlafzimmer: Bücher von einer Wand zur anderen, dazwischen schmale, labyrinthische Gänge. Nur in Wards Badezimmer gab es keine Bücher. Neben der Toilette allerdings befand sich ein Bücherstapel.

Es war 21 Uhr am 31. Oktober – Halloween. In der Turnhalle fand eine Party statt. Personal, Studenten, Angestellte, alle, die in den Myriaden Organisationen arbeiteten, die das Seminar beherbergte, und sogar ein paar Leute aus der Nachbarschaft des Seminars besuchten die Party – nicht jedoch Pater Leo Ward.

Er war fast sein ganzes Leben lang ein Einsiedler gewesen. Nun, da er sich seinem achtzigsten Geburtstag näherte, war sein Leben noch abgeschiedener geworden. Er lebte praktisch nur noch für seine Studenten und seinen geliebten Dichter.

In dem Absatz, der morgen aus *Hamlet* gelesen wurde, mußte die wahnsinnige Ophelia ihr zusammenhangloses Gestammel von sich geben. Ward stellte sich dafür sein eigenes Szenario zusammen. Er wollte dafür sorgen, daß William Zimmer, der typischste

Macho der Oberstufe, die Rolle der Ophelia lesen mußte. Da die Rollen täglich in der alphabetischen Sitzordnung der Studenten verteilt wurden, und da Ophelia die vierte Rolle war, die in der fünften Szene sprach, mußte Michael Totten die Königin und Andrew Umberg der Edelmann sein, dann Francis Wangler der Horatio und William Zimmer die Ophelia. Was für ein Spaß!

Pater Ward unterdrückte ein Lächeln. Jedes unwillkürliche Lachen wurde dadurch bereits im Keim erstickt. Seine Zähne, Opfer des hohen Alters, waren alle kariös. Deshalb versuchte er, sie niemals sichtbar werden zu lassen. Bei den seltenen Gelegenheiten, wenn er überrascht wurde – etwa von der lächerlichen Antwort eines Studenten – lächelte er, aber seine Lippen, die er dann mit den Händen abschirmte, teilten sich niemals. Gelegentlich dachte er darüber nach, daß er, wenn die Zeit gekommen war, da er seine irdische Bürde ablegen durfte, nicht halb so gut aussehen würde wie Yorick.

Nun war für morgen alles vorbereitet, und er sollte schon seit einer Stunde im Bett sein. Gewöhnlich ging er um acht Uhr schlafen, damit er um fünf Uhr aufstehen und seine Messe lesen konnte – bei weitem die früheste im Seminar.

Die Sommerzeit war am vergangenen Sonntag zu Ende gegangen; es war jetzt bereits dunkel. Also blieb ihm nur noch eine Aufgabe, bevor er schlafen ging: Er würde Yorick ins Klassenzimmer bringen, wo die Studenten ihn am Morgen strahlend vorfinden würden. Er drückte seine Zigarre aus – die fünfzehnte heute –, stand auf und rückte die schwarze Soutane zurecht, damit sie an seinem gebrechlichen Körper nicht zu sehr schlotterte.

Mit Yorick in der linken und einer großen Taschenlampe in der rechten Hand, verließ er sein Gehäuse und machte die Tür hinter sich zu. Der Flur war lang, schmal und verlassen. Er wurde nur spärlich von den Scheinwerfern draußen erhellt, die das Gelände des Seminars beleuchteten, um mögliche Einbrecher abzuschrekken.

Pater Ward schaltete die Taschenlampe ein und richtete in einer verzauberten Stimmung ihren Strahl auf Yorick. Er begann, leise Hamlets Monolog zu rezitieren. „*Ach*“, intonierte er aus dem tadellos funktionierenden Gedächtnis, *„armer Yorick! Ich kannte ihn, Horatio, ein Bursche von unendlichem Humor, voll von den herrlichsten Einfällen. Er hat mich tausendmal auf dem Rücken getragen, und jetzt, wie schaudert meiner Einbildungskraft davor! Mir wird ganz übel.*“

Wie immer wurde Ward von der verblüffenden Schönheit der Sprache Shakespeares mitgerissen. *„Hier hingen diese Lippen, die ich geküßt habe, ich weiß nicht, wie oft. Wo sind nun deine Schwänke...* Oh, ich bin ja schon da!“

Ganz im Bann seines Shakespearevortrags befangen, hatte Ward das Ende des Flurs erreicht. Rechts befand sich der Korridor, der zur Vorderfront des Gebäudes führte, und unmittelbar danach die Treppe, die er zu seinem Klassenzimmer im ersten Stock hinabgehen wollte.

Plötzlich trat eine Gestalt aus dem Schatten neben der Empore zu seiner Linken.

Ihr Erscheinen erschreckte Ward so sehr, daß er sich erst viel später an Einzelheiten erinnern konnte, etwa an deren Größe – einen Meter achtzig; Stimme – männlich, obgleich ziemlich hoch; Kleidung – schwarzer Mantel und Hut, und möglicherweise ein Strumpf über dem Gesicht, um die Züge unkenntlich zu machen.

Im Augenblick jedoch achtete Ward hauptsächlich auf das lange, bedrohlich wirkende Messer, das die Gestalt in der erhobenen Hand hielt. Das Licht von Wards Taschenlampe spiegelte sich in der Klinge.

„Oh! Um Himmels willen!“ stieß Ward hervor. „Was geht hier vor?“

Instinktiv hatte er, um seinen Angreifer auf Distanz zu halten, angefangen, in der Luft herumzufuchteln, während er gleichzeitig zurückwich. Jedesmal, wenn Wards Hände in der Luft aneinander vorbeiglitten, beleuchtete der Strahl der Taschenlampe in seiner rechten Hand den Schädel in seiner linken.

Als der Angreifer auf den zurückweichenden Ward zuging, erblickte er Yorick. „Zum Teufel! Zum Teufel! Zum Teufel!“ Mit jedem Fluch wurde die Stimme des Mannes schriller. Er ahmte

Wards Bewegungen nach; seine behandschuhten Hände ruderten durch die Luft. Im kreisenden Licht der Taschenlampe schienen die beiden einen bis dato noch unentdeckten Disco-Tanz zu erproben.

Tatsächlich aber versuchte der Angreifer, Ward die Taschenlampe und den Schädel aus den Händen zu schlagen. Nach etwa einem Dutzend Paddelbewegungen gelang ihm das. Die Taschenlampe fiel nach unten, der Schädel flog in die Höhe.

Ward verlor das Gleichgewicht und kippte nach hinten. Die Taschenlampe, der Pater und der Schädel schlugen nacheinander auf dem Boden auf. Als Ward beim Aufprall die Füße hochriß, trat er gegen den Arm des Angreifers, der das Messer hielt, und katapultierte die Waffe in die Dunkelheit des Flurs. Das Messer prallte mit dumpfem Knall gegen die Tür einer Toilette und blieb im weichen Holz stecken. Aus den Augen, aber nicht aus dem Sinn.

„Wo, zum Teufel, ist das verdammte Ding hin?“ heulte der Angreifer. „Zum Teufel! Man sollte denken, ich könnte wenigstens...“ Der Satz verhallte, als die Gestalt sich unvermittelt umdrehte und stolpernd die Treppe hinunter flüchtete.

„Beim Geist des großen Cäsar!“ Pater Ward saß auf dem Boden, rieb sich den schmerzenden Kopf und wartete darauf, daß sein rasender Herzschlag sich verlangsamte und der Blutdruck wieder normal wurde.

Es war zweifellos ein Student gewesen.

Aber welcher? Ward hatte keinerlei Hinweise. Nun, überlegte er, gegen Halloweenstreiche war grundsätzlich nichts einzuwenden, aber der hier war denn doch ein wenig zu weit gegangen.

Als sich seine Adrenalindrüsen wieder beruhigt hatten, begutachtete er den Schaden. An seiner Person schien nichts gebrochen zu sein. Er suchte nach seiner Brille. Der Metallbügel war verbogen, aber das ließ sich leicht korrigieren. Er griff nach der großen Taschenlampe und leuchtete herum. Der Strahl erfaßte das Messer, das keine fünfzig Zentimeter über seinem Kopf in der Tür steckte. Er erschauerte.

Schließlich fand der Lichtstrahl Yorick. Er hatte zwei weitere

Zähne verloren. Ward bedauerte diesen Verlust nur flüchtig. Das macht Yorick noch verwegener, dachte er – und, nach dem heutigen Versuch, ihn zu verletzen, wenn nicht gar zu töten, noch grauenerregender.

„Die Aufklärung? Äh... mir ist nicht klar, was die Aufklärung damit zu tun hat", sagte Pater Phil Merrit.

„Das liegt doch auf der Hand, Phil", gab Pater Paul Burk zurück. „Das Zeitalter der Aufklärung markiert ziemlich genau den Anfang vom Ende der kontemplativen Annäherung an die Realität in der westlichen Zivilisation."

„Diese Bemerkung ist so klar wie die Erbsensuppe hier", sagte Merrit und deutete mit dem Löffel in seinen Teller.

Die Lehrer und das Personal des Sacred-Heart-Seminars speisten, ebenso wie andere, die in dem Gebäude arbeiteten, und auch Besucher, in einer ehemaligen Veranda im zweiten Stock. In die gemauerten Bögen waren Isolierglasscheiben eingesetzt worden, um die Veranda abzudichten.

Merrit unterrichtete Englisch. Burk unterrichtete nicht nur Philosophie, er war selbst beinahe ein Philosoph.

„Betrachte es historisch, Mann", fuhr Merrit fort. „Das goldene Zeitalter der Kontemplation war das zwölfte Jahrhundert. Nun, äh... wir im Westen begannen bereits im vierzehnten Jahrhundert, unsere intuitiven Werte zu verlieren."

„Was keinesfalls bedeuten soll, daß es in neuerer Zeit keinerlei Kontemplation mehr gegeben hat", steuerte Pater Robert Koesler bei. „Zu erwähnen wäre selbstverständlich Thomas Merton, C. S. Lewis, Thoreau, und T. S. Eliot."

Koesler gehörte nicht ständig zum Lehrerkollegium. Er hatte einen einzigen Kurs zum Thema Kommunikation, und dies aufgrund seiner zwölfjährigen Erfahrung als Chefredakteur des *Detroit Catholic*, der wöchentlichen Zeitung der Erzdiözese von Detroit. Aber diese Stelle hatte Koesler nicht mehr inne. In den vergangenen Jahren war er Pfarrer der Gemeinde St. Anselm's im Vorort Dearborn Heights gewesen.

„Ganz recht, Bob." Burk gestikulierte kühn mit der Gabel, eine Gewohnheit, die seine Eßnachbarn stets nervös machte. Er wandte sich an Merrit, der sich schutzsuchend vor der Gabel zurückbeugte. „Ich möchte deinen Ausführungen über das zwölfte und vierzehnte Jahrhundert nicht widersprechen. Aber es waren die Aufklärung und ihre Folgen – Wissenschaft und Industrielle Revolution –, die der kontemplativen Betrachtung der Realität ein empirisches Ende bereiteten."

„Oh, nun, äh... wenn man es natürlich so betrachtet..."

„Was meinst du mit Wissenschaft?" fragte Koesler.

„Ich wollte damit ausdrücken, daß die Wissenschaft die ausschließliche Quelle für Lösungen aller Probleme der Menschheit wurde." Da er nicht mehr in ein Streitgespräch vertieft war, senkte Burk, ganz Lehrer, besänftigt die Gabel. „Die Wissenschaft förderte die Industrielle Revolution und deren materieller Erfolg stützte die Anliegen der Wissenschaft. Seither fragen wir uns nur noch 'Wie' und nicht mehr 'Wozu'. Damit sind wir durchgekommen, bis in die jüngste Zeit, als uns Energie, Kraft und moralische Integrität ausgingen."

Während dieser Unterhaltung gesellte sich Pater Edmund Sklarski zu der Gruppe. Er hörte mit wenig Interesse zu und begriff anscheinend ebenso wenig. Seine einzige Absicht war es, irgendwann in das Gespräch einzugreifen und es, wenn möglich, an sich zu reißen. Er spielte niemals den stummen Gast.

„Es ist meine Erfahrung", sagte Sklarski schließlich salbungsvoll, „daß die Feder mächtiger als das Schwert ist..." Er zögerte und suchte nach einem Aufhänger. „Aber der Glaube kommt vom Hören", endete er triumphierend.

Unbehagliches Schweigen senkte sich über die Gruppe.

Sklarski war erst kürzlich aus dem Ruhestand zurückgeholt worden – ein deutliches Anzeichen für die Priesterknappheit –, um im Seminar Rhetorik zu unterrichten. Er konnte zwar ein oder zwei Tips beisteuern, wie man Predigten verfaßte und vortrug, aber was alles andere anbelangte, neigte Sklarski dazu, vage und unbestimmt zu sein. Er war ein Mann, der sich fast völlig von

Stimmungen leiten ließ. Seine Studenten bemühten sich stets nach besten Kräften, ihn bei guter Laune zu halten, da er sonst furchtbar werden konnte.

Burkes Verwirrung über Sklarskis *non sequitur*, die er mit offenem Munde kund tat, löste sich in herzliches Lachen auf. „Vollkommen richtig, Ed. Der Glaube kommt vom Hören. Und die Katholiken in dieser Erzdiözese werden gar nichts hören, wenn du dem Jungvolk nicht das Sprechen beibringst."

Burk hatte Sklarskis Hinweis aufgegriffen. Nun war Sklarski Teil der Unterhaltung. Während des heutigen Mittagessens würde die Unterhaltung niemals wieder um den Niedergang der Kontemplation kreisen.

„Ging gestern in den Drugstore." Sklarski strebte bereits nach der rhetorischen Vorherrschaft. „Ja, ging gestern in den Drugstore, ging in die pharmazeutische Abteilung und verlangte eine Flasche medizinischen Alkohol. Und dann, ich weiß nicht warum, einfach so aus Spaß" – er machte eine Pause, um die Wirkung zu steigern und aller Aufmerksamkeit auf sich zu lenken – „zwinkerte ich. Nun, der Mann an der Kasse grinste von einem Ohr zum anderen und zwinkerte auch. Also wartete ich. Tatsächlich kam er wenig später mit einer Flasche Canadian Club zurück. Ich zog sofort vom Leder: 'Wie können Sie es wagen, Sir!' sagte ich. 'Hier stehe ich und möchte medizinischen Alkohol, um meinen armen kranken Vater einzureiben. Und Sie, Sir, Sie bringen mir ein Genußmittel! Mir, Sir, einem Mann der Kirche!' Nun, die anderen Kunden sahen alle auf und verfolgten, was sich da abspielte. Der Mann entschuldigte sich vielmals und versuchte gleichzeitig, mich zum Schweigen zu bringen. Und wißt ihr, was das Tollste war?"

Sein Publikum bekundete kollektives Unwissen.

„Er gab mir den C. C. und den medizinischen Alkohol dazu umsonst!"

Alle lachten.

„Die Wunder hören niemals auf, nicht wahr?" bemerkte Koesler.

Sklarski entdeckte einen großen Behälter mit einer dunklen Flüssigkeit auf der Theke. Es war Fruchtsaft. Aber was für einer? Er winkte einen der Studenten an den Tisch.

„Äh..." Sklarski kannte fast keinen beim Namen.

„Leonard Marks", antwortete der dickliche Student.

„Äh, ja – Marks. Was für einen Fruchtsaft haben wir heute?"

Marks betrachtete den Behälter. Er hatte keine Ahnung, was für ein Saft es war. Aber er sah wie Traubensaft aus.

„Traubensaft", sagte Marks entschieden.

„Äh, ja, gut. Ich nehme ein Glas, Leonard."

Marks schenkte ihm sorgfältig ein großes Glas Loganbeerensaft ein und reichte es Sklarski, der es in einem Zug kippte.

Sklarskis Gesichtsausdruck wechselte von Freude über Überraschung zu Zorn.

„Das ist kein Traubensaft!" brüllte er beinahe, als er das Glas auf den Tisch stellte, „das ist Galle! Von nun an, Mr., äh..."

„Marks", lautete die bebende Antwort.

„Marks, haben Sie meine Erlaubnis, den Fruchtsaft vorzukosten, damit sich eine solche Katastrophe nicht noch einmal wiederholt!"

„Ja, Sir... äh, ja, Euer Gnaden... äh, ja, Pater.."

Wie rasch sich alles verändern konnte! Betretenes Schweigen senkte sich über den Tisch.

Koesler, der seine Mahlzeit beendet hatte, bemerkte Pater Leo Ward, der allein an einem kleinen Tisch saß. Das war nicht ungewöhnlich. Die meisten Lehrer und Mitarbeiter respektierten Wards Wunsch, allein zu sein. Koesler dagegen deutete Wards Einsiedelei richtig als Verteidigung eines schüchternen Mannes. Er entschuldigte sich und ging zu Wards Tisch.

„Welches Schauspiel!" Er nickte in Richtung des immer noch schäumenden Sklarski.

Ward betrachtete den jüngeren Priester, der ihm gegenüber Platz nahm. Willkommen flackerte in seinen stahlgrauen Augen. „Ja, das kann man wohl sagen." Ward genierte sich ebenfalls nicht, Studenten in aller Öffentlichkeit zu maßregeln, aber er konnte Sklarski, der alles andere als ein Akademiker war, nicht besonders leiden. „Er ist ein Dummkopf."

„Marks?"

„Ja. Er kann einfach nichts richtig machen. Vor Jahren hätte er bestenfalls ein oder zwei Semester durchgehalten. Aber jetzt, da Priester immer knapper werden..."

Er mußte den Satz nicht beenden. Die Knappheit an kirchlichen Würdenträgern lag weniger daran, daß Priester, Nonnen und Brüder ausschieden, als daß kaum junge Leute nachkamen.

„Der Markt ist knapp", stimmte Koesler zu. Er erinnerte sich an seine Zeit im Seminar, in den vierziger und fünfziger Jahren – eine Zeit, als Priester von Macho-Darstellern wie Pat O'Brien, Gregory Peck und Humphrey Bogart gespielt wurden. Damals waren die Seminare überfüllt gewesen, und nur wenige, die in der neunten Klasse eintraten, hielten vier Jahre High School, vier College und weitere vier Jahre Theologiestudium durch.

Nun hatte das Sacred-Heart-Seminar seine High School geschlossen; im College wurden weniger als vierzig Studenten unterrichtet, und im Theologischen Seminar St. Joseph's noch weniger.

Ward hatte kaum zu Ende gegessen, als Marks Gefährte, ebenfalls ein Student, der als Kellner fungierte, ihm den Teller wegnahm und rasch durch Kaffee ersetzte.

„Andererseits", sagte Ward, als der junge Mann wieder seinen Posten einnahm, „gibt es Studenten wie William Zimmer. Er allein könnte fast dafür sorgen, daß man den Glauben an die Zukunft des Priestertums nicht verliert."

„Ja, er ist etwas Besonderes, nicht wahr?" Koesler sah durch den Saal zu Zimmer, der groß und aufmerksam neben dem erschütterten Marks stand.

„Entstammt einer guten Familie", sagte Ward, „ein hervorragender Student und ein Muster von einem Mann."

„Schöne Stimme, überdurchschnittlicher Musiker", setzte Koesler den Lobgesang fort, „guter Sportler, höflich und bescheiden. Und die anderen Studenten merken seine Besonderheit, nicht wahr? Ich meine, niemand ist auf ihn eifersüchtig – oder?"

„Nicht, daß ich wüßte. Sie scheinen ihm zu vertrauen. Er weiß wahrscheinlich mehr über alles Bescheid, was hier vor sich geht, als die ganze Fakultät zusammen. Er wird einen prächtigen Priester abgeben."

Als Koesler von dem jungen Mann wieder zu seinem Tischnachbarn blickte, bemerkte er zum erstenmal eine Schwellung an dessen Stirn und eine verbogene Stelle im Gestell seiner Brille.

„Sagen Sie", fragte Koesler und sein Tonfall war besorgt, „was ist denn mit Ihnen passiert, Pater? Sie sind doch nicht gegen eine Tür geprallt?"

Ward errötete. Es gefiel ihm nicht, wenn er im Mittelpunkt des Interesses stand. Fast entschuldigend erzählte er sein haarsträubendes Halloweenabenteuer.

„Haben Sie mit jemandem darüber gesprochen?" fragte Koesler.

„Aber nein. Ich wollte keinen unnötigen Ärger verursachen. Schließlich ist ja nichts passiert. Niemand wurde ernstlich verletzt."

„Ernstlich verletzt! Das hörte sich ganz nach einem Mordversuch an!"

Ward zögerte, als wollte er seine Worte sorgfältig abwägen. „Ich habe keine Angst vor dem Sterben", sagte er schließlich.

Koesler überlegte, daß jeder, der so etwas sagte, nachdem er beinahe eines gewaltsamen Todes gestorben war, es ernst meinen mußte.

„Angenommen", führte Koesler aus, „derjenige, der die Tat begangen hat, wollte gar nicht Sie als Opfer haben. Angenommen, er wartete einfach auf dem Flur auf den ersten, der vorbeikam? Angenommen, er versucht es noch einmal? Angenommen, er bringt tatsächlich jemanden um?"

„Daran hatte ich gar nicht gedacht."

Koesler zögerte, sich in das Privatleben des zurückgezogenen Mannes einzumischen, aber er war zutiefst schockiert darüber, daß es jemand fertigbrachte, einen harmlosen alten Priester anzugreifen.

„Sie haben keine Ahnung, wer es war?"

„Nein, keine. Es war so dunkel. Ich konnte nicht gut sehen. Und dann verlor ich die Brille..."

„Gibt es jemanden, der einen Groll gegen Sie hegen könnte? Oder gegen ein anderes Fakultätsmitglied, das Sie kennen?“

„Einen Groll? Nein, da fällt mir keiner ein.“ Er zögerte. „Es gibt zwar immer wieder Studenten, die wütend auf ihre Lehrer sind. Aber das ist schon seit der allerersten Unterrichtsstunde der Menschheit so. Und dann gibt es Angestellte, die nicht damit zufrieden sind, wie sie behandelt werden, oder die entlassen wurden. Aber ich kenne keinen, der einen Groll gegen mich hegen würde. Natürlich kann ich für keinen der anderen Lehrer sprechen.“

„Nun“, bohrte Koesler weiter, „ist so etwas schon einmal vorgekommen? Ich meine, bei Ihnen oder anderen, von denen Sie wissen? Wütende Worte? Eine drohende Geste? Sogar ein Angriff?“

Ward überlegte. „Nein. Ich glaube nicht. Nein, nichts, das auf Gewalt hindeuten würde.“

Koesler, der nicht vorschnell zu Schlußfolgerungen kam oder übereilt handelte, war eindeutig besorgt.

„Offen gesagt, Pater, ich mache mir Sorgen. Jemand hat Ihnen aufgelauert – zumindest aber einem Mitglied der Fakultät. Jemand mit einer tödlichen Waffe. Nichts hat den Angriff provoziert. Wären nicht eine Reihe außergewöhnlicher Zufälle gewesen, hätte er Sie vielleicht umgebracht. Wer auch immer es sein mag, er hat offensichtlich ein Problem, und er ist immer noch auf freiem Fuß – er könnte es wieder probieren. Ich denke, wir sollten damit zur Polizei gehen. Würde es Ihnen etwas ausmachen, Pater, wenn ich an Ihrer Stelle Kontakt aufnehme?“

„Wenn Sie es für richtig halten, Pater, nur zu.“ Wieder zögerte der ältere Priester. „Es wird doch nichts an die Öffentlichkeit dringen?“

„Ich glaube nicht. Ich habe Freunde bei der Polizei; ich werde sie bitten, so unauffällig wie möglich vorzugehen.“

Damit entschuldigte sich Koesler und fuhr zum Polizeihauptquartier von Detroit. Er fürchtete, daß keiner im Sacred-Heart-Seminar mehr seines Lebens sicher war, solange sich ein potentieller Mörder auf freiem Fuß befand.

# 2

Pater Koesler saß auf einer Bank auf dem Flur im fünften Stock des Polizeihauptquartiers. Seine Gedanken wanderten ungehindert. Manchmal glaubte er, daß er es in der Kunst des Tagträumens zur Meisterschaft gebracht hatte.

Ein großer, gut gekleideter Farbiger ging vorbei. Er trug einen in Plastik eingeschweißten Ausweis der Polizei; Koesler vermutete, daß er ein Detektiv war. Im Vorübergehen sah der Mann Koesler an. Er hatte einen dunklen Aktenkoffer bei sich. Darauf stand in Gold ein einziges Wort: „Tibbs."

Koesler dachte darüber nach. Er hatte zwei Filme gesehen, in denen Sidney Poitier einen schwarzen Polizeibeamten namens Tibbs dargestellt hatte. Koesler kam zu dem Ergebnis, daß es sich um einen Scherz handeln mußte. Das deutete darauf hin, daß selbst die Mitglieder der Detroiter Mordkommission Humor besaßen.

Koesler war mit seinen Gedanken schon wieder weit entfernt gewesen, als er plötzlich einen kräftigen Mann bemerkte, der neben der Bank stand und geduldig darauf wartete, daß der Priester wieder aus dem Land der Erinnerung zurückkehrte.

„Pater Koesler", sagte der strahlende Inspektor Koznicki, „woher haben Sie gewußt, daß mein Tag so übel war, daß ich Sie brauchte, um ihn ein wenig zu erhellen?"

Koesler stand auf, um den Inspektor zu begrüßen. Walter Koznicki war noch etwas größer als der Priester, zudem kräftiger gebaut. „Überlebensgroß" war zwar ein Klischee, beschrieb Walter Koznicki jedoch zutreffend.

„War es wirklich ein so schlechter Tag?" fragte Koesler, während er in Koznickis Büro geführt wurde.

„Wir haben gerade wieder eine ermordete Schülerin gefunden."

Koznicki sprach von einer Mordserie, die von den Medien im grellsten Licht dargestellt wurde.

„Sind Sie sicher, daß sie dazugehört?"

„Es war der Ripper, daran kann kein Zweifel bestehen."

Koesler fragte nicht danach, was das Markenzeichen war, welches der Polizei mit solcher Treffsicherheit verriet, daß es die Tat des Rippers sein mußte. Das war Sache der Polizei – jedenfalls, bis der Fall abgeschlossen und erledigt war.

„Aber was führt Sie her, Pater?"

„Es ist mir fast peinlich, Ihnen das zu sagen. Mit dem schrecklichen Tod dieses armen Mädchens verglichen, scheint es bedeutungslos zu sein."

Koznicki gestikulierte mit einer Hand, als wollte er seinen Schreibtisch leer fegen. „Das macht gar nichts, Pater. Wir sind darauf eingerichtet, mehr als einen Fall gleichzeitig zu untersuchen."

Koesler und Koznicki hatten sich angefreundet, als sie bei verschiedenen Ermittlungen zusammen arbeiteten, welche die katholische Gemeinden der Stadt betrafen. Daher hätte der Besuch des Priesters auch einen rein freundschaftlichen Charakter haben können, wenngleich das in der Umgebung des Hauptquartiers unwahrscheinlich war.

„Oh, ja", beeilte sich Koesler zu versichern. „In jedem Fall denke ich, daß ich an die richtige Adresse gekommen bin."

„Wenn Sie Zweifel haben, Pater, dann erzählen Sie mir, was Sie auf dem Herzen haben, und lassen Sie mich entscheiden."

Koesler wiederholte die Geschichte, die Pater Leo Ward vor ein paar Stunden erzählt hatte. Während er sprach, lehnte sich Koznikki in seinem Sessel zurück und überkreuzte die Hände über seinem nicht unerheblichen Bauch. Lediglich seine Augen, die ab und zu rasche Blicke von der Tischplatte zum Gesicht des Priesters warfen, verrieten sein wachsendes Interesse an der Sache.

Nach einer Weile beendete Pater Koesler die getreuliche Wiedergabe des Angriffs auf Pater Ward und Yorick.

„Wann war das, Pater?"

„Vor ein paar Tagen. An Halloween, um genau zu sein."

„Und bis heute ist es nicht gemeldet worden?"

„Nein." Koesler zögerte. Es hätte geholfen, hätte Koznicki gewußt, was für ein Mensch Ward war. „Sehen Sie, Pater Ward ist ein sehr zurückhaltender Mensch. Es ist wahrscheinlich schwer zu verstehen, aber er wollte einfach niemandem Probleme bereiten."

„Probleme bereiten!" Koznicki zog eine Braue hoch. Für ihn war das eine außerordentliche Geste. „Könnte es möglicherweise einer der Studenten gewesen sein?"

„Der Pater hat keine Ahnung."

„Was denken Sie?"

„Ich habe auch keine Ahnung."

„Es kann nicht nur ein Scherz gewesen sein – ein Halloweenstreich? Sie sind überzeugt, daß der Angriff ernst gemeint war?"

„Ich weiß nur, daß Pater Ward einen Bluterguß hat, seine Brille ist verbogen, und daß sich laut Pater Ward, der nicht zu Übertreibungen neigt, ein gefährlich scharfes Messer in der Tür dicht neben seinem Kopf befand – ein Messer, das, anders als die Vision der Lady Macbeth, durch und durch real war."

Der Inspektor nickte und nahm das zur Kenntnis.

„Wie sind die Sicherheitsvorkehrungen im Seminar?"

„Nicht schlecht, würde ich sagen. Tag und Nacht Wachen. Sie vergewissern sich, daß Fenster und Türen verschlossen sind. Aber in der Nachbarschaft grassiert das Verbrechen, und es sind viele Türen und Fenster..." Koesler verstummte.

„Nun, Pater, wir scheinen hier etwas zu haben, das zwischen Tätlichkeit und Mordversuch liegt. Außerdem scheinen Sie an der falschen Stelle zu sein. Derartige Ermittlungen sollten in jedem Fall beim zuständigen Polizeirevier beginnen." Koznicki holte eine Karte aus der Schreibtischschublade. „Mal sehen – Ecke Chicago Boulevard und Linwood? Am Rand der Unruhen von 1967?"

Koesler nickte.

Koznickis suchender Finger ließ sich auf einem Punkt am westlichen Rand der Karte nieder. „Das wäre das zehnte Revier. Ich kenne die Beamten; sie haben ein paar ausgezeichnete Männer dort. Ich kann Sie weitervermitteln, kurz anrufen..."

„Ich hatte gehofft", unterbrach ihn Koesler schüchtern, „ich meine... ich wußte nicht, unter wessen Kompetenz das fallen würde. Ich kam wohl instinktiv hierher. Mir scheint klar zu sein, daß jemand versucht hat, Pater Ward zu töten. Nun, Sie sind der Chef der Mordkommission und Pater Ward ist ein so zurückgezogen lebender Mensch. Ich hatte gehofft, Sie würden imstande sein..." Koesler verstummte im Satz.

Koznicki lächelte und winkte wieder mit der Hand. „Gute Freunde müssen nur bitten, Pater. Selbstverständlich können wir uns darum kümmern. Wenn Sie nur einen Augenblick warten wollen, dann rufe ich das Revier an und teile dort mit, daß wir mit den Ermittlungen beginnen. Ich glaube, Lieutenant Harris ist frei. Wir holen nur unsere Mäntel und gehen gleich mit Ihnen."

„Mit mir?"

„Selbstverständlich. Wir sind dabei, eine Ermittlung in einem Seminar durchzuführen, einem Knotenpunkt katholischen Lebens. Sie wissen besser als jeder andere Bescheid, warum und wie Katholiken in Detroit morden oder ermordet werden. Sie möchten doch sicher nicht von den Ermittlungen ausgeschlossen werden?"

„Das möchte ich ganz sicher. Mit den Worten des verstorbenen Sam Goldwyn: 'Laßt mich aus dem Spiel.' Ich möchte nicht schon wieder in Mordermittlungen verwickelt werden. Nicht einmal, wenn es sich nur um versuchten Mord handelt. Ich werde Sie gern Pater Ward vorstellen. Aber danach werde ich in meine friedliche Gemeinde fliehen, wo ich mich um die Sakramente kümmern werde, während Sie die Verbrechen aufklären."

„Zu schade." Koznicki lächelte.

„Warum?"

„Lieutenant Harris wird sehr enttäuscht sein, daß Sie nicht zum Team gehören."

„Glaube ich aufs Wort", erwiderte Koesler, der sich noch an Harris' Mißvergnügen erinnern konnte, einen Priester als zusätzliche Last bei den Ermittlungen in einem Mordfall dabeizuhaben. „Das glaube ich Ihnen aufs Wort."

Pater Phil Merrit stürmte im wahrsten Sinn des Wortes den Flur entlang. Er hatte eine stramme Gangart angeschlagen und paffte hektisch an einer Zigarette; seine Soutane wehte hinter ihm her. Seine Bewegung erinnerte an eine Dampflokomotive.

Pater Merrit hatte an diesem Nachmittag Unterricht. Nach dem morgendlichen Unterricht und dem Mittagessen waren die Studenten meist groggy. Hinzu kam, daß ihm sein Magengeschwür am Nachmittag stets die größten Schmerzen bereitete. Dennoch befand er sich eiligst auf dem Weg zu einer Klasse, wo er versuchen würde, eine Gruppe von jungen Männern Englisch beizubringen, von denen viele der Meinung waren, allein ihr Vermögen, die Sprache zu sprechen, egal wie schlecht, qualifiziere sie bereits für die höheren Semester.

In dem Augenblick, als die Glocke läutete, ging er durch die Tür. Rauch strömte aus seinen Nasenlöchern. Er drückte die Zigarette im Aschenbecher auf seinem Pult aus. „Im Namen des Vaters, und des Sohnes, und des Heiligen Geistes..."

Merrit sprach das Gebet, als zürne er dem Herrn. Aber diese Aura des Zorns war Muttermilch für ihn.

Nachdem das Gebet gesprochen war, nahmen die Studenten lautlos Platz und richteten schweigend ihre Bücher her. In einer Klasse, die Merrit unterrichtete, herrschte selten eine frivole Atmosphäre.

„Meine Herren." Merrits eckiges Gesicht schien zusammengedrückt zu werden, als sei er auf einem Fernsehschirm und jemand würde an der Horizontaleinstellung drehen. „Meine Herren, äh... ich glaube, die Aufgabe lautete, ein Gedicht zu schreiben."

Rascheln, während die Studenten ihre Hausaufgaben hervorkramten. Einige duckten sich; jeder hoffte, daß er nicht aufgerufen werden würde.

„Äh... Wygoski..."

Er hatte einen der Geduckten erwischt.

„Lesen Sie Ihr Gedicht vor."

Herbert Wygoski stand widerstrebend auf und hielt mit einer leicht zitternden Hand ein Papier fest.

„Äh... wie lautet der Titel Ihres Gedichts, Wygoski?"

„Zapfenstreich sind die Stimmen der Nacht."

Kurze Pause. „Äh... Wygoski, heißt es 'die Stimmen' oder 'die Stimme'?"

„Nun, es heißt wohl 'die Stimme', aber ich dachte, 'die Stimmen' klingt besser."

Wieder eine Pause. „Äh... Wygoski, wie weit kann dichterische Freiheit gehen?" Offensichtliches Mißfallen. „Lesen Sie das Gedicht vor, Wygoski!"

Wygoski las sein aus zwei Strophen bestehendes Gedicht vor. Danach folgte längeres Schweigen.

„Meine Herren, äh... das war ein perfektes Beispiel für Primanerlyrik." Noch offensichtlicheres Mißfallen. „Setzen Sie sich, Wygoski."

Ein völlig am Boden zerstörter, knallroter Wygoski schlich wie ein geprügelter Hund auf seinen Platz.

Und dieser Kerl erwartet wahrscheinlich, daß ich irgendwann wieder ein Gedicht schreibe, grübelte er finster vor sich hin.

*„Ich will nicht mit ihr sprechen"*, las Michael Totten.

Pater Leo Ward machte es nichts aus, am Nachmittag zu unterrichten. Inzwischen war das Unterrichten sein Lebensinhalt. Noch ein paar Zeilen aus *Hamlet*, dann konnte er William Zimmer auffordern, die Rolle der wahnsinnigen Ophelia zu lesen.

*„Sie ist sehr dringend; wirklich außer sich. Ihr Zustand ist erbarmenswert"*, las Andrew Umberg.

Die Studenten wußten genau, was Ward vorhatte. Sie hatten ähnliche Szenarios schon öfter mitgemacht. Sie wußten, daß Zimmer einer von Wards Lieblingen war. Wards Zorn konnte einen faulen Studenten zerbrechen, aber wenn man zu den besten gehörte, konnte das auch seine Nachteile haben. Die besten wurden ab und zu ausgesucht, um Berichte zu schreiben. Oder sie wurden für unerhörte Rollen ausgewählt, wie die der wahnsinnigen Ophelia.

*„Laßt sie nur vor"*, las Totten.

Die Rolle der Ophelia zu lesen, würde Zimmer nicht in Verlegenheit bringen. Er würde es anmutig hinter sich bringen. Pater Ward hatte wenig genug Freuden. Wenn Ward sich einen Spaß daraus machte, Zimmer die Rolle der Ophelia zuzuschieben, war der Seminarist durchaus willens, sich darauf einzulassen.

*„Der kranken Seele, nach der Art der Sünden/Scheint jeder Tand ein Unglück zu verkünden./Von so betörter Furcht ist Schuld erfüllt/Daß, sich verbergend, sie sich selbst enthüllt*“, fuhr Totten fort.

Nun betrat Ophelia die Bühne. Der Regieanweisung folgend, führte Walker, als Horatio, Zimmer in die Mitte des Klassenzimmers. Alle, selbst Zimmer, – abgesehen von Ward – lächelten.

In diesem Augenblick klopfte ein Student an die Tür, trat ein und reichte Pater Ward eine Nachricht: Zwei Polizisten wollten den Pater sprechen, wenn möglich sofort.

Ward mißfiel es zwar, Zimmers Vortrag der Ophelia auch nur um einen Tag zu verschieben, aber es ließ sich nicht ändern.

„Lest den nächsten Aufzug“, befahl er. „Leise“, fügte er dann noch hinzu.

Er hoffte, daß es nicht allzuviel Zeit erforderte. Immerhin war niemand zu Schaden gekommen.

Von statischem Rauschen untermalt, war das Dröhnen des Polizeifunks so angenehm zu hören wie ein tropfender Wasserhahn. Brian Fogerty, einer der Reporter der *Free Press*, die dem Polizeihauptquartier zugeteilt waren, kämpfte mit dem Schlaf. Er kam zu dem Ergebnis, daß ein Spaziergang die einzige Möglichkeit war, um zu verhindern, daß er einschlief.

Er begann seinen Rundgang im dritten Stock, wo sich alle höheren Beamten aufhielten. Sie waren alle anwesend. Es war nichts Besonderes los. Er ging zwei Treppen zum fünften Stock hinauf, wo sich, unter anderem, auch die Mordkommission befand. Wie es seine Art war, fing er ganz oben an und sah in Inspektor Koznickis Büro. Niemand zu Hause.

„Wo ist Koznicki?“ fragte Fogerty den Beamten im Nebenzimmer.

Fogerty hatte natürlich kein Interesse daran, mit Koznicki zu reden, er wollte lediglich wissen, wo dieser sich aufhielt. Man konnte nie wissen, wohin eine unschuldige Frage führen konnte.

„Er und Harris gingen mit... Äh, wie hieß er gleich... Koesler... Pater Koesler. Sieht so aus, als habe jemand versucht, im Sacred-Heart-Seminar einen Priester zu erstechen." Das war eine ungewöhnlich verständliche Antwort.

Einen Priester erstechen, überlegte Fogerty. Das war schon etwas Ungewöhnliches. Er entsann sich an die Lage des Seminars. Zehntes Revier. Von einem Telefon in der Nähe rief er das zehnte Revier an. Nein, dort ermittelte niemand einen Fall versuchten Mordes an einem Priester. Auch das war seltsam.

Er beschloß, seinen Chefredakteur anzurufen.

„Kane", bellte *Free Press*-Lokalredakteur Nelson Kane.

Fogerty berichtete, was er herausgefunden hatte.

„Keine Unterlagen im zuständigen Revier?"

„Keine. Hören Sie, Nellie, das könnte eine Sackgasse sein, aber ich möchte ohnedies dort draußen etwas nachprüfen. Wenn Sie jemanden frei haben, dann könnte der sich ja gleich darum kümmern."

Kane ließ den Blick durch die Redaktion schweifen. Alle Anwesenden schienen beschäftigt zu sein, ein Teil saß an den Textcomputern, der andere am Telefon. Mit einer bemerkenswerten Ausnahme: Zwei Tische von ihm entfernt saß Joe Cox und las ein Buch.

„Ja", sagte Kane verschwörerisch, „ich habe jemanden frei... Cox", knurrte er gerade so laut, daß Cox ihn hören konnte.

Cox klappte sein Buch zu und kam zum Schreibtisch des Chefredakteurs. Er erhielt seinen Auftrag, kehrte zu seinem Schreibtisch zurück und holte seinen Notizblock. Er wollte gerade gehen, dann drehte er sich aber noch einmal zu Kane um. „Sagten Sie, der Name des Priesters lautete Koesler?"

„Ja, Koesler. Warum?"

„Nichts weiter. Sieht nur so aus, als würden wir jedes Jahr einmal über ihn stolpern."

Als Pater Ward um die Biegung des Flurs kam, erblickte er die Umrisse von drei Männern vor der Tür seiner Unterkunft. Aus der Ferne schienen sie nicht besonders groß zu sein. Aber als er sich ihnen näherte, wurde ihm klar, daß sie alle drei beinahe gleich groß waren, und daher ragte keiner deutlich heraus.

Koesler stellte sie einander vor. Ward führte sie zu der Stelle im Flur, wo der Angriff stattgefunden hatte, und erzählte ihnen den Vorfall in seiner charakteristischen emotionslosen Weise. Dann begannen die Fragen.

„Um eins gleich vorweg zu klären, Pater", sagte Lieutenant Harris. „Warum trugen Sie den Schädel bei sich?"

Pater Ward sah den großen jungen Beamten abschätzend an. „Für meinen Unterricht. Ein Hilfsmittel für meinen Unterricht über *Hamlet*."

„Ich habe schon viel gehört" – Harris konnte seine Heiterkeit kaum verbergen –, „aber ich habe noch nie von einem Messerstecher gehört, der jemanden angriff, der einen Schädel bei sich trug. In diesem dunklen Flur, und dann noch Halloween – er muß sich vor Angst in die Hose gesch... gemacht haben."

„Nun", meinte Koznicki, „es scheint ihn jedenfalls so verwirrt zu haben, daß er seine Tat nicht mehr ausführen konnte."

„Sie sagten, er sei die Treppe hinab geflüchtet, Pater?"

Ward nickte.

„Er scheint seinen Angriff mit einer guten Fluchtmöglichkeit geplant haben", sagte Harris.

„Entschuldigen Sie, Lieutenant", unterbrach ihn Koesler, „geht es hier nicht um einen Mordversuch?"

„Wir wissen noch nicht, worum es geht", antwortete Harris. „Es könnte ein Mordversuch sein oder ein versuchter Raub oder vielleicht sogar ein schiefgegangener Halloweenstreich."

„Aber Sie werden die Ermittlungen doch fortsetzen?" beharrte Koesler ängstlich.

„Wenigstens vorläufig", versprach Koznicki. „Wurde diese Stelle des Bodens, wo es geschah" – er deutete auf die Stelle – „gebohnert?"

Wo die Männer standen, befand sich ein großes Stück glatten Bodens inmitten einer dünnen Staubschicht, die ansonsten den ganzen Flur bedeckte.

„Ich bin gestürzt." Pater Ward suchte nach einer Erklärung. „Ich mußte mich bemühen, wieder auf die Beine zu kommen."

„Nein, dieser Fleck ist zu groß für Ihre Aktivitäten allein; außerdem scheint er sorgfältig geschrubbt zu sein", sagte Koznicki. Er wandte sich an Harris. „Die Jungs sollen sich darum kümmern, ja?"

„Geht klar."

„Und das Messer, das bei dem Angriff im Spiel war, Pater: Wo befindet sich das?" fragte Koznicki.

„In meiner Wohnung."

„Wir werden es mitnehmen und überprüfen, ob Fingerabdrücke vorhanden sind. Außer Ihren eigenen, Pater." Koznicki schien enttäuscht über den Mangel an Beweisen.

Die Vier schickten sich an, in Pater Wards Gemächer zu gehen.

„Aha", sagte Harris, als am anderen Ende des Flurs eine Gestalt auftauchte. „Dies wäre nicht der Schauplatz eines Verbrechens ohne die Anwesenheit der Presse."

„Die Presse!" schreckte Pater Ward auf.

„Das ist die schlechte Nachricht, Pater", sagte Koznicki. „Die gute ist, das ist Joe Cox, einer der kompetentesten Reporter der Stadt. Wenn Ihre Geschichte schon erzählt werden muß, dann sollte sie besser richtig erzählt werden."

Während der Reporter näher kam, machte sich Koznicki eine geistige Notiz, herauszufinden, wer oder was Cox so schnell auf ihre Fährte gebracht hatte.

„Erzählen Sie ihm Ihre Geschichte einfach, während Sie uns begleiten", riet Harris Pater Ward. „Dann werden Sie ihn hoffentlich los haben, bis wir gehen."

„Gehen?"

„Ja, Pater. Wir möchten, daß Sie uns ins Hauptquartier begleiten und dort ein vorläufiges Protokoll aufnehmen", erklärte Koznicki. „Wird nicht lange dauern."

„Ich begreife dieses ganze Aufheben nicht", sagte Ward. „Schließlich ist ja niemand verletzt worden."

Joe Cox erstattete Nelson Kane seinen Bericht über den versuchten Mord durch Erstechen.

„Wollen Sie es bringen?" endete Cox.

„Klar. Acht oder neun Zeilen. Wir bringen es irgendwo im Teil A unter. Wir hängen es an dem 'Ist denn nichts mehr heilig'-Haken auf.

„Eine Spur, wer es getan hat?"

„Keine."

„Motiv?"

„Noch nicht. Aber Harris sagte, man könnte auf Raub tippen."

„In der Gegend keine abwegige Vermutung." Kane kannte die Charakteristiken der verschiedenen Gegenden Detroits so gut wie jeder andere in der Stadt. „Eigentlich eine sonderbare Gegend." Kane dachte nach. „War früher vorwiegend jüdisch. Tatsächlich befand sich einmal eine Synagoge einen Katzensprung vom Seminar entfernt. Nun leben dort vorwiegend Farbige, aber eine seltsame Mischung. Eine Menge wohlhabende Schwarze an den Boulevards – Chicago und Boston. Nur wenig Mittelschicht in der Gegend. Der Rest besteht meistens aus bitter Armen – schwarz oder weiß. Fast jeder ist bewaffnet. Bewaffnete Raubüberfälle sind dort an der Tagesordnung."

Die Ausführungen des Lokalredakteurs überraschten Cox ein wenig. Kane gebrauchte selten zwei Worte, wenn eines genügte, besonders dann nicht, wenn sein Gesprächspartner ein Reporter war, der gerade den Auftrag erhalten hatte, acht oder neun Zeilen mit Termin zu schreiben. Cox' Überraschung nahm noch zu, denn Kane war noch nicht fertig mit seiner Einschätzung des Verbrechens und seines Schauplatzes.

„Ja, Raub ist eine gute Vermutung. Besonders wenn das Opfer ein Pfarrer ist. Alle Seminarpriester gehören der Diözese an. Und alle Räuber wissen, daß sie kein Armutsgelübde ablegen." Kane preßte die Zunge fest gegen die Wange. „Wenn der Täter einen Jesuiten überfallen hätte, dann hätte er außer ein paar Golfschlägern nichts erbeutet – und die hätten der Anlage gehört."

Cox wußte nicht, ob er lachen oder ernst zustimmen sollte. Stattdessen stellte er eine Frage. „Seit wann sind Sie denn ein sprechendes Lexikon über Priester?"

„Ich bin Katholik. Geboren und großgezogen. Sogar in einer Gemeindeschule", gestand Kane.

Dieses Geständnis verblüffte Cox völlig. „Was? Die ganzen Jahre habe ich überhaupt nicht gewußt, daß Sie katholisch sind. Sie meinen, Sie gehen tatsächlich in die Kirche?"

„Jeden Sonntag."

Cox entfernte sich, um acht oder neun Zeilen zu verfassen, die so wichtige Punkte enthalten würden wie: wer, was, warum, wann, wo und wie.

Sportartikel, verkündete das blinkende Neonlicht an dem unauffälligen Gebäude. Ein anderes, handgemalt und im Schaufenster aufgestellt, besagte: Feuerwaffen. In dem Laden waren keine Kunden. Die Ladenschlußzeit rückte immer näher.

Seit einer Viertelstunde stand ein Mann vor dem Geschäft und sah durch das Fenster ins Innere. Schließlich – es blieben noch wenige Minuten, bevor der Laden schließen würde – trat er ein. Er ging direkt zur Abteilung Feuerwaffen im hinteren Teil, wo er eine kleine Auswahl von Handfeuerwaffen in einer Vitrine studierte.

„Kann ich Ihnen helfen?" Der Inhaber hätte einen Kunden normalerweise nicht so schnell angesprochen, aber es blieb nicht mehr viel Zeit.

„Ich... ich möchte Munition kaufen."

Der Mann stellte fest, daß der Kunde etwa einen Meter achtzig groß war und eine recht schrille Stimme hatte.

„Was für Munition?"

„Für eine Pistole."

Der Verkäufer seufzte. „Was für eine Pistole?"

„Was?"

„Eine Automatik oder einen Revolver?"

„Ich bin nicht sicher."

Der Verkäufer deutete auf eine Automatik. „Sieht sie so aus?" Dann auf einen Revolver. „Oder so?"

„So." Der Mann deutete auf den Revolver. Dabei stieß er einen vollen Aschenbecher um. Zigaretten- und Zigarrenkippen und ein Ascheregen ergossen sich über die Vitrine zu Boden.

Der Verkäufer seufzte noch einmal.

„Tut mir leid", sagte der Mann.

„Macht nichts", sagte der Verkäufer ohne eine Spur von Freundlichkeit. „Welches Kaliber?"

„Was?"

„Kaliber. Welches Kaliber soll die Munition haben?"

Der Verkäufer hätte den Kunden für weniger als zwei Cent erschossen.

„Oh, Kaliber." Die Augen des Mannes leuchteten verstehend auf. „Einen Augenblick bitte." Er ging von der Vitrine weg und zu einem Münzfernsprecher, der an einer Wand des Ladens hing. Er suchte einen Geldbeutel heraus, holte zwei Dimes hervor und steckte sie in den Schlitz. Er griff noch einmal in den Geldbeutel, dabei warf er ein paar Münzen heraus, die über den Boden rollten. Während sie in verschiedene Richtungen kullerten, schien der Mann einen seltsamen Tanz auszuführen. Schließlich gelang es ihm, auf eine der flüchtigen Münzen zu treten, sie aufzuheben und in den Schlitz zu schieben.

Erschießen war zu gut, überlegte der Verkäufer. In dem Laden gab es auch Stricke und Messer. Vielleicht erhängen, erstechen, vierteilen...

Der Mann kam zurück. „Kaliber 38", sagte er.

„Ausgezeichnet."

Nach einigen weiteren Augenblicken, die hauptsächlich darauf verwendet wurden, daß der Mann versuchte, sein Kleingeld wiederzufinden, die Münzen im Geldbeutel unterzubringen und die

Schein in die Brieftasche zu stopfen, war das Geschäft abgewickelt.

Der Verkäufer schloß mit zusammengebissenen Zähnen die Tür, nachdem sein letzter Kunde gegangen war, räumte den Inhalt des Aschenbechers vom Boden und der Vitrine und schlug mehrere Minuten auf einen Punching Ball ein. Er wollte seinen aufgestauten Zorn nicht zu seiner Frau nach Hause bringen.

Die zwei Polizisten, denen Lieutenant Harris den Fall übertragen hatte, hatten es leichter als erwartet. Sie mußten achtunddreißig Studenten verhören. Achtunddreißig war keine geringe Zahl, aber es waren dennoch weitaus weniger als die Hunderte, die es hätten sein können.

Jeder der Studenten konnte nachweisen, wo er gewesen war, als Pater Ward angegriffen worden war. Die meisten hatten die Halloweenparty besucht. Drei lagen im Krankenhaus. Einige andere hatten ihre Familien zuhause besucht.

Sergeant Marge Morris, eine attraktive farbige Frau, und Sergeant Dean Patrick, ein weißer Veteran mit graumeliertem Haar, näherten sich dem Ende des zweiten Tags ihrer Ermittlungen. Beide gehörten der Squad Six der Mordkommission an.

Sie gingen den Flur des Seminargebäudes entlang, der zum südöstlichen Flügel führte, einem zweistöckigen Bauwerk, das einst als Konvent und Krankenhaus gedient hatte. Da in dem Seminar keine Nonnen mehr arbeiteten oder wohnten, war das Krankenhaus verlegt und das Gebäude an zwei Organisationen der Erzdiözese vermietet worden: das Hispanic Office und den *Detroit Catholic*, die Zeitung der Erzdiözese.

Das Seminar selbst hatte sich in einen kleinen Teil des Gebäudes zurückgezogen – wie eine Wagenburg, die ständig kleiner im Durchmesser wurde.

„Schon mal so viele Sackgassen gesehen?“ fragte Morris.

„Jeder hat ein Alibi.“ Patrick lächelte, wobei sich seine Augenwinkel in Krähenfüßchen legten.

„Ich habe noch nie einen Ort wie diesen erlebt, wo jeder jeden kennt.“

„Eine große, glückliche Familie."

„Vielleicht nicht ganz so glücklich." Morris deutete zur Tür, die in den südöstlichen Flügel führte. „Einer von ihnen könnte versucht haben, den alten Priester zu ermorden."

„Oder auch nicht. Es könnte ebensogut jemand von außerhalb gewesen sein. Auch mit Wachen ist es fast unmöglich, diese Anlage sicher zu machen. Meine Schätzung hat bisher ergeben, daß es mindestens zwanzig Türen gibt, die ins Freie führen, und Hunderte Fenster im Keller und Erdgeschoß. Wie ein Sieb."

„Das stimmt. Und hier ist eine gefährliche Gegend. Dazu kommt noch" – Morris trat zurück, damit Patrick die Tür öffnen konnte –, „daß in der Nacht, in der der Angriff erfolgte, die ganze Nachbarschaft zur Halloweenparty eingeladen worden war."

„Eine Menge Verdächtige, hm?" Patrick lächelte erneut.

„Wenn wir diese Untersuchung wirklich jemals hinter uns bringen, dann können wir uns ja um die Nachbarn kümmern, die die Party besucht haben."

„Wenigstens diejenigen, die sich die Mühe gemacht und sich eingetragen haben."

Morris hob den Kopf zum Himmel empor, von wo, dessen war sie sicher, der nächste Hinweis kommen mußte.

Sie beschlossen, im rückwärtigen Teil des Flügels beim *Detroit Catholic* anzufangen und sich dann zum Hispanic Office vorzuarbeiten. Nachdem sie ihre Listen durchgesehen hatten, kamen sie zu dem Ergebnis, daß Irene Casey, die Chefredakteurin, die geeignete Person war, um zu beginnen.

Sie stellten sich vor. Mrs. Casey schien eingeschüchtert. Das waren die meisten Menschen, wenn sie Polizeibeamten gegenüberstanden.

„Wie viele Angestellten haben Sie, Mrs. Casey?" fragte Patrick.

„Zwölf, mich eingeschlossen."

„Wissen Sie, wo sie sich am Halloweenabend aufgehalten haben?" Die Erfahrung riet Morris, unumwunden zum Thema zu kommen.

„Ja. Es ergab sich zufällig, daß wir alle die Halloweenparty besuchten."

„Alle?"

„Alle."

„Ist jemand gegen einundzwanzig Uhr gegangen?"

„Nein, den ganzen Abend über hat sich keiner entfernt. Wir waren alle vom Anfang bis zum Ende da."

Morris sah wieder zum Himmel empor. Immer noch kein hilfreicher Hinweis.

Nach außen hin benahm sich Pater Phil Merrit nicht anders als die anderen Mitglieder des Seminars. Jeder hatte sich mutig gegeben. Aber Merrit hatte Angst. Er fragte sich, wie viele andere ebenfalls Angst haben mochten.

Er sah es so, daß ein Angehöriger ihres Kreises auf teuflische, wenn auch erfolglose Weise angegriffen worden war. Keiner von ihnen konnte sich mehr sicher fühlen, bevor Pater Wards Angreifer nicht dingfest gemacht worden war. Nach allem, was er gehört hatte, führten die Ermittlungen der Polizei zu nichts. Und sie war schon über eine Woche damit beschäftigt.

Es war zwanzig Minuten nach sechs an diesem Novembermorgen. Der Wetterbericht hatte einen weiteren vergleichsweise milden Tag vorhergesagt. Der Winter in Detroit hatte es noch nicht ernst gemeint.

Merrit bereitete sich auf seinen regelmäßigen Gang zur Pfarrei Saint Gregory vor, wo er um 6.45 Uhr die Messe lesen würde, wie er es in den zurückliegenden Jahren immer getan hatte. Die meisten der Seminarpriester halfen in den Gemeinden bei den täglichen Messen und Wochenendliturgien aus.

Merrit versuchte, seine Gedanken von den beunruhigenden Erinnerungen an Wards Überfall abzulenken. Während er sich rasierte, dachte er an die Szene, die ihn gleich erwarten würde, wenn er Saint Gregory betrat.

Vier oder fünf barmherzige Seelen würden sich in verschiedenen Teilen der dunklen Kirche versammelt haben. In der Sakristei rechts, wo sich die Priester vor der Messe ankleideten, würde der alte Pater Wonski in die Sakristei links hinüberbrüllen, wo drei oder vier kleine Jungs sich entweder ebenfalls ankleiden oder miteinander herumalbern würden. Die gebrüllten Drohungen änderten sich niemals. Sie hatten stets denselben Tenor.

„He, ihr Jungs in der anderen Sakristei drüben! Was soll das denn, herumzualbern, wo die Kerzen anzuzünden und Wasser und Wein und Weihrauch zum Altar zu bringen sind! Damit bist auch du gemeint, Tyrone Jones, mit deinen albernen Streichen!"

Einmal, nur ein einziges Mal, war Merrit nach der Messe geblieben, um mit Wonski zu frühstücken. Merrit hatte zwei pochierte Eier auf Toast verlangt. Die Haushälterin hatte sie ihm auf einem zu heißen Teller serviert. Natürlich hatten die Eier auf dem heißen Teller weitergekocht. In Anbetracht der gummiartigen Eier hatte Merrit es vorgezogen, niemals mehr dort zu frühstücken.

Bei diesem Anlaß hatte Wonski jedoch Merrit von sich erzählt. Er hatte einen kurzen Abriß seiner mißratenen kirchlichen Karriere gegeben. Es hatte den Anschein, als hätte ihm der Bischof ein schäbiges Amt nach dem anderen gegeben. „Bis ich", sagte Wonski schließlich, „dem Bischof sagte, er solle zur Hölle gehen."

„Und", antwortete Merrit erheitert, „hat er es getan?"

„Nein", sagte Wonski, „er hat mich dahin geschickt."

Alles wissen heißt, alles verzeihen.

Eingemummt wegen der Kälte, die selbst an diesem milden Novembertag herrschte, ging Merrit in den ersten Stock hinab, wo er durch eine Hintertür hinausgehen, zwei weitere kurze Treppenfluchten bis zum Parterre hinabgehen und in sein geparktes Auto einsteigen konnte.

Er öffnete die schwere Eichentür, trat nach draußen und blieb stehen. Eine Vorahnung. Alles schien totenstill. Nicht einmal von den angrenzenden Straßen war Verkehrslärm zu hören.

Leichter Nebel schwebte in der Luft. Den hatte der Wetterbericht nicht erwähnt.

Das Gefühl einer Bedrohung war so überwältigend, daß er sich fast versucht fühlte, umzukehren, wieder in sein Zimmer zu gehen und sich bei der Pfarrei zu entschuldigen. Aber nur Frauen folgten in ihrem Leben der Intuition; es gehörte nicht zum Gebaren eines Mannes, sich vor dem Unbekannten zu fürchten.

Er faßte sich und ging die erste Treppe hinunter. Als er den Absatz erreichte, glaubte er ein Klicken zu hören. Als er sich umdrehen wollte, um nachzusehen, ertönte ein explosionsartiger Knall. Er fiel um, wie vom Schlag getroffen.

Innerhalb von Sekundenbruchteilen schossen ihm verschiedene Gedanken durch den Kopf: So also ist das Sterben. Wie lange noch, bis ich Gott gegenüberstehe? Wie wird das Jüngste Gericht sein? Werden mein Vater und meine Mutter mich begrüßen? Oh, mein Gott, was ist, wenn es nichts gibt?

Plötzlich kam ihm ein neuer Gedanke: keine Schmerzen.

Er war nicht getroffen worden. Der Schuß aus nächster Nähe, verbunden mit seiner Vorahnung vom Tod, hatte ihn zusammenbrechen lassen.

Was jetzt? Wird er noch einmal schießen?

Pater Merrit rollte sich auf den Rücken und starrte in den Nebel. Vor dem niederen Geländer des Absatzes stand ein Mann. Er war ganz in Schwarz gekleidet. Sein rechtes Handgelenk schien in einem unnatürlichen Winkel abzustehen. Auf dem rechten Unterarm, den er dicht an den Körper gepreßt hielt, hatte er einen großen, glänzenden Revolver, der aussah, als wäre er explodiert.

Wie in Zeitlupe stieß der Mann einen heulenden Schrei aus – ein Wimmern des Schmerzes und der Enttäuschung. Dann stützte er sich mit der linken Hand auf das Geländer und kletterte ungeschickt darüber, während überall Fenster geöffnet wurden. Während er auf ein in der Nähe geparktes Auto zueilte, hinkte er merklich. Er stieg unbeholfen ein; nach einer langen Zeit, weil er mit der linken Hand den Zündschlüssel einstecken und den Gang einlegen mußte, startete er und fuhr in den Nebel davon.

Köpfe ragten aus den geöffneten Fenstern, während die Zuschauer die Szene in sich aufnahmen und sich dann gegenseitig ungläubig ansahen.

Merrit machte Bestandsaufnahme. Seine Kleidung war verschmutzt, weil er sich auf dem Boden gewälzt hatte. Seine Brille war zerbrochen, als er stürzte. Ansonsten konnte er keinen Schaden feststellen.

Phil Merrit, dachte er, der Schrecken mag dich vielleicht ein paar Jahre deines Lebens gekostet haben, aber im großen und ganzen bist du ein Glückskind.

Dann erinnerte er sich an den Augenblick, als er geglaubt hatte, er würde sterben, und einen Moment zweifelte er daran, daß diesem Leben die Unsterblichkeit folgte.

Er sprach ein Dankgebet, als er bereits von Menschen umringt wurde, die ihm helfen wollten.

„Können Sie uns eine Beschreibung geben, Pater?"

Seit dem Angriff heute morgen war Pater Merrit von einigen mitfühlenden Kollegen besucht worden, dem Rektor des Seminars und einem Arzt, der ihm bescheinigt hatte, daß er am Leben war und viel zu hohen Blutdruck hatte. Sergeant Patrick, der das wußte, bemühte sich, ihn nicht zu bedrängen.

„Ich fürchte nicht, Officer. Ich lag am Boden, und es war neblig."

„Versuchen wir es trotzdem, Pater. Erinnern Sie sich an den Vorfall. Sie sagten, Sie haben niemanden gesehen, als Sie die erste Treppe hinuntergegangen sind. Haben Sie ihn überhaupt gesehen, bevor er geschossen hat?"

„Nein... äh, nein." Merrit zündete sich eine neue Zigarette an der glimmenden alten an. Soweit sich seine Freunde erinnern konnten, war er stets ein starker Raucher. Aber es war schon viele Jahre her, seit er Kettenraucher gewesen war. „Ich hörte ein Geräusch – ein Klicken. Ich nehme an, er hat... äh, den Hahn gespannt. Ich... äh, habe nicht viel Erfahrung mit solchen Sachen. Wie dem auch sei, ich drehte mich gerade um, als er schoß – oder versuchte es. Dann fiel ich zu Boden. Ich weiß nicht, warum, rein instinktiv... Ich nehme an, es war die Verbindung des Knalls, der Explosion, in Verbindung mit meiner Vorahnung."

„Sie hatten eine Vorahnung?"

„Ja. Ich bin nicht sicher, warum; vielleicht liegt es nur daran –

nun, an dem, was Pater Ward zugestoßen ist, und allem Drumherum…“

„Ich verstehe“, versicherte Patrick ihm. „Was haben Sie getan, als Ihnen klar wurde, daß Sie nicht getroffen waren?“ Patrick machte sich Notizen.

„Nun, ich drehte mich auf den Rücken. Ich hatte keine Ahnung, was als nächstes passieren würde.“

„Beschreiben Sie, woran Sie sich erinnern.“

„Nun, am deutlichsten erinnere ich mich an die Pistole. Ich konnte den Blick nicht davon abwenden. Sie war glänzend, metallisch – Stahl, nehme ich an. Es war ein Revolver, der offenbar explodiert war. Das muß mir das Leben gerettet haben.“

„Haben Sie das Gesicht des Mannes gesehen?“

„Nein, äh, ja. Ich habe ihn angesehen, wenn ich genau darüber nachdenke, als er schrie. Aber ich konnte ihn nicht deutlich sehen – nicht seine Gesichtszüge. Es war neblig, und…“ Merrit verstummte. „Nein, äh da war noch etwas – etwas, das seine Züge unkenntlich machte.“

„Eine Maske? Oder ein Damenstrumpf?“

„Ein Strumpf, ja, das war es.“

„Könnten Sie uns seine Größe oder sein Gewicht angeben? Sein Alter?“

„Das ist schwer. Ich lag am Boden und sah auf. Ich glaube, er war ganz in Schwarz gekleidet. Ich weiß, daß er einen schwarzen Mantel anhatte. Er schien untersetzt, soweit ich mich erinnere, aber nicht muskulös. Mehr schwammig. Und er war nicht groß. Keinen Meter achtzig. Über sein Alter kann ich nichts sagen, nur, daß er sich nicht wie ein alter Mann bewegte. Er könnte jung sein, aber er bewegte sich ein wenig linkisch…“

Patrick bemerkte, daß Merrits Hände zu zittern begonnen hatten. Asche von seiner Zigarette fiel zu Boden.

„Das genügt vorerst, Pater. Wir werden uns bald wieder bei ihnen melden. Rufen Sie uns an, falls Ihnen noch Einzelheiten einfallen.“ Er reichte dem Priester seine Karte, stand auf und ging auf den Flur hinaus, wo seine Partnerin, Sergeant Morris, auf ihn zukam.

„Hast du alle überprüft?“ fragte Patrick.

„Ja. Hast du eine Beschreibung von Pater Merrit bekommen?“

„Nein. Er ist noch völlig durcheinander. Verständlich. Vielleicht erfahren wir später mehr von ihm. Er denkt, daß der Bursche einen Strumpf über dem Gesicht hatte. Das würde zu dem passen, was uns Pater Ward gesagt hat.“

„Das ist nicht alles, was zusammenpaßt“, sagte Morris, während sie losgingen, um ihre Ermittlungen in der Nachbarschaft fortzusetzen.

„Selbstverständlich haben nicht alle Zeugen dasselbe gesehen. Übereinstimmend sagten alle, daß er zwischen einem Meter siebzig und einem Meter achtzig groß gewesen sein muß. Schuhe, Hosen, Mantel und Hut waren schwarz. Alle Zeugen sahen ihn von hinten, daher haben wir keine Gesichtsbeschreibung. Er hinkte zum Auto, also hat er sich vielleicht am Bein verletzt, als er vom Geländer gesprungen ist. Das ist eigentlich schon gut.“

„Nicht schlecht“, stimmte Patrick zu. „Aber wer trägt Schwarz?“

„Unternehmer.“

„Gary Player.“

„Ein Mitglied einer Rockgruppe.“

„Priester.“

„Priester! Es kann doch kein anderer Priester sein – oder doch?“

„Wenn ja, dann hat er sich eine dumme Verkleidung ausgesucht.“

„Ich weiß es“, sagte Morris, als sie ins Auto einstiegen. „Der Schwarze Mann.“

Die Rollos waren heruntergelassen, so daß es in dem kleinen Zimmer fast dunkel war.

„Nun sieh dir das Schlamassel an, in das du uns gebracht hast“, sagte der erste Mann.

„Ich konnte nichts dafür“, sagte der zweite Mann, während er seine Zigarette ausdrückte. Im Halbdunkel verfehlte er den Aschenbecher und drückte sie auf der Tischplatte aus.

„Paß auf!" zischte der dritte Mann. „Möchtest du das Haus in Brand stecken?"

„Sei nicht so streng zu ihm", sagte der vierte Mann. „Er hat es versucht."

„Versucht!" zischte der dritte Mann. „Versucht! Das hat Squeaky Frommel auch getan! Mit dem selben Ergebnis."

„Wer ist Squeaky Frommel?" fragte der vierte Mann.

„Sie hat versucht, Ronald Reagan zu erschießen", antwortete der dritte. „Aber ihre Pistole ging nicht los."

„Gerald Ford", sagte der erste.

„Gerald Ford?" fragte der dritte.

„Gerald Ford war derjenige, den Squeaky Frommel erschießen wollte", erläuterte der erste.

„Wen auch immer", brummte der dritte.

„Ich möchte nur wissen", sagte der erste Mann, „wie, um alles in der Welt, der Angriff auf Pater Ward schiefgehen konnte."

„Der Schädel hat mich durcheinander gebracht", winselte der zweite Mann, „und dann geriet alles außer Kontrolle."

„Yorick?" höhnte der dritte Mann. „Yorick war die Grundlage unseres Plans! Ward verläßt sein Zimmer nachts niemals, nur einmal im Jahr, um Yorick ins Klassenzimmer zu bringen. Du hättest wissen müssen, daß er Yorick bei sich haben würde!"

„Ich weiß, ich weiß", schmollte der zweite Mann. „Aber das war das erstemal, daß ich jemanden angegriffen habe, geschweige denn versucht habe, jemanden umzubringen. Wißt ihr, ich war echt im Streß. Und dann die Nervosität – und in der Aufregung – und im Dunkeln, das Licht der Taschenlampe auf diesem unheimlichen Schädel... Nun, das hat mich aus der Fassung gebracht."

„Er hätte dich nicht gebissen", bemerkte der erste Mann.

„Aber", warf der vierte Mann ein, „er hätte jeden erschrecken können." In seinem Bemühen, eine versöhnende Geste zu machen, stieß er den Aschenbecher vom Tisch.

„Erst er, jetzt du", sagte der dritte Mann. „Wollt ihr euch als Pyromanen versuchen? Warum probieren wir nicht, jemanden zu verbrennen? Das scheint das einzige zu sein, worin ihr Jungs gut seid!"

„Ach, hör auf", sagte der zweite Mann gekränkt. „Jedem kann einmal ein Mißgeschick passieren."

„Außerdem lag es nicht am Schädel allein. Ich konnte mich nicht auf den Beinen halten. Und Ward auch nicht, was das anbelangt. Der Boden muß gebohnert worden sein."

„Manchmal", sagte der erste Mann, „könntest du die Füße nicht auf dem Boden behalten, wenn sie festgenagelt wären."

„Aber weiter", unterbrach der dritte Mann. „Was ist mit heute morgen? Wir hatten alles so sorgfältig geplant. Ist euch klar, wieviel Zeit uns Merrit gekostet hat?"

Der zweite nickte.

Der dritte fuhr, ohne darauf zu achten, fort: „Wir haben ihn wochenlang beobachtet. Wir kamen zu dem Ergebnis, daß seine frühmorgendliche Fahrt nach Saint Gregory unsere beste Chance ist. Und was passiert? Du hast es verpatzt!" Er ging vorsichtig zur Bar an der Wand. Er schenkte sich ein Glas Scotch ein. In der Dunkelheit verfehlte er das Glas und schüttete den Whiskey auf die Theke. Er wischte ihn zerknirscht auf.

„Was ist denn eigentlich passiert?" fragte der vierte Mann.

„Unwirksames Schießpulver", antwortete der zweite.

„Unwirksames Schießpulver?" rief der erste aus.

„Ja", sagte der zweite. „Ich habe in dem Laden angerufen, wo ich die Patronen gekauft habe. Sie sagten, das kommt ab und zu vor, und sie können nichts dagegen tun."

„Könnten wir sie verklagen?" fragte der vierte.

„Aber sicher! Wo jeder nach einem Revolver sucht, der explodiert ist", spottete der erste. „Dieser Vorschlag ist wirklich vernünftig." Seine Stimme triefte vor Sarkasmus.

Er lehnte sich in seinem Sessel zurück – zu weit. Er wäre beinahe gestürzt, wenn der Stuhl nicht so nahe an der Wand gestanden hätte. Aber auch so konnte er kaum das Gleichgewicht halten. Er versuchte, sein Malheur zu vertuschen, aber die anderen bemerkten es.

„Da haben wir es also", beharrte der zweite Mann. „Es war nicht meine Schuld. Ich habe mir wahrscheinlich das Handgelenk gebrochen oder verstaucht. Dasselbe gilt für meinen Knöchel. Beide tun höllisch weh." Wie um das zu unterstreichen, nahm er eine Tablette mit der Aufschrift „Empirin Codein" zur Hand und warf sich eine Tablette in den Mund. „Und wie kann ich medizinische Hilfe bekommen, ohne mich verdächtig zu machen?"

„Was ihr alle überseht", sagte der vierte Mann, „ist die Tatsache, daß wir immerhin ihre Aufmerksamkeit haben. Wir mögen eine Pechsträhne gehabt haben. Aber es war nicht alles völlig vergebens. Zwei unserer Opfer wurden immerhin fast zu Tode geängstigt. Das ist nicht ohne Bedeutung."

„Nun", fragte der dritte, „was unternehmen wir jetzt weiter?"

„Wir sind hier, um uns darüber zu unterhalten. Ich würde vorschlagen, wir wenden uns der Tagesordnung zu", sagte der vierte. Er griff nach einem uralt aussehenden Hammer und schlug damit auf die Tischplatte. Der Stiel brach ab; der Kopf flog in eine Ecke.

„Eins muß ich Ihnen lassen, Nellie", sagte Joe Cox. „Wenn es um weinende Madonnenstatuen oder das Bildnis Christi auf einer Tortilla geht, dann ist Ihr Gefühl für lohnende Nachrichten untrüglich."

„Eine Gabe", gestand Nelson Kane.

Die beiden aßen im Money Tree, einem populären, wenn auch teuren Restaurant in der Stadt.

„Ich meine, wie Sie auf dieses erste Attentat angesprungen sind. Die *News* haben überhaupt nichts davon mitbekommen. Aber jetzt, wo die Geschichte auch in Rundfunk und Fernsehen präsentiert wird, können sie sie nicht mehr außer acht lassen. Hatten Sie eine Ahnung, daß es im Seminar zu einem weiteren Anschlag kommen würde?"

„Selbstverständlich", log Kane.

„Im Ernst?"

„Im Ernst? Natürlich nicht! Aber ich bin nicht überrascht. Die Verbrechensrate dort ist sehr hoch, und alles könnte passieren. Sie hatten schon eine Menge Einbrüche und Überfälle. Aber ich bin ziemlich sicher, daß bisher noch niemand auf dem Campus oder im Gebäude überfallen wurde."

„Nein, und wenn ich daran gedacht hätte, dann wäre ich nach den ersten Meldungen davon ausgegangen, daß ein zweiter Anschlag auf Pater Ward verübt würde."

„Ward?"

„Klar."

„Würde ich nicht meinen."

Kane sah gelinde überrascht von seiner Suppe auf. Seine Angestellten widersprachen ihm selten. Nicht weil er ungern über etwas diskutierte, sondern weil die Reporter mit zunehmender Erfahrung lernten, daß er normalerweise mit seiner Einschätzung eines Vorfalls richtig lag.

„Es gehörte nicht zu Wards Praktiken, nachts durch unbeleuchtete Gänge zu schleichen", sagte Cox. „Normalerweise liegt er um neun längst im Bett. Ich vermute, der Täter lag auf der Lauer und wartete auf den erstbesten, der aussah, als hätte er eine Brieftasche bei sich. Absicht: Raub. Opfer: Irgendjemand."

Kane überlegte, sein Suppenlöffel verharrte zwischen Teller und Mund. Seine Augen funkelten.

„Und was war heute morgen?" fragte er herausfordernd. „Absicht: Raub. Opfer: Der erste, der durch diese Tür kam."

„Warum nicht?"

„Sie übersehen ein paar Kleinigkeiten. Und die sollten Sie besser nicht übersehen, wenn Sie diese Geschichte schreiben. Zuerst: Wenn es jemand wirklich darauf abgesehen hätte, dann hätte er eine Möglichkeit finden können, Ward anzugreifen. Aus Ihren eigenen Unterlagen geht hervor, daß Ward sich jedes Jahr einmal diesen grotesken Scherz erlaubt, wenn Hamlet über den Verlust Yoricks klagt. Ward bringt den Schädel immer am Abend, bevor diese Stelle gelesen wird, ins Klassenzimmer. Wards Klasse stand vor diesem Abschnitt. Ward geht also durch den Flur zum Klassenzimmer, und die Gelegenheit für den Angreifer ist besonders günstig: Halloween, eine große Party findet statt, die Sicherheitsvorkehrungen sind locker."

Cox überlegte einen Augenblick. „Und weshalb erschrak der Bursche dann so, daß er sich aus dem Staub machte?"

„Unheimlicher Ort, unheimliche Nacht, unheimliche Tat. Den Beobachtungen bei beiden Anschlägen nach handelt es sich um einen Täter, der sich ziemlich leicht erschrecken läßt."

„Und heute?"

„Noch schlauer eingefädelt. Jemand wartet im Nebel an einer idealen Stelle für einen Hinterhalt, und zwar genau in dem Augenblick, als Pater Wie-heißt-er-gleich – Merrit – das Gebäude verläßt. Und ich muß Sie wohl nicht daran erinnern, daß man niemanden erschießen muß, um ihn auszurauben. Man tritt einfach hinter ihn und sagt etwas Schlaues, zum Beispiel: Das ist ein Überfall."

„Sie könnten recht haben."

„Ich habe recht. Jemand wollte zuerst Ward ermorden und dann Merrit. Er hatte keinen Erfolg. Wird er es wieder versuchen? Wird er denselben Priestern auflauern? Wird er es mit einem anderen versuchen? Und das Entscheidende: Wer ist er und warum tut er das? Das sind einige der Fragen, und wir bezahlen Sie stattlich, damit Sie uns Antworten beischaffen."

„Nicht ich, Nellie, die Polizei wird dafür bezahlt, diese Antworten zu finden."

„Und wir bezahlen Sie, damit Sie so lange wühlen, bis Sie die Polizisten aufgespürt haben, die die Antworten kennen."

„Schon gut, schon gut, gleich nach dieser Quiche", versprach Cox, während er schneller zu essen begann, als ihm lieb war. Ein Essen mit Kane war selten ein Vergnügen. „Oh, übrigens, was ich zu erwähnen vergaß: Pater Merrits Pechsträhne war wirklich arg."

„Warum? Was geschah sonst noch?"

„Jemand hat die Batterie aus seinem Auto gestohlen."

Kane lächelte und schüttelte den Kopf. „Er hätte also gar nicht weg können."

„Richtig. Sie stahlen die Batterien von vier der sechs Autos, die bei dem von Merrit parkten."

„Und die anderen beiden?"

„Motorhaubenschlösser."

„Ich sagte ja, es ist eine gefährliche Gegend."

Kane hatte seine Suppe gegessen. Cox wußte, wenn er seine Quiche nicht binnen der nächsten sechzig Sekunden gegessen hatte, würde er allein mit der Rechnung dasitzen.

„Reines Glück, würde ich sagen", meinte Bob Ankenazy, der Nachrichtenredakteur der *Detroit News*.

„Dem muß ich zustimmen", pflichtete Chefredakteur Leon London bei.

„Es ist immer dasselbe: Jedesmal, wenn man glaubt, man hat diese verdammte *Free Press* am Schlafittchen, dann kommt ihr das Glück zu Hilfe", lamentierte Bob Ankenazy.

„Stimmt. In jedem anderen Fall wäre dieser Überfall auf den Priester ein einmaliges Ereignis gewesen. Aber die *Free Press* kümmert sich um die Story, wir nicht, und peng, ein zweiter Überfall, wieder ein Priester."

„Nur späte Einsicht konnte beweisen, daß Sie sich mit der Sache geirrt haben, Leon."

„Aber jetzt hat sie einen Aufmacher mit Rundfunk- und Fernsehberichterstattung, und wir sind wieder einmal gezwungen, dem Ball hinterherzulaufen."

„Das ist nicht das erstemal. Und wir mit unserem Stab und unseren Möglichkeiten haben die besten Chancen."

„Das stimmt", bestätigte London. „Ich wäre nicht gern bei der *Free Press*, wenn die derzeitigen Rollen anders verteilt wären."

Die beiden standen in der Redaktion der *News* vor dem Kaffeeautomaten, aber nur London hielt eine Tasse in der Hand.

„Wir sollten uns aber besser schnell darum kümmern", sagte Ankenazy. „Haben Sie schon eine Vorstellung, wen Sie gern hinschicken würden?"

„Natürlich Pat Lennon."

„Herrgott, die habe ich bereits auf die Schmiergeldfondsgeschichte angesetzt. Keiner berichtet besser über Bürgermeister Cobb als sie. Sind Sie sicher, daß Sie unsere fähigste Mitarbeiterin haben wollen?"

„Klar doch. Die Konkurrenz hat Cox darauf angesetzt, und der ist ihre Numero Uno. Da müssen wir mitziehen."

„Ich möchte es Ihnen nicht ausreden, aber muß ich Sie daran erinnern, daß Lennon Cox' Lebensgefährtin ist?"

„Wie kommen Sie darauf, daß mich das umstimmen würde? Sie leben nun schon seit – wie lange? – sechs oder sieben Jahren zusammen, richtig? Das ist nicht das erstemal, daß sie hinter derselben Sache her sind."

„Einverstanden", sagte Ankenazy und schüttelte den Kopf. „Wenn Sie die beste wollen, dann sollen Sie sie haben."

Ankenazy ging zu Lennon. Er konnte lediglich ihr langes kastanienfarbenes Haar sehen, das beim Telefonieren über den Hörer fiel, den sie ans Ohr gepreßt hatte. Zumindest vorläufig würde sie ihre Aufmerksamkeit gleichzeitig auf Maynard Cobb und die seltsamen Vorkommnisse im Sacred-Heart-Seminar richten müssen.

# 3

Da nur noch drei Tage bis zu den Weihnachtsferien verblieben, herrschte bei Lehrern und Studenten am Sacred-Heart-Seminar bereits Ferienstimmung. Was die Stimmung ein wenig trübte, war die Tatsache der noch nicht aufgeklärten Attentate auf zwei Priester.

Seit dem Überfall auf Pater Merrit waren Wochen vergangen. Ein paar Tage nach dem Überfall hatten die Nachrichtenmedien die Vorfälle so gut wie vergessen. Die *News* und die *Free Press* brachten an drei aufeinanderfolgenden Tagen Artikel, die die Namen von Patricia Lennon und Joe Cox trugen. Die Fernsehsender hatten nur an einem Abend über die Geschehnisse berichtet.

Die polizeilichen Ermittlungen freilich hatten nicht aufgehört. Die Sergeants Morris und Patrick hatten sich emsig um all jene gekümmert, die aus pathologischen Gründen Verbrechen gestanden, die sie gar nicht begangen hatten. Die Polizei verfolgte verschiedene Spuren, die alle in eine Sackgasse führten. Die beiden Beamten widmeten einen immer größeren Teil ihre Zeit aktuelleren Fällen.

Im Seminar selbst ging alles seinen gewohnten Gang, aber alle dachten ständig an die begangenen Gewalttaten.

Pater Edmund Sklarskis Temperamentsausbrüche waren etwas, wovor man sich in acht nehmen mußte. Ein objektiver Beobachter hätte sie als lächerlich angesehen. Aber für die Studenten konnten sie furchtbar sein.

Jeden Morgen, wenn sie Sklarskis Unterricht besuchen mußten, beteten die Studenten, daß das Wetter schön und klar sein würde, denn heiteres Wetter erzeugte oft eine ebensolche Stimmung bei Sklarski. So lachten sie stets auch pflichtschuldigst über Sklarskis einleitenden Scherz, ob er nun lustig war oder nicht. Lachen half auch meistens, aber nicht immer. Man konnte es nicht vorhersagen. Man mußte einfach Risiken eingehen.

„Nun, Jungs“, verkündete Sklarski, „das ist unsere letzte Stunde vor den Ferien.“

Brüllendes Gelächter.

Michael Totten hob die Hand.

„Ja...“ Sklarski konnte sich selten an die Namen seiner Studenten erinnern.

„Totten – Michael Totten“, half ihm Totten auf die Beine.

„Ja, natürlich. Totten.“

„Pater, wir müssen nun für eine längere Zeit in die Welt hinaus“, führte Totten aus, „und deshalb würden wir gern ein paar Ratschläge von Ihnen hören. Wir betrachten Sie als eine Art zweiten geistlichen Ratgeber.“

Der geistliche Ratgeber des Seminars war Pater Burk. Was die Studenten anbelangte, so wäre Sklarski der zehnte auf der Liste gewesen, wenn es neun geistliche Ratgeber gegeben hätte. Aber es konnte nicht schaden, gleich zu Beginn ein wenig zu schmeicheln.

„Nun, ja, da Sie darum bitten, selbstverständlich.“ Sklarski fehlte das Mißtrauen, an der Aufrichtigkeit der Studenten zu zweifeln. „Ja, Jungs, hinaus in den Dschungel. Ein Schmelztiegel voller Versuchungen. Draußen lauern Frauen, die begierig darauf sind, euch eure heilige, reine priesterliche Würde zu stehlen. Geht ihnen aus dem Weg, Jungs, geht ihnen aus dem Weg. Glaubt mir, ihr würdet Gefallen an den Frauen finden, wenn ihr es mit ihnen versuchen würdet. Was uns geweihte Kirchendiener anbelangt, so gilt das Motto: ’Ansehen, aber nicht anfassen.‘“

Dank dieses wohlgemeinten Ratschlages waren viele von Sklarskis Studenten zu geschickten „Sehern“ geworden – fast bis zu dem Punkt, um Voyeure zu sein.

„Ja, Jungs, Frauen... Sex...“ Sklarski ließ die Vorstellung kurz auf seine Phantasie einwirken. „Eine Erleichterung für den verheirateten Mann, eine Befreiung der Sinnlichkeit. Aber nicht für euch, Jungs. Nicht für euch. Und Bücher, Jungs. Hütet euch vor

Büchern. Drugstores, Supermärkte, Einkaufszentren, Buchhandlungen – laszive Literatur, Jungs. Magazine, Taschenbücher. Bilder, Geschichten. Nicht für euch, Jungs! Zu viele Bücher, Jungs, zu viele Bücher. Ich sehe euch ständig lesen. Niemals draußen, Fußball, Baseball, Hockey oder Basketball spielen. Immer drin und Bücher lesen.“

Es fiel schwer, sich Sklarskis korpulenten, aber überraschend beweglichen Körper beim Sport vorzustellen.

„Nur einer ist unter euch, den ich draußen beim Üben sehe. Da hinten – wie heißen Sie?“

„Francis Wangler, Pater.“

„Hinter Francis Wangler. Wie heißen Sie?“

„Zimmer. William Zimmer, Pater.“

„Ja, Zimmer. Der einzige unter euch, der immerhin wie ein Sportler aussieht. Nein, nein, Jungs, zu viele Bücher. Warum so viele Bücher, Jungs? Warum all diese Bücher lesen, Jungs? Gütiger Gott, das Alphabet hat nur sechsundzwanzig Buchstaben!“

Zu seinem Pech fand Leonard Marks, daß diese Bemerkung komisch war. Zu seinem Pech lachte er laut und als einziger darüber. Das konnte sich gelegentlich als schwerwiegender Fehler erweisen. Wie jetzt auch.

„Sie halten das für komisch, was, äh...“ Sklarski suchte nach dem Namen.

„Leonard Marks, Pater“, quäkte der dickliche junge Mann.

„Ah, ja, Marks! Nicht genug, daß Sie versuchen, mich zu vergiften, nein, jetzt lachen Sie auch noch über Ihren zweiten geistlichen Ratgeber! Ich nehme an, Ihnen gefallen diese ganzen Mädchenmagazine und Taschenbücher!“

War man einmal einem Angriff ausgesetzt, hatte man keine andere Wahl, als alles hinzunehmen.

„Ich kenne Ihren Typ, Marks, ich kenne Ihren Typ! Sie sind ein Unruhestifter!“

Die gute Stimmung war dahin. In den kommenden vierzig Minuten konnte es nur noch schlechter werden.

Pater Koesler wandte den Kopf zur Tür, als er unterdrückte Laute hörte. Offenbar kamen sie aus einem Klassenzimmer weiter unten am Flur.

„Werden die immer noch mit der Häresie der Albigenser bearbeitet?“ überlegte Pater Koesler laut.

„Ich glaube“, informierte ihn einer seiner Studenten, „das ist der Zorn von Pater Sklarski.“

Sie alle waren auf schmerzliche Weise mit Sklarskis Gefühlsausbrüchen vertraut.

„Dann muß jemand die Unfehlbarkeit des Papstes angezweifelt haben“, meinte Koesler.

„Oder Sklarskis Unfehlbarkeit“, meldete sich ein vorwitziger Student zu Wort.

„Oder es hat letzte Nacht geschneit“, steuerte ein dritter bei.

„Nun, meine Herren“, sagte Koesler und lehnte sich an die Tafel zurück, wobei er die Soutane mit Kreide verschmierte, „kommen wir wieder zum Thema der Kommunikation zurück, womit wir ganz eindeutig wieder in der heutigen Zeit sind.

Wie ich schon sagte, das Mitteilungsblatt der Gemeinde kann ein wirksames Mittel der Kommunikation sein, oder es wird einfach weggeworfen...“

Schließlich läutete die Glocke.

Die Studenten begannen, Papiere und Bücher einzupacken. Die meisten gingen gern in Koeslers Unterricht und lernten etwas dabei. Er behandelte sie wie Erwachsene – anders als die meisten Mitglieder der Fakultät.

Der Turnflügel des Seminars bestand aus sechs geschlossenen Innenhöfen. Seit Jahrzehnten wurden sie ausschließlich zum Handballspielen benutzt. Das war zu der Zeit, bevor Rackettball *de rigueur* wurde. Es war auch zu der Zeit, als sich lange Schlangen von Studenten bildeten, die darauf warteten, daß einer der Höfe frei wurde. Nun war es auch Nichtmitgliedern des Seminars gestattet, sie zu benützen.

Zwei feste kleine Lederbälle prallten gegen die Mauer und hüpften ohne ersichtlichen Rhythmus durch den Hof. Vier junge Männer, die Schläger schwangen, schienen den kleinen Bällen ihre ganze Aufmerksamkeit zu schenken.

„Autsch!“

„Was ist denn, Lennie?“ fragte der besorgte William Zimmer. „Dein Handgelenk oder wieder der Knöchel?“

„Keins von beiden“, antwortete Marks, der sich den Rücken rieb. „Ich bin getroffen worden.“ Einer der Bälle hüpfte wie spöttisch um seine Beine herum.

„Ach, das tut nicht weh.“ Zimmer lächelte.

„Sag das meinem Rücken.“ Marks verzog das Gesicht.

Marks, einer der klassischen Pechvögel dieser Welt, wurde ständig durch irgend etwas verletzt.

Aus unerfindlichen Gründen hatte sich Zimmer Marks angenommen, als dieser ihn als frisch gebackenes Seminarmitglied kennengelernt hatte.

Die beiden hätten gar nicht verschiedener sein können. Zimmer, groß, athletisch, klug und erfolgreich, bildete den Gegenpol zu Marks: klein, pummelig, ungeschickt, phantasielos, träge und erfolglos. Irgendwie waren sie unzertrennliche Freunde geworden, wenngleich die Bande ihrer Freundschaft normalerweise von Zimmer zu Marks verliefen.

„Ich weiß nicht, wie ich mich von dir dazu überreden lassen konnte“, beschwerte sich Marks.

„Lennie, du mußt Sport treiben“, sagte Zimmer schulmeisterlich, griff nach dem jetzt zur Ruhe gekommenen Ball und warf ihn zur Mauer. „Du kannst nicht dein ganzes Leben auf einem Stuhl verbringen, sonst bekommst du irgendwann einmal einen Herzanfall.“

„Ich könnte lernen“, grollte Marks.

„Du kannst später noch lernen, Lennie.“ Zimmer lächelte. Er wußte, hätte er Marks sich selbst überlassen, würde er *Time* lesen oder bestenfalls *Newsweek*.

„Wie ist es?“ rief Francis Wangler. „Seid ihr bereit?“

„Wir sind bereit“, antwortete Zimmer für sich und seinen unfreiwilligen Partner.

Zimmer und Marks gewannen das Spiel. Oder besser gesagt, Zimmer gewann es für sie.

Marks spielte lustlos an, und Wangler gab einen Killerschuß zurück, den Zimmer irgendwie retten konnte. Der Ballwechsel fand mit wütender Schnelligkeit zwischen Totten, Wangler und Zimmer statt. Schließlich schlug Zimmer den Ball genau in die Ecke, wo Mauer und Boden zusammentrafen. Der Ball prallte so gut wie überhaupt nicht ab. Er war unmöglich zurückzuschlagen.

„Ich glaube, jetzt habe ich es kapiert", sagte Marks und sah zu Zimmer auf. „Ich mache den Aufschlag, und dann sehe ich tunlichst zu, daß ich mich aus allem heraushalte."

Die Fakultätstreffen waren nicht mehr das, was sie einst gewesen waren. Aber was waren sie einst gewesen? Die Treffen wurden im Lehrerzimmer abgehalten, einem Gemeinschaftsraum mit Sesseln und Sofas, die meisten zu weich gepolstert, und einigen Tischen. In einer Ecke stand ein Klavier, in einer anderen ein Farbfernseher; in der dritten Ecke befand sich eine Kochnische.

Fakultätstreffen fanden hier statt, soweit sich jeder erinnern konnte. Im vergangenen Jahrzehnt hatte sich ihr Charakter allerdings deutlich gewandelt.

Die Fakultät bestand inzwischen keineswegs mehr nur aus Priestern, sondern fast zur Hälfte aus Laien. Sogar eine Nonne gehörte dazu, die die Bemühungen um soziale Dienste koordinierte. Die Laienmitglieder neigten dazu, weniger entschieden zu sein als die Priester. Die Laien waren auf ihren Lehrerberuf angewiesen, um sich und ihre Familien zu ernähren. Die Priester konnten akzeptieren oder sich eine andere Betätigung suchen; sie bekamen in jedem Fall dieselbe Bezahlung. Von den Priestern fühlte sich lediglich der Rektor, Monsignore Albert Martin, verpflichtet, das Seminar als solches am Leben zu erhalten. Wie Churchill war Martin nicht Rektor geworden, um die Auflösung des Sacred-Heart-Seminars mitzuerleben.

Kurz nach Beginn der Weihnachtsferien endete das erste Semester. Das erklärte die Fakultätssitzung, die gerade stattfand.

„Zusammenfassend möchte ich sagen", meinte Pater Burk abschließend, „daß William Zimmer nicht nur ein überdurchschnittlicher Student ist; ich glaube, er wird ein Priester werden, auf den wir alle stolz sein können."

„Schon recht, Pater", bemerkte Monsignore Martin trocken, „aber wir sind nicht hier, um Verdienstorden zu vergeben, sondern um uns ein Bild von Eignung oder Nichteignung der Studenten zu machen."

Pater Louis Grandville schrieb etwas auf einen kleinen Zettel, faltete ihn zusammen, schrieb Schwester Anns Namen darauf und bat seinen Nachbarn, ihn weiterzugeben. Der Zettel mußte den ganzen Raum durchqueren, bis er bei Schwester Ann ankam.

Grandville gehörte zu den Spaßvögeln des Seminars. Er war ein flatterhafter Mensch, mitunter auf geniale Weise vulgär, stets zuverlässig und ein hervorragender Lehrer mit einer Engelsgeduld.

„Der nächste." Martin konsultierte seine Liste. „Mr. Michael Totten." Er wartete. Eine Hand wurde erhoben. „Pater Ward?"

„Dieser Student ist sicher kaum besser als Mittelmaß. Er hat als Noten lediglich drei und vier. Ich denke, er könnte bessere Leistungen vollbringen. Er strengt sich nicht besonders an. Er sollte mindestens verwarnt werden."

„Pater Sklarski?"

„Ich hatte die Hand nicht erhoben."

„Pater Burk?"

„Ich stimme Pater Ward zu; Mike gibt nicht sein Bestes. Nicht zustimmen kann ich dagegen der Ansicht, daß das allein seine Schuld ist. Ich finde, die Unzulänglichkeit liegt ebensosehr bei uns."

„Pater Merrit?"

„Äh... äh, *pia stercora!* Das ist eine... äh... äh... herzzerreißende Ansicht. Wenn Totten versagt, dann gefährdet er seine Weihe, nicht unsere. Es ist seine Verpflichtung, zu lernen."

„Und unsere zu lehren", sagte Burk herausfordernd.

„Pater, Pater", beschwichtigte Martin. „Werden wir nicht persönlich. Da es unterschiedliche Meinungen gibt, belassen wir den Fall vorerst im Status quo."

Martins Bestrebungen galten in letzter Zeit vornehmlich dem Ziel, die ohnedies vom Aussterben bedrohte Rasse der Seminarteilnehmer nicht noch weiter zu dezimieren. Martin bat selten um ein Votum der Fakultät. Wenn eines oder zwei Mitglieder der Fakultät sich für einen Studenten aussprachen, blieb der Status quo erhalten.

„Der nächste." Martin zuckte unmerklich zusammen. Er befürchtete, daß sie den nächsten Studenten verlieren würden. „Mr. Leonard Marks."

Hände schossen in die Höhe.

„Pater Merrit?"

„Diesem Studenten, wenn ich den Ausdruck... äh... entwürdigen darf, indem ich ihn auf ihn anwende, sollte nicht erlaubt werden, die gute Atemluft des Seminars zu verbrauchen, die die anderen brauchen können. Er ist ein völliger Narr!"

„Pater Sklarski?"

„Er ist ein Unruhestifter!"

„Pater Ward?"

„Er ist wirklich eine Schande. Nur die Noten vier und fünf. Anders als Mr. Totten gibt Marks bereits sein Äußerstes. Er macht einfach nichts richtig. Vor ein paar Jahren hätten wir ihn nicht einmal ernsthaft für das Priesteramt in Erwägung gezogen. Daß man ihm überhaupt gestattete, dieses Seminar zu besuchen, war ein grober Fehler; daß er hier bleibt, wäre komisch, wenn es nicht so tragisch wäre."

„Pater Koesler?"

„Ich will weder sagen, daß Lennie besonders schlau, schnell oder geschickt ist, noch möchte ich bestreiten, daß er früher im Seminar nicht sehr alt geworden wäre. Aber ich stelle eben diese Maßstäbe in Frage. Immerhin berief Jesus zwölf sehr gewöhnliche Menschen zu seinen Aposteln. Irgendwie finde ich, daß Lennie in ihrer Mitte nicht fehl am Platze gewesen wäre. Und wenn Jesus Lennie gewählt hätte, wer sind wir, um ihn zu verstoßen?"

„Pater Grandville?"

„Ich stimme Bob zu. Vielleicht gibt es ein Apostolat für die Ungeschickten, das wir übersehen."

„Wir werden es nicht mehr übersehen, wenn wir diesen... äh... Hanswurst weihen!“ bemerkte Pater Merrit ätzend.

„Nun, Pater“, verkündete Martin erleichtert, „da in dieser Frage Uneinigkeit besteht, belassen wir den Fall im Status quo.“

Pater Grandvilles Zettel erreichte Schwester Ann. Langsam faltete sie ihn auf. Er war nicht unterschrieben. Das war auch nicht notwendig. Sie erkannte die Handschrift und den Tonfall. Darauf stand: „Liebe Schwester Ann, ich bin scharf auf Sie.“

Sie schüttelte den Kopf, dann vergrub sie ihn in den Armen auf der Tischplatte.

Das einzig Angenehme, das nach Pater Koeslers Meinung mit einem Fakultätstreffen einherging, war die Soiree, die folgte.

Kaum hatte Monsignore Martin die Versammlung mit einem Gebet beendet, wurde Whiskey, Scotch, Wermut, Gin und Wodka aus dem Getränkeschrank geholt und zur Bar getragen. Die Spirituosen waren nicht die teuersten, aber gewiß auch nicht die billigsten. Nacheinander gingen die Fakultätsmitglieder zur Bar und machten sich ihre Drinks.

Das heutige Zusammensein war etwas Besonderes, eine verspätete Feier des Heiligen Albert des Großen, Schutzheiliger von Monsignore Albert Martin. In der lateinischen Sprache, die der Monsignore so sehr bewunderte, hieß der Heilige Albertus Magnus. Daher wurde der Monsignore, besonders von seinen engen Bekannten, gern mit Big Al angesprochen.

Als Teil der Festivität wurde eine riesige Schüssel Shrimps auf den Tisch gestellt, der in der Mitte des Zimmers stand. Um dieses Ereignis zu ehren, pfiff Koesler ein paar Takte von „The Shrimp Boats Are Coming“. Die jüngeren Fakultätsmitglieder hatten das Lied noch nie gehört.

Koesler ließ eine Cocktailkirsche in seinen ansonsten fertigen Manhatten fallen. Er wanderte durch das Zimmer und schnappte Bruchstücke von Unterhaltungen auf.

„Natürlich ist er noch ein Welpe“ – Schwester Ann beschrieb Pater Merrit ihren neuen Hund –, „aber ich dachte, die Natur würde sich um das kümmern. Ich meine, in den ersten paar Monaten kauerte sich der Hund jedesmal nieder, wenn er sein Geschäft machen mußte, anstatt das Bein zu heben. Letzte Woche gab ich ihm noch eine Chance. Sollte er nicht das Bein heben, wollte ich beim nächsten Gassigehen eine Schnur daran binden und es ihm beibringen. Glücklicherweise hat er es dann kapiert.“

„Aufwachen ist niemals leicht“, bemerkte Pater Merrit, „ob man nun ein... äh... Kind oder Welpe ist.“

Koesler ging weiter.

„Ich nahm also den Hörer ab“, erzählte Pater Sklarski einigen Mitgliedern der Laienfakultät, „und diese Stimme sagt: ’Ist dort Pater Sklarska?‘ Verstanden? ’Ska‘, nicht ’Ski‘. Also antworte ich: ’Ja, er ist es. Er ist am Apparat. Das ist gutes Englisch. Ich nehme nicht an, daß Sie das verstanden haben.‘ Worauf die Stimme sagt: ’Guten Tag, hier ist der Erzbischof.‘ Der Erzbischof! Junge, Junge. Und die Moral der Geschichte ist: Finde stets heraus, wer am Telefon ist, bevor du dir Dreistigkeiten herausnimmst.“

Gelächter.

Koesler ging zum Tisch mit der Shrimps-Schüssel. Shrimps gab es immer noch genug, aber die Soße wurde knapp. In diesem Augenblick kam William Zimmer mit neuer Soße.

Als hätte man es nicht geahnt, dachte Koesler. Der All-American Boy taucht genau in dem Augenblick mit der Soße auf, als sie gebraucht wird.

Als Zimmer sich wieder entfernen wollte, stieß er beinahe mit Pater Koesler zusammen.

„Entschuldigung, Pater.“

„Nichts passiert.“

„Oh, ich wollte Sie sowieso schon fragen, Pater: Was machen die Ermittlungen?“

„Ermittlungen?“

„Ja. Wegen der Überfälle – Sie wissen schon, Pater Ward und Pater Merrit.“

„Oh.“ Koesler lächelte. „Ich habe nicht die leiseste Ahnung. Ich habe nichts damit zu tun.“

„Oh, ich meine... Ich meine, Sie haben früher schon an Ermittlungen teilgenommen. Ich dachte, da welche direkt hier im Seminar stattfinden..."

„Nein, nein", kicherte Koesler. „Ich bin nicht Pater Brown. Nur ein einfacher Pfarrer. Alles andere – nichts als Übertreibung."

Zimmer schien enttäuscht, als er sich entfernte.

Wenn wir jemals einen zweiten Pater Brown bekommen, überlegte Koesler, dann wird es wahrscheinlich Pater Zimmer sein, der All-American Priester. Ob es Zeit für heiße Soße ist oder die Aufklärung eines Verbrechens, Pater Zimmer wird da sein, William-stets-zur-Stelle.

Koesler verweilte lange genug am Tisch, um mehrere Jumbo-Shrimps zu verspeisen. Dann ging er weiter.

„Die Libido ist nicht alles", belehrte Pater Burke gerade Pater Grandville. „Es gibt noch andere motivierende Kräfte im Leben. Kennen Sie die Geschichte, als Freud sich inmitten einer Gruppe von Psychoanalytikern befand? Freud schickte sich gerade an, eine Zigarre zu rauchen, als ihm auffiel, daß seine Kollegen diesem Gegenstand unangemessene Aufmerksamkeit widmeten. Und daher sah sich selbst Freud veranlaßt zu sagen: 'Meine Herren, es könnte wirklich nur eine Zigarre sein.'"

„Und?" fragte der zerstreute Grandville.

„Nehmen wir einmal diese Gabel, die Sie in der Hand haben." Burk deutete auf Grandvilles Shrimpsgabel. „Ist sie es oder ist sie es nicht? Ist sie existentiell oder ontologisch ein Phallussymbol?"

„Ach, gabeln Sie sich ab!" Pater Grandville begann zu lachen. Burk ebenfalls.

Koesler ging weiter.

„Der Apartmentkomplex befindet sich in unserer Gemeinde, sogar in ziemlicher Nähe der Kirche", erzählte Pater Dave Smith, das jüngste Fakultätsmitglied, gerade Pater Ward. „Als ich gestern daran vorbeiging, überlegte ich mir, was sie wohl tun, wenn dort ein Großbrand ausbricht?"

Ward knabberte an einem Shrimp, ohne den Mund zu weit zu öffnen.

„Ich meine, was wäre, wenn ein Brand ausbricht, und ich werde geholt? Würde mein Priesteramt mich dazu verpflichten, mein Leben zu gefährden und in das brennende Gebäude hineinzugehen, um die Letzte Ölung zu erteilen?“

Ward trank von seinem Martini. Er sah Smith nicht an. Koesler überlegte, ob er dem jungen Priester überhaupt zuhörte.

„Nun sollen Sie nicht denken, daß ich nicht schon selbst versucht hätte, dieses Dilemma zu lösen. Ich habe bei Noldin und Tanquerey nachgeschlagen, fand aber nirgends eine Antwort darauf. Daher dachte ich, ich trage Ihnen das Problem vor. Ich meine, Sie mit Ihrer jahrelangen Erfahrung – ich weiß, daß Sie die Antwort wissen.“

Ward trank völlig ausdruckslos weiter von seinem Martini.

„Nun, Pater, wie ist es? Das könnte zu einem sehr realen Problem werden. Wenn in dem Apartmentkomplex ein Feuer ausbräche, wäre ich durch mein Priestertum verpflichtet, dort hineinzugehen und die Sakramente zu spenden, auch wenn es mein Leben kosten könnte?“

„Natürlich nicht. Seien Sie kein Narr!“ Ward sah Smith immer noch nicht an.

Die Leuchtanzeige blinkte zweimal. Essenszeit.

Koesler trank seinen Manhatten leer und gesellte sich zu der Gruppe, die sich darauf vorbereitete, in den Speisesaal zu gehen. Aber dann geschah etwas Unerwartetes.

Anstatt den Flur im zweiten Stock zum Speisesaal der Fakultät entlangzugehen, begab sich die Gruppe die Treppe hinunter in den Keller. Koesler war verlegen, da er offenbar der einzige war, der nicht wußte, was vor sich ging. Daher folgte er wortlos den anderen.

Sie gingen in die Studentenkantine.

Der Speisesaal der Studenten! Koesler konnte es nicht fassen. Nichts gegen die jungen Leute. Aber er wollte sich nicht zu eng mit ihnen einlassen. Und er ging davon aus, daß sie, wenn sie normale Jungs waren, auch mit ihm keinen zu engen Kontakt wollten. Er fühlte sich in der Falle.

Er sah über den Tisch. Ihm gegenüber stand Pater Grandville. Sie waren von Studenten umgeben. Grandville schien über die Situation so unglücklich zu sein wie er selbst.

Stumm, aber überdeutlich formten Koeslers Lippen das Wort: Carl's? Grandville nickte. Sofort nach dem Tischgebet standen Koesler und Grandville auf und gingen in Carl's Shop House, wo sie sich über Rippchen hermachten und ein Gespräch unter Männern führten.

„Ich weiß nicht, weshalb ich mich von dir dazu habe überreden lassen", sagte Pat Lennon.

„Ich brauche dich als Dolmetscherin", antwortete Joe Cox. „Ich wußte nicht einmal, daß bestimmte Kleidung vorgeschrieben ist."

„Aber Joe, man geht nicht zu einem Treffen ultrakonservativer Katholiken, als wäre man für die Disco angezogen!"

„Woher sollte ich das wissen? Kane gab mir den Auftrag als wir gerade dichtmachten. Ich hatte vorher noch nicht einmal etwas von der Tridentinischen Gesellschaft gehört. Also muß ich mich auf ein gutes katholisches Mädchen wie dich verlassen – was heißt das überhaupt, Tridentinische Gesellschaft?"

„Das kommt vom lateinischen Trento, dem Konzil von Trento, das Mitte des sechzehnten Jahrhunderts stattfand. Sehr konservative Katholiken sind überzeugt, daß seither nichts mehr geschehen ist oder hätte geschehen sollen. Aber ich muß dich auch noch warnen, was heute abend anbelangt. Diese Tridentiner sind nicht mit unseren üblichen konservativen Katholiken zu vergleichen. Die im Glauben vereinten Katholiken sind eine legale Organisation, die eine legitimierte konservative Meinung vertritt. Die Leute heute abend aber sind Irre. Daher ziehen wir uns so konservativ wie möglich an. Und vergiß nicht: kein Notizblock! Wenn sie herausfinden, daß wir Reporter sind, könnten wir eine Menge Ärger bekommen."

„Wirklich? Doch nicht handgreiflichen?"

„Fürchte schon."

„Warum sollte jemand wegen der Religion handgreiflich werden?"

„Diese Leute nehmen alles sehr ernst. Wirst schon sehen."

„Gut. Wir passen uns an. Niemand wird uns bemerken."

Während Cox weiter zur Knights of Columbus Hall fuhr, wo die Versammlung stattfinden sollte, dachte er, daß ihn vielleicht niemand bemerken würde, aber es würde an ein Wunder grenzen, wenn Pat nicht Aufmerksamkeit erregte. Von den Zehenspitzen bis zum Scheitel war sie eine der schönsten Frauen, die er je gesehen hatte. Cox sah hinab und erblickte einen ihrer wohlgeformten Knöchel. Sie hätte ihre Kurven nicht unter einem Sack verbergen können. Hinzu kam, daß sie eine der intelligentesten Frauen war, die er kannte – und eine verdammt gute Reporterin. Aber das, überlegte er, war er auch. Ein guter Reporter.

Sie hatten sich kennengelernt, als sie beide für die *Free Press* arbeiteten. Sie paßten perfekt zusammen und lebten bereits eine ganze Reihe von Jahren in einer Wohnung. Beide waren vorher schon einmal verheiratet gewesen. Keiner hatte Kinder. Sie hatten einmal die Möglichkeit untersucht, noch einmal mit dem Segen der katholischen Kirche zu heiraten. Aber das war schiefgegangen. Nun waren sie damit zufrieden, zusammenzuleben und leben zu lassen.

Die Knights of Columbus Hall hatte schon bessere Zeiten gesehen. Wie der Rest der Nachbarschaft schien sich das Gebäude im letzten Zustand des Verfalls zu befinden. Um die Halle herum waren eine Menge Parkplätze frei. Einst mußte hier viel los gewesen sein, überlegte Cox.

Während Cox noch dastand, bekam Pat Lennon ein paar Flugblätter in die Hand gedrückt.

In der Halle, die mühelos tausend Menschen Platz geboten hätte, schienen sich kaum mehr als hundert aufzuhalten.

„Scheint Ebbe im Radikalengeschäft zu herrschen", bemerkte Cox.

„Pst!" zischte Lennon.

„Warum starren sie uns alle an?" fragte Cox, während sie im hinteren Teil der Halle Platz nahmen.

„Sie haben uns vorher noch nie gesehen. Wir gehören nicht zu den Altgläubigen. Sie trauen uns nicht."

„Ich fühle mich unwohl." Cox erschauerte ein wenig. „Aber mit der Kleidung hattest du recht. Fast alle hier tragen schwarz."

„Sie trauern dem dreizehnten Jahrhundert nach."

Ohne Ankündigung betrat ein schlanker Mann das Podium, nahm seinen Platz hinter einem Pult ein und schlug mit einem Hammer auf die Tischplatte, obwohl keiner etwas sagte. Eindeutig Blauer Anton, dachte Cox. Arbeitet entweder bei Ford am Fließband oder in einer kleinen Werkzeugfabrik.

Der Mann stellte sich nicht vor. „Normalerweise beginnen wir damit, daß wir einen Rosenkranz beten. Aber unser erster Redner muß heute abend früher gehen, daher werden wir den Rosenkranz zum Schluß beten."

Er war offenbar der Vorstand der Tridentiner. Zumindest schien er den Vorsitz über diese Versammlung zu haben.

„Wenngleich wir noch nie die Ehre hatten, unseren ersten Redner bei uns zu haben, sind wir alle" – er sah mißtrauisch zu Cox und Lennon, die sich Mühe gaben, ultrakonservativ auszusehen – „mit ihm vertraut. Es ist" – fast kaum wahrnehmbarer Beifall – „der Bürgermeister von Tumerango."

„Wo liegt Tumerango?" flüsterte Cox.

Lennon überflog eines der Flugblätter, die sie unter der Tür erhalten hatte. „Kolumbien."

„Britisch-Kolumbien?"

„Kolumbien, Südamerika."

„Seine Gnaden, Carlos Silvanos", fuhr der Vorsitzende fort, „hat wunderbare Neuigkeiten. Ich weiß, wir brennen alle darauf, sie zu hören. Hier ist er nun also – der Bürgermeister von Tumerango."

Diesmal war der Beifall mehr als höflich. Für eine Gruppe wie diese konnte man ihn schon fast als frenetisch bezeichnen.

Ein dicker, schwerer Mann im blauen Nadelstreifenanzug betrat die Bühne.

„Meine Freunde, ich habe wunderbare Neuigkeiten." Der Bürgermeister wiederholte die Worte des Vorsitzenden. „Sie haben sie wiedergesehen."

Mehr Applaus, sogar noch frenetischer.

„Wer hat wen gesehen?“ fragte Cox. Er, als pflichtvergessener Presbyterianer, hatte Angst, etwas nicht mitzubekommen.

„Warte“, mahnte Lennon. „Aber ich wette, es ist die Heilige Mutter.“

„Die Heilige Mutter“, bestätigte der Bürgermeister, „ist wieder drei Kindern erschienen.“

„Warum müssen es immer drei Kinder sein?“ murmelte Lennon.

„Evita, Elena und José erblickten unsere Heilige Mutter am neunundzwanzigsten November“, fuhr der Bürgermeister fort. „Sie offenbarte ihnen eine Vision des Fegefeuers. Sie berichteten, daß es dort furchtbar ist. Viel Feuer. Und es wimmelt dort von Priestern und Nonnen, die ihrem Gelübde untreu geworden sind. Sie sagte den Kindern, sie sollten die Welt auffordern, für diese Priester und Nonnen zu beten. Sie befahl ihnen, an der Stelle der Erscheinung eine prächtige Kathedrale erbauen zu lassen.“

„Wie können wir die Wünsche der Heiligen Mutter erfüllen, wo doch so wenige über Tumerango Bescheid wissen?“ fragte jemand aus dem Publikum.

„Das ist das Beste daran“, verkündete der Bürgermeister. „Unsere Heilige Mutter hat uns ein Wunder versprochen!“

„Ein Wunder!“ wiederholte das Publikum wie aus einem Mund.

„Ja. Größer als Lourdes oder Fatima.“

„Größer als Lourdes oder Fatima!“

„Ja. Und das ist noch nicht alles.“ Er wartete vielsagend. Seine Zuhörer hingen an seinen Lippen. „Sie wird das Wunder acht Tage vorher ankündigen.“

„Acht Tage“, flüsterte Cox. „Dann kann es noch im *TV Guide* ausgedruckt werden. 'Donnerstag abend, live und in Farbe: Das Wunder von Tumerango.'“

„Ja“, meinte Lennon. „Ich kann mir förmlich vorstellen, wie der Produzent dem Regisseur zuruft: 'Stell das Blau ein, Murray. Das Gewand der Heiligen Mutter muß blau sein!'“

„Nellie wird außer sich sein“, sagte Cox.

„Und während wir auf das Wunder warten“, fuhr der Bürgermeister fort, „habe ich etwas mitgebracht. Zweige von der Weide, über der Unsere Heilige Mutter erschienen ist. Sie können sie im hinteren Teil des Auditoriums sehen.“

Alle sahen zum hinteren Teil der Halle, wo es schien, als wäre eine ganze Weide abgeholzt und aufgeschichtet worden.

„Pflanzt sie ein“, sagte Cox flüsternd, „und genießt die Visionen in der Behaglichkeit eures Gartens.“

„Jede Spende, die Sie geben“, fuhr der Bürgermeister fort, „wird dem Bau der Kathedrale zugutekommen. Und ich rate Ihnen, zu uns nach Tumerango zu kommen und mit den Kindern zu sprechen. Vielleicht haben Sie Glück und können während einer Vision anwesend sein.“

Dann entschuldigte sich der Bürgermeister und sagte, er müßte noch eine Reihe anderer Versammlungen besuchen.

„Ich glaube“, sagte Cox, „der Bürgermeister ist gleichzeitig der Zuständige für den Fremdenverkehr.“

„Pst“, zischte Lennon wieder. „Die Leute fangen schon an, uns anzustarren.“

Der Vorsitzende betrat wieder das Podium. „Nachdem wir gehört haben, was uns Bürgermeister Silvanos gesagt hat, scheint es beinahe, als müßte unser nächster Redner von Gott dem Allmächtigen geschickt worden sein. Man braucht nicht viel Grips, um sich vorzustellen, daß die jungen Priester und Nonnen in argen Schwierigkeiten stecken. Priester tragen keinen Kragen mehr, tragen kein Schwarz mehr, lassen sich überall das Haar wachsen, nur nicht dort, wo sie es sollten. Sie bleiben nicht mehr wie früher in ihren Pfarreien. Sie marschieren auf den Straßen, unterstützen Kriegsdienstverweigerer und jagen Frauen nach. Und denken Sie an die Nonnen! Miniröcke und ausgeschnittene Blusen! Sie ähneln mehr leichten Mädchen als den guten alten Nonnen, die wir kennen!“

Eine fast greifbare Atmosphäre völliger Übereinstimmung ging von den Zuhörern aus.

„Und nun wissen wir von der Heiligen Mutter höchstpersönlich, daß diese Priester und Nonnen auf direktem Weg im Fegefeuer landen. Ich persönlich“ – er sah sich bedeutungsvoll um – „war der Meinung, sie würden in der Hölle enden. Aber wer bin ich, den Worten der Heiligen Mutter zu widersprechen? Wie dem auch sei, unser zweiter und letzter Redner dieses Abends wird genau über dieses Thema reden. Darüber, wie in den Seminaren heutzutage alles verdorben wird. Hören wir nun, was Bruder Alphonsus zu sagen hat."

Ein großer, schlanker Mann, etwa Mitte der Vierzig, stand auf und näherte sich der Bühne.

Applaus. Nicht so frenetisch wie bei seiner Gnaden dem Bürgermeister, aber höflich.

„Glaubst du, daß er wirklich ein Bruder ist?" fragte Cox, der sich zu Lennon beugte. „Ich meine, in einem religiösen Orden?"

„Weiß nicht. Schon möglich. Das ist vielleicht nicht einmal sein wirklicher Name. Diese Leute sind ziemlich paranoid."

„Sie müssen nicht paranoid sein. Es könnte wirklich sein, daß niemand sie mag."

Bruder Alphonsus trat vor die Bühne, hob den Fuß auf die erste Stufe und fiel nach vorn. Er konnte nur verhindern, ganz hinzufallen, indem er sich auf die ausgebreiteten Arme stützte. Er gab sich Mühe, den Sturz als eine Art religiöse Geste darzustellen, hatte aber keinen Erfolg.

Das betretene Schweigen wurde beinahe von einem Gelächter von Joe Cox unterbrochen, den Pat Lennon aber noch rechtzeitig mit einem Ellbogenstoß in die Rippen zum Schweigen brachte.

Alphonsus schaffte es ohne weitere Mißgeschicke bis zum Podium. Er legte seine Unterlagen auf das Pult und klopfte gegen das Mikrofon. Keine Resonanz.

Cox konnte sich nicht vorstellen, weshalb Alphonsus argwöhnte, das Mikrofon könnte in der kurzen Zeit, die er gebraucht hatte, um es zu erreichen, ausfallen. Aber der Argwohn des Bruders wurde bestätigt.

Der Vorsitzende machte sich, zusammen mit einem anderen Anwesenden, der aussah, als könnte er im täglichen Leben Elektriker sein, an dem Mikrofon zu schaffen. Ihre Bemühungen waren vergebens. Schließlich gab der Vorsitzende Alphonsus einen ermutigenden Schlag auf den Rücken und den Rat, laut zu sprechen.

„Sex“, verkündete Bruder Alphonsus.

Damit hatte er ihre Aufmerksamkeit.

„Sex unterrichten sie heute in den Seminaren“, führte Alphonsus weiter aus.

Die Leute im Publikum sahen einander an und nickten.

Wenn es möglich war, schockiert und befriedigt gleichzeitig auszusehen, dachte Cox, dann würde das genau die Mienen der meisten Zuhörer beschreiben.

„Nicht so, wie es gelehrt wurde, als ich das Seminar besuchte“, fuhr Alphonsus fort. „Damals stand Sex im Lehrbuch, und das Lehrbuch war in Latein!“

Wie er es aussprach, dachte Cox, hörte sich Lateinisch wie ein Wundermittel an.

„Ich will Ihnen verraten“, führte Alphonsus aus, „Sex in Latein kann sehr langweilig sein.“

Vielleicht war es ein Wundermittel, dachte Cox.

„Ich kann Ihnen aber auch sagen, daß es heute nicht mehr langweilig ist!“

Gott sei Dank, dachte Cox.

„Heutzutage zeigen sie sowohl im Sacred-Heart-Seminar wie auch in St. Joseph Bilder. Filme und Bilder. Es gibt die sogenannte wissenschaftliche Organisation, die in die Seminare geht – auf Einladung der Fakultät, versteht sich – und diese Bilder zeigt. Und wissen Sie, was diese Bilder zeigen?“

Das Publikum war auf die kollektive Folter gespannt.

„Geschlechtsverkehr!“

Das Publikum atmete geschlossen und heftig ein.

„Onanie!“

Ein erneutes scharfes Einatmen.

„Gruppensex!“

Das Publikum atmete so explosiv aus, daß es sich wie ein einziges lautstarkes Zischen anhörte.

„Ich habe viele dieser Bilder heute bei mir. Leider bin ich nicht befugt, Ihnen zu sagen, wie ich in ihren Besitz gekommen bin. Aber alle unter Ihnen, die sie anschließend sehen möchten, können mich nach dieser Versammlung aufsuchen." Er bekam gewiß viele Kunden.

„Aber das ist noch nicht alles. Hinterher bilden sie kleine Gruppen und führen lose Reden!"

In der ersten Reihe saß der ganz in Schwarz gekleidete Lennie Marks und war in Ekstase. Bruder Alphonsus war Lennies Idol. Hier war ein Mann, der viele der Probleme hatte, an denen Lennie selbst litt. Und doch war Alphonsus erfolgreich. Er war hier und sprach zu einer Gruppe, die sich nicht nur anhörte, was er zu sagen hatte, sondern die von seinen Worten motiviert wurde.

„Und eines muß ich noch hinzufügen", sagte Alphonsus. „Diese Sitzungen sind auch für die Öffentlichkeit." Er machte eine rhetorische Pause, um den Nachdruck zu steigern. „Bei diesen Versammlungen sind auch Frauen anwesend. Manche davon sind Nonnen!"

In diesem Augenblick öffnete der Hausmeister den Eingang neben der Bühne und erzeugte so heftige Zugluft. Alphonsus' Unterlagen und Bilder wurden vom Pult geweht. Verschiedene Anwesende, darunter auch Marks, überschlugen sich förmlich, um ihm dabei zu helfen, sie einzusammeln.

„Ich frage Sie" – Alphonsus hatte sich und seine Dokumente wieder gesammelt – „was können wir dagegen tun? Was werden Sie dagegen tun? Wir dürfen nicht damit rechnen, daß uns die Hierarchie zu Hilfe kommt. Die Bischöfe wissen, was sich abspielt, aber sie unternehmen nichts dagegen. Was werden wir dagegen tun? Wir sprechen von einer Todsünde! Die Seminare verleiten ihre Studenten zu Todsünden! Was werden wir dagegen tun?"

„Wir müssen etwas tun!" rief eine Frau.

„Unsere Abgaben einbehalten!" rief eine andere.

„Wir könnten sie ausbomben!" brüllte ein stiernackiger Mann.

Cox mußte normal laut sprechen, damit Pat ihn in dem Getöse verstehen konnte. „Das ist nicht mehr komisch. Jetzt verstehe ich, was du damit gemeint hast – handgreiflich."

„Wir müssen etwas tun!" Alphonsus machte eine ausholende Geste – und stieß dabei die Ablage um. Er richtete sie wieder auf, griff nach seinen Unterlagen und Bildern und nahm in der allgemeinen Verwirrung seinen Platz wieder ein.

Der Vorsitzende ging nun wieder auf die Bühne und bat um Ruhe. Das Mikrofon funktionierte wieder.

„Freunde“, sagte der Vorsitzende, als wieder Ruhe eingekehrt war, „ich denke, wir können alle nur dankbar sein für die Ausführungen von Bruder Alphonsus. Wir alle werden dieses Thema bei unserer nächsten Versammlung vertiefen. Nun werden wir die Versammlung schließen, indem wir gemeinsam den Rosenkranz beten. Und vergeßt nicht, jeder, der die von Bruder Alphonsus mitgebrachten Beweisstücke sehen möchte, soll sich nach dem Rosenkranz bei ihm einfinden. Ich weiß ganz sicher, daß ich sie sehen möchte. Im Namen des Vaters, und des Sohnes, und des heiligen Geistes...“

Perlen rasselten.

„Verschwinden wir hier“, drängte Cox.

„Bist du von Sinnen? Während des Rosenkranzes? Diese Leute haben Blut gewittert! Heilige Maria, Mutter Gottes, bitte für uns Sünder, jetzt und in der Stunde unseres Todes. Amen.“

„Oh, Gott!“ Cox senkte kläglich den Kopf.

Es war ein seltsames Geräusch. Viele hätten gestehen müssen, daß sie es noch nie vorher gehört hatten. Manche behaupteten, daß es noch nie jemand gehört hatte. Einige gingen sogar soweit zu behaupten, daß es etwas Einmaliges war.

Nelson Kane lachte schallend.

Was als kurzes Schnauben begonnen und sich dann zu einem leisen Kichern entwickelt hatte, war jetzt ein brüllendes, stakkatohaftes Gelächter.

Kane saß am Textcomputer und las Joe Cox’ Artikel über die Versammlung der Tridentinischen Gesellschaft.

Verdammt, dachte Kane, man konnte über Cox sagen, was man wollte, aber der Bursche konnte wirklich schreiben. Ob es ein Bericht über Ermittlungen war, eine schnörkellose Nachricht oder eine Glosse wie die über die Tridentiner, Cox besaß für alles das richtige Gespür.

Die Beziehung zwischen Cox und Kane war geregelt und festgeschrieben. Kane spielte den strengen, brummigen und anspruchsvollen Vater, Cox den verlorenen Sohn. Diese Beziehung erwies sich für beide als produktiv.

Beide hatten den Pulitzerpreis gewonnen, Kane für seine Berichte über die Unruhen von 1967 in Detroit, Cox ein Jahrzehnt später für seine Artikelserie über eine Mordserie, die als die „Rosenkranz-Morde" bekannt geworden war.

Niemand genoß das Schauspiel eines lachenden Kane mehr als Cox. Er beschloß, sich Kanes Schreibtisch zu nähern. Wer weiß, dachte er, vielleicht ergibt sich daraus eine gute Gelegenheit, um eine Gehaltserhöhung zu bitten.

„Gefällt es?" fragte er überflüssigerweise.

„Besser als eine weinende Statue." Kane rieb sich die Tränen aus den Augen. „Das Schöne an Ihnen ist, Cox, daß Sie wissen, wann Sie aufhören müssen. Die meisten anderen würden den Leser in die Rippen stoßen und hervorheben, was an dem Haufen bizarr ist. Aber Sie erkennen einen Obstkuchen, wenn Sie einen sehen. Sie erzählen einfach nüchtern das, was passiert ist, als die Irren ihre Schau abgezogen haben. Sehr komisch! Sehr komisch!"

„Trotzdem war es seltsam, Nellie; ich hatte den Eindruck, als könnten diese Leute gefährlich werden."

„Darauf können Sie sich verlassen. Die sind nicht von dem Kaliber, das einen bösen Brief an den Chefredakteur schickt. Die schikken eine Bombe."

„Ich hatte vor, an dieser Gruppe dranzubleiben. Sie werden vielleicht nicht mehr komischer, als sie es gestern abend schon waren, aber vielleicht entwickelt sich noch etwas daraus. Wissen Sie, sie könnten handgreiflich werden."

„Einen Augenblick", warnte Kane. „Haben Sie nicht Ihre Tarnung auffliegen lassen? Sie und Lennon waren die einzigen Fremden beim gestrigen Treffen. Und jetzt kommt Ihre Story in der *Free Press*. Ich meine, selbst die Tridentiner können zwei und zwei zusammenzählen."

„Schon, aber erinnern Sie sich noch an die Mordverhandlung

dieses Diätarztes, Nellie? Die *Times* zitierte die Tochter des Sprechers der Geschworenen, die aussagte, daß ihr Vater niemals eine Zeitung liest. Wissen Sie, einer von den Burschen, über die selbst Cronkite sich beschwerte, daß sie ihre Informationen ausschließlich aus dem Fernsehen beziehen. Diese Bande scheint mir derselben Kategorie anzugehören. Wenn von denen überhaupt einer etwas liest, dann bestenfalls erzkonservative Gemeindeblätter. Die sind so emsig damit beschäftigt, anzuprangern, was alles in der Kirche schiefläuft, daß sie sich überhaupt nicht darum kümmern, was in der Welt schiefläuft. Außerdem, wenn ich mich irre, hätten Sie dann einen noch besseren Aufmacher: REPORTER AUF DER SUCHE NACH DER WAHRHEIT KALTGEMACHT."

„Schön, aber seien Sie vorsichtig." Kane hielt eine unangezündete Zigarre zwischen den Zähnen. „Sie haben natürlich recht, es könnte gut sein, sie im Auge zu behalten. Wie oft treffen sie sich?"

„Unregelmäßig, nehme ich an. Das Treffen gestern Abend wurde im *Detroit Catholic* angezeigt. Sie geben ihre Termine immer im *Catholic* bekannt."

„Ich wußte nicht, daß Sie den *Detroit Catholic* bekommen."

„Pat bekommt ihn."

„Oh." Kane dachte nicht gern an Pat Lennon. Es war zu schmerzlich, wenn man daran dachte, was die *Free Press* mit Cox und Lennon als Zweigestirn hätte erreichen können – zumal er wußte, daß es nie passieren würde.

Cox, der gehen wollte, zögerte.

„Nein", sagte Kane.

„Nein?"

„Nein, es wäre keine gute Gelegenheit, um eine Gehaltserhöhung zu bitten."

Am Weihnachtsabend bedauerte Pater Koesler immer alle, die keine Pfarrer waren.

Dieser Gedanke kam ihm, als er sich für die Mitternachtsmesse ankleidete. Sicher, Weihnachten war für Kinder, und es gab keine

Kinder im Pfarrhaus. Dennoch war Weihnachten für den Gemeindeseelsorger immer besonders herrlich.

Alle Messen wiesen Rekordbesucherzahlen auf. An Weihnachten und Ostern wurden die regelmäßigen Kirchgänger stets von den Gelegenheitskatholiken unterstützt. Manche Priester fanden das entmutigend; sie ließen ihrem Zorn bei solchen Anlässen freien Lauf, indem sie besonders garstige Predigten hielten.

Aber Koesler freute sich immer darüber, wenn Leute in die Kirche kamen, egal aus welchen Gründen. Er verglich das Gefühl, eine voll besetzte Kirche bei der Messe zu haben, mit dem, das Eltern haben mußten, wenn alle ihre Kinder und Enkelkinder in den Ferien zu Besuch waren. Oder das zufriedene Gefühl des sprichwörtlichen biblischen Hirten, wenn alle seine Schäfchen bei der Herde waren.

Alles schien richtig zu sein. Ein frischer, nicht zu tiefer Schneebelag bedeckte die Straße. Der Chor sang vertraute Weihnachtslieder. Die Sitzplätze der Kirche waren ausnahmslos besetzt. Alle, die Koesler kannte, waren vergleichsweise gesund und munter. Die Probleme im Seminar schienen vorüber zu sein.

Gott war nicht mehr in Seinem Himmel. Er war auf diesen wunderschönen Planeten herabgestiegen. Und mit Seiner Erde stand alles zum besten.

# 4

Der Mann saß in der Notfallaufnahme des Henry Ford Hospital in Detroit. Andere Wartende, größtenteils Farbige, gingen hin und her oder saßen geduldig auf einer Reihe harter Stühle.

Es war der nachweihnachtliche Ansturm, mit dem die Krankenhäuser rechneten. Behandlungen für körperliche Leiden, die weniger dringend waren als Notfälle, wurden bis nach den Weihnachtsferien verschoben. Heute, zu Beginn des neuen Jahres, herrschte Hochbetrieb.

Der Mann schien nicht zu den anderen zu passen. Er war ganz in Schwarz gekleidet – Schuhe, Hosen, Mantel und Hut; eigentlich hätte man einen römischen Kragen erwartet, um die Aufmachung zu vervollkommnen. Aber der offene Mantel enthüllte ein gewöhnliches weißes Hemd und eine blaue Krawatte. Er schien aufgeregt zu sein. Er spielte mit den Knöpfen des Mantels, mit der Bügelfalte der Hose, mit der Stuhllehne.

Schließlich wurde der Mann aufgerufen. Er folgte der Schwester in eine kleine Kammer. Sie gab das Formular, das er ausgefüllt hatte, dem Arzt, einem älteren, bärtigen und ungekämmten Mann. Er las das Formular mit strengem Blick durch. Die Schwester ging wieder hinaus.

„Und“, sagte der Arzt, „was ist? Was können wir für Sie tun?“

„Herr Doktor, ich möchte gleich zur Sache kommen. Ich bin Alkoholiker, und ich war auf „Antabus“ gesetzt. Jetzt habe ich keines mehr und befürchte, ich muß wieder zu trinken anfangen. Ich brauche ein neues Rezept für die Tabletten.“

„Hm“, überlegte der Arzt, „wie lange nehmen Sie das schon?“

„Zwei Monate.“

„Und in dieser Zeit haben Sie nichts getrunken?“

„Nein."

„Glauben Sie, daß Sie mit „Antabus" weitermachen müssen?"

„Ich hätte mir gestern abend beinahe einen genehmigt. Ich bin sicher, ich werde wieder anfangen, bevor der Tag um ist, wenn ich es nicht einnehmen kann."

„Ich verstehe."

Der Arzt schrieb etwas auf seinen Rezeptblock. „Ich muß Sie aber warnen. Das ist kein Spielzeug oder Allheilmittel. Es ist eine gefährliche Droge. „Antabus" ist lediglich ein Markenname. Die chemische Bezeichnung lautet Disulferam, und das Zeug könnte Sie umbringen. Sie müssen wissen, daß Sie unter gar keinen Umständen Alkohol trinken dürfen, während Sie das Mittel nehmen. Nicht einmal eine Hustenmedizin, die Alkohol enthält."

Der Mann nickte.

„Das können Sie in der Apotheke am Ende des Flurs einlösen." Der Arzt riß die Seite, die er vollgeschrieben hatte, aus dem Notizblock. „Geht das über die Versicherung?"

„Nein, ich zahle bar."

„Nun gut." Er gab dem Mann das Rezept. „Die Schwester wird sich darum kümmern. Und vergessen Sie nicht: keinen Tropfen Alkohol. Sonst werde ich das nächstemal, wenn wir uns sehen, nur Ihre Augen schließen können."

Der Mann nickte und verabschiedete sich.

Pater Sklarski gefiel es nicht. Es hatte ihm schon nicht gefallen, als sich die Fakultät im September dafür entschieden hatte. Er hatte weder den Wunsch noch die Ambitionen, bei einem weiteren Studentenschauspiel Regie zu führen. Hinzu kam, daß nur wenig mehr als dreißig Studenten das College besuchten. Wie sollte man Talente finden, wenn man so wenig Auswahl hatte? Und dann mußten auch noch alle Rollen mit Männern besetzt werden!

Pater Sklarski kannte wenige Stücke, auf die das zutraf. Da waren *Brother Orchid* und *Career Angel* und *Twelve Angry Men.* Aber dafür war eine vergleichsweise große Besetzung erforderlich. Ihm standen aber nicht viele Studenten zur Verfügung.

Dann fiel ihm Arthur Sullivans *Cox and Box* ein, ein kurzes musikalisches Lustspiel für drei männliche Darsteller. Der musikalische Aspekt konnte einige Probleme aufwerfen. Aber die Zahl war richtig. Es mußten zudem keine Tantiemen bezahlt werden.

Seit seiner Rückkehr aus den Weihnachtsferien fraß die Regiearbeit Sklarski auf: Drei Studenten lernten fleißig ihre Rollen, andere waren ebenso emsig mit der Beleuchtung, den Kulissen und anderen technischen Aspekten der Produktion beschäftigt. Leonard Marks war für die Requisiten verantwortlich. Mit den Requisiten ging alles schief.

Es war spät am Abend, als sie eine Probe auf Seite 34 begannen. Alles, was nur schiefgehen konnte, war schiefgegangen. Inzwischen waren sie auf Seite 43, und Sklarski wartete immer noch auf ein Zeichen, daß dies nicht eine weitere ernste Peinlichkeit in seiner langen Laufbahn sein würde.

*Cox:* Penelope Ann?

*Box:* Penelope Ann!

*Cox:* Die Witwe von William Wiggins?

*Box:* Witwe von William Wiggins!

*Cox:* Eigentümerin von Waschmaschinen?

*Box:* Eigentümerin von Waschmaschinen!

*Cox:* In Margate?

*Box:* In Ramsgate!

*Cox:* Sie muß es sein! Und Ihr, Sir – Ihr seid Box – der beklagte, lange vermißte Box!

*Box:* Derselbe bin ich!

Die Bühne wurde in rotes Licht getaucht.

„Rotes Licht!“ bellte Sklarski aus den dunklen Tiefen des leeren Auditoriums. „Warum rotes Licht? Bitte, lieber Gott, warum rotes Licht? Marks!“ Während der Proben für das Stück hatte er Marks’ Namen schon so häufig vergeblich wie einen Stoßseufzer ausgerufen, daß er inzwischen der einzige Student war, dessen Namen er sich merken konnte. „Marks! Warum rotes Licht?“

„Mir ist die Hand ausgerutscht“, verkündete eine unsichere Stimme vom Bühnenrand.

„Wenn Ihre Hand noch ein einziges Mal ausrutscht", drohte Sklarski, „dann werde ich sie Ihnen abhacken! Besser Sie gehen verstümmelt durchs Leben statt mich ins Irrenhaus zu bringen. Weiter!"

*Cox:* Und ich hatte die Absicht, jenes interessante Wesen zu heiraten, welches Ihr so grausam getäuscht habt!

*Box:* Aha! Dann seid Ihr Cox!

*Cox:* Derselbe bin ich!

*Box:* Ich habe davon gehört, ich beglückwünsche Euch – ich wünsche Euch viel Spaß! Doch nun mache ich einen Spaziergang, denke ich.

Box rüttelte an der Bühnentür. Er rüttelte und rüttelte. Die Tür ging nicht auf. Die beiden Schauspieler auf der Bühne fingen an, Gelächter zu unterdrücken.

„Jetzt geht die Tür nicht auf!" tobte Sklarski. „Und ihr beiden Taugenichtse findet das komisch! Marks! Marks! Warum geht die Tür nicht auf? Öffnen Sie sofort die Tür, Marks!"

Nach ein paar Sekunden wurde von der anderen Seite an der Kulissentür gerüttelt. Bald wackelte nicht nur die Tür, sondern die ganze Kulisse. Ein letztes Rütteln öffnete dann nicht nur die Tür, sondern ließ auch Marks selbst hindurchtaumeln. Er fiel in der Bühnenmitte flach zu Boden.

Cox und Box drehten dem Auditorium den Rücken zu. Man sah, wie ihre Schultern zuckten.

„Marks!" bellte Sklarski. „Verschwinden Sie von der Bühne! Verschwinden Sie von der Bühne! Wenn diese Tür noch einmal klemmt, werde ich persönlich dafür sorgen, daß Sie kastriert werden! Weiter!"

*Cox:* Nein, das werdet Ihr nicht tun. Ich werde Euch nicht aus den Augen lassen, bis ich Euch wohlbehalten bei Eurer Auserwählten weiß!

*Box:* Meiner Auserwählten? Ihr meint Eurer Auserwählten!

*Cox:* Nein, Eurer!

*Box:* Wie kann sie meine Auserwählte sein, wo ich doch ertrunken bin?

Die Tür, die Marks hinter sich geschlossen hatte, als er die Bühne verließ, ging knarrend und quietschend von selbst wieder auf. Cox und Box verstummten verblüfft.

„Also gut!“ brüllte Sklarski. „Das genügt! Die Lichter an!“

Im Auditorium wurde es völlig schwarz.

„Marks!“ heulte Sklarski. „Ich sagte, die Lichter an, nicht aus!“

Die Lichter gingen an.

„Alle hierher in den Gang!“

Alle reihten sich im Mittelgang vor Sklarski auf.

„Schon gut, als Strafe beten wir den Rosenkranz! Marks, Sie sprechen vor.“

Marks sprach das Gebet, dann verkündete er: „Die freudenreichen Geheimnisse.“

Unter den gegebenen Umständen wären die schmerzhaften Geheimnisse vielleicht angemessener gewesen. Die freudenreichen Geheimnisse hatten etwas an sich, besonders wenn Marks sie vortrug, das dem Abend einen eigenen Zauber verlieh. Alle, abgesehen natürlich von Sklarski und Marks selbst, waren gerührt.

„Gut“, sagte Sklarski in seinem schneidendsten, drohendsten Tonfall, „ins Bett! Alle ins Bett! Ich gebe Ihnen fünfzehn Minuten Zeit, ins Bett zu gehen, und ich werde es persönlich nachprüfen!“

Schauspieler und Requisiteur flohen aus dem Auditorium. Jetzt war nicht der Zeitpunkt für Widerworte.

Fünfzehn Minuten später stürmte ein immer noch schäumender Sklarski durch die Unterkünfte, um nach einem verräterischen Lichtschein zu suchen, der unter einer Tür hervorschien.

Er fand einen. Er riß die Tür zu Francis Wanglers Zimmer auf. Wangler hatte nur sein Schlafanzugoberteil an. Der Schritt der Pyjamahose war aufgerissen, und er nähte den Riß. Wangler wußte überhaupt nicht, weshalb Pater Sklarski wütend unter seiner Tür stand.

„Ich sagte ins Bett!“ brüllte Sklarski.

„Aber ich...“ Wangler deutete auf den Riß, aus dem Nadel und Faden hervorragten.

„Ich sagte: INS BETT!“

Die Überzeugungskraft des Priesters war so groß, daß Wangler die Hose samt Nadel und Faden anzog und unter die Bettdecke kroch.

„Ich war noch ein junger Seminarist, als es passierte." Pater Burk lächelte bei der Erinnerung.

Er saß mit Monsignore Martin, Pater Koesler und Pater Smith beim freitäglichen Abendessen im Sacred-Heart-Seminar. Die Unterhaltung war in Nostalgie versandet. Smith konnte nichts dazu beisteuern. Er war zu jung, um sich an viel erinnern zu können. Daher begnügte er sich, zuzuhören und etwas über die gute alte Zeit zu erfahren.

Thema der Unterhaltung war gerade Pater John Fitzpatrick, der nach der Gründung und in den zwanziger und dreißiger Jahren im Seminar unterrichtet hatte. Fitz, der zur Legende geworden war, hatte eine bemerkenswerte Laufbahn hinter sich. Nun hörte Pater Smith die Geschichten von Fitz, und damit würden sie an eine weitere Generation weitergegeben werden.

„Wir saßen in einem Bus und fuhren in die Stadt", sagte Burk. „Fitz hatte natürlich die Soutane an, ich einen schwarzen Anzug. Wir fielen also unter den anderen Bürgern der Stadt ziemlich auf – und der Bus war überfüllt. Seitens vieler Passagiere schlug uns eine deutliche Feindseligkeit entgegen."

„Wahrscheinlich Protestanten!" warf Martin ein.

„Zweifellos." Burk wollte mit der Geschichte fortfahren. „Wenn ich mir ein Loch graben und mich darin hätte verkriechen können, dann hätte ich es getan. Aber in einem Bus ist das wohl ein bißchen viel verlangt. Wie dem auch sei; gerade als ich mich ein wenig behaglicher fühlte – vielleicht war ich auch einfach abgestumpft –, hatte Fitz nichts Besseres zu tun, als den Kopf zurückzuwerfen und aus voller Lunge zu singen: 'Tantum ergo, sacramentum.' Ich wäre am liebsten gestorben. Ich rutschte, so weit ich konnte, von ihm weg, ohne von der Bank aufzustehen. Er sah mich mit der Verachtung an, die nur er allein zustande bringen konnte, und sagte: 'Was ist los? Schämen Sie sich Ihrer Religion?'"

Gelächter.

„Bob", wandte sich Martin an Koesler, „Sie müssen sich noch erinnern, wie sehr Fitz den *Detroit Catholic* haßte."

Koesler nickte. Normalerweise wäre er unter der Woche nicht

zum Abendessen im Seminar gewesen, aber er hatte am Nachmittag Unterricht und blieb stets, anstatt sich durch den dichten Verkehr zu quälen.

„Ja", fuhr Martin fort, „Fitz nannte den *Detroit Catholic* eine Beleidigung des Denkens."

„Freilich", sagte Koesler, „war das, bevor ich Chefredakteur wurde."

„Das", sagte Martin, „war, bevor Sie geboren waren."

„Wie dem auch sei, Fitz starb. Und damals war es Sitte, einen Priester mit seinem Abendmahlskelch zu begraben."

„Mit dem Kelch?" wunderte sich Smith. „Dann müssen die Friedhöfe der Priester ja kleine Goldminen sein!"

„Zweifellos." Martin nahm nicht gern Unterbrechungen hin. „Wie auch immer, als es darum ging, ihn aufzubahren, konnte der Leichenbestatter Fitz' Hand nicht dazu bringen, den Kelch zu halten. Sein Bauch war zu groß. Daher mußten sie unter dem Sargrand etwas ausstopfen und dort die Arme aufstützen, damit er den Kelch halten konnte."

„Jetzt sagen Sie bloß", platzte Smith heraus, „Ausgaben des *Detroit Catholic*?"

Martin nickte. „Und so ging Fitz zusammen mit seiner 'Beleidigung des Denkens' in die Ewigkeit ein."

Gelächter.

„Da wir von toten Priestern sprechen", sagte Koesler, „hat schon jemand gehört, was geschah, als der alte Monsignore Vismara gestorben war?"

Die drei sahen ihn erwartungsvoll an.

„Nun", fuhr Koesler fort, „ein paar Tage nach Vismaras Tod kam ein älterer Mann in der Pfarrei St. Elizabeth's vorbei und fragte nach Vis. Der Pfarrer sagte: 'Oh, das tut mir leid, aber Monsignore Vismara ist vor fünf Jahren gestorben.' Worauf der alte Mann erwiderte: 'Ach, das ist aber wirklich schlimm. Er war mein regelmäßiger Beichtvater.'"

Gelächter.

Sie hatten gegessen, Kaffee getrunken und ihre Geschichten erzählt. Sie erhoben sich, sprachen ein kurzes Gebet und gingen den Flur zur Vorderfront des Gebäudes entlang. Sie kamen zu der Reihe der Briefkästen, und jeder sah routinemäßig nach, ob Post oder eine Nachricht gekommen war.

Koesler holte mit verwirrter Miene eine Flasche Gin aus seinem Briefkasten.

„Oh!“ rief Martin aus, „eine Flasche ’Beefeater‘! Jemand hat ein Herz für Lehrer!“

„Ein Name dabei?“ fragte Smith.

„Ich sehe keinen.“ Koesler drehte die Flasche in der Hand und studierte sie gründlich.

„Was ist?“ fragte Burk. „Hast du die Absicht, dieses Präsent mit deinen Kollegen zu teilen?“

Koesler schien in Nachdenken versunken.

„Ich denke, ich werde uns allen einen Gefallen tun und keine Drinks spendieren“, sagte Koesler. „Seht her, das Siegel ist aufgebrochen.“

Alle sahen das Siegel an. Es war wirklich aufgebrochen, jedoch sorgfältig wieder zusammengeleimt worden. Keiner der drei betrachtete das als zwingenden Grund, nichts zu trinken.

„Seht“, sagte Koesler und schüttelte die Flasche. „Ein Bodensatz.“

Winzige Kristalle tanzten auf dem Boden der Flasche.

„Ich denke“, sagte Koesler, „ich werde die Flasche der Polizei übergeben und herausfinden lassen, ob sie nicht mehr als nur Gin enthält.“

Die vier sahen die Flasche gebannt an, als wäre sie im Begriff, etwas zu tun. Sie tat nichts. Sogar die Kristalle kamen wieder zur Ruhe.

„In jedem Fall wären Sie ein sehr, sehr kranker Mann gewesen“, sagte Inspektor Koznicki.

Die Sergeants Morris und Patrick und Pater Koesler saßen im Wohnzimmer von St. Anselm’s. Koesler fühlte sich kläglich. Seit seiner vergleichsweise kurzen Laufbahn als Amateursportler hatte niemand mehr versucht, ihm körperlichen Schaden zuzufügen. Aber damals war es offen gewesen. Nun hatte ein anonymer Jemand versucht, ihn zu verletzen, möglicherweise zu töten. Das war beängstigend. Der Jemand war gescheitert, aber er befand sich immer noch auf freiem Fuß.

Als Priester hatte Koesler den Tod schon vielfach erlebt. Ab und zu war er – weil niemand daran gedacht hatte, einen Priester zu rufen, wenn jemand nur krank war – zu einem Toten gerufen worden. Außerdem hatte er an den Ermittlungen in zwei Mordfällen teilgenommen. Aber nun war er selbst zum Opfer ausersehen worden, und das war etwas völlig anderes.

„Sie meinen", brachte Koesler schließlich stammelnd hervor, „diese Substanz hätte mich nicht getötet?"

„Hätte sein können", versicherte Koznicki ihm. „Aber das ist unwahrscheinlich. Sie sind ein gesunder Mann, daher wären die Folgen wohl nicht tödlich gewesen. Aber wenn Sie den Gin getrunken hätten, dann hätten Sie sich den Rest Ihres Lebens an die darauffolgenden Tage erinnert."

„'Antabus' ist eine vorbeugende Droge", erklärte Patrick ihm. „Normalerweise wird sie Alkoholikern verabreicht, damit sie nicht trinken. Wenn sie diese Droge nehmen und mit Alkohol mischen, dann wird ihnen so übel, daß sie die beiden garantiert niemals wieder zusammen einnehmen."

„Aber wenn es mich nicht getötet hätte, warum macht sich dann jemand die Mühe und stellt mir eine ungenießbar gemachte Flasche Gin ins Brieffach?"

„Eine gute Frage", gab Morris zu. „Aber Sie müssen wissen, viele Leute halten 'Antabus' für tödlich. Es gehört zu den Gepflogenheiten von Apothekern oder Ärzten, die Wirkung der Droge zu übertreiben – um den Einnehmer so einzuschüchtern, daß er garantiert trocken bleibt."

„Ja", bestätigte Patrick. „Ich habe sogar schon gehört, daß das Personal in Entziehungskliniken das tut. Sie gehen damit zum Patienten und sagen ihm, wenn er nur einen Tropfen Alkohol zu sich nimmt, wird er sterben."

„Eine wahrscheinliche Möglichkeit wäre es, Pater", sagte Koznicki. „Wahrscheinlich ging Ihr potentieller Mörder davon aus, daß es Sie umbringen würde, wenn Sie 'Antabus' und Alkohol zu sammen zu sich nehmen. Die Absicht war da. Gott sei Dank scheiterte der Anschlag."

Koesler dachte über die Situation nach. Jemand hatte versucht, ihm das Leben zu nehmen. Aller Wahrscheinlichkeit nach war das ein weiterer Anschlag auf Angehörige der Fakultät von Sacred Heart. Aber warum sollte jemand Pater Ward und Pater Merrit und ihn selbst ermorden wollen? Wenn es bei alledem einen gemeinsamen Faktor gab, er konnte ihn nicht finden. Er war bestürzt und ratlos.

„Ich denke, in diesem neuen Licht", sagte Koznicki, „wäre es vielleicht besser, Pater, wenn Sie Ihre Position überdenken würden."

„Was?" Koesler wurde aus seinem Nachdenken gerissen.

„Als wir mit den Ermittlungen begannen", erklärte Koznicki, „habe ich Sie aufgefordert, daran teilzunehmen. Die Ermittlungen finden in einem Seminar statt. Katholische Priester werden bedroht. Sie haben schon früher bei polizeilichen Ermittlungen mitgearbeitet, bei denen es um Kirchenfragen ging. Und diese Zusammenarbeit, möchte ich hinzufügen, war stets äußerst produktiv."

„Sie meinen, ob ich an diesen teilhaben möchte?"

Koznicki nickte.

„Ja. Ich bin schon dabei. Ich könnte auch versuchen herauszufinden, wer mich ermorden möchte." Während Koesler das sagte, erschauerte er.

„Aber wie kann er...?" Morris verlieh ihrem Erstaunen Ausdruck, daß ein Priester an den Ermittlungen teilnehmen sollte.

„Ich werde es Ihnen auf der Rückfahrt erklären." Patrick hatte zu denen gehört, die schon früher mit Koesler gearbeitet hatten. Er und Morris entschuldigten sich und verließen das Pfarrhaus.

„Soll ich etwas Kaffee machen?" fragte Koesler.

„Nein. Oh, nein!"

Koesler und Koznicki lächelten beide. Sie kannten Koeslers notorisches Unvermögen, selbst einen löslichen Kaffee anständig zuzubereiten.

„Eines an der jüngsten Entwicklung überrascht mich, Pater."

Koznicki lehnte sich zurück. Er füllte den nicht gerade kleinen Sessel völlig aus. „Wie haben Sie festgestellt, daß das Siegel der Flasche aufgebrochen worden war?"

„Nicht charakteristisch für mich, daß ich solche Kleinigkeiten entdecke, was?" Koesler spielte damit möglicherweise auf seine nicht eben berauschenden Fähigkeiten als Ermittler an.

„Offen gesagt, nein."

„Ich glaube, es war mehr durch Zufall als etwas anderes."

„Oh?"

„Beim Essen, kurz bevor ich den Gin fand, unterhielten wir uns über die alten Zeiten und die Priester von damals. Wir sprachen über den alten Fitzpatrick, einen der schillerndsten Priester alter Schule. Die anderen am Tisch erzählten ein paar Anekdoten von Fitz. Aber dem alten Fitz widerfuhr etwas, das auch überliefert ist, aber nicht erzählt wurde. Ich wollte es erzählen, aber da war das Essen vorbei. Es trug sich während der Prohibition zu. Ein paar Geistliche der Fakultät kamen in den Besitz einer Flasche irischen Whiskeys. Sie entfernten behutsam das Siegel und ersetzten einen Teil des Whiskeys mit menschlichem Urin. Dann leimten sie das Siegel wieder zusammen und stellten sie in Pater Fitzpatricks Briefkasten. Nach dem Essen fand Fitz den Whiskey und sagte erfreut: 'Ist das nicht nett? Darüber werden sich die Schwestern der Armen freuen. Sie können es für die Alten brauchen, die sie versorgen müssen.' Damit verschwand Fitz in seinem Zimmer. Die anderen, die an der Verschwörung teilhatten, standen einfach da und warteten ab. Nun, keine fünf Minuten später kam der alte Fitz aus seinem Zimmer gelaufen, eine Hand an der Kehle, und brüllte wie am Spieß: 'Ich bin vergiftet worden! Eine freimaurerische Verschwörung!'"

Beide lachten.

„Das war es also", sagte Koznicki.

„Ja. Ein bemerkenswerter Zufall. Ich erinnerte mich gerade daran, wie Fitz eine Flasche in seinem Briefkasten fand, und dann finde ich in meinem eine Flasche Gin. Da fiel mir der haarfeine Riß des Siegels auf. Und dann bemerkte ich den Bodensatz."

„Das war Ihr Glück."

„Ja. Sonst wäre ich jetzt der sehr kranke Mann, von dem Sie gesprochen haben."

„Der Himmel möge Schlimmeres verhüten."

„Ist es Ihnen gelungen festzustellen, woher das 'Antabus' stammt?"

„Wir werden es versuchen. Aber das ähnelt der sprichwörtlichen Suche nach der Nadel im Heuhaufen. Es gibt Kliniken, Apotheken und Notärzte überall in der Stadt – und das nur innerhalb der Stadtgrenze von Detroit. Wenn wir die Vororte dazuzählen, sind es Tausende mehr."

„Nun", sagte Koesler, „wir werden sicherlich bald auf etwas stoßen."

„Was macht Sie so sicher?"

„Jetzt haben Sie einen Beter auf Ihrer Seite."

„Ich verstehe", sagte Koznicki lächelnd. „Durch Gebete geschehen mehr Dinge als... und so weiter."

Es klingelte. Mary O'Connor, die Sekretärin von St. Anselm's, öffnete.

„Eine junge Dame für Sie, Pater", verkündete Mary unter der Wohnzimmertür. „Eine Patricia Lennon von den *Detroit News.*"

Koznicki versprach, sich in Kürze wieder zu melden und entschuldigte sich. Koesler begleitete ihn zur Tür. Es war tatsächlich Pat Lennon. Zwanzig Minuten später würde ihr Joe Cox folgen.

Bob Ankenazy schüttelte den Kopf, während er den Text studierte. Der Bildschirm zeigte Pat Lennons Artikel. Lennon ihrerseits betrachtete Ankenazy.

Eine Szene, wie man sie in jeder Redaktion rund um die Welt beobachten konnte. Sobald ein Reporter den Chefredakteur sah, der seinen Text studierte, begann das Beobachten. Alle Möglichkeiten standen offen – von Seite eins bis zum Papierkorb.

Es kam selten vor, daß der Chefredakteur über einen Lennon-Artikel den Kopf schüttelte.

„Stimmt etwas nicht?"

„Das hier." Ankenazy zeigte mit dem Finger darauf. „Finden sie es nicht ein wenig übertrieben, Koesler als Priester-Detektiv zu bezeichnen?"

„Keineswegs. Er gesellt sich damit in die Ränge der Bindestrichpriester. Der Banjo-Priester, der Verbrecher-Priester, der Soziologen-Priester. Koesler war auch einmal Priester-Redakteur."

„Gegen den Bindestrich habe ich nichts einzuwenden. Mein Problem ist der Detektiv. Ich meine, er ist schließlich nicht Pater Brown. Er ist nur ein ganz normaler Pfarrer in einer ganz normalen Gemeinde."

„Zugegeben, Pater Brown ist er nicht." Lennon geriet in die Defensive. „Aber er ist auch kein x-beliebiger Pater Smith. Er hat der Polizei schon mehrfach bei Ermittlungen geholfen. Ein paarmal hat sogar er die Lösung gefunden."

„Ja, aber wann zum letztenmal? Vor ein paar Jahren?"

„Vor eineinhalb Jahren. Aber die Öffentlichkeit hat das nicht vergessen, glauben Sie mir."

„Stehen Sie wirklich so fest zu dem Detektiv?"

„Aber sicher."

„Gut. Dann lassen wir es."

Sie gingen zur Kopiermaschine.

„Was ist mit dem 'Antabus'? Glauben Sie wirklich, daß derjenige, der es in den Gin getan hat, es für tödlich hielt?" fragte Ankenazy.

„O ja. Das ist eine logische Erklärung. Ich habe mit verschiedenen Alkoholikern gesprochen. Sie alle erinnerten sich daran, daß sie einmal 'Antabus' verschrieben bekamen und der Arzt sie gewarnt hat, in Verbindung mit Alkohol könnte es tödlich sein."

„Ich frage mich, was der Bursche empfindet, wenn er erfährt, daß er versagt hat."

„Dreimal versagt bei ebenso vielen Versuchen."

„Ja, das stimmt." Ankenazy strich über seinen Bart. „Bemerkenswerter Zufall. Was jetzt?"

„Die Tridentiner haben morgen abend wieder eine Versammlung. Ich dachte mir, ich könnte hingehen. Sie sind ein brutaler Haufen. Es würde mich nicht wundern, wenn sie etwas mit dieser Sache zu tun hätten."

„Irgendwelche Tatsachen, um diese Vermutung zu stützen?"

„Nein. Nur Intuition."

„Bleiben Sie dran."

„Übrigens, Joe wird mich morgen abend begleiten."

„Kooperation mit dem Feind?"

„Eigentlich nicht." Lennon lachte. „Joe kennt sich in katholischen Fragen nicht so gut aus wie ich. Ich muß für ihn dolmetschen. Jetzt hat er Schwierigkeiten."

„Wie das?"

„Seine Dolmetscherin hat soeben gekündigt."

„Die Versammlung der Tridentiner möge sich bitte beruhigen." Der Vorsitzende hieb mit dem Hammer einmal vernehmlich auf das Pult.

Offenbar war Cox' Vermutung richtig gewesen. Entweder las keiner der Tridentiner Zeitung oder keiner las zumindest die *Free Press*. Cox und Lennon waren mit etwas weniger Feindseligkeit als beim letztenmal begrüßt worden. Wenn er als Reporter erkannt worden wäre, der sie lächerlich gemacht hatte, indem er nur wahrheitsgemäß schilderte, was bei ihren Versammlungen vorgefallen war, dann hätten weder er noch Lennon Einlaß erhalten. Aber nicht nur seine Tarnung war gewahrt geblieben, das leichte Nachlassen der Feindseligkeit markierte den Beginn eines widerwilligen Akzeptierens.

Das heutige Treffen fand im Keller der Immaculate-Heart-of-Mary-Kirche statt. Was darauf hindeutete, dachte Cox, daß die Tridentiner entweder knapp bei Kasse waren und nehmen mußten, was sie bekamen, oder daß sie kein bleibendes Ziel werden wollten – oder beides.

„Gibt es etwas zu berichten?" fragte der Vorsitzende.

Hände schnellten in die Höhe. Der Vorsitzende deutete auf Anwesende, nannte aber keine Namen. Vielleicht kannte er wenig oder gar keine Namen. Die von Cox und Lennon auf jeden Fall nicht.

„In meiner Gemeinde wurde am Sonntag um zehn eine Folkloremesse anstelle des üblichen lateinischen Amtes abgehalten", schäumte eine dicke Frau. Man konnte nicht sehen, ob sie aufgestanden war oder noch saß. „Und sie sangen 'Bridge Over Troubled Water'!"

„'Bridge Over Troubled Water'", wiederholte der Vorsitzende. „Um was für eine Gemeinde handelt es sich?"

„Shrine of the Little Flower."

„Heiliger Gott!" sagte der Vorsitzende, „der alte Pater Coughlin wird sich im Grabe umdrehen!"

Cox wußte nicht, welches Gesetz, wenn überhaupt, durch das Singen von „Bridge Over Troubled Water" verletzt worden war. Er sah zu Lennon. Ein Lächeln umspielte ihre Mundwinkel. Diesmal beneidete er sie um ihr katholisches Wissen. Diese Versammlungen sagten ihr offenbar mehr als ihm.

„Letzten Sonntag habe ich in der alten Gemeinde St. Mary's das lateinische Amt gehört – eine der wenigen Gemeinden, wo man noch wagt, ein lateinisches Amt zu lesen", steuerte ein dicker, kahlköpfiger Mann sein Scherflein bei. „Ein ehemaliger Priester war anwesend, der mit der Frau in seiner Begleitung flüsterte. Während der Predigt hat er sogar gelacht!"

„Hat wahrscheinlich gedacht, er würde damit durchkommen, weil er sich in der Innenstadt befand", knurrte ein anderer Mann.

Cox bemerkte eine Frau in der ersten Reihe, die sich eifrig Notizen machte – ein Katalog aller gemeldeten Vergehen. Vielleicht verhängten die Tridentiner Strafen, überlegte Cox. Nach allem, was er bisher gesehen hatte, paßte Rache ausgezeichnet zu ihrer Mentalität.

„Unser Pfarrgemeinderat entschied sich dafür, die Gemeindeschule zu schließen", beschwerte sich eine hagere Frau mit zierlichem Hütchen. „Vor zwei Jahren haben sie die High School geschlossen; nun wollen sie auch die Grundschule schließen."

„Welche Schule ist das?" fragte der Vorsitzende, nachdem er den hektischen, verwirrten Blick der Schreiberin bemerkt hatte.

„St. Ambrose", sagte die Frau.

„Und hatte St. Ambrose nicht das beste Footballteam der Stadt?" erkundigte sich ein untersetzter, gutgebauter Mann. „Schlug jedes Jahr die öffentlichen Schulen haushoch. Ganz egal, wie groß die Protestanten waren."

„Mir scheint das ein Schritt in die richtige Richtung zu sein", meldete sich eine andere Stimme zu Wort. „Mit allem, was sie heutzutage an katholischen Schulen unterrichten. Nicht die alten Nonnen mit ihren heiligen Bräuchen. Und auch nicht mehr den Katechismus von Baltimore."

Die Diskussion geriet außer Kontrolle. Der Vorsitzende griff ein und rief ein anderes Mitglied mit einer anderen Meldung auf.

„Wir haben einen jungen Halbstarken-Kaplan in unserer Pfarrei – das ist Holy Redeemer; überall Haare im Gesicht. Letzten Sonntag, man kann es kaum glauben" – der Sprecher war so rot und aufgedunsen im Gesicht, daß man Angst haben mußte, er würde jeden Augenblick explodieren –, „predigte er gegen den Wehrdienst!"

Mißbilligendes Murmeln erfüllte den Keller.

„Kann man sich das vorstellen?" fuhr der Mann mit dem roten Gesicht fort. „Jetzt bieten wir sogar schon jungen Kommunistensympathisanten Unterkunft! Haben diese jungen Leute noch nie von den Heiligen Kreuzzügen gehört? Und wer bezahlt ihren Unterhalt?"

„Wir!" schrien mehrere wie aus einem Mund als Antwort auf die rhetorische Frage.

„Ich würde sagen", fuhr Rotgesicht fort, „es wird Zeit, daß wir damit aufhören, ihren Unterhalt zu zahlen! Sie verdienen den römischen Kragen nicht, den sie niemals tragen! Ich sage, schmeißt die Hippies raus!"

„Hat jemand gestern abend ferngesehen?" Der Mann hatte ein gelbes Bowlinghemd mit der Aufschrift „Kominski's Sausage" und dem Wort „Smaczne" darunter an.

Jeder nickte, als es um das Fernsehen am gestrigen Abend ging.

„Die Spätnachrichten?" fragte der Bowler. „Sie gaben im Ren

Cen eine Party für Bürgermeister Cobb. Pater Cunneen war dabei. Dieser Bursche mit seinem Projekt Glauben. Eine Kamera filmte ihn, wie er ein Glas mit einem Drink in der Hand hatte und sich mit einer Frau unterhielt, die ein rückenfreies Kleid trug. Das gefiel ihm. Er lachte sogar in die Kamera!"

„Hatte er seinen römischen Kragen an?" fragte jemand.

„Ja."

„Es sind stets die falschen, die ihn tragen!"

Cox hatte den Eindruck, als stellten diese Leute eine endlose Liste von Dingen zusammen, über die sie sich ereifern konnten.

„Ich habe gehört, ich habe gehört..." Obwohl der Vorsitzende ihn aufgefordert hatte, mußte der kleine Mann schreien, um sich in dem allgemeinen Lärm verständlich zu machen. „Ich habe gehört, daß man Pater Schwartz in den Ruhestand versetzt hat!"

„Doch nicht den Veteran aus dem Ersten Weltkrieg!"

„Genau den."

„Warum?"

„Alter!"

„Wie alt war er?"

„Vierundsiebzig."

„Für Pater Schwartz ist das nicht alt!"

„Er war einer der letzten Priester, der noch für unseren Glauben kämpfte, wie ihn die Apostel vermittelt haben!"

In diesem Augenblick kam ein Fernsehteam in den Keller. Ein ungekämmter, unrasierter Mann balancierte eine Fernsehkamera auf der Schulter. Ihm folgte ein Tontechniker, der ein Mikrofon trug und sich nach einem geeigneten Platz umsah, wo es etwas zu hören gab. Ihnen folgte der gutgekleidete, eckige Ven Marshall, der langjährige Reporter von Kanal 7.

Cox und Lennon fürchteten, sie würden eine modernisierte Version von dem zu sehen bekommen, was sich zugetragen hatte, als die Christen in alten Zeiten den Löwen vorgeworfen worden waren. Wenn das vorüber war, würde die Anzeige vermelden: Tridentiner: Fernsehteam 3:0. Dessen waren sie sicher.

Seltsamerweise geschah genau das Gegenteil. Zum erstenmal

seit den zwei Treffen, die sie bisher besucht hatten, sahen sie einige Gesichter lächeln. Die Tridentiner richteten selbstbewußt ihre Kleidung und ihre Posen zurecht. Sie würden im Fernsehen zu sehen sein. Show Time!

Der Vorsitzende klopfte mit dem Hammer, um die Ordnung herzustellen, wenngleich er aufgrund der Anwesenheit des Fernsehteams mehr Ordnung als jemals zuvor hatte.

Der Kameramann nahm den Vorsitzenden aufs Korn, während Ven Marshall sich an den Rand der ersten Reihe setzte.

Der Vorsitzende hub an: „Meine lieben Mitglieder! Die Tridentinische Gesellschaft wurde gegründet, um die Kirche im Sinne des sechzehnten Jahrhunderts neu zu organisieren – dem größten aller Jahrhunderte. Wie wir alle den Berichten des heutigen Abends entnehmen konnten, sind die heutigen Priester dabei unser Hauptproblem. Viele von uns erinnern sich sicher noch an die hedonistischen Bilder, die unser lieber Bruder Alphonsus beim letzten Treffen dabeihatte...“

Richtig, überlegte Cox, wo ist Bruder Alphonsus eigentlich? Der gute Bruder schien an diesem Treffen nicht teilzunehmen.

„... und die die meisten von uns hinterher betrachten konnten. So unterrichten sie heutzutage an den Seminaren. Gruppensex und Einzelsex und das andere Geschlecht. Wie können wir erwarten, weitere Priester wie Pater Schwartz zu bekommen, wenn die Vergiftung bereits in unseren Seminaren beginnt? Sie haben wahrscheinlich alle gesehen, was mit diesem Priester im Seminar passiert ist. Jemand hat versucht, ihn zu vergiften. Ich frage Sie, ist das so schlecht? Was können unsere Lehrer an den Seminaren erwarten, wenn sie die Schüler zu Todsünden anstiften? Es wird Zeit, daß jemand diesen Judassen das Fürchten lehrt!“

„Entschuldigen Sie, Herr Vorsitzender.“ Marshalls Tonkabel verlief zu dem Mikro, das er in der Hand hielt, und zu dem des Vorsitzenden auf dem Podium. „Habe ich Sie richtig verstanden, daß der Mord an einem Priester entschuldbar sein kann – sogar wünschenswert?“

„In dieser Welt gibt es Schlimmeres als den Tod.“ Der Vorsitzende wurde vom Zoom der Kamera erfaßt. „Todsünden sind das schlimmste Übel dieser Welt!"

„Aber ist es denn nicht eine Todsünde, einen Priester zu ermorden?" Marshall merkte, daß er ungewöhnliche, wenn nicht gar sensationelle Erklärungen bekam, die er zitieren konnte.

„Es gibt so etwas wie das kleinere von zwei Übeln!" erwiderte der Vorsitzende.

Cox und Lennon waren hingerissen. Das Fernsehen würde natürlich schneller sein als sie, aber sie konnten sich mit den Einzelpersonen unterhalten, ihre Geschichten aufschreiben und dazu noch einigermaßen sicher sein, daß keiner dieser Leute die Artikel lesen würde. Die Tridentiner würden gebannt vor ihren Fernsehschirmen sitzen und sich selbst auf Kanal 7 betrachten. Aber keiner würde lesen.

Cox und Lennon waren wieder einmal davongekommen.

„St. Anselm's." Koesler hatte den Hörer im Pfarrhaus abgenommen.

„Pater Koesler, hier spricht Inspektor Koznicki. Haben Sie ein paar Minuten Zeit?"

„Sicher, Inspektor. Wir haben heute abend eine Sitzung des Pfarrgemeinderats, aber die fängt erst in einer halben Stunde an."

„Gut. Haben Sie die Berichte der *News* und der *Free Press* über die Versammlung dieser Tridentinischen Gesellschaft gelesen?"

„Ja. Normalerweise hätte ich dem keine besondere Bedeutung beigemessen. Nur war ich der Priester, von dem der Vorsitzende sprach – und ich finde nicht, daß ich so entbehrlich bin, wie er meint."

„Ich auch nicht. Wissen Sie etwas über diese Gruppe?"

„Nicht viel. Es können nicht viele sein. Eine überspannte Randgruppe."

„Sie würden sie nicht einfach als Konservative bezeichnen?"

„Oh, nein. Ein konservativer Katholik ist eine Person, die der Meinung ist, daß die Kirche immer so gewesen ist, wie sie war, als der Betreffende aufwuchs. Er verabscheut zutiefst die Veränderungen, welche das Zweite Vatikanische Konzil über die Kirche gebracht hat. Die meisten haben eine seltsame Vorstellung davon, was gewöhnlich das kirchliche Lehramt genannt wird. Demzufolge ist ein Katholik, der eine nicht unfehlbare päpstliche Aussage anzweifelt, kein Heretiker, sondern er irrt sich einfach. Aber Leute wie die Tridentiner haben sich ihre eigene Kirche geschaffen. Sie denken, daß sie katholisch sind, aber sie sind viel zu katholisch für die katholische Kirche. Oder erzähle ich Ihnen mehr, als Sie wissen wollten? Das ist eine Angewohnheit von mir."

„Nein, nein, Pater. Sie dürfen nicht davon ausgehen, daß ein Polizeibeamter soviel über Religion weiß. Wissen über die Kirche wird aber bei der Aufklärung dieses Falles sicher von Bedeutung sein. Verraten Sie mir aber eines, Pater: Sowohl Joe Cox wie auch Pat Lennon scheinen der Ansicht zu sein, daß die Tridentiner ihre Artikel in den Zeitungen nicht lesen und sie auch weiterhin imstande sein werden, diesen Verein zu beobachten und über sie zu berichten. Was meinen Sie dazu?"

„Dem stimme ich zu. Als ich noch Chefredakteur des *Detroit Catholic* war, riefen häufig solche Leute an und beschwerten sich über etwas, das wir gebracht hatten – aber sie hatten es nie selbst gelesen. Immer hatten andere es ihnen erzählt. Ich nehme daher auch an, daß Pat und Joe unerkannt bleiben – wenn nicht jemand den Tridentinern einen Tip gibt.

Ich nehme an, Sie haben mit den Reportern gesprochen?"

„Ja – und mit dem Vorsitzenden der Tridentiner, einem gewissen Roman Kirkus. Aber es ist fast unmöglich, an die Mitglieder heranzukommen oder auch nur zu erfahren, wer sie sind. Es existieren keine Listen oder Aufzeichnungen. Selbst Mr. Kirkus behauptet, nicht mehr als fünf Mitglieder zu kennen. Es ist eine der geheimnistuerischsten Gruppen, die ich jemals kennengelernt habe."

„Sind Sie der Meinung, daß sie tatsächlich handgreiflich werden könnten?"

„Oh, ja, Pater. Glauben Sie mir. Dieser Menschenschlag kann sehr leicht die Trennlinie zwischen Worten und Taten überschreiten."

Pater Koesler überlief es kalt.

Er schüttelte sich. „Übrigens, Inspektor, ich habe nachgedacht..."

„Genau das sollen Sie tun."

„Ist jemandem aufgefallen, daß die Überfälle immer dann erfolgten, wenn einer von uns einer Routinetätigkeit nachging?"

„Ja, Pater. Sie hatten am Freitag das Abendessen beendet, das einzige Essen, das Sie regelmäßig im Seminar einnehmen. Pater Merrit fährt jeden Morgen um dieselbe Zeit zur Kirche, um die Messe zu lesen. Pater Ward bringt einmal im Jahr den Schädel ins Klassenzimmer – am Abend bevor die Stelle mit Yorick aus *Hamlet* gelesen wird. Jemand hat eine ganz ausgezeichnete Beobachtungsgabe."

Schweigen. Koesler fühlte sich beschämt. Selbstverständlich fielen der Polizei so offensichtliche Hinweise auf.

„Eine abschließende Bitte, Pater."

„Und die wäre?"

„Denken Sie weiter nach."

Jeden Freitagnachmittag um 15.30 Uhr während des Schuljahres brachte Pater Sklarski seine Kleidung in die chemische Reinigung Robinson und holte ab, was er in der Vorwoche hingebracht hatte. Diese Routine mußte er aufrechterhalten, sonst wäre es vorgekommen, daß er wochenlang nicht daran dachte.

Robinson befand sich nur drei Blocks vom Seminar entfernt, daher ging Sklarski immer zu Fuß.

Genau um 15.30 Uhr an einem Freitagnachmittag Ende Januar trat Pater Sklarski zögernd aus der Tür des Seminars heraus.

In dieser Woche hatte es heftig geschneit. Aber zwei Tage mildere Temperaturen hatten den Schnee in grauen Matsch verwandelt. Sklarski beschwerte sich schon lange darüber, daß Detroits Schneebeseitigungsplan Frühling hieß.

Wenn er durch dieses Viertel ging, fühlte sich der Priester stets ein wenig unwohl. Man konnte sagen, was man wollte, dachte Sklarski, und das war keine Frage von Rassenvorurteilen: Es war eine verdammt gefährliche Gegend. Nach den Anschlägen auf drei Fakultätsmitglieder konnte keiner mehr seines Lebens sicher sein. Auf der Straße zu gehen, steigerte sein Unbehagen nur noch.

Er gab vor, zu Boden zu blicken, während er ging. Aber seine Augen sahen ununterbrochen von einer Seite zur anderen und versuchten, soviel wie möglich mitzubekommen.

Er atmete erleichtert auf, als er die Reinigung erreicht hatte. Die Hälfte war ohne Gefährdung geschafft.

„Pünktlich wie immer, Pater“, sagte ein fröhlicher Mr. Robinson.

„Klar. Sie können die Uhr nach mir richten. Es ist schön, wenn man weiß, daß es Dinge im Leben gibt, auf die man sich verlassen kann.“

Robinson notierte sich die Sachen, die Sklarski gebracht hatte, dann nahm er seinen Zettel und ging die der letzten Woche holen. Ein guter, schwer arbeitender Mann, dachte Sklarski; mehr Farbige, die so hart arbeiteten, dann hätte die Sozialfürsorge halb soviel zu tun.

Sklarski bezahlte die Rechnung, hakte die Bügel eines Anzugs und eines Mantels über einen Finger und ging hinaus.

Kaum hatte sich die Tür hinter ihm geschlossen, schien das Herz des Priesters stillzustehen. Unmißverständliche Laute der Gewalt waren zu hören.

„Hilfe! Hilfe! Helft mir!“

Sklarski ließ Anzug und Mantel in den Matsch fallen, als er instinktiv die Hände hochriß, um sich selbst zu schützen. Aber der Aufschrei kam von der anderen Seite der breiten Straße.

Vier oder fünf Schwarze hatten einen weißen Mann überfallen. Sie hatten ihn zu Boden geworfen und traten auf ihn ein.

Sklarski ging auf der Stelle wieder in die Reinigung und wählte mit Robinsons persönlichem Telefon 911. Dann verfolgte er das Gerangel aus der relativen Sicherheit der Reinigung heraus. Dem Opfer gelang es schließlich, seinen Peinigern zu entkommen, die erhalten zu haben schienen, was sie wollten. Wahrscheinlich seine Brieftasche, dachte Sklarski.

In dem Augenblick, als sich das Opfer losgerissen hatte und die Nebenstraße hinabflüchtete, kam die Polizei. Die Räuber flohen, aber es gelang der Polizei, zwei zu erwischen.

Das Schauspiel war vorbei.

Sklarski betrachtete seine vom Schneematsch besudelte Kleidung. Robinson konnte sich gleich wieder an die Arbeit machen.

Nun, da er Zeit hatte, einen Augenblick nachzudenken, fiel ihm etwas Seltsames auf: Das Opfer auf der anderen Straßenseite hatte ebenfalls schwarz getragen.

„Mein schlimmstes Erlebnis hatte ich mit einem Österreicher", sagte Monsignore Martin. „Wenngleich ich gestehen muß, daß auch ich einen nicht unerheblichen Teil zu der Sache beigetragen habe."

Es war beim freitäglichen Abendessen im Seminar. Pater Martin, Koesler und Burk saßen am selben Tisch. Sie waren die einzigen Fakultätsmitglieder, die an diesem Abend im Seminar aßen. Das Thema der Unterhaltung hatte sich verlagert: von den Schwierigkeiten, die es heute bereitete, den Studenten eine Fremdsprache beizubringen, zu den Problemen, die sie mit ausländischen Geistlichen gehabt hatten.

„Eigentlich", fuhr Martin fort, „war es eine bizarre Kombination von unabsichtlicher Unhöflichkeit, mangelnden Englischkenntnissen und alpenländischer Dickköpfigkeit. Es ist schon Jahre her, aber ich werde es wohl nie vergessen..."

Während Martin seine Geschichte erzählte, kam Pater Sklarski herein, bediente sich an der Theke und setzte sich dann zu den anderen drei. Er hatte die Geschichte nicht ganz mitbekommen, lachte aber dennoch über die Pointe.

„Nun, Ed, ist heute etwas Besonderes vorgefallen?" fragte Martin.

„Ob etwas vorgefallen ist?" rief Sklarski aus. „Das kann man wohl sagen. Der heutige Tag war wie alle anderen, davon abgesehen, daß ich an der Verbrechensbekämpfung in dieser schönen Stadt mitgewirkt habe."

Er hatte ihre Aufmerksamkeit.

Sklarski berichtete von seinem Ausflug zu der Reinigung und seinem Erlebnis. Er übertrieb die gefährliche Gegend unnötig. Sie alle waren dieselbe Straße schon oft entlanggegangen. Sie wußten zwar, daß Gefahren lauerten, aber auch, daß die Gegend im hellen Tageslicht nicht halb so gefährlich war, wie Sklarski sie darstellte.

„Komisch war", fügte er hinzu, „was ich auch den Polizisten sagte, daß das Opfer ganz in Schwarz gekleidet war. Hut, Mantel, Hosen, Schuhe, aber weiße Socken. Sieht man nicht oft. Verdammt, man sieht kaum noch Priester, die so gekleidet sind."

„Augenblick!" Koesler hatte aufmerksam zugehört. „Das Opfer war in Schwarz gekleidet?"

„Ja."

„Wie groß mag der Mann gewesen sein?"

„Oh, das weiß ich nicht. Nicht groß, zwischen einem Meter siebzig und einem Meter achtzig. Nicht athletisch gebaut. Oh, und er hatte eine ziemlich schrille Stimme. Vielleicht, weil er Angst hatte, woraus ich ihm keinen Vorwurf machen kann."

„Und", setzte Koesler sein Verhör fort, „ist das etwas, das du regelmäßig tust? Gehst du jeden Freitagnachmittag zur selben Zeit in dieselbe Reinigung?"

„Schon, denn ich neige zu Vergeßlichkeit, und irgendwann wird man eingeladen und hat nichts anzuziehen." Sklarski kicherte, Martin und Burk stimmten ein.

„Also Routine", überlegte Koesler, als sei er allein, „der Mann war etwa einen Meter siebzig groß, unathletisch, hohe Stimme und trägt Schwarz. Hm. Entschuldigt mich bitte."

Koesler stand auf und verließ raschen Schrittes den Speisesaal. Er ging zu dem Zimmer, das ihm zur Verfügung stand. Dort rief er kurz im zehnten Revier an und stellte ein paar Fragen, die ihm der diensthabende Inspektor beantwortete.

Dann rief er Inspektor Koznicki an und erzählte ihm, was geschehen war.

„Ich glaube, Inspektor", endete Koesler, „die Tatsache, daß die Plünderer dem Mann einen geladenen Revolver gestohlen haben, erhärtet den Verdacht, daß es unser Mann war. Dieselbe Größe, hohe Stimme, schwarz angezogen. Hinzu kommt, daß Pater Sklarski genau das getan hat, was er jeden Freitag um dieselbe Uhrzeit macht. Was halten Sie davon?"

„Ein bemerkenswerter Zufall", gab Koznicki nach einer Weile zu.

„Zu bemerkenswert, um reiner Zufall zu sein, finden Sie nicht auch?" beharrte Koesler.

„Vielleicht. Ja, ich stimme zu. Aber letztlich können wir nur eine einzige Schlußfolgerung ziehen."

„Welche?"

„Daß wir es nicht genau wissen – wenigstens vorläufig nicht."

„Nicht wissen?"

„Nein. Das Opfer entkam. Und ich glaube nicht, daß der Mann kommen und seinen Revolver abholen wird."

Pause.

„Bleiben Sie dran", sagte Koznicki. Dann fügte er hinzu: „Und denken Sie weiter nach."

Die Rollos waren heruntergelassen, so daß es in dem kleinen Zimmer dunkel war.

„Du hast es schon wieder verpatzt", sagte der erste Mann.

„Ich habe nicht gehört, daß du dich darum gerissen hast, in diese Gegend zu gehen", sagte der zweite Mann. Glühende Asche war von seiner Zigarette heruntergefallen, aber in der Dunkelheit hatte er es nicht bemerkt. Sie brannte ihm ein Loch in die Hose.

„Du hättest dich ausrauben lassen können, nachdem du ihn erschossen hast", warf ihm der dritte Mann vor.

„Hör zu", sagte der zweite Mann, „ich habe es nicht eingerichtet, daß ich überfallen wurde. Außerdem, wenn ich nach dem Schuß überfallen worden wäre, hätte mich die Polizei erwischt."

„Wir übersehen etwas", sagte der vierte Mann. „Es war nichts weiter als ein Zufall, daß sich die Bande ausgerechnet diesen Zeitpunkt aussuchte, um ihn zu überfallen. Das hätte jedem von uns passieren können." Er nahm die Brille ab und legte sie auf den Tisch.

„Aber es ist nicht jedem von uns passiert. Es ist ihm passiert. Es passiert immer ihm“, sagte der dritte. Er schnippte die Asche seiner Zigarette in die ungefähre Richtung des Aschenbechers. Sie fiel in seinen Kaffee.

„Und zu alledem“, sagte der erste, „haben sie jetzt die Waffe.“

„Was soll das heißen, zu alledem?“ beschwerte sich der zweite Mann. „Sie haben sich sofort darauf gestürzt. Als hätten sie gewußt, daß ich sie bei mir hatte. Sie haben nicht einmal nach meiner Brieftasche gesucht!“

„Wenn sie Zeit gehabt hätten“, sagte der vierte, „dann hätten sie auch deine Brieftasche genommen. Aber die Bullen kamen, und du konntest fliehen. Ich wette, wenn sie mehr Zeit gehabt hätten, hätten sie auch deine Brieftasche geholt.“

„Es ist so dunkel hier drinnen“, sagte der erste Mann. Er ging zum Lichtschalter an der Wand, wobei er über die Teppichkante stolperte. Er kippte den Schalter. Die Glühbirne leuchtete nur eine Sekunde, dann brannte sie mit einem Knall aus. „Autsch!“ sagte der erste Mann.

„Was ist denn?“ fragte der vierte.

„Ich habe einen Schlag bekommen.“ Er kehrte an den Tisch zurück, wobei er wieder über den Teppich stolperte.

„Was sollen wir wegen der Waffe unternehmen?“ fragte der zweite Mann.

„Was können wir unternehmen?“ fragte der dritte. „Sie ist fort. Eine Pistole explodiert dir in der Hand, die andere läßt du dir stehlen. Wir verhelfen den Waffenherstellern in Amerika zu einem Bombenumsatz.“

„Hört zu“, sagte der zweite Mann, „ich fühle mich mies genug, auch ohne daß ihr dauernd auf mir herumhackt. Immerhin bin ich derjenige, der überfallen wurde.“

„Und das war ein völliger Fehlschlag“, sagte der erste. „Wir haben nicht einmal seine Aufmerksamkeit erregt oder ihn erschreckt.“ Er schlug mit der Faust auf den Tisch und zerbrach dabei die Brille des vierten. „Tut mir leid.“

„Macht nichts; ich habe immer eine Ersatzbrille dabei.“

„Herrgott!“ empörte sich der dritte Mann. „Dieser Kaffee schmeckt furchtbar. Filtert ihr denn den Satz nicht ab?“

„Der Kaffe ist gut“, versicherte der erste Mann. Er trank einen Schluck von dem Kaffee, den er sich gerade eingeschenkt hatte. „Au!“ Er hatte sich die Zunge verbrannt.

„Es liegt an der Gegend“, sagte der vierte.

„Au! Au! Au!“ Der zweite Mann sprang vom Stuhl auf, hüpfte durchs Zimmer und schlug mit der Hand auf die Stelle der Hose, wo sich die Glut durchgebrannt hatte.

„In dieser Gegend standen die Chancen von Anfang an gegen uns“, fuhr der vierte Mann fort. „Wir hatten überhaupt keine Erfolgsaussichten.“

„Glaubst du, es ist Zeit?“ fragte der dritte.

„Ja, ich glaube, es ist ganz eindeutig Zeit“, sagte der vierte. „Aber es muß allen unmißverständlich klar sein, daß es nie wieder eine Abweichung vom Plan geben darf, wie wir sie vor ein paar Wochen hatten. Es spielt keine Rolle mehr, wer von uns dafür verantwortlich war. Aber es darf nie wieder geschehen. Schließlich wollen wir alle beherzigen, was wir im Zweiten Weltkrieg gelernt haben: Wer zuviel redet, bleibt erfolglos. Wir dürfen uns keine Patzer mehr leisten. Von nun an werden wir keinem mehr erzählen, was los ist. Keinen Kollegen, keinen Freunden, keinen Mitarbeitern. Ist das klar?“

Die drei anderen nickten feierlich.

„Wenn das also klar ist, dann wird es Zeit, daß wir mit Phase Zwei beginnen.“

# 5

„Was mich anbelangt“, sagte Pater Ly Feeny, „hätte man Papst Johannes XXIII. schon in der Krippe erwürgen sollen.“

„Oh, das geht ein bißchen zu weit, findest du nicht, Ly?“ fragte Pater Charles O’Dowd.

„Noch nicht weit genug“, antwortete Feeny. „Es wäre besser gewesen, wenn er nie geboren worden wäre.“

„Völlig richtig“, bekräftigte Pater Albert Budreau. „Seht doch nur, was als Folge das *aggiornamento* aus der Kirche geworden ist! Seht euch an, was aus den Seminaren geworden ist!“

Sie saßen im Speisesaal der Fakultät, der im St. John’s Seminar direkt neben der Kantine der Studenten lag.

„Ein Schatten seines früheren Selbst! Ein Schatten!“ Pater Anthony Gennardo schüttelte den Kopf und schnaubte.

„Es ist, wie Al sagt“, bemerkte Feeny. „Ihr solltet alle bedenken, daß wir die Pioniere dieses Seminars waren. Fast alle von uns sind Mitglieder der Gründungsfakultät. Wir alle mußten die Veränderungen hinnehmen, die mit dem Zweiten Vatikanischen Konzil kamen.“

„Genau“, stimmte Budreau zu. „Seht euch den Lehrplan an. Vergleicht ihn mit den Kursen, die wir letztes Jahr anboten. Kein Vergleich! Heute bieten wir nur noch Mist an!“

„Komm schon, Al“, sagte O’Dowd, „so schlimm ist es auch wieder nicht. Die Kurse haben immer noch Substanz. Wir lehren immer noch moralische und dogmatische Theologie, Kirchenväter, kanonisches Recht. Die Anlagen sind noch da.“

„Aber in Englisch! Alles in Englisch! Biblisches Griechisch und Hebräisch sind vergessen. Und kein Wort Latein“, grollte Gennardo. „Am Anfang wurden wir lateinisch gefragt, wir unterrichteten es, wir dachten sogar lateinisch. Und heute – kein Wort mehr!“

„Und vergeßt nicht“, sagte Feeny, „Latein ist immer noch die offizielle Sprache des Lateinischen Ritus der katholischen Kirche. Eine Liturgie in der Landessprache ist vom offiziellen lateinischen Text abhängig und darf nur mit Roms Genehmigung gehalten werden.“

„Exakt“, bestätigte Budreau. „Wenn wir einem der heutigen Studenten ein lateinisches Meßbuch hinlegen würden, dann wüßte er überhaupt nicht, was er damit anfangen soll.“

„Das bedeutet den Tod der lateinischen Liturgie“, sagte Gennardo.

„Den Tod wovon?“ fragte Dye.

„Tod! Tod! Den Tod der lateinischen Liturgie!“ brüllte Gennardo fast. Dann schnaubte er.

„Und die Studentenschaft – “, rief Budreau aus, „wie Tony vorhin sagte, ein Schatten ihrer selbst.“

„Was redet ihr da immer von Schallen?“ fragte Dye. „Was schallt?“

„Vor Jahren“, sagte Budreau und achtete gar nicht auf Dye, „hatten wir Studenten, die das Priesteramt ernst nahmen; sie waren bereit, ihm ihr ganzes Leben zu widmen. Die jungen Männer, die wir heute haben, wissen überhaupt nicht mehr, was das heißt, ein ganzes Leben.“

„Al“, sagte O'Dowd, „du sehnst dich einfach nach einer unschuldigeren Zeit zurück. Damals verlangte die Gesellschaft eben die Aufopferung bis zum Tod. Heutzutage sind einfache Scheidungen möglich, und Nonnen und Priester pflegen einen anderen Lebensstil. Außerdem bestehen gar keine so großen Unterschiede zwischen den Studenten damals und heute.“

„Ich fürchte, dem kann ich nur teilweise zustimmen“, sagte Feeny. „Es gibt doch Unterschiede. Hauptsächlich in der Qualität, und als Folge dessen leidet auch die Qualität. Die Gemeinden draußen haben keine Priester mehr. Tatsächlich fordern sie sogar, daß wir viele Priester heranbilden. Wir haben zwar heute eine Reihe guter und aufrechter Männer, das Problem ist aber, daß wir zweitklassige Studenten nicht mehr heimschicken wie früher. Einen Seminarteilnehmer ins Laienleben zurückzuschicken, ist ein Luxus geworden."

„Nun denn", sagte Budreau. „Wir sind uns in einem Punkt einig: Die Dinge sind nicht mehr das, was sie einmal waren."

„Aber", fügte Dye hinzu, „man muß das Territorium kennen."

Die vier sahen Dye überrascht an. Manchmal gab es Zeiten, da mußten sie sich über ihn wundern.

Um die Kandidaten für die katholische Priesterschaft in Detroit auszubilden, gab es zwei Seminarsysteme, ein kleineres und ein größeres.

Sacred Heart war das kleinere Seminar. Einst hatte es sowohl eine High School als auch ein College gehabt. Deutliches Absinken der Studentenzahlen hatte Sacred Heart dazu veranlaßt, die Wagenburg enger zusammenzufahren. Nun überlebte nur noch die College-Abteilung, und auch die nur mit Mühe und Not.

St. John's war das bedeutendere Seminar. Es diente der römisch-katholischen Kirchenprovinz Michigan. Als Institution funktionierte St. John's nicht mehr. Die Erzdiözese von Detroit hatte jetzt ihr eigenes großes Seminar, St. Joseph's, in der nordwestlichen Ecke der Stadt.

Obwohl St. Joseph's erst in jüngerer Zeit erbaut worden war, war es längst viel zu groß für die anwesenden Studenten. Die größeren wie die kleineren Seminare standen ständig am Rand der Auflösung. Sie waren, um mit den Worten von Pater Gennardo und Pater Budreau zu sprechen, nur noch Schatten ihrer einstigen Größe.

Es war unmöglich, die Verantwortung für diesen Zustand auf einen einzigen Grund zu schieben. In ihren Glanzzeiten hatten die Gebäude die Studenten kaum fassen können. Eine Vielzahl von Gegebenheiten hatten zusammengewirkt und den Niedergang herbeigeführt.

Ein Faktor, der die Seminare fast unbewohnt gemacht hatte,

war die nicht unerhebliche Anzahl von Priestern, die besonders in den siebziger Jahren in den Ruhestand getreten waren. Ein anderer Grund war der Widerwille zahlreicher junger Männer, sich lange, wenn nicht gar ein ganzes Leben lang, einem klerikalen Leben im Zölibat zu verschreiben.

Das derzeitige Problem bestand darin, wie man die riesigen Gebäude wieder füllen konnte.

Sacred Heart hatte das Problem teilweise gelöst, indem andere Institutionen eingeladen worden waren, die leerstehenden Räumlichkeiten zu nutzen. Dazu gehörten unter anderem das Hispanic Office, die Redaktion des *Detroit Catholic* und die New Center Academy.

St. Joseph's setzte mehr auf Menschen. Mehr als hundert nicht zum Seminar gehörige Studenten besuchten verschiedene Kurse in St. Joseph's. Die Anwesenheit von über zweihundert Personen, auch wenn mehr als die Hälfte davon sich nicht auf den Beruf des Priesters vorbereitete, erweckte den Anschein, als würde das Seminar reibungslos funktionieren, wenngleich am Ende des Tunnels nur wenige Priesterweihen zu sehen waren.

Das Überleben der Seminare und die Art, wie sie ihre Angelegenheiten regelten, waren vornehmlich für die katholische Gemeinschaft von Detroit von Interesse – Bischöfe, Priester, Nonnen und Laien, einschließlich den Wachhunden der Tridentinischen Gesellschaft und vier finsteren Männern, die sich in einem dunklen Zimmer trafen.

Die katholische Erzdiözese von Detroit konnte sich vieler prunkvoller Kanzeln rühmen. Die meisten davon befanden sich freilich in den falschen Kirchen.

Riesige Backsteingebäude standen wie Relikte überall in der Innenstadt, umgeben von Verfall, Schutt und unbebautem Land. Sie enthielten herrliche Kanzeln. Aber in den meisten Fällen waren die weißen Gemeindeangehörigen, die sie erbaut hatten, längst verschwunden. Nun kamen nur noch wenige farbige Katholiken, und gelegentlich einmal ein Weißer, zu den Gottesdiensten. Manchmal konnte man Erzbischof Boyle sagen hören, er wünschte, die Kirchen wären auf Rädern erbaut worden, damit man sie in die Vororte rollen konnte.

Denn dort – in den Vororten – fand man große Besucherzahlen. An Wochenenden hielten die Pfarreien in den Vororten nicht selten zwischen fünf und sieben Messen – alle zum Bersten voll. Diese Massen freilich mußten sich mit Holzkirchen im Ranch-Stil begnügen, deren Kanzeln meist nur aus einem gewöhnlichen Pult bestanden.

Natürlich war es hier und da möglich, Orte zu finden, wo es weder herausragende Kanzeln, noch herausragende Menschenmengen gab.

Bestes Beispiel dafür war das Detroit House of Correction, besser bekannt als DeHoCo. Das DeHoCo, ein gewaltiger Komplex, war als Gefängnis für Detroits Kriminelle gedacht, wenngleich dort manchmal auch Häftlinge des Bezirks, des Staates oder gar des Bundes untergebracht waren. Der durchschnittliche Insasse des DeHoCo war normalerweise aber Verkehrssünder, Einbrecher oder jemand, der seine Frau geschlagen hatte; die durchschnittliche Strafe betrug einige Monate bis zu ein paar Jahren.

Irgendwann hatte St. Joseph's die Aufgabe übernommen, während des Schuljahrs die Sonntagsmesse im DeHoCo zu lesen.

Die Seminaristen, die in den Status eines Diakons erhoben worden waren, eine Stufe von der Priesterschaft entfernt, waren zum Predigen befugt. Die besseren Prediger unter den Studenten wurden zum Predigen folgerichtig auch in die besseren Gemeinden geschickt. Diejenigen, die Probleme mit dem Predigen hatten, wurden in die Problemgemeinden geschickt.

Raphael Doody, seit beinahe sechs Monaten Diakon, war bisher noch nirgendwo hingeschickt worden, um zu predigen. Heute würde er seine allererste Predigt halten – er würde im DeHoCo predigen. Wie es der Zufall wollte, würde Pater Anthony Gennardo die Messe lesen, nach der Diakon Doody predigen sollte. Pater Gennardo galt als einer der letzten zornigen alten Männer der Fakultät.

Der Boden der geräumigen Turnhalle des DeHoCo war das Kirchenschiff, der Geräteraum die Sakristei. In der Halle stand ein kleiner Tisch mit weißer Tischdecke. Zwei Kerzen standen auf diesem behelfsmäßigen Altar. Auf einem kleineren Tisch standen Meßwein und Weihwasser, eine kleine Schüssel, das Gebetbuch und der Kelch. Zwei Stühle standen daneben, einer für den Priester, der andere für den Diakon.

Ein paar Dutzend graue Klappstühle waren in der Turnhalle aufgestellt worden. Etwa fünfundzwanzig männliche Gefangene saßen ohne ersichtliche Ordnung darauf. Viele hatten Stoppeln im Gesicht. Ein paar dösten. Keiner schien sich besonders für die religiöse Zeremonie zu interessieren. Sie waren in mehr als einer Hinsicht ein Zwangspublikum.

Es war Zeit für die Predigt.

Der sehr nervöse Doody stand auf. Zum erstenmal predigte er vor einer richtigen Gruppe. Eine schwarze Basketballtafel nahm ihm die Sicht auf ein paar der Anwesenden. Streben, welche die Tafel an der Wand festhielten, verbargen den anderen Teil.

„Vor vielen Jahrhunderten" – Doody räusperte sich; seine Stimme klang hektisch und nervös – „hielt ein Mann mit Namen Taul von Parsus... Paul von Tarsus eine aufrüttelnde Predigt vor den Bauern, in denen er ihnen vom Allmissenden Gott... äh... dem Allwissenden Gott erzählte."

Dieser Mensch und die Sprache sind Todfeinde, dachte Pater Gennardo.

„Unter den zahlreichen... äh... Augenblick" – sein Gedächtnis ließ ihn im Stich – „oh, ja, Gegenständen und Götzen, welche von diesen Bauern angebeten wurden, befand sich auch ein Altar, welcher dem Allwissenden Gott geweiht war."

Verschiedene Zuhörer sanken in noch tieferen Schlaf, während Doodys aufgeregte Stimme weiterhaspelte.

„Und daher gehen wir zum Altar, um denselben Gott zu verehren, den auch die uralten Bauern verehrten – unter dem Namen... äh... Augenblick... oh, ja... der Allwissende Gott. Im Namen des Vaters, und des Sohnes, und des Heiligen... äh, Geistes. Amen."

Der Rest der Messe verlief ohne besondere Ereignisse, wenn man einmal davon absah, daß Doody, der auch die Rolle des Meßdieners übernehmen mußte, den Weihwasserbehälter umstieß. Immerhin wartete er, bis er zum letztenmal benutzt worden war, bevor er ihn umstieß.

Sofort nach der Messe fuhr der schweigende Gennardo Doody nach St. Joseph's zurück.

Bevor sie sich im Flur des Seminars trennten, fragte Doody zögernd:

„War es gut?"

„Ich will es einmal folgendermaßen ausdrücken", sagte Gennardo. „Ich glaube, Sie haben im DeHoCo eine zweite Heimat gefunden."

Er schnaubte. Es war jetzt 11.30 Uhr, die regelmäßige Zeit für Pater Gennardos Meditation. Er betrat den Innenhof des Seminars und ging den braun gepflasterten Gang entlang. Sein Weg würde ihn im Quadrat um den ganzen Hof herumführen.

Im Gehen zündete er sich eine Zigarette an, und sofort fiel ihm die alte Geschichte von dem Dominikaner und dem Jesuiten ein, die beide mit ihrer Meditation beginnen wollten. Jeder wollte rauchen; die Erlaubnis dafür mußte aber eingeholt werden. Der Dominikaner fragte seinen Prior, ob er beim Meditieren rauchen dürfte. Die Erlaubnis wurde verweigert. Der Jesuit dagegen fragte, ob er beim Rauchen meditieren dürfe. Er bekam die Erlaubnis, als sei es etwas Selbstverständliches.

Gennardo schnaubte, dann vergaß er die Anekdote wieder und machte sich daran, ernsthaft zu meditieren.

„Darf ich Ihren Martini auffüllen, Inspektor?"

„Nein, danke, Pater. Alles bestens."

Walter Koznicki und seine Frau Wanda saßen in der kleinen Küche des Pfarrhauses von St. Anselm's. Pater Koesler bereitete das Sonntagsessen zu. In den vergangenen Jahren hatten sie es sich angewöhnt, wenigstens einmal im Monat zusammen zu essen.

Nun, da die Kinder der Koznickis erwachsen waren und ihr eigenes Leben lebten, waren diese Essen zu einer ständigen Einrichtung geworden. Manchmal aßen sie bei den Koznickis, manchmal in einem Restaurant, gelegentlich in St. Anselm's, wo Koesler einfache Mahlzeiten zubereitete.

Heute lagen drei Steaks in der Pfanne, während in einem Topf mit Wasser tiefgefrorenes Gemüse auftaute. Koesler bearbeitete Kopfsalat und Spinat mit dem Messer, um eine seiner speziellen Köstlichkeiten zuzubereiten: gemischten Salat.

„Trinken Sie immer noch nicht, Pater?" Wanda Koznicki konnte sich nicht an den Anblick Koeslers ohne seinen üblichen Manhatten vor dem Essen gewöhnen.

„Nein, Wanda. Seit dem vergifteten Gin bin ich etwas nervös, was Alkohol anbelangt."

„Kann ich Ihnen nicht verdenken. Ich fange immer noch an zu zittern, wenn ich daran denke, daß jemand Sie tatsächlich ermorden wollte."

Koesler kicherte. „Man sollte meinen, daß ein Mordversuch Sie nicht mehr aus der Fassung bringt, nachdem Sie Ihrem Mann schon seit Jahren über die Schulter sehen."

„Oh, das ist etwas anderes. Das wissen Sie, Bob." Wanda benutzte gelegentlich Koeslers Taufnamen. Ihr Mann redete den Priester stets mit seinem Titel an. „Es ist ein Unterschied wie Tag und Nacht, wenn das Opfer ein Freund ist."

„Sie hat recht, Pater", sagte Koznicki. „Selbst ich mit meiner langen Erfahrung war schockiert, als ich den Inhalt der Flasche herausfand."

„Ich ebenfalls", gestand Koesler. „Ich glaube, ich hielt mich selbst nie für wichtig genug, Ziel eines Mordanschlags zu werden. Als ich noch Chefredakteur des *Detroit Catholic* war, hatte ich ein paar recht konservative Kontrahenten – aber soweit gehen und sie als Feinde bezeichnen, möchte ich nicht. Selbst die damaligen Dispute gingen nie über das Briefstadium hinaus. Ich schrieb Vorspanne, und sie schrieben wütende Briefe an den Chefredakteur. Aber ich nehme nicht an, daß Mordopfer normalerweise mit einem Angriff rechnen, oder?"

„In den meisten Fällen nicht", stimmte Koznicki zu. „Ein Großteil der Morde in dieser Stadt gehen auf das Konto des organisierten Verbrechens. Man sollte meinen, daß Leute mit kriminellen Aktivitäten selbst ständig mit einem gewaltsamen Tod rechnen. Aber die meisten tun es nicht. Ebenso wie sie nie daran denken, geschnappt zu werden. Die meisten wiegen sich in dem Glauben, daß so etwas nur den anderen zustößt. Dann gibt es noch den Mord innerhalb der Familie. Er ist selten vorher geplant; im allgemeinen wird er von einem Streit und der Verfügbarkeit einer Tatwaffe provoziert, gewöhnlich eine Pistole. Aber da Sie gerade von konservativen Kontrahenten sprechen, haben Sie die Serie über diese Tridentiner in der *Free Press* und den *News* verfolgt?"

„Oh, Walt", mahnte Wanda. „Wir sollten uns nicht über Geschäftliches unterhalten. Das ist ein Essen unter Freunden."

„Ein Essen ist es nur dann, wenn ich es nicht verderbe." Koesler strich die in Scheiben geschnittenen Radieschen in die Salatschüssel. „Und es macht mir nichts aus, darüber zu reden. Es hilft sogar ein wenig. Ja, Inspektor, ich habe sie sorgfältig verfolgt. Ich finde, sie sind außerordentlich gut geschrieben und zeigen deutlich den unterschiedlichen Stil von Joe Cox und Pat Lennon."

Koznicki lächelte. „Ich wollte kein journalistisches Gutachten über den Stil der Reporter, Pater. Ich wollte wissen, was Sie von der Tridentinischen Gesellschaft und ihren Mitgliedern halten."

„Nun, es wäre zu leicht, sie lächerlich zu finden. Ihre Positionen und Ansichten sind so extrem. Zum Beispiel diese Sache mit den Visionen von Tumerango..." Koesler sah nach den Steaks, sie waren fertig. Er lud das Gemüse auf Servierteller. „... jede vernünftige Kirchenautorität hat sie als Hirngespinste abgetan. Dennoch kaufen die Tridentiner Stücke vom Boden von Tumerango. Sie sammeln sogar Zweige von dem Baum, über dem, wie sich alle Kirchenautoritäten einig sind, die Heilige Mutter *nicht* erschienen ist."

Die Koznickis lachten.

„Aber bei aller Erheiterung übersieht man nur allzu leicht die Tatsache, daß ein paar dieser Leute gefährlich werden können." Koesler trug das Essen zum Eßzimmertisch. „Sie sind der Meinung, daß sie von ihrer Kirche verlassen worden sind. Und ihre Kirche, oder das, was sie als ihre Kirche betrachten, ist von größter Wichtigkeit für sie. Es sind humorlose, irregeleitete, hoffnungslose Menschen. Solche Menschen können extrem gefährlich werden."

Koesler bat die Koznickis ins Eßzimmer, sprach das Tischgebet und schenkte drei Tassen Kaffee ein.

„Ich muß ihnen unbedingt zustimmen, Pater", sagte Koznicki. „Und unsere derzeitigen Ermittlungen laufen alle in die Richtung dieser Tridentinischen Gesellschaft. Aber das ist eine kaum faßbare Gruppe."

Wanda hoffte, daß Koesler bald in die Küche mußte. Dann würde sie, wie sie es schon oft getan hatte, ihren Kaffee in die Topfpflanze gießen.

Der liebe Pater Koesler! Er war so ein reizender, guter Mensch. Aber der arme Mann konnte einfach keinen anständigen Kaffee machen.

„Ich stimme dir zu", sagte Sergeant Morris, „aber bei mir ist das mehr eine Frage der Intuition."

Sergeant Patrick lächelte breit. „Unter uns, ich verlasse mich jedesmal völlig auf deine Intuition. Aber wir wissen, daß Intuition bei Gerichtsverhandlungen kaum anerkannt werden wird."

„Oh, ich weiß."

Es war früh am Montagmorgen, und die beiden Polizisten fuhren zum nordöstlichen Teil von Detroit. Sie setzten ihre Ermittlungen im Fall eines zwölfjährigen Mädchens fort, das verschwunden war. Zuletzt hatte es für die weiblichen Pfadfinder Plätzchen an Haustüren verkauft.

„Abgesehen von meiner Intuition, was bringt dich dazu, noch einmal Sommers' Haus aufzusuchen?"

„Nun", sagte Patrick stirnrunzelnd, „zunächst einmal ist Sommers' Haus das letzte, wo wir sie aufspüren konnten. Sommers gab zu, daß sie an seiner Tür klingelte und er ihr einen Karton Plätzchen abgekauft hat. Danach ist sie einfach wie vom Erdboden verschwunden."

„Selbstverständlich könnte sie von einem Autofahrer mitgenommen worden sein." Morris spielte den Teufelsadvokaten. „Oder es könnte ihr im nächsten Haus, das sie besuchte, etwas zugestoßen sein. Auch wenn das Team vom fünfzehnten Revier nichts herausgefunden hat, bedeutet das noch lange nicht, daß das Mädchen nach Sommers' Haus kein anderes mehr besucht hat."

„Ich weiß, Marge. Aber da waren diese ganzen Kämmerchen, die Sommers in jüngster Zeit in die Wände eingebaut hat. Ich mußte gestern abend ständig darüber nachdenken. Ich konnte kaum schlafen, sie gingen mir nicht aus dem Kopf."

„Nun, wir haben unseren Durchsuchungsbefehl. Bald werden wir es wissen."

Sie schwiegen ein paar Minuten lang. Der Polizeifunk knisterte ununterbrochen. Keiner der Rufe galt ihnen.

„Zu schade, daß wir die Ermittlungen im Seminar zurückstellen mußten", überlegte Morris. „Könnte sich wiederholen, weißt du."

„Was?"

„Ich meine, es wäre durchaus möglich, daß ein weiterer Priester der Fakultät angegriffen wird."

„Ich weiß", sagte Patrick. „Aber alle Spuren verliefen im Sand. Wir haben einfach überall gesucht. Außerdem liegt der letzte Versuch nun schon ein paar Wochen zurück. Vielleicht ist es vorbei. Wenn ja, dann haben wir Glück gehabt und keiner kam zu Schaden."

Wieder schwiegen sie eine Weile.

„Was ist mit diesem Roman Kirkus, dem Vorsitzenden der Tridentinischen Gesellschaft?" fragte Morris. „War der nicht etwas anderes?"

„Klar." Patrick kicherte. „Mit dem Arsenal in seinem Haus könnte er einen erfolgreichen, wenn auch begrenzten Krieg führen."

„Ja, aber es ist alles legal. Alles, was registriert werden muß, ist registriert."

„Ein schlauer Kerl." Patrick bog ab und bremste. Sie näherten sich Sommers' Haus. „Er macht kein Hehl aus seinem Haß. Dabei behauptet er ständig, ein guter Katholik zu sein."

„Mehr ein Superkatholik."

„Ja, bei Freunden wie Kirkus brauchen die Katholiken keine Feinde. Das Unheimliche ist nur, daß ein Mann wie Kirkus tatsächlich zu Gewaltanwendung greifen könnte."

„Wie auch immer, ich hoffe, die Sache im Seminar ist ausgestanden. Ich hoffe nicht, daß etwas eintritt, das die Angelegenheit wieder aktuell werden läßt."

„Du meinst ein weiterer Anschlag?"

Patrick nickte. Das Auto hielt direkt vor Sommers' Haus am Straßenrand.

Die Polizisten gingen die Treppe zum Eingang hinauf. Morris trat beiseite, während Patrick klingelte. Paul Sommers öffnete die Tür. Patrick zeigte Sommers den Durchsuchungsbefehl und erläuterte ihn. Sommers schien beunruhigt.

„Mr. Sommers", sagte Patrick. „Bitte, zeigen Sie uns noch einmal die kleinen Vorratskammern, die Sie in letzter Zeit gebaut haben."

Sommers begann die Führung im ersten Stock. Als sie die Runde machten, studierte Patrick sorgfältig das Verhalten des Mannes. Als sie einen etwas größeren und verschlossenen Vorratsraum im zweiten Stock erreichten, wurde seine Nervosität augenscheinlich.

Patrick sah sich wortlos in dem Raum um, dann sah er Sommers an. „Mr. Sommers, würden Sie uns bitte zeigen, was sich hinter diesem Bretterverschlag befindet?" Sommers antwortete nicht, er wich dem Blick des Polizisten aus. Sein Blick glitt zu einem Hammer in der Nähe. Patrick ergriff den Hammer und machte eines der Bretter los. Mit einigen Schwierigkeiten zwängte er sich durch die schmale Öffnung. Im dunklen Inneren roch es nach Tod. Er schaltete die Taschenlampe ein. In dem dunklen Dreieck des Giebels lag etwas, das in einen alten Regenmantel eingewickelt war. Patrick schlug den Mantel zurück...

Patrick schob sich aus dem dunklen Loch hervor. Er nickte Morris zu, sah Sommers ausdruckslos an, dann holte er eine Karte aus der Brieftasche und begann zu lesen.

„Sie haben das Recht, die Aussage zu verweigern..."

„Bist du sicher, daß du Rafes Partner sein möchtest?“ fragte William Zimmer.

„Ja, sicher“, antwortete Lennie Marks. „Das heißt, wenn es dir nichts ausmacht.“

„Sei nicht albern; natürlich macht es mir nichts aus. Aber das dürfte das Spiel ein wenig einseitig machen.“

„Mir macht es nichts aus, wenn es dich nicht stört.“

Marks und Zimmer waren zu früh zu dem vereinbarten Racketballspiel in St. Joseph’s gekommen. Raphael Doody und Herb Wygoski waren noch nicht da. Während sie auf die beiden warteten, liefen sie sich im Innenhof warm.

Marks verehrte Zimmer beinahe und verdankte seinen geringen Erfolg in der Tat hauptsächlich Zimmers Unterricht; seine spezielle Bewunderung reservierte Lennie aber für zwei andere: Bruder Alphonsus, Mitglied und gelegentlicher Besucher der Tridentinischen Gesellschaft, und Raphael Doody, ebenfalls Mitglied der Tridentiner und Diakon, der bald Priester werden würde.

Alphonsus und Doody hatten eines mit Marks gemeinsam, nämlich eine sprichwörtliche Ungeschicklichkeit. Alphonsus und Doody jedoch waren auf einem Gebiet erfolgreich, das geistig und körperlich ungeschickten Leuten normalerweise verschlossen blieb. Der erste konnte die Tridentinische Gesellschaft ansprechen und motivieren; der andere würde Priester werden.

Wygoski und Doody trafen fast gleichzeitig ein und kamen die Treppe zum Hof herunter.

„Howdy“, sagte Wygoski.

„Was?“ sagte Doody.

„Howdy Doody“, sagte Wygoski und versetzte sich als einzigen in brüllende Heiterkeit.

„Hack nicht auf ihm herum, Herb“, bat Zimmer.

„Weswegen sollte ich mich außerhalb des Stroms des amerikanischen Lebens stellen?“ gab Wygoski zurück.

„Laß ihn in Ruhe, Herb“, sagte Marks. „Immerhin ist er Diakon.“

„Ich erbitte Eure Verzeihung, Reverend Mister Howdy Doody.“ Wygoski verbeugte sich.

„Kommt und lauft euch warm", drängte Zimmer. „Du und ich gegen Lennie und Rafe."

„Du machst Witze", sagte Wygoski.

„Nein, so ist es."

„Das Abschlachten der Unschuldigen."

Wygoski und Zimmer schlugen den Ball gegen die vier Wände des Innenhofs. Marks und Doody fanden eine Ecke im hinteren Teil des Hofs, wo Doody seinen Protegé unterrichtete.

„Das ist eine gute Idee, Lennie. Du und Bill, ihr solltet regelmäßig hierherkommen. Immerhin werdet ihr nächstes Jahr hier Studenten sein, und ihr solltet euch nicht nur mit den Räumlichkeiten vertraut machen, sondern auch die anderen Studenten kennenlernen. Damit ihr, wenn ihr nächstes Jahr hierherkommt... autsch!"

„Tut mir leid, Rafe", sagte Wygoski, „aber wenn du auf einem Racketballfeld nur herumstehst, sind die Chancen groß, daß du vom Ball getroffen wirst."

„Schon gut, schon gut", sagte Doody, „war ja nicht mit Absicht. Fangen wir an."

„Wollt ihr euch nicht warm laufen?" fragte Zimmer.

„Ich glaube nicht, daß das nötig sein wird", sagte Doody. „Los geht's."

„Wie ihr wollt", sagte Wygoski. „Ihr könnt sogar den ersten Aufschlag haben." Es könnte euer letzter sein, fügte er leise hinzu.

Doody ließ den Ball zu Boden fallen. Als er wieder hochhüpfte, verfehlte er ihn. Dieses ungewöhnliche Manöver wiederholte er mehrmals. Wygoski rang um seine Selbstbeherrschung. Schließlich gelang Doody ein erfolgreicher Aufschlag. Wygoski spielte den Ball an die rückwärtige Wand, dann prallte er Marks mitten ins Gesicht.

„Autsch!" Marks rieb sich die Wange.

„Behinderung!" rief Wygoski.

Doody machte wieder den Aufschlag. Zimmer spielte ihn über die Seitenwand und nagelte ihn am Fuß der vorderen Mauer fest. Der Ball glitt über den Boden – unspielbar.

Die beiden Teams wechselten die Plätze.

Wygoski machte den Aufschlag; Doody verfehlte den Ball mit der Vorhand. Noch einmal, Marks verfehlte mit der Rückhand. Noch einmal, Marks verfehlte mit der Vorhand. Noch einmal, Doody verfehlte mit der Rückhand.

Beim Stand von 4:0 landete Wygoskis nächster Aufschlag in der Mitte des Spielfelds, wo Marks und Doody zusammenstießen. Sie fielen in einem Wirrwarr von Armen und Beinen zu Boden.

„Seid ihr verletzt?“ Zimmer eilte besorgt zu dem zappelnden Häuflein.

„Nein, nein, wir sind ganz in Ordnung“, versicherte Doody, während er versuchte, sich von Marks zu lösen.

Wygoski machte wieder einen Aufschlag. Marks' Schlag erreichte kaum die vordere Wand. Aber immerhin blieb der Ball im Spiel. Wygoski, den dieses unerwartete Ereignis überraschte, lief auf den Ball zu, erwischte den Ball nach dem ersten Aufprall und konnte ihn gerade so zur gegenüberliegenden Wand schlagen.

Doody raste mit Höchstgeschwindigkeit zum hinteren Teil des Hofs. Er verfehlte den Ball, prallte aber mit voller Wucht gegen die Mauer. Er taumelte drei Schritte rückwärts und brach zusammen.

„Geht es ihm gut? Geht es euch gut?“ rief Marks. „Oh, ich hätte den Ball niemals zurückschlagen dürfen!“

„Es geht ihm gut“, versicherte Zimmer, nachdem er Doody untersucht hatte. „Er ist nur bewußtlos.“

Wygoski schüttelte den Kopf. „Wenn man alles in Betracht zieht, hätten wir kaum mit einem längeren Spiel rechnen können.“

„Das ist ein Eileiter“, sagte Pater Gennardo, der zwei parallele Linien an die Tafel malte, „und das ist der andere Eileiter.“

„Sehen wie Zwei-Zoll-Abwasserrohre aus“, flüsterte einer der Studenten seinem Nachbarn zu.

„Ich dachte, es wäre ein Kurs über die Theologie der menschlichen Sexualität“, flüsterte ein anderer, „und jetzt malt der Professor schmutzige Bilder an die Tafel.“

„Wenn das die schmutzigsten Bilder sind, die du je zu sehen bekommen wirst", flüsterte der andere Student wieder, „dann mußt du blind durchs Leben gehen."

„Das ist ein Eierstock, und das der andere." Gennardo ergänzte seine Zeichnung.

„Sie sehen wie Eier aus", stellte Lennie Marks fest, der den Kurs besuchte.

„Das produzieren sie auch", flüsterte William Zimmer, der den Kurs auch besuchte.

„Oh."

„Das ist der Uterus, der Gebärmutterhals und die Vagina." Gennardo schnaubte. „Nun stößt der Eierstock jeden Monat ein Ei ab, das in den Eileiter gelangt..."

„Entschuldigen Sie, Pater..." Raphael Doody hob die Hand.

„Ja?"

„Sieht nicht so aus, als wären die Eierstöcke und die Eileiter miteinander verbunden."

„Sind sie auch nicht."

„Und warum fällt das Ei dann nicht einfach in den Bauch der Frau?"

Gelächter von der Klasse.

„Das tut es eben nicht." Errötete Gennardo? Bei seinem derben Gesichtsausdruck konnte man das schwer sagen. „Wenn das Ei, während es den Eileiter passiert, nun Kontakt mit dem Sperma hat, dann kommt es zur Befruchtung. Das befruchtete Ei begibt sich ins Endometrium – das ist die Schleimhaut – der Gebärmutter, und der Fötus beginnt zu wachsen."

„Entschuldigung, Pater."

Gennardo seufzte. „Was gibt es, Doody?"

„Wie kommt es dort hinein?"

„Was?"

„Das Sperma."

Gelächter von der Klasse.

„Kulinski", schnaubte Gennardo und deutete gleichzeitig mit dem Finger, „Sie scheinen am lautesten zu lachen; warum erklären Sie es Doody nicht?"

„Der Mann vögelt seine Frau“, krähte Kulinski.

Heftigeres Gelächter. Die Situation entglitt Gennardo.

„Hä?“ fragte ein verblüffter Doody.

„Könnten Sie es weniger umgangssprachlich und mehr technisch ausdrücken?“ bat Gennardo.

„Er führt den Penis in die Vagina ein und hat einen...“

„Oh, jetzt erinnere ich mich“, unterbrach ihn Doody. „Einen Organismus.“

„Einen Orgasmus“, röchelte Gennardo.

Erneutes Gelächter.

„Doody!“ brülle Gennardo über das Lachen hinweg, „keine Fragen mehr, sonst werde ich Sie hinausstellen! Und nun beruhigen Sie sich!“ Er schnaubte.

„Also gut, meine Herren“, fuhr er fort, „das theologisch Bedeutsame daran ist, daß sich nichts in die Unverletzbarkeit dieses Vorgangs einmischen oder ihn gar unterbrechen darf. Keine mechanischen oder künstlichen Hilfsmittel dürfen angewendet werden, damit das Sperma nicht in den Eileiter gelangen kann oder das Sperma abgetötet wird. Und auf gar keinen Fall darf das Sperma anderswohin als in die Vagina ejakuliert werden – ja, Kulinski?“

„Das glaubt doch niemand mehr.“

„Der Papst glaubt es, also solltest du es besser auch tun!“

„Das fällt nicht unter die Unfehlbarkeit.“

„Es ist das normale kirchliche Lehramt.“

„Wenn ich es also nicht glaube, bin ich kein Häretiker.“

„Nein, aber Sie irren sich.“

Kulinski schüttelte den Kopf.

„Doody?“ Es war mehr eine Drohung als eine Aufforderung.

„Ich habe mir etwas überlegt, Pater: Manchmal habe ich nachts ein Problem. Und wenn ich am Morgen aufwache...“

„Doody!“

„Stelle ich fest, daß meine Pyjamahose...“

„Hinaus, Doody!“

„... ganz feucht ist, und...“

„HINAUS, Doody!“

Gelächter.

Die Glocke ertönte. Gennardo maß Doody mit einem vernichtenden Blick, zündete sich eine Zigarette an, blies den Rauch durch die Nasenlöcher und stampfte wütend hinaus. Eine kleine Gruppe von Studenten fand sich vor dem Lehrerpult zusammen.

„Ich bin überrascht“, sagte Zimmer. „Ich hätte nicht gedacht, daß noch jemand die künstliche Empfängnisverhütung ernst nimmt.“

„Gennardo ist ein Fossil“, erklärte Kulinski.

„Du meinst, daß der Pater sich irrt?“ fragte Marks kopfschüttelnd. „Das ist alles sehr verwirrend.“

„Es ist nur so, daß Vatikan II ein paar dieser alten Herrschaften völlig aus dem Gleichgewicht gebracht hat. Einige waren anfangs ziemlich verstimmt. Die theologischen Umwälzungen haben sie einfach überrollt.“

Kulinski führte die vier aus dem Klassenzimmer und in den Innenhof, wo sie auf einer Bank Platz nahmen. Das Wasser in dem Teich in der Mitte des Hofs wurde gelegentlich von sanften Wellen gekräuselt, wenn einer der darin enthaltenen Goldfische auf Nahrungssuche nach oben kam.

„Gennardo ist nicht der einzige“, griff Kulinski die Unterhaltung wieder auf. „Männer wie Budreau, Dye und O'Dowd – selbst Ly Feeny – waren schon zu Beginn des Seminars hier. Sie haben jahrelang die Theologie des neunzehnten Jahrhunderts gelehrt. Dinge wie Probabilismus und die Versuchung des Bösen und dieses unsinnige kirchliche Lehramt. Dabei ist es so, wie Bill gesagt hat: Niemand glaubt mehr daran – das heißt, niemand, abgesehen von ein paar alten Männern, die man schon längst hätte aus dem Verkehr ziehen sollen. Ich habe keine Ahnung, wie sie mit den jüngeren Fakultätsmitgliedern zusammenarbeiten können. Im großen und ganzen sind die jüngeren nämlich zeitgemäßer.“

„Einen Augenblick mal“, sagte Zimmer, „das ist eine harte Sache, die du da vertrittst, Dick. Du möchtest doch sicher nicht sagen, daß man alle alten Lehrer in den Ruhestand versetzen sollte. Oder doch?“

„Also gut: O'Dowd bemüht sich, am Ball zu bleiben, und Dye ist weitgehend harmlos. Außerdem sind sie ganz nett. Aber sie haben eindeutig nicht die frische Perspektive, die die jüngeren Fakultätsmitglieder haben."

„Ich stimme Lennie zu", sagte Doody. „Ich finde das alles sehr verwirrend."

„Du hast den Sexualkunde-Unterricht nicht besucht, oder, Rafe?" fragte Kulinski.

„Nein." Doody errötete.

„Jammerschade. Dort hättest du eine Menge über Dinge wie feuchte Träume lernen können", sagte Kulinski. „Komm mit mir, Scooby-Dooby-Doody. Ich habe in meinem Zimmer ein paar Bilder, die dir eine völlig neue Welt erschließen werden."

„Du solltest besser auch mitgehen, Lennie", bedrängte Zimmer Marks.

An eben diesem Nachmittag erfuhren Marks und Doody, was Jungen und Mädchen voneinander unterscheidet. Dieses Wissen hatte aber keinerlei nennenswerte Auswirkungen auf das Auftreten nächtlicher Samenergüsse.

Mit Ausnahme des Polizeikaplans kannte Pater Koesler die Wege im Polizeihautquartier besser als jeder andere Geistliche, fast so gut wie die Polizeibeamten von Detroit. Aber diese Vertrautheit kam, wie die Berufung des Heiligen Paulus zum Apostel, erst nach langer Zeit.

Die frühen Jahre seiner Priesterschaft hatte er völlig normal verbracht. Er war zum Gemeindedienst in der Erzdiözese von Detroit berufen worden. In den darauffolgenden Jahren hatte er in verschiedenen Pfarreien als Assistent des Pfarrers gearbeitet. Zwölf Jahre hatte er die Chefredaktion des *Detroit Catholic* innegehabt.

Gegen Ende seiner Laufbahn als Chefredakteur war er in die polizeilichen Ermittlungen im Fall der Ermordung verschiedener Priester und Nonnen eingeschaltet worden. Als Pfarrer von St. Anselm's hatte ihn sein Freund, Inspektor Koznicki, dann zweimal gebeten, an den Ermittlungen in zwei anderen Fällen mitzuwirken, die sich beide in der hiesigen katholischen Szenerie abgespielt hatten.

Gerade ging Koesler selbstsicher den Flur im fünften Stock des Hauptquartiers entlang, bis er die Büros der Mordkommission erreichte. Er fragte nach Inspektor Koznicki, dann wartete er auf die Rückkehr des Sergeanten, der als Koznickis Sekretär arbeitete. Er wurde prompt in das Büro seines Freundes geführt.

„Ich hoffe, ich störe nicht. Ich war im Ren Cen und habe beschlossen, das Risiko einzugehen und nachzusehen, ob Sie da sind."

„Überhaupt nicht, Pater. Ich bin immer erfreut, Sie zu sehen."

„Ich habe mir überlegt, ob es neue Erkenntnisse in unserem Seminarfall gibt."

„Wie es der Zufall will, ja. Aber wir wissen noch nicht, was wir damit anfangen sollen."

Koesler, sofort ganz Aufmerksamkeit, nahm in einem Sessel vor Koznickis Schreibtisch Platz.

„Sie erinnern sich vielleicht noch", begann Koznicki, „an den Zwischenfall mit Pater Sklarski vor der Reinigung Robinson, bei dem es sich um einen weiteren Fall eines versuchten Anschlags auf einen Seminarangehörigen gehandelt haben könnte."

Koesler nickte eifrig.

„Dann werden Sie sich vielleicht erinnern, daß einer der Verhafteten ein Bandenführer aus der Nachbarschaft war, hinter dem wir schon lange her waren. Wir haben inzwischen so viele Beweise gegen ihn, daß er beschlossen hat, sich ein wenig gefügig zu zeigen, um dadurch mildernde Umstände herauszuschlagen. Nebenbei, möchten Sie einen Kaffee? Tee?"

Koesler schüttelte den Kopf.

„Nun", fuhr Koznicki fort, „er schwört – und das glaube ich ihm –, daß sie nicht die Absicht hatten, Pater Sklarski zu überfallen. Sie kennen sich mit den Routineverrichtungen der meisten Priester des Seminars ausgezeichnet aus. Aber die mögliche Beute erschien ihnen immer so gering, daß es sich für sie nicht lohnte, einen Priester anzugreifen, weil das Risiko in keinem Verhältnis zum möglichen Gewinn stand."

„Aber was dann?“

„Darauf komme ich eben, Pater. Er behauptet, sie hätten erfahren, daß ein weißer Geck, wahrscheinlich in Schwarz gekleidet, sich in der Gegend aufhalten würde, und daß er ziemlich sicher etwas Wertvolles bei sich haben würde. Und eine Pistole ist natürlich ein lohnendes Objekt.“

„Aber von wem kam die Nachricht?“

„Sie wurde unglücklicherweise durch so viele Hände gereicht, daß es uns unmöglich war, sie bis zu ihrem Ursprung zurückzuverfolgen.“

„Nun“, sagte Koesler und lehnte sich mit nachdenklichem Blick zurück. „Wenn das nicht interessant ist!“

„Das ist es. Ist Ihnen aber aufgefallen, wie sehr die gesamte Nachbarschaft mit der Routine der Geistlichen vertraut ist?“

Koesler nickte.

„Und Sie werden sich an die Bedeutung erinnern, die wir dieser Routine beigemessen haben. Den Anschlägen gingen ganz offensichtlich sorgfältige Beobachtungen voraus. Wer könnte zum Beispiel wissen, daß Sie an jedem Freitagnachmittag im Seminar Abendessen einnehmen, wenn nicht jemand, der sorgfältig plant und beobachtet?“

„Damit haben Sie sicher recht, Inspektor. Dem kann ich nicht widersprechen.“

„Man könnte demnach sagen, Inspektor, daß es für die Geistlichen der Fakultät gut wäre, wenn sie auf ihre übliche Routine vorläufig verzichten, solange die Ermittlungen nicht abgeschlossen sind. Sie sollten ihre Geschäfte zu unregelmäßigen Zeiten erledigen.“

Koesler begann zu lachen. Er beherrschte sich erst allmählich wieder.

„Entschuldigen Sie, Inspektor.“ Der Priester holte ein sauberes Taschentuch heraus und begann, seine Brille abzuwischen. „Aber ich fürchte, von allen Geschöpfen Gottes sind Geistliche diejenigen, die am meisten Sklaven ihrer Routine sind. Wenigstens Geistliche meiner Generation, und ältere. Unsere gesamte Ausbildung am Seminar lief darauf hinaus, uns zu Gewohnheitstieren zu machen. Wir stehen stets zur selben Zeit auf, gehen stets zur gleichen Zeit zur Meditation oder zur Messe. Essen, wenn man es so nennen kann, halten unseren Unterricht, studieren, beten und gehen stets zur selben Zeit zu Bett. Unser Leben wird von der Uhr beherrscht.

Es ist ein geniales System. Aber es erzeugt Sklaven der Routine. Die meisten von uns werden ihr Leben fast zwanghaft in alltägliche Verrichtungen einteilen. An jedem zweiten Dienstag im Monat findet die Pfarrgemeinderatsversammlung statt. Der dritte Sonntag eines jeden Monats ist Kindstaufen vorbehalten. Und Freitagabends“, Koesler verstummte und lächelte, während er die Brille wieder aufzog, „esse ich im Seminar. Ein paar der jüngeren Priester, besonders jene, die erst in den letzten Jahren geweiht worden sind, entkamen unserem strengen Seminarreglement und verhalten sich ein wenig freier. Aber ich versichere Ihnen, Inspektor, die meisten der Geistlichen in der Fakultät werden ihre Gewohnheiten nicht ändern können – ebenso wenig wie der Leopard seine Flekken ablegen kann.“

„Nicht einmal dann, wenn es ihr Leben retten könnte?“

„Nicht einmal aus diesem Grund. Ich bin der festen Überzeugung, daß die Ausbildung von Gewohnheiten in unserem Leben sich unserer Kontrolle entzieht. Wir müssen eben mit den angewöhnten Eigenheiten leben.“

„Unser Täter weiß das offenbar und macht es sich zunutze, Pater.“ Koznicki strich sich den Schnurrbart mit einem Zeigefinger glatt, der so groß war, daß er zwei Zeigefinger bei einem normalen Mann hätte bilden können. „Und damit sind wir bei einer unerfreulichen, aber zwingenden Schlußfolgerung angelangt.“

Koesler sah Koznicki fragend an.

„Wir müssen uns mit der Routine der Fakultätsmitglieder vertraut machen – zumindest ebensogut wie unser Täter.“

Auf die Worte des Inspektors folgte Schweigen.

„Ich werde versuchen, Ihnen zu helfen“, schlug Koesler vor. „Ich werde versuchen, meinen Kollegen die Neuigkeit so schonend wie möglich beizubringen. Ich weiß aber aus Erfahrung bestimmt, daß sie es nicht leichtnehmen werden, weil sie es als ungewollte Einmischung in ihr Privatleben ansehen werden."

„Das ist eine gute Idee, und ich danke Ihnen für Ihre Hilfe, Pater. Versuchen Sie den anderen Geistlichen klarzumachen, daß es nur ihrem Schutz dient. Ein wenig Schutz, Sie wissen."

„Ich weiß es. Jetzt gilt es, sie zu überzeugen."

„Viel Glück, Pater."

„Beten Sie für mich."

Koesler sagte es in allem Ernst. Koznicki lächelte über diese Umkehrung der Rollen.

Es war 11.30 Uhr, die Stunde von Pater Gennardos täglicher Meditation. Er ging in den Innenhof des Seminars und begann mit seinem Rundgang.

Sein Weg würde ihn stetig im Kreis herumführen.

Die Lesung der heutigen Messe war die Bergpredigt gewesen. Gennardo beschloß, auf diesem Text basierend, über den Geist der Armut zu meditieren.

Unter Verwendung der Meditationsweise der Sulpizianer versuchte er, sich eine angemessene Szene aus dem Evangelium vorzustellen. Ein traditionelles Bild fiel ihm ein. Vor seinem geistigen Auge sah er die Mutter und das neugeborene Kind, sowie Josef, der sie beschützte. Er sah die Tiere, welche die drei Menschen wärmten. Er sah den Schnee. An dieser Stelle gehorchte ihm sein Unterbewußtsein nicht mehr.

Der Schnee erinnerte ihn daran, daß in der vergangenen Nacht wieder fünf Zentimeter Schnee auf die bereits vorhandene Schneekruste gefallen waren. Jetzt war es erst Mittag, aber schon war sie wieder zertrampelt und grau.

Diese Vision wiederum beschwor Erinnerungen aus der Vergangenheit herauf, als im Winter der Schnee als weiße Decke herabgefallen war, die den ganzen Winter über unberührt geblieben war. Das war im St. John's Seminar gewesen, das er aus glücklicheren Tagen kannte. Das St. John's Seminar und die unbeschwerte Zeit der fünfziger und sechziger Jahre. Sie waren es wahrhaftig wert, daß man sich an sie erinnerte.

Die Erinnerungen strömten auf ihn ein. Angefangen hatte alles 1948, an einem bitterkalten Tag, als Bischof Francis Haas aus Grand Rapids den Grundstein gelegt hatte. Er hatte einer frierenden Gemeinde erzählt, daß diese Grundsteinlegung bedeutete, daß ‚die Kirche in Michigan erwachsen wurde'.

Wenn es tatsächlich bedeutet hatte, daß die katholische Kirche in Michigan erwachsen wurde, so war das wohl ein wenig vorschnell erfolgt, denn, so meditierte Gennardo, mit der Kirche von Michigan ging es ganz eindeutig bergab, zumindest, was die Geistlichen anbelangte. Vorläufig gab es nicht genug Seminaranwärter, um selbst dieses bescheidene Gebäude geöffnet zu halten. Wären die Fremdstudenten nicht, hätte die Erzdiözese wahrscheinlich schon wieder verkleinern und in noch kleinere, billigere Gebäude umziehen müssen.

Gedankenverloren, wie er war, beschleunigte Gennardo unbewußt seine Gangart.

Er hatte die friedliche Szene von Mutter und Kind völlig vergessen. Aber das St. John's Seminar sah er deutlich vor sich. Er konnte den neuen Geruch des Gebäudes beinahe wahrnehmen.

Ohne ersichtlichen Grund erinnerte er sich an einen Morgen, als der Seminarist, der das Morgengebet vorsprach, ein paar Seiten überblätterte und den Schluß des Abendgebets sprach: „Nehmen wir den Schlaf, welchen wir bald beginnen werden, in Einheit mit unserem Herrn, Jesus Christus". Und das vor der Meditation! Wie sich herausstellte, war das für den jungen Mann der Tropfen, der das Faß zum Überlaufen brachte. Dummer junger Mann. Man brauchte nicht lange, um herauszufinden, daß er alles falsch machte. Und man brauchte nicht lange, um ihn hinauszuwerfen.

Es gab ein lautes „Ping"; ein Teil des Verputzes über Gennardos Kopf explodierte. Der gedankenverlorene Gennardo ging immer noch weiter, seine Gangart beschleunigte sich immer noch.

Dann war da dieser Bursche, der alles kaputtmachte – nun, fast alles –, das er berührte. Gennardo konnte sich nicht an seinen

Namen erinnern. Aber er dachte an die Flut von zerbrochenen Gegenständen, die der Seminarist in seinem Kielwasser zurückgelassen hatte. Die Fakultät hatte nicht lange gefackelt, um ihm zu raten, sich anderswo nach einem Job umzusehen. Man stelle es sich vor: Er wäre eine tödliche Gefahr für jede Gemeinde gewesen, der man ihn zugeteilt hätte.

Aber das war freilich eine andere Zeit und eine andere Fakultät gewesen. Heute wäre der Tolpatsch wahrscheinlich sogar geweiht worden, weil Priester knapp waren. Er konnte sich nur auf Ly Feeny und Al Budreau verlassen, wenn es darum ging, fest zu bleiben und hohe Maßstäbe für Seminaristen zu fordern.

Ein zweites lautes „Ping", als etwas sich in die Holztäfelung direkt hinter Gennardo bohrte... Er drehte sich kurz um. Niemand sonst war im Hof zu sehen. Er zuckte die Schultern und ging weiter.

Um der Wahrheit die Ehre zu geben: Natürlich ist es auch in den guten alten Zeiten nicht gelungen, alle Verrückten auszusondern, dachte Gennardo. Da war dieser junge Mann, der wenige Wochen vor seiner Weihe ausgerechnet eine Postkarte an die Verwaltung schrieb, die auch noch mit den Worten „Wen es angeht..." begann, und in der er mitteilte, daß er und seine Eltern eine Europareise planten, und um einen ausgedehnten Urlaub vor seiner ersten Berufung bat. Es hatte lange, stürmische Sitzungen mit Geistlichen der Fakultät und der Verwaltung gegeben, in denen es um diesen jungen Mann gegangen war. Schließlich war er doch noch geweiht worden. Danach war er zwar Priester, aber seine Laufbahn war von vornherein unten durch gewesen.

Es folgte ein drittes deutliches „Ping", während direkt hinter Pater Gennardos linker Ferse Splitter in die Luft geschleudert wurden. Einige fielen in den Teich und erschreckten die Goldfische. Gennardo sah zum Wasser und bemerkte die wellige Oberfläche. Er sah zur Decke hinauf, konnte aber nichts sehen, das heruntergefallen sein könnte.

Er zündete sich eine Zigarette an und ging weiter.

Der dickliche Mann in Schwarz begann verhalten zu fluchen. Wie konnte er auf diese Entfernung fehlen? Er stand im Schatten eines Balkons über dem Innenhof. Er wußte nicht, wie viele Patronen er noch hatte. Er war so stolz auf den Schalldämpfer gewesen, den er gekauft hatte. Aber was nützte der, wenn es ihm nicht gelang, das Ziel zu treffen?

Vielleicht lag es daran, daß er nur eine Hand benützte. Natürlich, das war es! Er erinnerte sich an Fernsehfilme: Alle Polizisten hielten ihre Pistolen stets mit beiden Händen, standen breitbeinig da und schossen so.

Der Mann nahm dieselbe Haltung ein und wartete darauf, daß Gennardo seine Runde beendete und wieder sichtbar wurde.

Dann war da der Feuerteufel, überlegte Gennardo. Wenn er nicht gerade irgendwo im Seminar Feuer legte, dann gab er blinden Alarm. Wir haben eine ganze Weile gebraucht, um den Übeltäter zu finden, aber als wir ihn hatten, flog er hinaus – schneller, als er ein Streichholz anzünden konnte. Selbstverständlich würde man nicht einmal ihn heute im Seminar behalten. Es mochte ein verzweifelter Bedarf an Priestern bestehen, und die heutigen Maßstäbe des Seminars mochten lasch sein, aber nicht einmal heute würde jemand dafür stimmen, einen Pyromanen zu weihen.

Ein weiteres leises „Ping“, und unter der Oberfläche des Pools gab es einen Goldfisch, der keine Flosse mehr bewegen würde. Gennardo sah angestrengt nach oben. Da ihm nach einer ganzen Weile immer noch nichts Ungewöhnliches an der Decke auffiel, ging er weiter.

Dann war da der Scherzbold gewesen, der während des Nachmittagsgebets, wenn der Gebetssaal voll von Seminaristen war, eine Maus freiließ. Der Saal war voller kreischender Studenten gewesen, die alle versucht hatten, dem pelzigen kleinen Tier auszuweichen. Ly Feeny war außer sich gewesen. Wir behielten diesen Burschen im Auge, und schließlich fanden wir genug Gründe, um ihn loszuwerden. Man stelle sich vor, was er hätte anrichten können, hätte man ihn auf eine Pfarrei losgelassen! Wahrscheinlich hätte er dasselbe beim Rosenkranzbeten getan.

Arme Damen!

Der kleine Mann in Schwarz war außer sich. Er konnte nicht

noch einmal zur Gruppe zurück und sein Scheitern eingestehen. Sie würden ihn daran erinnern, daß seine Aufgabe so einfach war wie einen Fisch im Glas zu erschießen. Und er würde gestehen müssen, daß er genau das getan hatte. Er sah seine Waffe voll Mißfallen an. Er überlegte, ob er sie schlagen sollte. Immerhin war er ein Top-Schläger. Wenn etwas in seinem Leben nicht funktioniert hatte – keine seltene Erfahrung –, dann hatte er normalerweise darauf eingeschlagen.

Nun, warum nicht? Er schlug auf die Pistole. Sie ging versehentlich los.

Pater Gennardo drehte sich halb herum und fiel wie ein Sack zu Boden. Er bewegte sich nicht. Blut tropfte auf den Boden.

Der kleine Mann konnte seinen Augen nicht trauen. Er sah Gennardos reglose Gestalt an. Er konnte nicht beschreiben, wie er sich fühlte. Etwas wie eine Mischung aus Überschwang und Scham. Aber er sollte in kürzester Zeit soviel Distanz zwischen sich und den Schauplatz bringen wie möglich. Er schraubte den Schalldämpfer von der Pistole ab, steckte beides in die Tasche und floh.

Soweit er es sehen konnte, hatte ihn niemand bemerkt.

Während der Rettungswagen den West Outer Drive zum Mt. Carmel entlangraste, funkte der Fahrer den Sicherheitsbeamten des Krankenhauses an, der seinerseits die Notaufnahme verständigte. Ein Kode Eins-Gewehrschuß wurde dem Stab der Klinik gemeldet. Daher standen zwölf ärztliche Helfer bereit, um Pater Gennardos bewußtlose Gestalt in Empfang zu nehmen. Fünf Ärzte, fünf Schwestern, ein Anästhesist und ein Atmungsspezialist machten sich über den Pater her.

Ihnen folgte ein aufgeregter Pater Budreau, der Gennardo gefunden hatte und dem Krankenwagen in die Klinik gefolgt war. Er hatte eine violette Stola über den Schultern, eine Phiole geweihtes Olivenöl in der linken und einen Baumwolltupfer in der rechten Hand, und er versuchte verzweifelt, nicht den Anschluß an die Mediziner zu verlieren, die in der Intensivstation verschwanden. In ihrem Kielwasser schlüpfte Budreau auch noch hinein.

„Ist es erlaubt, daß ich ihm das Sakrament der Kranken gebe?" Budreau war ein wenig unsicher.

„Aber sicher. Versuchen Sie nur, uns nicht im Weg herumzustehen. Wir müssen herausfinden, was mit ihm los ist."

Dr. Sam Blackford, der Chefchirurg, war bestenfalls Agnostiker. Wenn einmal ein Priester eingeliefert wurde, was selten genug vorkam, dann war Blackford daran gewöhnt, daß mehrere andere Priester um ihn herumstanden, um ihm seelischen Beistand zu leisten. Ihm war das einerlei. Wenn sie hinreichend an die Religion glaubten, um Priester zu sein, dann verdienten sie den Trost, den ihr Glaube zu bieten hatte.

Es war immer noch nicht so schlimm, als wenn ein Polizist eingeliefert worden war.Dann standen meistens so viele andere Polizisten herum, daß man manchmal Mühe hatte, an das Opfer heranzukommen.

*„Per istam sanctam unctionem et suam piisimam misericordiam, indulgeat tibi Dominus quidquid per visum deliquisti, Amen."* Budreau machte mit dem Öl auf beiden Lidern das Zeichen des Kreuzes, dann wischte er das Öl mit der Baumwolle weg.

„Die Kugel ist direkt hier unter dem Schulterblatt eingedrungen", sagte Blackford. „Scheint ein kleines Kaliber gewesen zu sein."

„Ich gebe dem Pater die letzte Ölung in der alten lateinischen Fassung", erklärte Budreau unaufgefordert. „Das würde ihm gefallen."

„Das ist nett", sagte Dr. Blackford.

Budreau machte auf Gennardos Ohren mit dem Öl das Zeichen des Kreuzes. *„Per istam sanctam unctionem et suam piisimam misericordiam, indulgeat tibi Dominus quidquid per auditum deliquisti, Amen."*

„Wir haben Glück", sagte Blackford. „Austritt oberhalb des Schlüsselbeins. Aber hier haben wir eine Exsanguination. Bringt besser einen Tropf her."

„Exsanguination, Tony", erklärte Budreau. „Das bedeutet Blutung."

„Er kann sie nicht hören“, sagte Blackford gepreßt. „Er ist im Schock. Könnten Sie sich ein wenig beeilen?“

„Oh, gewiß. Tut mir leid.“ Budreau beendete hastig das Ritual: *„... atque Ecclesiae tuae sanctae, cum omni desiderata prosperitate restituas. Per Christum Dominum nostrum. Amen.“*

Budreau verließ die Intensivstation. Mehrere Minuten später kam Dr. Blackford heraus. Nun war es an ihm, überrascht zu sein. Er hatte nicht erwartet, eine solche Menschenmenge zu finden, die am Wohlergehen des Priesters interessiert war. Er kannte Inspektor Koznicki, die Sergeanten Morris und Patrick, sowie Pat Lennon und Joe Cox. Er kannte auch Budreau, aber dessen Namen nicht. Und auch der große Priester kam ihm bekannt vor. War sein Bild nicht vor einiger Zeit in der Zeitung gewesen?

„Wie geht es ihm?“ fragte Koznicki.

„Momentan“, sagte Blackford, „nicht allzu schlecht, wenn man bedenkt, daß er angeschossen worden ist.“

„Gott sei Dank“, sagte der große Priester, den Blackford später als Pater Koesler identifizieren würde.

„Er hatte Exsanguination“, beeilte sich Pater Budreau zu versichern.

Blackford seufzte. Es konnte so ermüdend sein, wenn jemand etwas dazulernte.

„Wurde er wirklich angeschossen?“ fragte Cox. „Wie oft?“

„Eine Kugel drang unterhalb des Nackens im Rücken ein. Sie kam an der rechten Schulter wieder heraus.“

„Innere Verletzungen?“ fragte Pat Lennon.

„Ein Lungenflügel war eingefallen. Blutungen in der Brusthöhle. Ich würde sagen, er hat etwa sechshundert Kubik verloren. Aber Atmung und Blutdruck sind jetzt fast wieder normal.“

„Behandlung?“ wollte Lennon wissen.

„Wir haben die Lunge aufgeblasen und das Blut abgepumpt. Wir haben die Wunden versorgt. Wir behandeln ihn auf Schock.“

„Prognose?“ fragte Cox.

„Er wird die nächsten paar Tage unter Beobachtung bleiben. Wir rechnen mit einer Lungenentzündung. Alles in allem hat er großes Glück gehabt. Es ist nicht alles schiefgegangen, was hätte schiefgehen können."

„Wann wird er entlassen werden?" fragte Budreau.

„Wenn es keine Komplikationen gibt, würde ich schätzen, in den kommenden sieben bis neun Tagen."

„Sie meinen, Sie müssen gar nicht operieren?" wunderte sich Budreau. „Sie meinen, sein System wird alle inneren Verletzungen heilen?"

„Beachtliches Instrument, der Körper, was?" Blackford begann sich zurückzuziehen. Seine Erfahrung verriet ihm, daß er alle wichtigen Fragen beantwortet hatte.

„Inspektor!" Lennon richtete ihre Aufmerksamkeit auf Koznikki. „Ist das ein weiterer Anschlag gegen ein Fakultätsmitglied, wie die anderen?"

„Es ist noch zu früh, das mit Gewißheit zu sagen, Miss Lennon. Aber vorerst gehen wir davon aus."

„Spuren?" fragte Joe Cox. Die beiden Reporter hatten sich unablässig Notizen gemacht.

„Ja", sagte Koznicki. „Mehrere. Ich bin aber noch nicht befugt, darüber Auskunft zu geben."

„Irgendwelche Verdächtigen?" fragte Lennon.

„Nein. Noch nicht. Aber", Koznicki sah einen großen farbigen Beamten den Flur entlangkommen, „da kommt Leutenant Harris. Ich glaube, er kommt gerade vom Tatort."

„Wie geht es dem Priester?" fragte Harris, als er sich der Gruppe genähert hatte.

„Exsanguination", erklärte Budreau.

„Bitte?"

„Er scheint eines der Schußopfer mit mehr Glück zu sein", verdeutlichte Koznicki. „Er dürfte sich gut erholen."

„Das ist gut. Wie viele Kugeln hat er abbekommen?"

„Eine."

„Eine? Der Innenhof des Seminars sieht wie ein Schießplatz aus. Wir haben fünf Hülsen gefunden. Wir hätten nur vier gefunden, aber dann sahen wir einen Goldfisch, der an der Wasseroberfläche trieb."

„Goldfisch?“ rätselte Sergeant Patrick.

„Ja. Eine Kugel traf einen Goldfisch. Wer das getan hat, muß rasch hintereinander fünf Schüsse abgegeben haben, ohne sich darum zu kümmern, was er traf, solange der Priester dabei war.“

„Welches Kaliber?“ fragte Lennon.

„Zweiundzwanzig. Sind gerade bei der Ballistik.“

„Kommt“, sagte Harris zu Patrick und Moore. „Gehen wir ins Seminar zurück und stellen noch ein paar Fragen.“

„Gab es Zeugen?“ fragte Koznicki, bevor Harris gehen konnte.

„Nein. Das ist ein seltsamer Ort – ich werde später mit Ihnen darüber reden müssen.“ Harris eilte hinter den beiden anderen Polizisten her.

Cox und Lennon klappten ihre Notizblöcke zu. Auch sie würden den Ort des Verbrechens besuchen und ihre Artikel für die konkurrierenden Zeitungen schreiben.

„Bemerkenswert, daß ein menschlicher Körper sich selbst so wunderbar heilen kann“, murmelte Budreau, nachdem er sich verabschiedet hatte.

Koznicki und Koesler waren die einzigen, die übrigblieben.

„Ich glaube, ich weiß, was Lieutenant Harris Ihnen sagen möchte“, sagte Koesler. „Das Problem im Sacred-Heart-Seminar ist, daß es sich in einer Gegend mit hoher Verbrechensrate befindet, so daß sich die Anschläge dort nahtlos ins Gesamtbild einfügen.

Das St.-Joseph's-Seminar befindet sich aber nicht in einer Gegend mit hoher Verbrechensrate. Secred Heart hat vergleichsweise wenig Studenten, während St. Joseph's etwa hundert mehr hat, auch wenn mehr als die Hälfte dort nicht studiert, um Priester zu werden. Ein Eindringling hätte es sehr leicht, sich in dieses Potpourri zu mischen.“

„Und Sie, Pater, könnten Sie sich in dieses Potpourri mischen?“

„Ich?“

„Ja. Es scheint, als hätte unser Täter, aus welchen Gründen auch immer, seine Operationsbasis von Sacred Heart nach St. Joseph's verlegt. Zu seinem Vorgehen scheint auch zu gehören, daß er keines seiner früheren Opfer noch einmal angreift. Wenn diese

Vermutung richtig ist, genießen Sie eine gewisse Immunität. Ist es Ihnen möglich, der Fakultät von St. Joseph's beizutreten und dort unser spezieller Repräsentant zu sein?"

Koesler überlegte.

„Nun, es ist so, daß Pater Feeny mich gebeten hat, einen Kurs über Kommunikation dort abzuhalten. Ich habe bisher aufgrund meiner Pfarrerpflichten nicht zugesagt, und weil der Kurs, den ich in Secred Heart abhalte, meine ganze Freizeit auffrißt."

„Könnten Sie nicht noch ein wenig zusätzliche Arbeit verkraften? Als besonderen Gefallen für mich?"

Koesler überlegte ein paar Augenblicke, dann fing er an zu lachen. „Wie könnte ich Ihrem Charme widerstehen, Inspektor?"

„Wahrhaftig, wie nur?" Koznickis Grinsen ging von einem Ohr zum anderen.

„Sie hören niemals auf, Ränke zu schmieden, nicht wahr, Inspektor?"

„Der polnische Geist rastet nie."

Pater Koesler war in Verzug geraten. Der unerwartete Anruf von Inspektor Koznicki, der ihn gebeten hatte, ins Krankenhaus Mt. Carmel zu kommen, hatte seinen Tagesablauf durcheinandergebracht. Dazu kam die Zeit, die er im Krankenhaus verlor. Um allem die Krone aufzusetzen, hatte er gerade einer kürzlich geschiedenen Angehörigen seiner Gemeinde Trost spenden müssen. Sie war ohne Termin gekommen, und er hatte es nicht übers Herz gebracht, sie wieder wegzuschicken, obwohl er ohnehin schon im Hintertreffen war.

Es war eines jener Zusammentreffen, wo er hoffte, allein durch teilnahmsvolles Zuhören zu helfen. Manchmal war einer sorgengeplagten Person schon gedient, wenn sie sich einmal aussprechen konnte.

Er stellte einen Rest Stew auf die Herdplatte, um es aufzuwärmen, schaltete den Fernseher ein und setzte sich, um zu essen.

Koeslers Gabel verweilte zwischen Mund und Teller, als eine ihm hinreichend bekannte Meldung seine Aufmerksamkeit erregte.

„Und in Detroit“, verkündete der Nachrichtensprecher Max Robinson, „haben wir einen versuchten Mord. Das Opfer ist ungewöhnlich: ein katholischer Priester, Professor an einem katholischen Seminar. Was die Sache noch schlimmer macht – das heutige Opfer ist lediglich das jüngste in einer ganzen Reihe von Anschlägen auf Priester. Ich übergebe an Ven Marshall in Detroit.“

Das Gesicht von Ven Marshall erschien auf dem Bildschirm.

„Vier, möglicherweise fünf Priester in Detroit haben eine unangenehme Eigenheit gemeinsam“, intonierte der Ed Murrow-Nachahmer, „jeder war das Opfer eines bizarren Mordanschlags.

Bisher wurde jeder Anschlag durch eine Verkettung merkwürdiger Umstände vereitelt. Aber heute hatte der Täter mehr Glück – wenigstens ein wenig. Pater Anthony Gennardo, Professor der Theologie am Detroiter St.-Joseph's-Seminar, wurde angeschossen, während er im Innenhof des Seminars betete.“

Die Kamera zeigte Ausschnitte des Innenhofs, dann kam Ven Marshall wieder ins Bild.

„Hier bei mir ist der Priester, der den verletzten Pater Gennardo fand, Pater Albert Budreau.“

Die Kamera zeigte einen offensichtlich besorgten Budreau.

„Wie haben Sie den Bewußtlosen gefunden, Pater?“

„Nun, als Tony – Pater Gennardo – nicht zum Mittagessen kam – normalerweise bilden wir stets eine Gruppe – die Altvorderen der Fakultät des größten Seminars –, nun, als er nicht kam, da machte ich mir Sorgen.“

„Aber wie haben Sie ihn gefunden?“

„Nun, Pater Gennardo hat die Angewohnheit, genau eine halbe Stunde im Innenhof zu meditieren – von elf Uhr dreißig bis Mittag. Ich war sicher, daß er dort sein würde. Aber ich hatte keine Ahnung, was ihm zugestoßen war.“

„An dieser Stelle sollten wir erklären, daß Pater Gennardo mit leichten Verletzungen davonkam.“

„Wie durch ein Wunder.“

„Wie? Oh, ja. Die Ärzte des Mt.-Carmel-Hospital berichteten, daß der Zustand von Pater Gennardo gut ist. Er befindet sich auf dem Weg der Besserung und dürfte in zwei Wochen das Krankenhaus wieder verlassen können. Welche Symptome hatte er, als Sie ihn gefunden haben?"

„Exsanguination."

„Was? Ich meinte, war er bei Bewußtsein?"

„Nein, nein. Bewußtlos."

„Aber es ist richtig, daß er das Bewußtsein wieder erlangt hat?"

„Oh, ja. Aber er hat seinen Angreifer nicht gesehen."

Die Kamera zeigte wieder Marshall, der den Eindruck machte, als hätte Budreau ihm mehr gesagt, als er wissen wollte.

„Die Polizei gab bekannt", fuhr Marshall fort, „daß verschiedene Spuren verfolgt werden, auch bei den Anschlägen auf andere Priester in Detroit. Bisher ist jedoch noch kein Verdächtiger in Sicht.

Das war Ven Marshall, Action-News auf Kanal 7, Detroit."

Koesler schaltete den Fernseher aus, aß zu Ende und machte sich auf den Weg zu seiner Versammlung.

Armes Detroit, dachte er; so viele gute, hoffnungsvolle Dinge finden hier statt, aber nur die schmutzigen werden in den Nachrichten erwähnt. Aber es ist immer so: Niemand achtet auf die Millionen Katzen, die nicht auf Bäumen festsitzen.

Die Rollos waren heruntergelassen, so daß es in dem kleinen Zimmer beinahe dunkel war.

„Die gute Nachricht dürfte sein, daß du ihn getroffen hast", sagte der erste Mann. „Aber mußtest du fünfmal schießen? Wir machen uns ja lächerlich!"

„Ich war nervös", murmelte der zweite Mann.

„Was mich anbelangt", sagte der dritte Mann drohend, „gibt es keine guten Nachrichten. Du hast ihn nicht nur nicht verwundet, du hast ihn nicht einmal ernstlich verletzt. Es wäre besser, wenn er abgedrückt hätte und du würdest dich langsam erholen."

„Aber, aber", sagte der vierte Mann besänftigend, „werden wir nicht zu hart. Immerhin haben wir zum erstenmal Blut vergossen."

„Das ist es“, sagte der zweite.

„Was ist es?“ fragte der vierte.

„Das Blut“, sagte der zweite. „Ich meine, wir haben das die ganze Zeit geplant, und selbst in der ersten Phase unseres Plans schien alles so – was? – klinisch zu sein. So unbeteiligt. So fern von der Realität. Ich dachte mir einfach irgendwie, wir würden niemals jemandem etwas zuleide tun. Ihr wißt ja, wie es mit uns ist.“

Die drei anderen bewegten sich unbehaglich.

„Aber heute“, fuhr der zweite fort, „als Pater Gennardo stürzte und ich das viele Blut sah, das aus ihm herausfloß, da wurde mir erst klar, was wir tun. Ich bin immer noch davon überzeugt, daß wir richtig handeln und recht haben. Aber ich kann nicht mehr die Rolle des Henkers übernehmen. Ich kann einfach nicht noch einmal abdrücken.“

„Aber du bleibst dennoch bei uns?“ fragte der vierte Mann.

„Ja, ja, natürlich bleibe ich bei euch.“

„Dann ist die Frage“, sagte der vierte, „wer von uns wird weitermachen?“

„Ich“, sagten der erste und der dritte Mann gleichzeitig.

„Das ist schön, Männer.“ Der vierte Mann lächelte. „Aber wir können nicht zwei auf einmal brauchen. Wir werden Strohhalme ziehen müssen.“ Er nickte dem zweiten Mann zu, der von seinem Stuhl aufstand und zum Schrank ging. Unterwegs warf er die Stehlampe um.

Als er zurückkehrte, hatte er zwei Strohhalme in der Hand. Der erste zog einen Halm, der dritte ebenfalls. Sie verglichen die Strohhalme. Alle seufzten.

„Sie sind gleich lang!“ stieß der erste Mann verdrossen hervor.

„Kannst du denn überhaupt nichts richtig machen?“ fragte der dritte Mann rhetorisch.

„Als ich sie geholt habe, sahen sie unterschiedlich lang aus“, verteidigte sich der zweite. Er schien den Tränen nahe zu sein.

„Macht nichts, wir ziehen Karten.“ Der vierte Mann griff nach einem Kartenspiel am Ende des Tischs. Als er sie aufheben wollte, fielen sie ihm zu Boden. Der erste und der dritte Mann bückten sich gleichzeitig, um sie aufzuheben, wobei sie mit den Köpfen zusammenstießen.

„Kannst du nicht aufpassen!" beschwerte sich der dritte.

„Ich war zuerst da", protestierte der erste.

„Schon gut", sagte der vierte. „Gebt sie mir."

Der erste und der dritte legten ihre verschiedenen Stapel auf den Tisch, wo der vierte saß.

Der vierte mischte die Karten mehrmals und schien überhaupt nicht mehr aufhören zu wollen. Schließlich breitete er die Karten verdeckt auf dem Boden aus.

Der erste Mann drehte eine Karte um. „Pik As." Er lächelte. „Die Karte des Todes."

Voll Verzweiflung griff der erste Mann nach einer Karte und drehte sie um. „Pik As", sagte er verwundert.

Sie schwiegen.

„Ein Binokelspiel!" stieß der zweite Mann nach einer Weile verstimmt hervor.

„Verdammt!" bemerkte der erste.

„Zieht noch einmal", schlug der vierte vor.

Der erste Mann zog. „Herz Dame."

Der dritte Mann zog. „Kreuz König."

„Dann ist es entschieden", sagte der vierte. „Aber es muß klar sein, daß wir alle dabei sind. Was sagt ihr?"

„Alle zusammen", bestätigte der erste.

„Ja", sagte der zweite.

„Natürlich – zusammen", sagte der dritte.

„Gut", sagte der vierte. „Wir müssen wahrscheinlich alle zusammen arbeiten, um unseren Plan auszuführen. Es ist sehr gut möglich, daß wir bisher keinen Erfolg hatten, weil wir immer nur einen von uns aufs Schlachtfeld geschickt haben."

„Augenblick", protestierte der dritte Mann. „Ich brauche keine Hilfe. Ich kann das allein erledigen."

„Wir wissen, wie dir zumute ist." Der vierte Mann winkte mit der Hand. Dabei stieß er ein Glas um. Zum Glück war es leer, aber die anderen schreckten zurück, als wollten sie der nicht vorhandenen Flüssigkeit ausweichen. Dabei kippte der Stuhl des zweiten Mannes, und er fiel zu Boden. Rasch stellte er den Stuhl wieder auf und setzte sich.

„Aber“, fuhr der vierte Mann fort, „du mußt wissen, daß Bescheidenheit die Wahrheit ist – und die Wahrheit ist auch, daß wir sehr oft Hilfe brauchen. Ich finde, wir sollten uns mit vereinten Kräften bemühen, auch wenn immer einer von uns den wichtigsten Part zu spielen hat. Was meint ihr?“

„Ich stimme zu“, sagte der erste Mann.

„Ja, mit vereinten Kräften“, sagte der zweite.

„Also gut“, sagte der dritte.

„Und“, fuhr der vierte fort, „da wir gerade dabei sind, etwas zusammen zu tun – nächste Woche findet eine Versammlung der Tridentinischen Gesellschaft statt. Werden wir alle dort sein?“ Er sah den zweiten Mann vielsagend an.

„Ich habe es vor“, sagte der erste.

„So bald schon? Das wußte ich nicht. Dennoch, ich werde da sein“, sagte der dritte.

Der zweite Mann schwieg.

„Und?“ fragte der vierte.

„Ich fürchte, nein, wenn es euch nichts ausmacht“, sagte der zweite entschuldigend.

„Immer noch dieselben Gründe?“

„Ich bin einfach nicht einer Meinung mit der Gesellschaft. Versteht mich nicht falsch: Ich glaube an unsere Sache. Aber die Tridentiner sind gegen das Zweite Vatikanische Konzil!“

„Und recht haben sie!“ schnarrte der dritte Mann. „Das war das Werk des Teufels!“

„Das Werk des Teufels?“ Der zweite Mann bemühte sich um Nachdruck. „Es wurde von einem Heiligen Vater einberufen!“

„Johannes XXIII.“ rief der dritte aus. „Den hätte man schon in der Krippe erwürgen sollen.“

„So etwas solltest du über einen Heiligen Vater nicht sagen!“

„Aber, aber“, beschwichtigte der vierte wieder. „Wir müssen uns nicht in allen Punkten einig sein. Obwohl“, er nickte dem zweiten Mann zu, „ich hoffe, daß du uns bald zur Tridentinischen Gesellschaft folgen wirst.“ Pause. „Ich finde, das ist ein besonderer Augenblick. Einen, den wir mit einer speziellen Zeremonie feiern sollten. Immerhin sind wir dabei, besser zusammen zu arbeiten als bisher. Mischen wir unser Blut hier in diesem heiligen Abendmahlskelch, den wir niemals wieder benützen können.“

„Findest du das klug?“ fragte der zweite Mann. „Das war beim letztenmal schon ein wüstes Geschmiere.“

Der vierte Mann lächelte, dann nickte er.

Der erste Mann stand auf und ging feierlich ins Bad. Er griff ins Arzneimittelschränkchen. Dabei stieß er eine Flasche um, deren Deckel nicht richtig zugeschraubt war. Dutzende Aspirin fielen auf den Boden und ins Waschbecken.

Ohne darauf zu achten, nahm er eine ungebrauchte Rasierklinge aus dem Schränkchen und kam wieder an den Tisch. Seine Schuhe zertraten mehrere Aspirin und hinterließen weißes Pulver.

Er nahm seinen Platz am Tisch ein, der von einer flackernden Kerze erhellt wurde; die einzige Lampe war ausgeschaltet worden.

Alle Augen sahen zu ihm. Feierlich nahm er die Rasierklinge in die linke Hand und hielt die rechte über den Kelch. Er machte einen kleinen Schnitt am Handgelenk.

„Verdammt!“

„Oh, mein Gott!“ sagte der zweite Mann. „Er hat sich schon wieder eine Ader aufgeschnitten!“

„Einen Augenblick“, sagte der dritte, „ich binde mit meiner Krawatte ab.“

„Der Himmel beschütze uns“, betete der vierte Mann.

Es war kein Freundschaftsbesuch. Pater Koesler war von Inspektor Koznicki hergebeten worden, und zwar so schnell wie möglich.

Die schlechte Nachricht war, daß sich der Treffpunkt im Herzen eines der Seminargebäude von Detroit befand. Die gute Nachricht war die imposante Präsenz des Polizeihauptquartiers und des Sheriff-Büros von Wayne County jenseits der Straße. Koesler hatte sein Auto erleichtert zwischen zwei blauweiße Polizeiautos auf dem Parkplatz gestellt.

Als er raschen Schrittes den Flur im fünften Stock entlangging, stellte er fest, daß die Tür zur Abt. 6 offen war. Seltsam. Normalerweise waren die Türen stets geschlossen. Koesler vermutete, daß die Politik der offenen Tür von der übertriebenen Hitze bestimmt wurde. Wie viele ältere Gebäude, war auch dieses entweder zu heiß oder zu kalt.

Koeslers Neugier überwog. Er blieb stehen und sah durch die offene Tür. Die Sergeants Patrick und Morris saßen sich an einem Schreibtisch gegenüber. Patrick hielt eine Reihe kleiner Karten hoch – es schienen Fotos zu sein –, während Morris sie zu identifizieren schien.

„Edward Maley", sagte Morris, die die Karte genau studierte, die Patrick ihr hochhielt. „Kein Seminarangehöriger. Belegt den Kurs Moral der christlichen Ehe."

Patrick nickte und hielt eine weitere Karte hoch.

„Keaty, William", sagte Morris, „Verwalter."

Patrick lächelte und hielt die nächste Karte hoch.

„Schaaf, Eileen. Besucht den Kurs über Aszetik."

Die beiden schienen nichts von seiner Anwesenheit bemerkt zu haben, und Koesler wollte sie nicht stören. Er ging weiter den Flur entlang und wurde sofort in Koznickis Büro geführt, wo ihm sein Freund die Hand schüttelte.

„Wie geht es Pater Gennardo?" Koznicki lehnte sich im Sessel zurück und verschränkte die Finger über seinem üppigen Bauch.

„Sehr gut. Gestern wurde er aus dem Krankenhaus entlassen und kehrte ins Seminar zurück. Natürlich wird er noch eine Weile das Bett hüten müssen. Aber er ist so eine Art Held."

Koznicki lächelte. „Das kann ich verstehen. Wahrscheinlich ist er der beste Ersatz für einen Märtyrer, den das Seminar zu bieten hat."

Sie lachten.

„Und", fuhr Koznicki fort, „wie ergeht es Ihnen mit Ihrem neuen Kurs für Kommunikation am St. Joseph's?"

„Recht gut.“ Koesler begann mit einem Briefbeschwerer auf Koznickis Schreibtisch zu spielen. Als ehemaliger Raucher mußte er seine Hände immer beschäftigen. „Natürlich ist es eine kleine Klasse, da der Kurs während des Semesters angefangen hat. Der akademische Dekan macht aber Zugeständnisse wegen der verlorenen Zeit.“ Koesler schüttelte den Kopf. „Es fällt mir ein wenig schwer, im Rahmen des Seminars junge Frauen zu unterrichten. Natürlich ist nichts dagegen einzuwenden, daß sie das Seminar besuchen. Man sollte ihnen auch die Priesterwürde gewähren, wenn sie sie möchten. Aber mir mit meinem Hintergrund fällt es schwer, junge Damen zu unterrichten, da ich eigentlich nur junge Männer erwarte.“

Der Priester lachte ein wenig verlegen. Er hatte nicht so philosophisch werden wollen. Aber bei seinem Freund fühlte er sich so wohl, daß er unwillkürlich seinen Gedanken Ausdruck verlieh.

„Ich bin sicher, Sie werden sich daran gewöhnen, Pater. Das gelingt Ihnen immer.“

Koznicki schlug einen Ordner auf und nahm ein Blatt Papier heraus. „Ich habe Sie hergebeten, Pater, weil ich Ihre Hilfe bei den immer noch laufenden Ermittlungen dieser Anschläge auf Professoren des Seminars brauche. Irene Casey vom *Detroit Catholic* war uns eine große Hilfe, indem sie ältere Ausgaben der Zeitung nach Leserbriefen, veröffentlichten und unveröffentlichten, durchsuchte, in denen Gedanken ausgedrückt werden, die der Kirche oder dem katholischen Klerus feindlich gesonnen sind.“ Koznicki öffnete ein Kästchen, das in der Ecke seines Schreibtischs stand; Zeitungsausschnitte schnellten wie ein Flaschenteufelchen daraus hervor. „Es gibt davon eine ganze Menge. Ich habe die Namen dieser Briefschreiber auswerten lassen.“ Er gab Koesler die Liste. „Pater, ich habe mich gefragt, ob Sie diese Liste durchsehen könnten. Überlegen Sie, ob Sie Leute davon kennen und uns etwas über sie erzählen können.“

Während Koesler die Liste durchlas, begann er zu lächeln; aus dem Lächeln wurde ein Kichern.

„Das ist, als würde man alten Freunden begegnen. An die

meisten Briefe kann ich mich noch aus meiner Zeit als Chefredakteur erinnern. Ich habe am Rande mitbekommen, daß viele immer noch an die Zeitschrift schreiben. Aber wenn man die Briefe so gebündelt vor sich sieht, ist es noch eindrucksvoller."

„Kennen Sie ein paar von den Leuten persönlich?"

„Hm... die meisten würde ich in einer Gruppe von zweien nicht erkennen. Ich kenne lediglich ihre Ansichten aus den Briefen. Aha, hier ist einer, den ich kenne: Frank Crawford. Er ist der Vorstand der hiesigen Sektion der im Glauben vereinten Katholiken. Ein früherer Klassenkamerad."

„Priester?"

„Nein. Er hat gekündigt, als er noch im Seminar war. Es war ein Schock für uns anderen. Er war einer der brilliantesten Studenten, die wir hatten. Ein guter Sportler. Jeder dachte, daß er einen hervorragenden Priester abgegeben hätte. Aber aus irgendwelchen Gründen ging er. Ich glaube, er ging kurz nach dem College – im ersten oder zweiten Studienjahr."

„Hat er geheiratet?"

„Nein, meines Wissens nicht."

„Glauben Sie, er könnte handgreiflich werden, besonders gegen einen Priester?"

„Gütiger Himmel, nein. Frank ist ein Kopfmensch. Nimmt man ein paar Annahmen als gegeben – zum Beispiel, daß der Papst immer recht hat, auch wenn er nicht unfehlbar ist –, dann kann man mit Franks Schule des Denkens etwas anfangen. Das ist natürlich schon eine gewagte Annahme. Ich würde mich nicht hinter sie stellen. Aber Frank ist kein brutaler Typ. Er würde stundenlang diskutieren. Aber er würde niemals Gewalt anwenden."

„Wie ist es mit den anderen?"

Koesler studierte weiter die Liste.

„Hier ist einer. Conrad Nap. Ich habe Bilder von ihm gesehen – ich bin ihm sogar ein- oder zweimal begegnet. Ich weiß es nicht bestimmt, aber ich habe gehört, daß er zumindest manchmal eine Waffe bei sich hat. Und er steht wesentlich weiter rechts als Frank Crawford und die Leute seiner Organisation.

Und da ist noch einer. Roman Kirkus. Wenn mich meine Erinnerung nicht trügt, dann ist er soweit rechts außen, wie man nur sein kann. Als ich meine Arbeit bei der Zeitung begonnen hatte, hat er mich ein paarmal besucht. Offenbar kam er aber zu dem Ergebnis, daß mich auch die Konservativen nicht mehr retten können. Daher gab er nach ein paar nachdrücklichen Leserbriefen auf – mich und den *Detroit Catholic.*"

„Glauben Sie, daß er Gewalt anwenden könnte?"

„Oh, ja, der schon. Er hat es früher auch getan. Stiftete ein paarmal Unruhen an, soweit ich mich erinnere. Ja, ich könnte mir gut vorstellen, daß er ab einem bestimmten Punkt zu Gewaltanwendung greift."

„Noch jemand, Pater?"

„Oh, ja – hier haben wir noch einen Spitzenkandidaten – den berüchtigtsten konservativen Aktivisten der Erzdiözese: Harold Langton. Sie werden sich noch an ihn erinnern, Inspektor; im Fall der Rosenkranz-Morde gehörte er zu den ersten Verdächtigen. Er ist antifeministisch, antiliberal, er ist gegen Sexualkunde, das zweite Vatikanum, Abtreibung, Gewerkschaften, Geburtenkontrolle, Altenhelferinnen, Friedensmärsche und Volksgesangsmessen. Er ist gegen Priester, die anderswo sind als in der Kirche, Nonnen, die anderswo sind als im Kloster, und Bischöfe, die päpstliche Dekrete nicht nachdrücklich genug durchsetzen. Tatsächlich ist Harold gegen so viele Dinge, daß ich nicht glaube, irgend jemand weiß, ob er auch für etwas ist."

Koesler überflog die restlichen Namen. „Sonst sehe ich niemanden mehr hier, den ich kenne und den ich der Anwendung von Gewalt für fähig halte."

„Nun, Pater, wir haben einige Kopien dieser Liste. Nehmen Sie diese hier doch einfach mit und denken Sie noch einmal gründlich darüber nach. Vielleicht fällt Ihnen noch jemand ein. Übrigens, Pater", sagte Koznicki, als Koesler aufstand, um zu gehen, „morgen abend findet eine Versammlung der Tridentinischen Gesellschaft statt. Kirkus ist Vorsitzender dieser Gruppe."

„Ich weiß. Vor einer Weile wurde in den Zeitungen viel über die Tridentiner berichtet."

„Ja. Ich habe mir überlegt, ob Sie nicht Lust hätten, mich morgen abend zu diesem Treffen zu begleiten."

„Morgen abend? Ja, das ließe sich machen."

„Fein. Ich hole Sie gegen neunzehn Uhr dreißig ab."

Sie schüttelten einander herzlich die Hand, dann ging Koesler.

Einer Laune folgend, betrat er das Büro der Abt. 6. Als er eintrat, hielt Morris Patrick eine Karte in die Höhe.

„Shelby, Gloria", sagte Patrick, „Küchenpersonal und Haushaltsgehilfin."

Plötzlich merkte er, daß Koesler eingetreten war. Er sah mit seinem einnehmenden irischen Lächeln auf. „Oh, Pater Koesler. Marge und ich sind gerade unsere Gedächtnisstützen durchgegangen."

„So etwas habe ich seit der Grundschule nicht mehr gemacht", sagte Morris verlegen.

„Welchem Zweck dient das?" fragte der Priester.

„Es geht um das St.-Joseph's-Seminar", erläuterte Patrick. „Sehen Sie, das Problem bei den Ermittlungen in Sacred Heart war die Nachbarschaft. Das ist eine so bunt gemischte Gruppe, daß jeder dort zu Hause sein könnte: Schwarze, Weiße, Kriminelle, Durchschnittsbürger, Penner, Arbeitslose. Der Täter könnte sich problemlos in dieser Menge verstecken. Aber in St. Joseph's haben wir keine Probleme mit der Nachbarschaft. In St. Joseph's gibt es so gut wie keine Nachbarschaft. Dort bilden die Studenten die gemischte Gruppe. Studenten, Seminaristen, Nichtseminaristen, Teilzeit- und Vollzeitstudenten, Männer, Frauen, Fakultätsangestellte. In dieser Situation könnte praktisch jeder hineinschlüpfen und unerkannt bleiben."

„Und?"

„Und daher", fuhr Morris fort, „wollen wir alle kennen, die ein Recht haben, sich in dem Gebäude aufzuhalten. Daher die Karten." Sie gab Koesler eine.

Eine Seite war ein Brustbild. Auf der Rückseite standen die Lebensdaten des Betreffenden.

„Wir machen uns nicht nur mit den Anwesenden vertraut, wir

haben auch die Sicherheitsvorkehrungen verbessert", fuhr Morris fort. „Und das Seminar selbst stellt auch zusätzliche Wachen ein. Es gibt immer noch ein paar Schlupflöcher, aber die finden wir auch noch."

„Da bin ich sicher." Koesler war beeindruckt von ihrer Gründlichkeit. „Ich würde nicht gern an all diesen Sicherheitsposten vorbei. Ich wünsche Ihnen viel Glück."

Pat Lennon sah sich um. Die Szene erinnerte sie an Versammlungen des Ku Klux Klan in den sechziger Jahren. Bei einer nationalen Untersuchung des Klans wollte man einmal festgestellt haben, daß er mehr FBI-Agenten und Infiltranten in seinen Reihen hatte als tatsächliche Mitglieder.

Sie erinnerte sich an die beiden vorhergehenden Versammlungen der Tridentinischen Gesellschaft, die sie besucht hatte. Bei keinem dieser Treffen konnten mehr als hundert Mitglieder anwesend gewesen sein. Aber bei dieser Versammlung waren gut und gern doppelt so viele Personen in der Knights of Columbus Hall anwesend.

Das hatte die Gesellschaft offensichtlich überrascht. Jedesmal, wenn Nachzügler kamen, mußten weitere Klappstühle aufgestellt werden. Um acht hätte die Versammlung anfangen sollen, aber dieser Zeitpunkt war bereits überschritten und nichts hatte sich getan. Vorsitzender Roman Kirkus stand am Bühnenrand und wartete darauf, daß sich die Lage beruhigen würde.

Lennon und Cox waren etwa vor einer halben Stunde gekommen und hatten in der zu dem Zeitpunkt noch letzten Reihe Platz genommen. Inzwischen befanden sich die beiden wegen der zahlreich eintreffenden Nachzügler in der Mitte des Publikums.

Während sie darauf warteten, daß die Versammlung eröffnet wurde, versuchte Lennon sich so unauffällig wie möglich umzusehen, ob sie irgendwelche Gesichter kannte.

Natürlich, da war Walter Koznicki. Er fiel in jeder Menge, ganz egal wie groß, so deutlich auf wie ein Elefant mit Nasenbluten im Schnee. Pater Koesler war bei ihm, ohne seinen römischen Kragen, aber ganz in Schwarz gekleidet. Bei jeder anderen Versammlung wäre der schwarze Anzug auffällig gewesen, aber bei den Tridentinern schien Schwarz sowieso selbstverständlich zu sein.

Dann waren da die Sergeanten Patrick und Morris von der Mordkommission. Lennon wußte, daß sie an diesem Fall arbeiteten. Ferner waren noch zwei dickliche junge Männer da, die sie von irgendwoher kannte; wahrscheinlich gehörten sie einem Seminar an, Sacred Heart oder St. Joseph's.

Lennon drehte sich herum und sah wieder nach vorn. Roman Kirkus betrachtete die Menge selbstzufrieden. Er war der einzige der Gruppe, dessen Namen sie kannte. Auch Bruder Alphonsus war heute abend hier. Aber war das sein wirklicher Name? Das wußte sie nicht. Anscheinend wußte es auch keines der anderen Mitglieder. Sie waren der geheimniskrämerischste Haufen, dem sie je begegnet war.

Es gab keine Mitgliederliste. Es gab keine Beiträge, nur freiwillige Spenden bei den Versammlungen. Kein Mitglied kannte den Namen eines anderen, es sei denn, diese Information wurde spontan gegeben, oder sie kannten einander von der Arbeit oder aus der Nachbarschaft.

Es konnte kein Zweifel daran bestehen, wie Cox schon bei den anderen Treffen festgestellt hatte: Es war ein unheimlicher Verein.

Zu den heute Anwesenden gehörten, abgesehen von den treuen und überzeugten Anhängern, auch die Polizei und Koesler und verschiedene Reporter von städtischen und auswärtigen Publikationen. Aber die meisten der Neuankömmlinge, vermutete Pat, waren konservative Katholiken, deren Neugier durch die Berichterstattung geweckt worden war. Sie fragte sich, wie viele davon den Standpunkt der Tridentiner als zu extrem ablehnen würden.

Als Kirkus sich dem Mikrofon näherte, stellte Lennon fest, daß viele im Publikum die Sergeants Patrick und Morris finster ansahen. Plötzlich wurde ihr klar, warum. Die Tridentiner konnten nicht wissen, daß sie Polizisten waren. Die Gesellschaft akzeptierte inzwischen gemischtrassige Ehen, aber die Tridentiner offenbar nicht.

„Möge die Versammlung bitte Ruhe einkehren lassen“, sagte

Kirkus mehrmals. Das Mikrofon funktionierte nur mit Unterbrechungen. Nur etwa jedes zweite Wort wurde verstärkt.

Lennon fragte sich, warum bei den Tridentinern so vieles schiefzugehen schien.

Allmählich verstummte die Kakophonie des Publikums.

„Möge die Versammlung bitte Ruhe einkehren lassen", sagte Kirkus noch einmal. Das Mikrofon funktionierte nicht besser.

„Ach, schalt das verdammte Ding ab, Roman!" rief einer der Zuhörer. „Wir verstehen dich auch so sehr gut."

Kirkus zuckte die Schultern und legte einen Schalter am Mikrofon um. Ein Funke sprang auf seinen Finger über.

„Verdammt!" stieß Kirkus hervor.

Pater Koesler, der sich ebenso wie Pat Lennon über die Tolpatschigkeit der Tridentiner wunderte, mußte sich noch mehr wundern.

„Wir beginnen diese Versammlung", sagte Kirkus laut und ohne Unterstützung durch ein Mikrofon, „damit, daß wir den Rosenkranz beten."

Diese Aufforderung löste ein verhaltenes Stöhnen bei Cox aus, dem Lennon sofort den Ellbogen in die Seite stieß.

Als der Rosenkranz zu Ende gebetet war, ging Kirkus zum Podium zurück. Er streckte die Hand zum Schalter aus, besann sich dann aber eines Besseren.

„Zum ersten Punkt der Tagesordnung. Hat jemand etwas zu berichten?"

Hände wurden in die Höhe gestreckt.

Kirkus nickte einer Frau in der ersten Reihe zu. Er schien gelangweilt.

Die Frau stand auf. Sie war sehr groß, sehr hager, und ihr Kleid drückte Bescheidenheit aus. „Eine Nonne aus unserer Pfarrei..."

„Lauter", sagte jemand.

Sie drehte sich bescheiden um und sah das Publikum an. „Eine Nonne unserer Pfarrei", fuhr sie lauter fort, „hat ihre Absicht bekanntgegeben, sich um ein Amt bei der Stadt zu bewerben."

„Das kann sie nicht!" rief jemand.

„Der Papst sagt, Nonnen dürfen sich nicht für Ämter bewerben!“ brüllte jemand.

„Sind es nicht Priester, die sich nicht bewerben dürfen?“ Koznicki beugte sich zu Koesler hinüber. Koesler nickte lächelnd.

Lautstarke Vorschläge und Maßnahmen kamen von einem Teil des Publikums.

„Erinnert sich noch jemand an Pater Drinan? Der Papst hat ihm Einhalt geboten!“

„Sie sollte in der Schule bleiben und unsere Kinder unterrichten!“

„Gehen Sie zu Ihrem zuständigen Pfarrer!“

„Was wird das schon nützen? Wahrscheinlich bewirbt der sich um das Amt des Gouverneurs.“

Gelächter.

Das war der erste Hinweis darauf, stellten Cox und Lennon gemeinsam fest, daß Angehörige der Gruppe lachen konnten. Aber offenbar nur über ihre eigenen Witze.

„Man muß die Aufmerksamkeit von Leuten wie ihr erwecken“, sagte ein kleiner, dunkelhaariger Mann düster.

„Das ist Conrad Nap“, sagte Koesler und beugte sich zu Koznikki.

„Ist Frank Crawford hier?“ fragte Koznicki.

Koesler schüttelte den Kopf. „Das ist nicht Franks Publikum. Außerdem weiß er wahrscheinlich genug über diese Organisation, um sich die Mühe zu sparen, eine ihrer Versammlungen zu besuchen.“

„Und Langton?“

„Ich sehe ihn nicht, aber ich bezweifle, daß er hier ist. Ich glaube, er war einmal Mitglied, aber irgendwann setzte er seine eigenen Ansichten durch und trat aus. Seither hat ihn niemand mehr hier gesehen. Überdies hat er seine eigene Gefolgschaft.“

Als Kirkus heftig mit dem Hammer auf das Pult schlug, kehrte allmählich wieder Ruhe ein.

„Von welcher Pfarrei sprechen Sie?“ fragte Kirkus.

„Our Lady Queen of Martyrs“, antwortete die große Frau.

„Das ist Pater McNultys Pfarrei." Kirkus überlegte. „Er weiß wahrscheinlich überhaupt nicht, was die Nonne vorhat. Ich würde an Ihrer Stelle mit ihm reden. Er wird der Sache wahrscheinlich ein schnelles Ende bereiten."

Nachdem diesem Problem damit ein christliches Begräbnis zuteil geworden war, sah sich Kirkus nach weiteren erhobenen Händen um. Sie waren im Überfluß da. Er nickte einem durchschnittlich wirkenden Mann mit Glatze in der vierten Reihe zu. Der Mann stand auf und drehte sich so um, daß er zur Mehrheit des Publikums sprach. Sein Gesicht war lebhaft. Er schien kurz vor der Explosion zu stehen.

„Hat jemand im Fernsehen gesehen, wie der Bischof den Sexualkundeplan von Michigan gebilligt hat?"

Köpfe nickten heftig.

„Der Staat", fuhr der Mann fort, „bringt den Sex sogar ins Klassenzimmer, und um allem die Krone aufzusetzen, mit dem Segen unseres Bischofs! Nun, ich bin der Meinung, daß das eine Sünde ist, die zum Himmel schreit!"

Erneut folgten diesen Worten spontane Reaktionen.

„Ganz recht! Der Bischof erzählt unseren Kindern, daß es völlig in Ordnung ist, herumzuhuren!"

„Sie sollten Kindern nichts über Sex beibringen! Das ist schmutzig! Es sollte der Person vorbehalten bleiben, die man heiratet."

„Ja, es genügt völlig, wenn man in der Ehe herausfindet, was man tun muß!"

„Und das sind dieselben Bischöfe, die auch der Verwendung schmutziger Bilder im Sexualkundenunterricht der unschuldigen Seminaristen zugestimmt haben!"

„Man sollte etwas tun, um ihre Aufmerksamkeit zu erwecken", sagte der kleine, dunkelhaarige Mann.

„Nap scheint einen sehr eingleisigen Verstand zu haben", sagte Koznicki zu Koesler.

„Ein wenig beängstigend", murmelte Koesler. Ihm mißfielen die wütenden Reaktionen.

„Man muß sie dort treffen, wo es weh tut!" erboste sich eine ältere Frau. „Die Kollekte der Diözese. Boykottiert sie!"

Der Aufruhr war so groß, daß Kirkus heftig mit dem Hammer klopfen mußte. Der Hammerkopf flog davon und landete vor den Füßen eines Mannes in der ersten Reihe. Er hob ihn auf und gab ihn Kirkus, der die beiden Teile wieder zusammensetzte.

Nachdem wieder einigermaßen Ruhe eingekehrt war, brüllte Kirkus ins Mikrofon, daß ein Boykott des Diözesanbeitrags im ganzen Staat die effektivste Methode zu sein versprach. Er schlug vor, daß die Gesellschaft Wege finden sollte, diese Ansicht zu veröffentlichen, um breitere Unterstützung zu finden.

In diesem Augenblick, gleichsam als Reaktion auf ein Gebet von ihm, erhob sich ein Tumult am hinteren Ende des Saals. Das Publikum wogte herum wie ein Weizenfeld, über das der Wind streicht, um zu sehen, was vor sich ging. Das Fernsehen kam. Das rettende Medium. Das Medium, das die Botschaft der Tridentiner verbreiten würde, ebenso die Personen der Tridentiner. Es war Steve Schatz mit Kameramann und Tontechniker von WDIV-TV, dem hiesigen NBC-Sender.

„Das ist das Team von Kanal 4", sagte Cox zu Lennon. „Letztes Mal war es Kanal 7. Die müssen sich abwechseln."

„Schau dir diesen Burschen an", flüsterte Lennon ihm zu. „Er ist ein wahres Mediengeschöpf."

Hatte Roman Kirkus bisher den Eindruck erweckt, als würde ihn alles nur am Rande interessieren, so war er nun, angesichts einer mobilen Kamera, wieder aufmerksam und schien darauf zu brennen, Mittelpunkt des Medieninteresses zu werden.

„Ich bin für diesen Vorschlag!" rief jemand.

„Noch jemand dafür?"

„Dafür", sagten mehrere Stimmen.

„Sind alle dafür?"

Das führte zu einigen Äußerungen im Saal.

„Jemand dagegen?"

Relative Stille.

„Dann ist der Antrag angenommen", stellte Kirkus fest.

„Entschuldigen Sie", sagte Schatz, „aber um welchen Antrag

ging es? Ich meine, weshalb sollen die Katholiken die Abgaben an die Diözese boykottieren?"

„Weil die Bischöfe von Michigan den Sexualkundeunterrichtsplan des Staates unterstützen."

„Ich verstehe."

„Wollen Sie nicht die Kamera einschalten?" Kirkus schien so enttäuscht zu sein, als wollte er gleich in Tränen ausbrechen.

„Noch nicht, erst nach der Versammlung."

Wenn die Versammlung der einzige Hinderungsgrund war, weshalb er nicht gefilmt wurde, so gab es dafür eine einfache Lösung.

„Wenn es sonst nichts weiter gibt", sagte Kirkus, ohne auf die überall im Publikum erhobenen Hände zu achten, „dann erkläre ich die Versammlung für geschlossen. Halten Sie im *Detroit Catholic* nach Zeit und Ort unseres nächsten Treffens Ausschau. Die Kiste für Ihre freiwilligen Spenden steht hinten in einer Ecke."

Kirkus schlug heftig mit dem Hammer aufs Pult, um die Protestrufe des Publikums wegen der so vorzeitig aufgelösten Sitzung zu unterdrücken. Bildete Koesler es sich nur ein oder sah er einen feinen Riß im Pult?

In diesem Augenblick kamen Ven Marshall und sein Team in den Saal. Marshall blieb stehen, um die Situation einzuschätzen, dann ging er zur ersten Reihe des Auditoriums, wo das Team von Kanal 4 gerade aufbaute. Bald würde Kirkus das Zentrum von mehr Aufmerksamkeit sein, als er sich je hätte träumen lassen.

Scheinwerfer erhellten den vorderen Teil der Halle auf ungewöhnliche Weise. Kameramänner richteten die Kameras. Die Tontechniker schienen über alle Maßen gelangweilt. Zwei Mikrofone, eines mit einer „7" und eines mit einer „4" darauf, wurden Kirkus entgegengestreckt. Zwei Gesichter, die Kirkus schon oft im Fernsehen gesehen hatte, schenkten ihm ihre ungeteilte Aufmerksamkeit.

Es ließ sich nicht bestreiten: Roman Kirkus war eine Berühmtheit geworden. Alle Mitglieder der Gesellschaft, und auch alle anderen, die über seine Vorstellungen gelacht hatten, die Witze über seine Fehler gerissen hatten, würden seinen neuen Ruhm anerkennen müssen. Er würde wahrhaftig das letzte Lachen haben.

„Mr. Kirkus", sagte Marshall.

„Mr. Kirkus", wiederholte Schatz.

„Mr. Kirkus", beharrte Marshall. Kirkus wußte, daß Kanal 7 höhere Einschaltquoten hatte als Kanal 4. „Mr. Kirkus, welches ist Ihr Status in der Tridentinischen Gesellschaft?"

„Ich bin ihr Vorsitzender."

„Und welche Ziele verfolgt die Gesellschaft?"

„Die katholische Kirche in der Form wieder zu errichten, die sie hatte, bevor der Wahnsinn, den das Zweite Vatikanische Konzil brachte, außer Kontrolle geriet."

„Das ist ziemlich ehrgeizig – würden Sie nicht auch sagen?" fragte Schatz.

„Nun, wir konzentrieren unsere Aktivitäten auf den Raum Detroit sowie den Rest von Michigan. Wir sind der Meinung, wenn wir Detroit überzeugen können, dann wird das ein Beispiel für andere rechtschaffene Katholiken sein, in ihren Diözesen dasselbe zu tun. Außerdem sollte man die Macht des Gebetes niemals unterschätzen."

„Bei Ihnen geht es aber um drastischere Maßnahmen als nur Beten", unterbrach ihn Schatz. „Ihre Gruppe hat soeben eine Resolution verabschiedet, die Beiträge der Diözese in diesem Staat zu boykottieren. Oder nicht?"

„Doch."

Plötzlich wurde Kirkus klar, wie zutreffend das war, was er eben über die Macht des Gebets gesagt hatte. Noch vor wenigen Minuten hatten sich die Tridentiner verzweifelt überlegt, wie sie ihre Botschaft dem breiten Publikum nahebringen konnten. Und plötzlich waren zwei Nachrichtensender da, die sie um dreiundzwanzig Uhr in den Spätnachrichten verbreiten würden. Gott war mächtig und Kirkus war sein Prophet.

„Wogegen wenden Sie sich speziell", fragte Schatz, „das eine so drastische Maßnahme rechtfertigen würde?"

„Die Zustimmung der Bischöfe zum Sexualkundeunterricht an Michigans Schulen."

„In Ihrer letzten Versammlung", warf Marshall ein, der einen

Vorteil hatte, weil er schon das letzte Treffen besucht hatte, „haben Sie den Sexualkundekurs verdammt, der an den beiden Detroiter Seminaren abgehalten wird. Was meinen Sie, gibt es einen Zusammenhang zwischen diesen Kursen und den jetzt bekanntgewordenen Plänen des Staats?"

„Aber selbstverständlich", versicherte Kirkus, der bisher keinerlei Verbindung zwischen den beiden gesehen hatte. „Auch dies ist ein Beispiel dafür, wie die Hierarchie die Öffentlichkeit verkuppeln will. Es geht längst nicht mehr um die Frage recht oder unrecht – alles ist subjektive Moral. Vor dem zweiten Vatikanum wußten wir Katholiken, daß Sex der Zeugung diente – ausschließlich der Zeugung! Und jetzt wollen die Bischöfe und Seminarprofessoren, daß Sex Kindern beigebracht wird, die zu jung dafür sind, und Seminaristen, die niemals damit in Berührung kommen sollten. Jemand muß für diese Perversion von Gottes Geboten bezahlen!"

„Wenn Sie sagen, jemand muß bezahlen", bohrte Schatz weiter, „beziehen Sie sich dann auf eine mögliche göttliche Strafe, oder denken Sie selbst an geeignete Maßnahmen – vielleicht sogar Gewaltanwendung?"

„Beides. Wir sind nur die Werkzeuge Gottes, die seinen heiligen Willen in der Welt durchsetzen sollen."

„Wollen Sie demnach, Mr. Kirkus", fuhr Marshall fort, „die Leben der Seminarprofessoren und der Bischöfe dieses Landes bedrohen?"

„Gott offenbart seinen Willen nicht immer, und ich werde es auch nicht tun."

Hinter den Fernsehleuten machten sich die Zeitungsreporter, Lennon und Cox eingeschlossen, ungläubig Notizen.

Die beiden Reporter ließen Kirkus noch posieren – selbstverständlich jeder einzeln. Dann traten die beiden Reporter beiseite, jeder sprach eine Einführung und einen Schlußkommentar auf das Band. Im Studio würde das Material geschnitten werden.

Roman Kirkus hatte noch nie eine solche Euphorie erlebt. Heute Nacht würde er keinen Schlaf finden. Er würde wach liegen und Pläne schmieden.

Inspektor Koznicki hatte Pater Koesler den Vorschlag gemacht, im Topinka einzukehren und noch einen Schlummertrunk einzunehmen.

Sie saßen im ersten Stock des beinahe menschenleeren Lokals. Koznicki hatte ein kleines Glas Port vor sich stehen; Koesler einen Bourbon Manhatten. Er hatte sich von dem 'Antabus'-Anschlag so weit erholt, daß er es wieder wagte, Alkohol zu trinken.

„Was halten Sie davon, Pater?"

Koesler sah seinen Freund verständnislos an.

„Ich meine die Versammlung", erklärte Koznicki.

„Die fand ich überwältigend. Ich meine, ich wußte, daß es unterschiedliche Meinungen gibt, aber ich habe noch nie erlebt, daß sie mit einem derartigen Fanatismus zum Ausdruck gebracht wurden. Wie konzentrierte Säure. Meinen Sie, daß es gut für diese Leute ist, das alles so herauszulassen?"

„Ich weiß wirklich nicht, Pater. Es gibt eine Schule, die behauptet, alles auszusprechen, seinen Gefühlen vehement Luft zu machen, wäre gut für die Psyche. Verhindert, daß den Gefühlen Taten folgen – ein Sicherheitsventil, um Gewalt zu kanalisieren."

„Wie die Hypothese, daß Voyeurismus einem Sexbesessenen helfen kann oder daß Pornographie besser als Vergewaltigung ist?"

„Exakt. Andererseits gibt es auch die Wissenschaftler, die behaupten, daß so leidenschaftliche Ausführungen einen latenten Psychopathen dazu veranlassen können, die Schwelle zur Gewalt zu überschreiten."

„Ah..." Koesler dachte einen Augenblick nach. „Jemanden wie Conrad Nap."

„Ja, genau. Es ist zwar schwierig, irgendwelche Informationen über die Tridentiner zu erhalten, aber wir werden uns gründlich um Mr. Nap und Mr. Kirkus kümmern. Ich muß gestehen, diese Organisation gehört zu den geheimnisvollsten, die ich je kennengelernt habe. Wir haben bisher keinerlei Informationen innerhalb der Gruppe erhalten können. Wir können sie nicht infiltrieren. Es könnte eine Struktur geben – und ich bin überzeugt, daß es eine gibt –, aber bisher konnten wir sie nicht dingfest machen, geschweige denn jemanden einschleusen. Wir haben keine Mitgliederliste und keine Satzung gefunden. Nichts. Was mich aber immer wieder erstaunt, ist die Tatsache, daß sich diese Leute so sehr über Messen in der Landessprache oder Sexualkunde aufregen können."

„Nun, Inspektor, ich glaube, wenn diese Leute nicht nach dem suchen würden, was sie als irregeleitete Theologie betrachten, dann würden sie die Büsche nach Kommunisten abklopfen. Sie erinnern sich doch sicher noch an die alte lateinische Liturgie?"

„Gewiß. Aber was hat sie damit zu tun?"

„Nun, ich denke, wenn man die lateinische Messe versteht – oder besser, die Messe der Tridentiner, da es ja eine neue lateinische Messe gibt –, dann kann man die Zwangslage der heutigen konservativen Katholiken verstehen. Die Messe, mit der Sie und ich aufgewachsen sind, wurde einige Zeit vor dem Konzil von Trient formuliert. Aber dieses Konzil hat mit seiner Reform des *Missale Romanum* die lateinische Messe gewissermaßen betoniert, was zur Folge hatte, daß über vierhundert Jahre hinweg weltweit dieselbe lateinische Messe gelesen wurde. Wir Katholiken waren stolz darauf, daß wir eine Messe hier oder in Japan oder sonstwo auf der Welt besuchen konnten, und die Messe würde stets dieselbe sein, Geste für Geste, Wort für Wort. Sie war ein Symbol für die Einheit der Kirche."

„Ja", unterbrach ihn Koznicki, „aber gab es nicht eine gegensätzliche Meinung, die besagte, daß ein Katholik die lateinische Messe in seinem Heimatland ebenso mißverstehen konnte wie in einem fremden Land?"

Sie lachten.

„Das stimmt", gab Koesler zu. Er rührte mit dem Finger das Eis in seinem Drink um. „Dieser Einwand wurde erst mit dem Zweiten Vatikanischen Konzil offen ausgesprochen. Eigentlich wurden vor dem Zweiten Vatikanischen Konzil überhaupt nicht viele Fragen gestellt – es sei denn von den Reformatoren. Aber Sie müssen sehen, Inspektor, wir sind nicht nur mit der Tridentinischen Messe aufgewachsen, sie hatte vierhundert Jahre unumschränkte Gültigkeit! Man kann daher leicht einsehen, weshalb Katholiken, besonders jene, die nicht nur in die Vergangenheit blicken, sondern der felsenfesten Überzeugung sind, daß sich in der Kirche niemals etwas verändern sollte, schockiert waren, als die Tridentinische Messe nicht nur verändert, sondern abgeschafft wurde! Und das alles geschah binnen eines Jahrzehnts, also, verglichen mit der vierhundertjährigen Geschichte, praktisch über Nacht."

„Ich verstehe."

„Ich finde, es liegt durchaus im Rahmen normalen Verhaltens, sich Veränderungen zu widersetzen, besonders wenn es gute Gründe dafür gibt. Wenige werden bestreiten, daß Veränderungen nicht immer zum Besseren sind. Aber wenn man eine Gruppe wie die Tridentiner betrachtet, dann hat man es nicht mehr mit Vernunft, Logik oder Normalsein zu tun. Ich glaube nicht, daß es viele sind. Aber wenn man über sie stolpert, dann ist eines ganz sicher – laut sind sie immer."

„Und nicht ungefährlich", fügte Koznicki hinzu.

„Glauben Sie immer noch, daß unser Attentäter zu den Tridentinern gehören könnte?"

„Sie nicht?"

„Ich weiß nicht."

„Im Augenblick, Pater, scheint es mir wahrscheinlicher denn je."

„Glauben Sie, daß Sie herausfinden können, wer es war?"

„Oh, ja, Pater, daran glaube ich felsenfest. Ich hoffe, daß es uns auch rechtzeitig gelingt."

„Rechtzeitig?"

„Bevor er erneut zuschlägt."

Koesler schluckte und kippte den Rest seines Manhatten in einem Zug. „Und mit dieser schrecklichen Vorstellung, Inspektor, sollten wir den Tag ausklingen lassen."

„Kommen Sie, Cox", drängte Nelson Kane. „Was ist?"

Cox studierte das Foto, das Kane ihm gegeben hatte. Das kleine Gebäude, das auf dem Foto zu sehen war, stand in Flammen, soviel war sicher. Weitere Schlußfolgerungen konnte Cox nicht ziehen.

„Ein kleines Gebäude, das in Flammen steht", sagte Cox nach einer Weile.

„Mehr als das. Bedienen Sie sich Ihrer Phantasie."

Kane hatte die Unterschrift überklebt. Lediglich das Datum war zu sehen, und der Ort.

„South Billings Harbor", las Cox. „Das ist in South Jersey, nicht?"

Kane nickte ermutigend.

„Hühner", sagte Cox. „Wenn es in South Jersey ist, dann muß es etwas mit Hühnern zu tun haben."

Wieder nickte Kane.

„Hm", machte Cox nachdenklich. „Eine Hühnerfarm?"

Kane nickte enthusiastisch.

„Eine brennende Hühnerfarm. Was habe ich gewonnen?"

„Das ist noch nicht alles."

„Noch nicht alles?"

„Sehen Sie genauer hin!"

Cox sah genauer hin. Er drehte das Foto auf die Seite. Er drehte es auf den Kopf. Er nahm die Brille aus der Hemdentasche, zog sie auf, hielt das Foto dicht vor sein Gesicht und studierte es noch eingehender.

„Eine brennende Hühnerfarm", sagte er gleichgültig.

Kane zog mit einer Mißbilligungsäußerung den Klebestreifen von dem Bild ab.

„Einwohner von South Billings Harbor erkennen Gestalt Jesu im Feuer einer brennenden Hühnerfarm."

„Sehen Sie?" Kanes Finger zeichnete einen dunklen Umriß inmitten der Flammen nach, die aus der Tür des Gebäudes züngelten.

„Nellie, Sie haben die blühendste Phantasie aller Zeiten!"

„Ich hätte wissen müssen, daß Sie es nicht sehen würden. Sie haben keinen Glauben, Cox."

„Ganz recht; dafür haben Sie genug, um uns Agnostiker alle aufzuwiegen."

Das war eine seltsame Seite von Nelson Kane, dachte Cox. Kane war von den Fußsohlen bis hinauf zu seinem erkahlenden Schädel ein Profi. Sein Gespür für lohnende Nachrichten war untrüglich. Aber sein tödlicher Sinn für Humor machte ihn zum hoffnungslosen Tolpatsch, wenn es um eine ungewöhnliche religiöse Geschichte oder ein Foto ging. Cox wußte aus Erfahrung, daß Kane alle Einwände über den Haufen werfen würde, um diese Geschichte mit der brennenden Hühnerfarm morgen auf Seite eins der *Free Press* zu bekommen.

„Aber genug davon." Kane merkte das Foto für zwei Spalten auf Seite eins vor und warf es in den Korb zu den Repros. „Wie kommt die ‚Ist denn nichts mehr heilig?'-Geschichte voran?"

„Ich fürchte, sie steckt fest. Wenn die Bullen nicht bald einen Verdächtigen anschleppen, dann wird die Sache wohl in der Ablage unaufgeklärter Fälle landen."

„Irgendwelche Vermutungen?"

„Keine. Wenn ich einen Namen nennen müßte, dann wäre es dieser wahnsinnige Vorsitzende der Tridentiner – wie heißt er noch gleich..." Cox sah auf seinen Notizblock. „Roman Kirkus."

„Warum er?"

„Er ist einfach der verdächtigste Kerl, dem ich in dieser verrückten Sache begegnet bin."

„Oh?"

„Wir kennen alle die Leute, die in den Medien erst richtig aufleben. Wenn man vor ihnen Block und Bleistift herausholt und sich als Reporter zu erkennen gibt, dann wachsen sie um zehn Zentimeter: ‚Oh, Mann, mein Name wird in der Zeitung stehen.' Dieser Kirkus ist fast völlig ein Geschöpf des Fernsehens. Er schleppt sich durch die Versammlungen, als hätte er eigentlich gar kein Interesse daran. Aber wenn das Licht angeht und eine Kamera auf ihn gerichtet wird – peng, erwacht er zum Leben. Zählt man dazu noch seine persönliche Lebensphilosophie – ein Stück weiter rechts als Attila, der Hunne –, dann könnte er unser Mann sein."

„Wir behalten ihn im Hinterkopf. Man kann nie wissen, wann die Geschichte wieder aktuell wird." Kane hob einen Stapel Briefe von seinem Schreibtisch auf.

„Was ist passiert?“ fragte Cox, der den Stapel betrachtete. „Haben alle meine Fans gleichzeitig geschrieben?“

„National Rifle Association. Fitzgerald hatte gestern einen Artikel über Waffenkontrolle.“

„Ja, ich erinnere mich. Die NRA! Ich wußte, es mußten meine Fans oder die NRA sein.“

„Die sind bereits in den Textcomputer eingegeben.“ Kane gab Cox die Briefe. „Besuchen Sie ein paar dieser Leute. Sehen Sie, ob Sie etwas Originelles zustande bringen. Und dann rufen Sie als Ausgleich noch ein paar Leute an, die für eine Kontrolle des Waffenhandels sind.“

„Mal was ganz anderes: Eine NRA-Story, ohne daß jemand ermordet oder auch nur angeschossen worden ist. Und das haben wir Fitzgerald zu verdanken.“

„Nur teilweise. Die Weiterführung war Larry Davids Idee.“

„Der stellvertretende Herausgeber? Warum eine Anweisung von so hoch oben?“

„Wie Sie sehen werden, wenn Sie die Briefe durchlesen, drohen viele Leute damit, Anzeigen zurückzuziehen.“

„Jetzt ist alles klar.“ Cox machte eine spöttische Verbeugung in die ungefähre Richtung, in der das Büro des stellvertretenden Herausgebers lag; er blätterte die Briefe durch, während er an seinen Tisch zurückging.

Die Studenten und das Personal des St.-Joseph's-Seminars bekamen die Veränderungen deutlich zu spüren. Unmittelbar nach dem Anschlag auf Pater Gennardo begannen uniformierte Polizeibeamte in den Fluren auf und ab zu gehen. Vor kurzem waren sie von Männern einer privaten Sicherheitsagentur abgelöst worden.

Nicht nur alle Studenten, Lehrer und das Personal mußten ID-Karten tragen, während sie sich auf dem Gelände aufhielten; sämtliche Ausgänge wurden von uniformierten Sicherheitsbeamten bewacht, die auch die Parkplätze mittels eines Kamerasystems im Auge behielten.

Vor wenigen Wochen waren sämtliche Türen des Seminars offen

gewesen. Nun waren die Sicherheitsmaßnahmen zwar nicht narrensicher – viele Fenster und Türen konnten ganz einfach nicht gesichert werden –, aber dennoch eindrucksvoll.

Eindrucksvoll konnte man auch die drei Personen nennen, die im Innenhof des Seminars standen und sich unterhielten; eben dort, wo Pater Gennardo angeschossen worden war. Der größte und eindrucksvollste war Inspektor Walter Koznicki, für fast alle Studenten und Lehrer des Seminars ein Fremder. Ein paar kannten ihn von gelegentlichen Auftritten im Fernsehen oder von Zeitungsbildern. Während berühmter oder bizarrer Mordfälle wandten sich die Zeitungen nicht selten wegen Informationen an den Inspektor.

Die beiden anderen, die Sergeants Morris und Patrick, waren den Seminaristen längst keine Fremden mehr. Fast jeder war von dem einen oder anderen Beamten vernommen worden. Alle, Studenten wie Personal, waren erstaunt, daß sie jeden von ihnen mit Namen kannten.

„Ja, Inspektor", antwortete Patrick gerade auf eine Frage Koznickis, „wir haben Anfragen über Conrad Nap und Roman Kirkus laufen. Was Vorstrafen anbelangt, ist Kirkus bisher sauber. Ein paar Strafzettel wegen Verkehrsdelikten. Er scheint ein aggressiver Fahrer zu sein. Nap dagegen wurde mehrmals wegen ungebührlichen Verhaltens in der Öffentlichkeit festgenommen, meistens Störungen während religiöser Veranstaltungen und dergleichen. Einmal hat er einen Priester die Treppe einer Kirche an der East Side hinuntergestoßen. Er besitzt einen Waffenschein. Eine Kaliber 22 Automatik. Wir wollten sie mit den Schüssen vergleichen, die auf Pater Gennardo abgegeben wurden, aber Nap behauptet, die Waffe sei ihm kürzlich gestohlen worden und noch nicht wieder aufgetaucht."

Koznicki nickte. „Also bleiben sie unsere wahrscheinlichsten Kandidaten."

Patrick und Morris nickten.

„Sind Sie mit der Sicherheit zufrieden?"

Morris zuckte die Schultern. „Man könnte wohl sagen, sie ist die beste, die sich das Seminar leisten kann."

„Welche Firma?“ Koznicki rechnete mit dem Schlimmsten.

„Woods Security.“

Koznicki schüttelte den Kopf. Seine Befürchtungen hatten sich bestätigt.

„In der Hauptsache Leute, die aus der Polizeiakademie hinausgeflogen sind“, bemerkte Patrick. „Ein paar Profis, aber zu wenige.“

„Aber die Ausrüstung ist nicht schlecht“, gab Morris zu. „Die Monitorüberwachung ist perfekt.“

„Wenn sie nicht vor den Monitoren einschlafen“, bemerkte Koznicki zynisch.

„Unser Hauptvorteil im Augenblick ist, daß Marge und ich alle Anwesenden hier gut kennen – Studenten, Lehrer, Personal.“ Patrick war verständlicherweise erfreut, daß sie so viel in so kurzer Zeit bewerkstelligt hatten.

„Ja.“ Morris drehte sich um und beobachtete ein paar Studenten, die über den Innenhof gingen. Die Kurse wechselten. „Das dort, zum Beispiel, ist Eileen Schaaf, wahrscheinlich auf dem Weg zu ihrem Kurs über Aszetik.“

„Also“, sagte Koznicki und lächelte, als sei er der Vater zweier begabter Kinder, „Sie kennen also jeden!“

„Wer, zum Teufel, ist das?“ Patrick stieß Morris an und deutete auf einen Mann, der gerade den Innenhof betreten hatte und anscheinend den Bau bewunderte.

„Und wer ist das bei ihm?“ Morris meinte den Begleiter des Mannes.

„Sie wissen nicht, wer sie sind?“ fragte Koznicki. „Und sie haben keine ID-Karten anstecken? Wie sind sie hier hereingekommen?“

„Ich weiß nicht“, stieß Patrick zwischen zusammengebissenen Zähnen hervor, „aber ich werde es ganz schnell herausfinden.“

Patrick und Morris gingen entschlossen auf die beiden Fremden zu. Der größere, der über einen Meter fünfundachtzig groß zu sein schien, trug einen Kamelhaarmantel über einem hellgrünen Anzug. Die dunkelbraunen Lederschuhe glänzten so sehr, daß sich selbst noch sein grüner Homburg darin spiegelte. Er schien den Babyspeck noch nicht verloren zu haben. Der andere, ein untersetzter Mann, der knapp einen Meter fünfundsechzig groß war, stand gebückt daneben. Sein brauner Kordanzug sah aus, als hätte er darin geschlafen, und zwar nicht einmal, sondern oft.

Der größere Mann schien völlig darin versunken zu sein, den Innenhof zu begutachten. Der kleinere Mann schien kurz davor zu sein, in einen längst überfälligen Schlaf zu sinken.

„Wer, zum Teufel, sind Sie?“ wollte Patrick wissen.

Der kleinere Mann sah gleichgültig auf. „Wer, zum Teufel, will das wissen?“

„Ich, zum Teufel!“ knurrte Patrick während er seine Brieftasche aus der Innentasche holte. Er zeigte seinen Polizeiausweis. „Sergeant Dean Patrick, Detroiter Polizei, Mordkommission.“ Er sprach jedes Wort bedeutungsschwanger aus.

„Oh“, sagte der kleinere Mann, „so ist das also, zum Teufel!“

„Das“, sagte der größere Mann und deutete auf den kleineren, „ist Herman Deutsch, der Regisseur und Autor. Und ich bin Bruce Lauther, der Produktionsleiter.“

„Regisseur und Produktionsleiter wovon?“ Patrick verlor den letzten Rest Geduld.

„Des Films natürlich. Des Fernsehfilms.“

„Welches Fernsehfilms?“ Nun verlor auch Morris die Geduld.

*„Requiem für einen Mörder“,* erklärte Lauther, „ein Dokumentardrama über diese diabolischen Anschläge auf unschuldige Geistliche Detroits!“

„Es gefällt mir immer noch nicht, Bruce“, bemerkte Deutsch.

„Nicht hier. Nicht jetzt“, bat Lauther leise.

„Es ist ein verdammt schlechter Titel“, beharrte Deutsch. „Es sollte ‚Killer‘ oder ‚Gewalt‘ oder ‚Blut‘ darin vorkommen, oder sonst etwas Brutales. *Requiem für einen Mörder* bringt es einfach nicht. Das macht keine Angst – es macht einfach keine Angst.“

„Herm“, wandte sich Lauther an seinen Regisseur. „Jeder wird *Requiem für einen Mörder* verstehen. Jeder weiß, was ein Mörder ist, und Requiem wird jeder sofort mit etwas Kirchlichem assoziieren.“

„Gefällt mir nicht."

„Einen Augenblick!" Patrick brüllte beinahe unbeherrscht. „Wie sind Sie hier hereingekommen? Wo sind Ihre ID-Karten?"

„Ja, wie sind Sie an den Wachen vorbeigekommen?" wollte auch Morris wissen.

„Wachen!" schnaubte Deutsch.

„Indem wir den Wachen ganz schlicht und einfach erklärt haben, wer wir sind und was wir hier wollen", sagte Lauther.

Morris sah zu Patrick, dann hob sie das Gesicht zum Himmel. „Ich kümmere mich um die Wachen." Sie entfernte sich in Richtung des Eingangs.

Koznicki, der natürlich die ganze Unterhaltung mitbekommen hatte, kam näher und stellte sich vor.

„Sie müssen verstehen, meine Herren, daß wir angesichts der Vorfälle, die sich hier abgespielt haben, etwas besorgt wegen der Sicherheit sind. Könnten Sie mir erklären, warum Sie hier sind und was Sie vorhaben?"

„Aber sicher." Lauther zog Visitenkarten aus der Tasche und gab Koznicki und Patrick eine. „Bis vor kurzem war ich Vizepräsident der Produktionsabteilung eines Fernsehsenders in Los Angeles. Natürlich weiß das ganze Land inzwischen über Ihre Notlage hier Bescheid, wo Priester in den Seminaren von Detroit angegriffen werden. Um es kurz zu machen, ich habe den Entwurf eines Films an einen Konkurrenzsender verkauft. Solange das Eisen noch heiß ist."

„Wahrhaftig, solange das Eisen noch heiß ist. Sie sind sich darüber im klaren, daß in diesem Fall noch Ermittlungen laufen", betonte Koznicki. „Wir wissen bislang noch nicht, wer für die Anschläge verantwortlich ist, und wir haben keine Ahnung, ob weitere erfolgen werden. Wie wollen Sie einen Film drehen, solange das echte Szenario noch nicht beendet ist?"

„Ah, ja." Lauther tätschelte seinen Bauch. Koznicki überlegte, ob es dem Produktionsleiter möglich sein würde, sich gleichzeitig den Bauch zu tätscheln und am Kopf zu kratzen. „Nun", fuhr Lauther fort, „wir haben uns der Dienste eines berühmten hiesigen

Psychiaters versichert, der uns dabei helfen wird, die Charakteristiken des Angreifers und dessen Motivation verständlich zu machen und herauszuarbeiten."

„Ein hiesiger Seelenklempner." Deutschs Mißfallen war offenkundig.

Koznicki und Patrick sahen sich an.

„Doch nicht Dr. Fritz Heinsohn!" rief Patrick aus.

„Derselbe", bestätigte Lauther. „Wir haben größtes Vertrauen in seine Fähigkeiten."

„Sollten Sie nicht", murmelte Patrick.

„Ich verstehe", sagte Koznicki. „Nun, was immer Sie vorhaben, ich hoffe, Sie wollen diese heiligen Hallen nicht als Schauplatz für Ihr Drama wählen."

„Ganz genau das haben wir vor."

„Das kommt nicht in Frage."

„So völlig nun auch wieder nicht." Lauther griff in die Tasche und holte ein Dokument hervor, welches er Koznicki reichte. „Unser Vertrag, Inspektor, mit der Erzdiözese von Detroit, der uns gestattet, Teile des St.-Joseph's-Seminars vier Wochen lang für die Dreharbeiten zu unserem Film *Requiem für einen Mörder* zu nutzen, mit einer Option für vier weitere Wochen."

Koznicki überflog das Dokument kurz, dann gab er es an Patrick weiter.

„Ich frage mich, ob wir etwas dagegen tun können", murmelte Patrick.

„Vielleicht", sagte Koznicki und griff sich nachdenklich an die Lippen, „sollten wir beim Umgang mit der Erzdiözese auf den Rat unseres Freundes Pater Koesler zurückgreifen. Dean, würden Sie so lieb sein und nachsehen, ob der Pater hier ist? Ich glaube, er hat gerade Unterricht."

Während Patrick sich entfernte, um Koesler zu suchen, sah Koznicki den Regisseur und den Produzenten an.

„Wenn ich darüber nachdenke, dann fällt mir eines ein", sagte Inspektor Koznicki. „Der Vertrag mit der Erzdiözese erlaubt Ihnen, vier Wochen im St.-Joseph's-Seminar zu drehen. Aber drei

– möglicherweise vier – der Anschläge fanden im Sacred-Heart-Seminar statt. Werden Sie dort nicht drehen?"

„Nein."

„Warum nicht?"

„Dramaturgische Gründe", erklärte Lauther.

„Knauseriges Budget", knurrte Deutsch.

Als Patrick mit Koesler im Schlepptau zurückkam, gesellte sich auch Morris wieder zu ihnen. Koznicki erklärte dem Priester, warum er ihn hatte rufen lassen.

„Soll ich mich gleich danach erkundigen?" fragte Koesler.

„Bitte."

Er entfernte sich und kam ein paar Minuten später kopfschüttelnd wieder zurück.

„Erzbischof Boyle hatte nichts damit zu tun, und er wird auch nichts damit zu tun haben. Ich habe mit dem Finanzverwalter der Erzdiözese gesprochen. Er sagte, Mr. Lauther bot der Erzdiözese fünftausend Dollar für die Erlaubnis, die Räumlichkeiten vier Wochen lang zu nutzen."

„Das ist alles?" rief Patrick aus. „Fünftausend Dollar, und dafür machen sie unser Sicherheitssystem kaputt!"

„Sie sollten mit dem Finanzverwalter sprechen", sagte Koesler. „Dann wüßten Sie, wie dringend die Erzdiözese fünftausend Dollar braucht. Besonders dann, wenn niemand damit gerechnet hat. Buchstäblich ein Geschenk des Himmels."

Es folgte ein betretenes Schweigen, während Koesler an Lauthers Seite trat.

„Sie werden also einen Film über die Attentate drehen", sagte er, und ein Lächeln umspielte seine Lippen. „Wer wird denn die Rolle von Pater Koesler spielen?"

„Pater wer?"

„Pater Koesler, der dritte Priester des Falls. Derjenige, der beinahe vergiftet wurde."

„Oh. Das weiß ich nicht. Da müßten Sie den Produktionsassistenten fragen. Warum fragen Sie?"

„Weil *er* Pater Koesler ist", sagte Morris grinsend.

„Nein! Wirklich?“ Lauther wich überrascht zurück. „Hören Sie, Pater, da kommt mir gerade eine Idee. Was würden Sie denn davon halten, wenn wir Sie als Berater zu diesem Projekt hinzuziehen? Wir könnten Ihren Rat gut gebrauchen, und es wäre der Werbung sicher dienlich, wenn wir eines der authentischen Opfer als Ratgeber haben. Was meinen Sie, Pater? Sie würden auch ein bescheidenes Honorar bekommen.“ Lauther war enthusiastisch.

„Oh, ich glaube nicht“, lehnte Koesler ab.

„Pater, könnte ich Sie einen Augenblick sprechen?“ Koznicki nahm seinen Freund beiseite.

„Pater“, sagte er gerade laut genug, daß sein Freund ihn verstehen konnte, „sieht so aus, als könnten wir nichts dagegen machen, daß dieser Film gedreht wird, wenngleich das unsere Ermittlungen behindern wird. Es wäre sehr nützlich, wenn wir einen der unseren – sozusagen – dabei hätten, der ein Auge darauf hat, was sie tun und uns informiert... Sie wissen schon.“

„Inspektor, ich habe Ihnen schon für diesen Kurs zu danken, den ich hier halten muß. Und nun verlangen Sie von mir, daß ich eine weitere Sonderaufgabe übernehme – als Berater für einen Film!“

„Pater...“ Koznicki kam noch näher heran. Koesler befürchtete, der Inspektor würde ihn nicht nur sprichwörtlich, sondern tatsächlich in die Tasche stecken. „Pater, es sind ja nur vier Wochen.“

„Oh, schon gut, schon gut.“ Koesler lachte. „Aber ich warne Sie. Wenn ich ins Show Business hineingeschmeckt habe, werde ich vielleicht nie mehr derselbe sein!“

# 6

Die Rollos waren heruntergelassen, so daß es in dem kleinen Zimmer beinahe dunkel war.

„Ich weiß nicht, wie wir mit unserem Plan weitermachen sollen“, sagte der erste Mann. „Ich denke, wir werden aufgeben müssen.“ Er stand auf und ging zur Kochnische. Es war so dunkel, daß er sich, obwohl seine Augen sich schon an die Dunkelheit gewöhnt hatten, an der Wand entlangtasten mußte, bis er die Oberfläche der Platte spürte. Er steckte den Stecker der Kaffeemaschine ein – dachte er. Tatsächlich steckte er den des Toasters ein. Die beiden Stecker lagen nebeneinander auf der Platte.

„Ich verstehe nicht, warum wir aufgeben sollten“, sagte der zweite Mann kläglich. „Immerhin sind wir schon so weit gegangen.“

„Du verstehst nicht, warum...“ Auf dem Rückweg zu seinem Stuhl stolperte der erste Mann über den Teppich. Er stürzte um ein Haar und konnte sich gerade noch fangen. „Aber das ist doch so deutlich wie die Nase in deinem Gesicht. Das heißt, wenn du dein Gesicht sehen könntest. Warum muß es hier eigentlich immer so dunkel sein, wenn wir uns treffen?“

„Aus Sicherheitsgründen“, antwortete der dritte Mann. „Ihr wißt, wir müssen mit unseren Treffen sehr vorsichtig sein. Ich neige dazu, dem zuzustimmen. Obwohl ich jetzt an der Reihe gewesen wäre, finde ich es klüger, die ganze Sache abzublasen. Zumindest sollten wir es verschieben.“

„Ich finde, ihr seid voreilig“, sagte der vierte Mann. „Es ist noch nicht vorbei.“ Gelegentlich machte er sich auf einem kleinen Block Notizen. Den anderen war nie klar, wie er genug sehen konnte, um zu schreiben.

„Natürlich ist es vorbei“, sagte er dritte wütend. „Als sie beschlossen, in St. Joseph’s über unser Projekt einen Film zu drehen, war es aus.“

„Ja“, sagte der erste Mann. „Jetzt wird es ein Drei-Manegen-Zirkus. Meinst du, der Kaffee ist schon fertig?“

„Warte noch einen Augenblick“, sagte der vierte Mann. „Ich hole den Zucker.“ Er stand auf und tastete sich vorsichtig zur Kochnische. Man hörte das Rieseln von Zucker, der in eine Schüssel geschüttet wurde, wenig später das Prasseln von Zucker, der aus einer vollen Schüssel auf den Boden fiel. Es knirschte, als der vierte Mann mit den Schuhen in der Küche auftrat.

„Sie werden Techniker, Kameramänner und was-weiß-ich-noch-alles mitbringen, um diesen verdammten Film zu drehen“, sagte der dritte Mann. „Wir können davon ausgehen, daß unser ursprünglicher Plan ganz sicher nicht mehr durchführbar ist. Mich würde interessieren“, wandte er sich an den vierten Mann, der sich Zucker von den Sohlen wischte, „wie du es fertigbringst, noch Hoffnung zu haben.“

Ein seltsames *Plop* beendete das folgende Schweigen. Der erste und der dritte glitten unter den Tisch. Der zweite fiel nach hinten.

Als er unter den Tisch glitt, verfing sich der dritte Mann mit dem Manschettenknopf am Tischtuch und riß es mit herunter. In der eingetretenen Stille hatte das Geräusch sich noch lauter angehört, als es eigentlich gewesen war.

„Was war das?“

„Hat jemand eine Pistole dabei?“

„Nein.“

„Nein.“

„Nein.“

„Pst... warten wir ein paar Minuten“, warnte der vierte Mann in seiner kauernden Haltung.

Längeres Schweigen folgte.

Nach ein paar Minuten kroch der vierte Mann zögernd unter dem Tisch hervor in die Richtung, aus der das Geräusch erklungen war.

Er stand auf und tastete herum. Seine Hand berührte den warmen Toaster. „Wer hat den Toaster eingeschaltet?"

Verlegenes Murmeln unter dem Tisch. „Hm... äh... tut mir leid. Muß die Stecker verwechselt haben."

Alle vier klopften sich ab und nahmen wieder auf ihren Stühlen Platz. Der dritte Mann versuchte so unauffällig wie möglich, das Tischtuch wieder auf den Tisch zu legen.

„Wo waren wir stehengeblieben?" fragte der vierte Mann.

„Ich habe gefragt", antwortete der dritte, „wie du darauf kommst, daß wir nicht am Ende sind."

„Nun, ich habe ein wenig nachgeforscht. Es werden alles in allem zehn Angestellte und Techniker von Los Angeles hierherkommen. Um diese, zumindest um die Techniker, werden sich hiesige Gewerkschaftler kümmern. Außerdem Schauspieler von innerhalb und außerhalb der Stadt. Im Seminar wird Chaos herrschen. Geradezu perfekt, selbst noch ein wenig Chaos zu verursachen. Wir müssen unsere Pläne also bestenfalls ein wenig modifizieren."

„Aber wie gelangen wir an den Drehort? Wir sind keine Techniker oder Schauspieler. Wir gehören nicht einmal einer Gewerkschaft an. Selbst wenn sie uns als Hilfskräfte einstellen würden, wüßten wir nie, wann sie uns brauchen. Und wir wären sicher nicht an jedem Tag der Dreharbeiten dabei!" Der zweite Mann unterstrich seine Worte mit einer seiner nachdrücklichen Gesten.

„Hier haben sich meine Nachforschungen ausbezahlt", verkündete der vierte Mann. „Sie stellen noch fünf oder sechs Leute von hier ein, die sie Produktionsassistenten nennen. In Wirklichkeit sind sie nichts weiter als Handlanger. Sie brauchen keine spezielle Ausbildung. Aber sie sind immer mit dabei."

Der erste Mann stand auf und schenkte sich eine Tasse Kaffee ein. Er kostete. Sie war kalt. „Ich glaube, unsere Kaffeemaschine funktioniert nicht richtig."

Der vierte Mann seufzte. „Ich werde daran denken, sie reparieren zu lassen." Er machte sich eine Notiz auf dem Block.

„Aber wie lassen wir uns einstellen?" jammerte der zweite Mann. „Wir kennen niemand, der etwas mit Filmemachen zu tun hat."

„Ich schon", sagte der vierte Mann. „Hierbei kommt mir meine Stellung als Postmeister zugute. Ich habe bereits mit dem Produktionsbüro gesprochen, das die Jobs verteilt. Wir werden alle als Produktionsassistenten eingestellt. Und wir bekommen fünfzig Dollar pro Tag."

„Aber du vergißt", sagte der zweite Mann kläglich, „daß wir alle arbeiten. Was soll aus unseren Jobs werden? Ich wurde gerade ins Lager des Supermarkts versetzt. Das ist die längste Anstellung, die ich jemals hatte."

„Ich habe gerade bei Michigan Bell angefangen", sagte der erste Mann.

„Und mein Boss in der Tankstelle sagte mir, wenn ich weiterhin so gut arbeite, versetzt er mich von der Zapfsäule in die Werkstatt", warf der dritte ein.

„Meine Herren!" stöhnte der vierte Mann. „Sorgt dafür, daß ihr nicht da sein müßt. Kündigt. Nehmt Urlaub. Macht krank. Ich selbst habe meinen Jahresurlaub eingetragen, um dabeizusein. Tut alles, was ihr könnt, damit wir unseren Plan ausführen können. Außerdem wißt ihr, wenn ihr ganz ehrlich sein wollt, daß keiner von euch einen Job lange behält."

„Würdest du auch nicht", erwiderte der zweite Mann, „wenn du nicht beim Staat wärst!"

„Oh, das habe ich vergessen", sagte der erste. „Wir haben geschworen, unser Projekt zu Ende zu bringen. Wir sollten dankbar dafür sein, daß einer von uns eine so einflußreiche Stelle als Postmeister hat. Ich bin dafür, daß wir anderen drei alles tun, was getan werden muß, damit wir als Produktionsassistenten arbeiten können."

„Einverstanden, ich bin dabei", sagte der dritte Mann.

„Also gut, ich auch", stimmte der zweite zu. „Aber ich möchte festgehalten wissen, daß ich nur unter Protest zustimme. Ich weiß nicht, was ich tun soll, wenn ich den Job im Supermarkt verlieren sollte."

„Gut", sagte der vierte. „Dann gebe ich jetzt jedem von euch die Adresse, wo ihr eure Unterlagen abholen könnt. Mir wurde versichert, daß wir sofort mit der Arbeit anfangen können." Er fing an zu schreiben, dann stellte er fest, daß er keine Tinte mehr im Füller hatte. Achselzuckend nahm er einen Bleistift aus der Brusttasche und schrieb damit weiter. Prompt brach die Spitze ab. „Ich werde euch die Adresse später geben."

„Wir stehen in dieser Sache immer noch zusammen, Leute, nicht wahr?" stellte der dritte Mann beinahe flehentlich fest.

Alle stimmten zu, daß das Projekt ihre ungebrochene Unterstützung hatte.

„Warum muß es hier drinnen immer so dunkel sein?" beschwerte sich der erste Mann. Er griff nach oben, um an der Schnur der Lampe zu ziehen, die abriß und nutzlos auf den Tisch fiel. „Verdammt!" Er ging zum Fenster.

„Nicht!" kreischte der vierte Mann.

„Das Treffen ist sowieso aus", sagte der erste Mann. Er zog am unteren Rand des Rollos. Das Rollo schoß nach oben, drehte sich klatschend ein paarmal und fiel dann zu Boden.

„Ich lasse es machen", versprach der vierte Mann. „Die Sitzung ist beendet."

Vielleicht war sie Schauspielerin. Vielleicht war sie keine Schauspielerin.

Das zentrale Foyer des St.-Joseph's-Seminars befand sich in einem Zustand des Chaos. Pater Koesler lehnte mit dem Rücken an der rückwärtigen Wand und betrachtete die hektischen Aktivitäten: Menschen jeden Alters, vornehmlich männlich, eilten von einer Wand zur anderen. Ein kahler Mann in mittleren Jahren brüllte in ein Megaphon. Vielleicht war er Regisseur. Aber niemand in der Menge schien seinen Regieanweisungen zuzuhören oder zu tun, was er sagte.

Koesler erkannte Seminaristen von Sacred Heart und St. Joe's. Zimmer, Totten, Wangler, Marks, Doody und Kulinski, unter anderen. Offenbar waren sie als Hilfskräfte eingestellt. Koesler lächelte. Ereignisse wie dieses bewiesen, daß sich tatsächlich einiges verändert hatte, seit er das Seminar besucht hatte. Zu seiner Zeit hätte sich niemand im Traum vorstellen können, daß in einem oder über ein Seminar ein Film gedreht werden würde. Aber natürlich wurden zu seiner Zeit auch keine Mordanschläge auf Fakultätsmitglieder verübt.

Der Geistliche richtete den Blick auf eine attraktive Blondine, die einen Notizblock in der Hand hatte. Sie stand neben der großen Kamera und schien zu versuchen, dem Regisseur zu assistieren.

Sie war eine der schönsten Frauen, die Koesler jemals gesehen hatte. Er fragte sich noch einmal, ob sie Schauspielerin war oder gewesen war. Ihr stahlendes, attraktives Gesicht war von Locken braunen Haars eingerahmt. Sie war so dünn wie ein Bleistift, und Koesler fragte sich, ob sie vielleicht auch Fotomodell gewesen sein könnte. Er wußte es nicht mit Bestimmtheit, vermutete aber, daß Schlankheit zu den Grundvoraussetzungen dieses Berufs gehörte, damit der Kunde sich auf das Produkt konzentrieren konnte, und nicht auf die Figur des Modells. Er kam zu der Überzeugung, daß es ihn überraschen würde, wenn diese Frau kein Fotomodell gewesen wäre.

An dieser Stelle von Koeslers Überlegungen befahl der Regisseur eine Pause. Alle schienen sich dankbar zu den Kaffeetischen oder den Trinkbrunnen zu verziehen oder auf den Flur, um zu rauchen. Koesler überlegte sich, daß er sich besser um etwas kümmern sollte, wenn er schon technischer Ratgeber war. Er beschloß, sich diese Aufgabe so angenehm wie möglich zu machen, indem er sich mit der attraktiven Frau unterhielt, und nicht mit dem kahlen Regisseur.

„Hallo“, begann er originell, „so werden also Filme gemacht.“

Sie sah ihn ein paar Sekunden an. Dann lächelte sie, nachdem sie diese Reaktion unter einer ganzen Reihe von Möglichkeiten ausgesucht zu haben schien.

„So werden bestimmte Filme gemacht, Pater.“

„Bestimmte?“

„Man könnte es ‚Ausbeutung‘ nennen, wenn man höflich sein wollte.“

Koesler beunruhigte das Wort. Er wollte nicht mit etwas zu tun haben, das man als Ausbeutung bezeichnen konnte. Er beschloß, später noch einmal darauf zu sprechen zu kommen, um herauszufinden, was sie mit diesem Wort gemeint hatte. „Und was haben Sie für eine Aufgabe, wenn ich fragen darf?"

„Ich bin die Produktionsleiterin."

„Produktionsleiterin?"

„Nun, für dieses Projekt. Ich habe die Aufsicht über den größten Teil dieser Sache und muß dafür sorgen, daß sie auch auf Film gebannt wird."

„Wählen Sie auch die Schauspieler aus?"

„Eigentlich nicht. Ich habe jemanden eingestellt, der das macht. Wollten Sie etwas Besonderes wissen?"

„Nun, ja. Wer spielt Pater Koesler?"

Sie sah ihn fragend an, dann überflog sie ihre Unterlagen. „Chris Lorringer."

„Chris Lorringer." Er schien enttäuscht zu sein. „Von dem habe ich noch nie gehört."

„Oh, Chris ist ein guter Schauspieler..." Sie sah ihn noch einmal genau an, dann begann sie zu grinsen. „Das sind Sie, nicht wahr? Sie sind der echte Pater Koesler."

Er nickte albern.

„Mary Murphy", stellte sie sich vor und streckte die Hand aus. „Das ist es also. Sie möchten wissen, wer Sie spielt. Für wen hätten Sie sich denn entschieden?"

„Oh, ich weiß nicht. Vielleicht Robert Redford."

Sie lachte. „Pater, was wir ihm bezahlen müßten, wäre mehr als das Budget für unseren ganzen Film."

Er wurde wieder ernst. „Um noch einmal darauf zurückzukommen, was Sie vorhin gesagt haben: Ausbeutung. Hat das, was Sie gerade gesagt haben, etwas damit zu tun, daß Sie dieses Wort verwendet haben?"

„Teilweise, Pater. Ich weiß, es ist keine Beichte, aber es wäre mir lieb, wenn es unter uns bliebe."

Koesler nickte, wenngleich es ihm lieber gewesen wäre, keine solchen Bande zu knüpfen. Wenn er es als Geheimnis betrachtete, dann konnte er nicht nach dem handeln, was er herausgefunden hatte.

„Mit so etwas können Sie stets dann rechnen, wenn etwas Bizarres in die Nachrichten gelangt. Es könnte der Ausbruch eines Vulkans sein, Feuer in einem Wolkenkratzer, Kindesmord, oder, wie in diesem Fall, Mordanschläge auf mehrere Priester. Wenn etwas wie dieses in die Nachrichten oder Zeitungen gelangt, dann können Sie sicher sein, daß es irgend jemanden gibt, der die Situation ausbeutet. Es könnte sogar sein, daß im Augenblick jemand hastig ein Buch über die Vorkommnisse herunterschreibt. Hier war es so, daß Bruce Lauther von den Anschlägen gehört hatte und beschloß, ein Dokudrama zu machen...“

Sie verstummte, da Koesler das Wort offenbar noch nie gehört hatte.

„... teils Dokumentation und teils – größtenteils – fiktive Umsetzung. Er verkaufte die Idee an einen großen Fernsehsender. Mit etwas Glück wird *Requiem für einen Mörder* ein zweistündiger Fernsehfilm werden. Ohne etwas Glück schimmelt der Film vielleicht ewig in den Archiven des Senders. Sie werden in jedem Fall feststellen, daß die Antwort auf die Frage, warum wir etwas so oder so machen, fast immer lautet: weil es billiger ist.“

„Ich verstehe.“

„Sie sehen besorgt aus, Pater.“

„Ich habe in einer schwachen Stunde zugestimmt, mich dem Film als technischer Ratgeber zur Verfügung zu stellen. Es erfüllt mich nicht gerade mit Freude, an Schund teilzuhaben.“

„Oh, so schlimm wird es nicht werden. Bleiben Sie dabei, Pater. Vielleicht können Sie sie dazu bringen, ehrlich zu sein.“ Sie lächelte beruhigend. „Natürlich können Sie immer noch darauf bestehen, daß Ihr Name nicht im Nachspann auftaucht, aber das sollten Sie sich dann schriftlich geben lassen.“

„Danke für den guten Rat.“

„Da wir gerade davon sprechen, Sie sind einer von denen, die dargestellt werden. Hat Sie jemand gebeten, eine Genehmigung zu unterschreiben?“

„Nein." Es war ihm neu, daß ein solches Dokument erforderlich war.

„Verdammt!" Sie schüttelte den Kopf. „Bitte, entschuldigen Sie meine Ausdrucksweise. Ich habe hier irgendwo ein Genehmigungsformular. Würden Sie es bitte unterschreiben? Und wenn man Sie nicht gefragt hat, dann wahrscheinlich auch keinen der anderen Priester. Ich werde einen Staubsauger brauchen, um alle losen Fäden dieser Produktion aufzusammeln."

Während Koesler die Genehmigung unterschrieb, bemerkte Mary: „Normalerweise könnte ich Ihnen dafür ein kleines Honorar bezahlen, aber nicht bei dieser Produktion. Ich hoffe, Sie verstehen das, Pater."

„Machen Sie sich nichts daraus." Er grinste.

Der Mann mit dem Megaphon begann wieder Anweisungen zu brüllen, und das Team versammelte sich allmählich im Foyer.

„Ist das der Regisseur? Ich sollte besser einmal zu ihm gehen." Koesler machte einen Schritt auf ihn zu.

„Nein, nein, Pater." Mary packte ihn am Ärmel, um ihn zurückzuhalten. „Das ist nicht der Regisseur. Das ist der erste Regieassistent, Sol Gould. Ich würde an Ihrer Stelle jetzt nicht zu ihm gehen. Regisseur und Produzent sind in einer Drehbuchkonferenz. Ich nehme an, Sie sollten auch dabei sein, wenn Sie Berater sind."

„Sie sollten ihre Einladungen verständlicher machen. Sie könnten zum Beispiel damit anfangen, sie mir auch mitzuteilen."

„Noch mehr lose Fäden." Mary schüttelte den Kopf.

„Einen Augenblick. Wenn noch kein Drehbuch vorliegt, weshalb filmen Sie dann diese Szenen?"

„Sie wissen, daß sie Massenszenen brauchen werden. Und die werden jetzt aufgenommen und später hineingeschnitten. Wir schinden Zeit. Bedenken Sie, Pater: immer am billigsten!"

Der Regieassistent brüllte die Statisten an: „Nein! Nein! Nicht einfach nur gehen. Dabei reden! Redet miteinander. Bewegt nicht nur die Lippen! Redet! Ihr wißt doch, wie man redet, nicht? Bewegt euch! Bewegt euch!"

Die Statisten, von denen die meisten gar nicht zum Seminar gehörten, gingen zwischen dem Innenhof und dem Foyer hin und her.

Leonard Marks und Raphael Doody gingen aufeinander zu. Jeder sah fasziniert in die Kamera.

„Ihr da, ihr in der Mitte! Schaut nicht in die Kamera! Geht einfach so, wie ihr normalerweise auch gehen würdet. Nicht in die Kamera sehen. Ich sagte – paßt auf! Ihr werdet zusammenstoßen!"

Sie stießen miteinander zusammen und fielen beide in den Goldfischteich.

„Verdammt noch mal!"

„Paß auf, was du sagst, Sol", murmelte sein Assistent. „Die beiden gehören wirklich zum Seminar."

Koesler schüttelte den Kopf. Vielleicht hatten sie ebenso große Probleme, diesen Film zu drehen, wie die Polizei, das echte Verbrechen aufzuklären.

Leon London stand an Pete Sands Schreibtisch. Sands hatte gerade den Telefonhörer aufgelegt. „Pete, ich möchte, daß Sie einen Artikel für die Unterhaltungsbeilage am Freitag schreiben, in dem Sie über den Fernsehfilm berichten, der in St. Joseph's gedreht wird."

Als das Seminar erwähnt wurde, sah Pat Lennon, die ein paar Tische weiter einen Artikel in den Textcomputer getippt hatte, von ihrer Tätigkeit auf.

„Der Gouverneur läuft ununterbrochen nach Los Angeles und fleht die Leute von Tinseltown an, ihre Filme in Michigan zu drehen. Und nun kommt L. A. so mir-nichts-dir-nichts zu uns in die Niederungen von Detroit. Versuchen Sie es damit."

„Gut." Sands, zu dessen Lieblingsaufgaben es gehörte, Nachrichten aus der Unterhaltungsbranche zu verarbeiten, hatte selbst schon darüber nachgedacht. „Dann ist da noch das zusätzliche Einkommen für die Stadt. Ich meine, wieviel bringt so ein Film? Was kann Detroit von diesem unerwarteten Glücksfall profitieren?"

„Gute Idee. Der Bürgermeister macht seinen Schäfchen so gern

Angst, daß wir kurz vor dem Bankrott stehen. Wenn Sie herausgefunden haben, was der Film einbringen wird, können Sie ja nachhaken, was die Stadt damit zu tun gedenkt."

„Dazu kommt der Popularitätszuwachs, den eine Stadt bekommt, wenn ein Film über sie gedreht wird. Es ist großartig, wenn ein Filmteam kommt. Es ist großartig, wenn man vertraute Plätze im Fernsehen sieht. Alles in allem eine aufregende Sache."

„Ja. Und es ist eine Geschichte, die sich mit Fotos noch besser macht. Die Leute fragen sich, wie das hinter der Kamera ist. Kümmern Sie sich darum, daß wir ein paar Aufnahmen hinter der Kamera bekommen."

„Gut, Boß!" Sands griff nach dem Telefon, um Abmachungen zu treffen.

Als London an Lennons Schreibtisch vorbeiging, hielt sie ihn an. „Leon, ich möchte nicht neidisch sein, aber ist das Seminar nicht mein Gebiet?"

„Oh, völlig richtig, Pat. Und wenn noch etwas passieren sollte, sind Sie dabei. Aber das ist eine andere Sache: das Showgeschäft. Darum habe ich Sands gebeten, die Sache zu übernehmen."

Lennon war davon überzeugt, daß sie eine Unterhaltungsgeschichte ebenso gut oder besser als Pete Sands hätte entwickeln können. Sie war enttäuscht, versuchte es aber zu verbergen.

„Nun, das ist Ihre Entscheidung, Leon. Aber ich habe das unbestimmte Gefühl, daß mit diesem Film nicht alles seine Richtigkeit hat. Ich glaube, er wird mehr Ärger machen, als er wert ist. Vielleicht verursachen wir den Ärger sogar mit."

Hätte sie sich mit Bob Ankenazy unterhalten, so wäre dieser an der Stelle aufmerksam geworden. Aber Leon London hielt nichts von Intuition. „Unsinn, Pat. Weshalb sollte er Ärger machen?"

„Zunächst einmal der Zeitplan. Es ist noch zu früh, um eine definitive Einschätzung der Vorkommnisse im Seminar zu treffen. Ich spüre in den Knochen, daß es noch nicht vorbei ist. Und wenn ich recht habe, dann könnte dieses Filmteam das Problem noch vergrößern, weil die Leute ein Durcheinander verursachen, so daß es praktisch unmöglich ist, Sicherheitsmaßnahmen zu ergreifen."

Einen Augenblick sah sie einen Schatten des Zweifels über Leons Gesicht huschen, aber er ging nicht darauf ein.

„Ich bin sicher, Sands' Geschichte wird gut werden. Nur ein Unterhaltungsartikel. Kein Grund zur Sorge. Alles wird glatt gehen."

Vielleicht, dachte Lennon. Aber ich bezweifle es. Ich bezweifle es sogar ernstlich.

„Ich rieche es von hier", sagte Nelson Kane. „Das stinkt zum Himmel!"

„Absolut", bestätigte Joe Cox.

„Die Burschen aus Hollywood stürzen sich wie die Aasgeier auf die Story. Der Zeitplan ist völlig hirnrissig. Als würde man einen Film über Mount St. Helens drehen, während der Vulkan noch aktiv ist. Wie können sie anfangen zu filmen, wo nicht einmal die Polizei weiß, wer der Täter ist?"

„Das ist nicht alles, Nellie." Cox konsultierte seinc Notizen. „Sie haben nicht einmal ein Drehbuch."

„Kein Drehbuch! Was haben sie vor – ein *cinema verite* zu produzieren?"

„Sie verlassen sich darauf, daß sie ihr hiesiger Experte zur Wahrheit führt."

„Wer?"

„Dr. Fritz Heinsohn."

„Ach Gott!" Ein Lächeln umspielte Kanes Mundwinkel. Er konnte sich vorstellen, wie sich die Geschichte entwickeln würde, und er genoß diese Vorstellung.

„Ich habe einen Freund im Unterhaltungsfeuilleton der *L. A. Times.* Ich werde ihn anrufen und zusehen, was ich herausbekommen kann. Soweit ich weiß, sind alle Verantwortlichen dieses Projekts von der Westküste."

„Ja, Joe, tun Sie das und lassen Sie mich wissen, was Sie herausgefunden haben."

Während Cox zu seinem Schreibtisch ging, rollte Nelson Kane eine unangezündete Zigarre von der einen Seite des Mundes zur anderen, ohne dabei die Hände zu Hilfe zu nehmen. Er fragte sich geistesabwesend, wie wohl die *News* diese Geschichte bringen würden.

„Er hat keine Vorstrafen, Ned“, sagte Sergeant Patrick ins Telefon. „Aber es wurden schon mehrmals Sittlichkeitsanklagen vorgebracht.“

„So, Sittlichkeitsanklagen?“ antwortete Lieutenant Harris. „Jungs oder Mädchen?“

„Jungs.“

„Hm. Wie hat er sich herausgeredet?“

„Offenbar hatte Bruce Lauther in Hollywood ein paar Freunde mehr als heutzutage. Er hatte genug einflußreiche Leute, die ihn herausholten, wenn er Ärger bekam. Aber man hört, daß das nicht mehr so ist. Im Westen scheint sein Stern im Sinken begriffen zu sein.“

„Kaum erstaunlich, daß er sich für eine Geschichte interessiert, die in einem Seminar spielt, wo es von Jungs nur so wimmelt.“

„Daran hatte ich noch gar nicht gedacht. Ja, das ist interessant.“

„Was ist mit den anderen?“

„Was die Gruppe aus L. A. anbelangt, so ist keiner mehr makellos.“

„Oh?“

„Herman Deutsch, Regisseur und Autor. Gehörte zu den besten Hollywoods. Hat eine Reihe von Hits gedreht. Hat alles gewonnen, außer einem Oscar.“

„Was hat er bei diesem drittklassigen Unternehmen zu suchen?“

„Schaut in die Flasche. Alkoholiker. Er war schon in jedem Krankenhaus in L. A. Keine Vorstrafen. Arbeitet gerade so viel, daß ihm der Fusel nie ausgeht.“

„Interessant.“

„Sol Gould, der erste Regieassistent. Saß in San Quentin wegen Fälschung und Scheckbetrug.“

„Interessantes Team haben Sie da, Dean. Ich nehme an, die anderen haben ähnliche Probleme?“

„Alle, bis auf die Einheimischen."

„Einheimische?"

„Ja, Mary Murphy zum Beispiel. Sie ist Partnerin in einer hiesigen Produktionsfirma. Zweifellos haben sie sie genommen, weil der Film in Detroit gedreht wird, und sie haben noch eine Menge andere Einheimische eingestellt. Sie ist Produktionsleiterin."

„Und sie ist sauber?"

„Ja."

„Was macht ein nettes Mädchen wie sie bei der Fremdenlegion?"

„Vielleicht weiß sie es gar nicht."

„Dürfte keinen Zweck haben, es ihr jetzt zu sagen."

„Nun, bei dieser Bande erst dann, wenn wenigstens wir wissen, wonach wir suchen müssen."

„Wissen wir – nach Ärger."

„Haben Sie etwas von Ihrem Freund aus L. A. erfahren?" Kane sah nach einem Blick in Cox' Gesicht, daß der Reporter tatsächlich etwas erfahren hatte.

„Ja. Ein wenig."

„Sie sagten, Ihr Freund sitzt in der Kulturredaktion der *Times?*"

„Ja, schreibt Buchbesprechungen, macht Interviews und so weiter. Hat gute Kontakte zur Showszene. Genau in der richtigen Position, um das zu wissen, was wir wollten."

„Also, was ist mit – wie-heißt-er-doch-gleich – dem Produzenten?" Kane beugte sich erwartungsvoll nach vorn; seine gefalteten Hände lagen auf der Tischplatte.

„Lauther", half Cox aus, „Bruce Lauther, Produktionsleiter. Bis vor kurzem Vizepräsident einer Fernsehgesellschaft. Als er gefeuert wurde, hatte er, so mein Kumpel, gute Kontakte zu anderen Sendern. Als er von den Vorkommnissen in unseren Seminaren hörte, beschloß er, fürs Fernsehen einen Schnellschuß zu produzieren."

„Aber warum jetzt? Ist es nicht noch ein bißchen früh, die Sache zu verfilmen? Ich meine, die Polizei hat noch nicht die leiseste Ahnung, wer es getan haben könnte."

„Aus dem sehr einfachen Grund" – Cox machte eine heftige Gebärde mit der Hand –, „weil er erfahren hat, daß ein anderer Produzent daran dachte, die Geschichte zu verfilmen. Aber der andere Bursche vergeudete, so Lauther, seine Zeit damit, die Geschichte zu recherchieren."

„Aha – wer zuerst kommt, mahlt zuerst. Einerlei, ob es zutreffend ist."

„Richtig. Also stellt Lauther ein Exposé zusammen und verkauft es an einen anderen Sender."

„Bei seinem eigenen früheren Sender wagte er das nicht?"

„Richtig. Mein Freund sagte, daß Lauther am besten verkaufen kann. Wenn er sich damit begnügen würde, er selbst zu sein, würde er wahrscheinlich ein Geschäft damit machen können, alles mögliche zu verkaufen, von Fernsehzeit bis zu Gebrauchtwagen. Wie dem auch sei – er verkauft die Idee, und der Sender macht das Geld locker."

„Wieviel?"

„Einskommafünf Millionen."

„Eineinhalb Millionen Dollar! Ist das ungewöhnlich?"

„Für einen Fernsehfilm ist es üblich. Im Kino wäre es lächerlich. Sie bekommen das Geld in drei Raten zu je einem Drittel. Danach suchte sich Lauther drittklassige Hollywoodleute zusammen."

„Drittklassig?"

„Der Regisseur und Autor – eine Null. Den hat seit Jahren niemand mehr zum Kaffeemachen eingestellt." Cox sah in seine Unterlagen. „Er hat mehrmals Vorschüsse kassiert, aber keines der Projekte fertiggestellt. Kaum hat er ein paar Mark in der Hand, landet er unweigerlich in der Ausnüchterungszelle. Der nächste, der erste Regieassistent: Knastbruder, Betrug. Der zweite Regieassistent: Eines der Wunderkinder, die vor zehn Jahren nach L. A. kamen. Jeder hat ihm eine brillante Karriere vorhergesagt. Nichts. Keinerlei Ambitionen. Mit dreißig bereits ausgebrannt. Soll ich weitermachen?"

„Das genügt." Kane kratzte sich am Kopf. „Was ist da los? Irgend etwas stimmt nicht. Eineinhalb Millionen sind genug Geld, um diesen Film mit einigem Anstand zu drehen. Warum dann diese Gestrige- und Niemals-Gewesenen?“

„Eine gute Vermutung – aber nur das – ist die, daß der Produzent das verbleibende Geld einstreicht, wenn sie unter dem Budget bleiben.“

„Aha!“

„Aha!“

„Können Sie das alles erhärten?“

„Größtenteils. Es ist, als hätte man alle Antworten und braucht jemanden, der die Fragen stellt.“

„Gut. Bleiben Sie dran. Ein paar Zitate von Lauther und seiner Mannschaft. Finden Sie heraus, wie er an St. Joe's herangekommen ist, obwohl dort noch polizeiliche Ermittlungen laufen. Bringen Sie seinen Drehplan in Erfahrung. Versuchen Sie herauszufinden, ob er vorhat, unter dem Budget zu bleiben. Und um wieviel genau.“

„Schon gut!“ Cox machte sich emsig Notizen. Er entfernte sich von Kanes Schreibtisch. „Ich glaube, ich weiß, wie ich das mache.“ Er lachte.

„Gut. Aber fangen Sie gleich damit an. Ich möchte die Sache am Freitag – alles!“

Kane lehnte sich zurück und verschränkte die Arme hinter dem Kopf. Er fragte sich zum zweitenmal, wie wohl die *News* über die Sache berichteten. Bald würden sie es wissen.

Pater Koesler fand das Zimmer, in dem die Drehbuchbesprechung stattfand, schließlich durch Ausprobieren. Er hatte überlegt, daß sie irgendwo im St.-Joseph's-Seminar stattfinden mußte. Nachdem er die vier Flügel der beiden Gebäude durchsucht hatte, fand er die Besprechung in einem kleinen, luftigen Zimmer neben der Bibliothek.

Koesler hatte im Augenblick nicht die Milch christlicher Nächstenliebe genossen. Wenn diese Leute seine Hilfe wollten, dachte er, hätten sie ihn wenigstens wissen lassen können, wann und wo ihre Versammlungen stattfanden.

Er klopfte an die Tür. Bruce Lauther öffnete.

„Sollte ich bei der Besprechung nicht dabeisein?" Seine Stimme klang nur eine Spur ungehalten.

„Aber natürlich, Pater. Es ist meine Schuld, daß ich es versäumt habe, Sie rechtzeitig einzuladen." Lauther riß die Tür auf und bat den Priester mit einer ausladenden Geste hinein.

Zwei der Männer in dem Zimmer hatte er schon kennengelernt; den dritten kannte er nur aus dem Fernsehen und aus Zeitungen. Die beiden, die er kennengelernt hatte, waren selbstverständlich Lauther und Deutsch. Der dritte war ganz zweifellos Dr. Fritz Heinsohn, der hiesige bekannte Gerichtspsychiater.

Lauther stellte Koesler die beiden anderen vor, dann nahm die Sitzung ihren Lauf.

Anfangs konnte Koesler keinen Blick von Heinsohn abwenden. Koesler hatte schon Kleidung gesehen, wie der Doktor sie trug, aber nur in Werbeanzeigen. Ein kastanienfarbener Rollkragenpullover, darüber eine maßgeschneiderte dunkelgrüne Jacke. Hellbraune Hosen aus feinem Stoff. Den Abschluß dieser modischen Extravaganz bildeten braune Westernstiefel. Am anderen Ende befand sich ein Schopf brauner, graumelierten Haars, das ebenfalls sorgfältig maßgeschneidert schien.

„Ich habe keine Ahnung, weshalb wir diese Sitzung abhalten müssen", rief Deutsch. „Entschuldigen Sie meine Ausdrucksweise, Pater."

Koesler konnte sich vorstellen, daß die Ausdrucksweise bei diesen Versammlungen immer etwas zu wünschen übriglassen würde.

„Weil, Herm", beschwichtigte ihn Lauther, „wir noch im dunkeln tappen, was den Täter anbelangt, und, wichtiger noch, warum er es tut. Deshalb haben wir den guten Doktor hier. Sei geduldig."

„Mein Gott, Mann" protestierte Deutsch. „Lies die Artikel in den Zeitungen und Zeitschriften. Dort steht genug, um die Besetzung komplett zu machen."

„Wirklich, ich..."

„Er ist Anfang Vierzig, vielleicht Ende Vierzig. Er scheint noch Babyspeck mit sich herumzuschleppen. Er hat eine hohe, schrille

Stimme. Er ist nur unerheblich größer als Truman Capote. Mein Gott, Mann, was brauchst du denn noch?“

„Das Motiv, Herm. Wir brauchen das Motiv des Mannes.“

„Bruce, du solltest beten, daß wir dieses Ding in den Kasten und über den Bildschirm bekommen, bevor die Polizei den Fall löst. Auf diese Weise wird der Sender immerhin eine von zwei Sendungen bekommen. Wir haben absolut keine Chance, diese Sache vor den Bullen aufzuklären.“

„Sei geduldig, Herm. Doktor?“

Heinsohn rückte seinen Stuhl dicht an den Tisch. Er fuhr sich mit der Hand durchs Haar. Jedes einzelne Haar fiel wieder an seinen alten Platz zurück.

Zum erstenmal bemerkte Koesler den übergroßen Goldring an Heinsohns kleinem Finger der rechten Hand. Als er ihn bemerkte, stellte er auch fest, daß das nur der Anfang war. Er trug auch an der linken Hand große Ringe, und einen großen goldenen Anhänger, der an einer Kette um seinen Hals hing.

Heinsohn räusperte sich. „Meine Herren... ich habe selbstverständlich eine Menge über dieses Problem nachgedacht. Ich glaube... bin überzeugt“ – verbesserte Heinsohn sich – „daß wir es hier mit einer soziopathischen Persönlichkeit zu tun haben...“

„Soziopathischen Persönlichkeit“, wiederholte Lauther. Das gefiel ihm. Es hatte einen guten Klang. Daraus ließ sich im Fernsehen etwas machen.

„Und ich habe immer gedacht, ein Kerl, der Priester überfällt, wäre so normal wie Blaubeertorte“, murmelte Deutsch.

„Wie ich sagte“ – es war deutlich, daß Heinsohn beabsichtigte, alle Beleidigungen, die Deutsch ihm antun konnte, einfach zu überhören –, „wir haben es mit einem Soziopathen zu tun. Wenn Sie wollen, kann ich kurz die Definition des Psychiaterverbandes für solche Personen zitieren: ‚Soziopathen sind chronisch antisoziale Individuen, die ständig in Schwierigkeiten sind; die weder aus Erfahrung noch durch Strafe lernen und keiner Person aufrichtige Loyalität entgegenbringen. Mitunter sind sie gleichgültig und hedonistisch, zeigen eine bemerkenswerte geistige Unreife und einen

Mangel an Verantwortungsgefühl, sowie die Neigung, ihr Verhalten zu rationalisieren, so daß es gewollt, vernünftig und gerechtfertigt erscheint.'"

Heinsohn lehnte sich zurück, ein breites Lächeln erhellte sein für die Jahreszeit ungewöhnlich gebräuntes Gesicht.

„Ich muß sagen, Doktor", sah sich Lauther veranlaßt zu betonen, „daß Sie Ihre Hausaufgaben gemacht haben."

„Mist", schnappte Deutsch.

Koesler fiel auf, daß Deutsch Kettenraucher war. Er bemerkte auch, daß die Hände des Autors ständig ein wenig zitterten.

„Wenn man über diese Beschreibung nachdenkt", fuhr Heinsohn unbeeindruckt fort, „dann wird man sehr rasch feststellen, daß sie genau auf unseren Attentäter paßt."

„Tatsächlich?" wunderte sich Lauther.

„Gewiß. Thompson, ein anderer Psychiater, der Anmerkungen zu dieser Definition machte, nannte als die herausragendsten Merkmale des Soziopathen Impulsivität und ein abgeschwächtes Über-Ich."

„Über-Ich, ja?" fragte Deutsch gehässig.

„Ja." Heinsohn hatte nicht die Absicht, sich provozieren zu lassen. „Denken wir über unseren Täter nach. Er hat vier, möglicherweise fünf Priester überfallen. Einmal mit dem Messer. Einmal" – er nickte Koesler zu – „mit Gift. Zwei-, vielleicht dreimal mit einer Schußwaffe. Anhand der Mittel, die er benutzt hat, kann man davon ausgehen, daß er Tötungsabsichten hatte. Und dennoch ist es ihm nur gelungen, trotz aller Gewalt, eine einzige Person zu verletzen. Diese Verletzung war zwar nicht oberflächlich, heilte aber rasch.

Deutet das nicht alles auf eine Person hin, die nicht sorgfältig plant? Die impulsiv handelt? Die weder durch Erfahrung noch durch Strafe lernt?" Heinsohn betrachtete diese Fragen eindeutig als rhetorisch.

Das anschließende Schweigen schien angemessen.

„Ist das nicht eine Person, die ständig in Schierigkeiten ist?" beharrte Heinsohn. „In jedem Fall handelt er allein. Deutet das nicht auf eine Person hin, die keiner anderen Person gegenüber Loyalität empfindet? Seine Mißerfolge deuten in jedem Falle auf einen Typ hin, der kein Urteilsvermögen hat."

Längeres Schweigen.

„Nun", sagte Heinsohn schließlich, als niemand Anstalten machte, etwas zu sagen, „was meinen Sie?"

„Ich meine", sagte Lauther, „das war eine eindrucksvolle Einschätzung. Ich persönlich bin fest davon überzeugt, daß Sie recht haben. Ich würde mich darauf verlassen. Die Tat eines Soziopathen. Das gefällt mir. Wir werden die Rolle eines Gerichtspsychiaters ins Drehbuch schreiben müssen. Ha! Bei Ihrem Aussehen, Doktor, was würden Sie von einer Nebenrolle halten? Sie spielen sich im Film selbst. Sie gehen mit ihrem vorzüglichen Profil des Täters zur Polizei, ja? Was meinst du, Herm?"

„Mist." Deutsch zündete sich eine Zigarette an der nächsten an.

„Wenn ich einmal sagen darf, Mr. Deutsch", sagte Heinsohn mit verletzter Miene, „diese Bemerkung ist eintönig, phantasielos und nicht sehr konstruktiv."

„Und auch das ist Mist." Deutsch hustete.

„Wenn Sie gestatten, Doktor..." Koesler sprach leise, als würde er sich ein wenig genieren, sich in das Fachgebiet eines anderen einzumischen. „Es könnte auch eine Kehrseite der Medaille geben."

„Oh?" Heinsohn schien aufrichtig verblüfft zu sein, daß jemand seine Ausführungen in Frage stellte.

„Ich denke besonders an die Zeitpunkte der Überfälle", führte Koesler aus. „Die Wahl des Zeitpunkts deutet darauf hin, daß wir es nicht mit einem einzelnen Soziopathen zu tun haben, sondern mit einer ganzen Gruppe von Leuten. Jedesmal fand der Angriff zu einem beim betreffenden Opfer geradezu genial gewählten Zeitpunkt statt. Pater Gennardo zum Beispiel machte den Rundgang im Innenhof jeden Tag zur selben Zeit – und nie war jemand dabei.

Dann ist da Pater Merrit. Er verläßt das Seminar jeden Morgen um dieselbe Zeit, um in einer Pfarrei die Messe zu lesen. Das ist so früh, daß selten jemand wach ist. Ein idealer Zeitpunkt für einen Attentäter, zuzuschlagen.

Und", Koesler lächelte, „schließlich meine eigene Erfahrung. Ich esse jeden Freitagabend im Seminar. Nach dem Essen sehe ich immer in mein Postfach, wie die anderen Fakultätsmitglieder auch, ob Briefe oder Nachrichten da sind. Freitagnachmittag war der ideale Zeitpunkt, mir die Flasche ins Fach zu stellen.

Bei den anderen Anschlägen verhält es sich genauso: Pater Ward trug den Schädel stets an dem Abend ins Klassenzimmer, bevor sein Kurs das Schicksal des armen Yorick las. Und Pater Sklarski brachte seine Kleidung immer zur selben Zeit in die Reinigung.

Ich finde, es ist offensichtlich, meine Herren, daß alle diese Anschläge keinesfalls impulsiv oder ohne Urteilsvermögen ausgeführt wurden, sondern daß sie vielmehr außerordentlich genau geplant wurden und ein Ausmaß an Beobachtung erforderten, welche die Fähigkeiten eines einzelnen bei weitem übersteigt."

Koeslers Ausführungen folgte ebenfalls längeres Schweigen. Herman Deutsch kam zu der Überzeugung, wenn es ihm möglich wäre, einen Mann der Kirche zu mögen, dann diesen.

„Ohne Ihnen nahetreten zu wollen, Pater, aber überlassen wir doch die psychologische Diagnose den Sachverständigen." Lauther wollte sich offenbar nicht von Heinsohns hypothetischer Charakterisierung trennen.

„Der Pater hat gar nicht so unrecht", sagte Heinsohn lächelnd, „aber ich finde, er sieht die Sache zu einseitig. Einem Soziopathen ist es durchaus möglich zu planen – sogar mit der angesprochenen Sorgfalt –, und dennoch kann er im Augenblick der Tat impulsiv handeln und alles vermasseln – wie unser Attentäter bei jeder uns bekannten Gelegenheit. Ich denke, es gibt so viele Gründe, die für Soziopathologie sprechen, daß ich an meiner Theorie festhalten möchte."

Koesler entging nicht, daß der Psychiater den Ausdruck „bin überzeugt" durch das weniger nachdrückliche Verb „denken" ersetzt hatte.

„Fein", strahlte Lauther. „Kommen wir nun zum Motiv. Ich frage mich, ob man an dieser Stelle nicht den Sex ins Spiel bringen könnte."

„Sex?“ stieß Koesler hervor.

„Das war nur eine Frage der Zeit“, bemerkte Deutsch trocken.

„Absolut! Unbedingt!“ sagte der eifrige Heinsohn.

Lauther war immer mehr davon überzeugt, daß er Heinsohn im Lauf der Zeit noch mehr schützen würde.

„Nach Linders Ansicht“, sagte Heinsohn, beugte sich nach vorn und stützte sich auf die Fingerspitzen, „beginnt soziopathisches Verhalten als Folge von Haß auf den Vater, der kompliziert wird durch eine unbefriedigende Identifikation mit der Mutter.“

„Entschuldigen Sie, Doktor“, unterbrach ihn Lauther, „aber was hat das alles mit Sex zu tun?“

„Darauf komme ich gleich.“ Heinsohn ließ sich nicht aus der Fassung bringen. „Sehen Sie es nicht bereits? Es ist geradezu klassisch: Haß auf den Vater. Identifikation mit der Mutter. Die klassische Konstellation des Homosexuellen!“

„Homosexuellen?“ Lauther erbleichte.

„Schwulen?“ Deutsch kicherte.

„Ja. Für den Soziopathen repräsentieren Frauen seine eigene Mutter. Geschlechtsverkehr mit einer Frau zu haben, wäre für ihn eine inzestuöse Beziehung. Daher sucht er sich andere Männer für seine sexuelle Erleichterung.“

„Das geht nicht“, sagte Lauther.

„Wie dem auch sei“, sprach Heinsohn weiter, ohne auf Lauthers Einwand zu hören, „da der Soziopath seinen Vater haßt, wird er beim Sexualakt zu Gewalttätigkeit neigen. Sie sehen also, wir haben es nicht nur mit einem Soziopathen zu tun, sondern mit einem sadistischen Homosexuellen. Der extremste Ausdruck dieser Persönlichkeit ist der Mord am Vater. Nur sind in diesem Fall die Väter die Priester im Seminar. Pater, die zwar unverheiratet sind, aber junge Männer unterrichten, damit sie Priester werden. Unverheiratete Väter, die andere unverheiratete Väter machen. Das perfekte Ziel für einen Soziopathen!“ Heinsohn breitete die Arme weit aus. Es war eine eindrucksvolle Vorstellung gewesen, dessen war er sicher. Aber lediglich der Priester schien beeindruckt. Lauther schien einen inneren Kampf auszufechten, während Deutsch eindeutig amüsiert war.

Nach einigen Augenblicken des Schweigens sagte Lauther langsam und überdeutlich betont, als müßte er einem zurückgebliebenen Kind etwas erklären: „Wir reden von einem Fernsehfilm zur besten Sendezeit. Beste Sendezeit. In einem kommerziellen Sender."

Diese haarkleine Beschreibung war offenbar auf Heinsohn gemünzt. Aber der Arzt schien nicht zu begreifen, was sie besagen sollte.

„Und?" fragte Heinsohn laut.

„Wann", lautete Lauthers Gegenfrage, „haben Sie in einem Fernsehprogramm zur besten Sendezeit das letztemal ein sadomasochistisches homosexuelles Paar gesehen, das vergleichsweise unverhüllt zur Sache kam?"

Da er so etwas noch nie gesehen hatte, schwieg Heinsohn. Nun war Lauther an der Reihe, rhetorische Fragen zu stellen.

„Nein, Doktor", fuhr Lauther fort, „ich fürchte, das geht so nicht."

„Aber weshalb brauchen Sie unverhüllten Sex?" fragte Heinsohn.

„Ach, kommen Sie, Doktor. Sie sehen doch fern, nicht?"

„Nicht sehr oft."

Wenngleich die meisten Zuschauer, selbst die fernsehsüchtigsten, niemals zugeben, daß sie oft fernsehen, sagte Dr. Heinsohn die Wahrheit. Sein fernsehloses Leben war auf einen dichten Terminplan zurückzuführen, nicht auf einen guten Geschmack.

„Nun, Doktor, dann muß ich Ihnen eine Einführung in das populärste Unterhaltungsmedium geben, das wir jemals erfunden haben." Lauther war nicht sicher, ob der Doktor die Wahrheit sagte, was sein Fernsehverhalten anbelangte, aber um ganz sicher zu gehen, beschloß der Produzent, es wenigstens kurz zu erklären.

„Die meisten populären Fernsehsendungen in der besten Sendezeit sind durch zwei Wesensmerkmale charakterisiert: Sex und Gewalt. Nicht zuviel Gewalt, nicht zuviel Sex. Aber auch nicht zu wenig von beidem. Wir haben vor, einen Fernsehfilm zu drehen, der, würden wir ihn fürs Kino produzieren, ab sechzehn oder achtzehn

Jahren freigegeben würde. Aber keinesfalls einen Film ‚Nur für Erwachsene'.

Um die Gewalt brauchen wir uns keine Gedanken zu machen. Das ist eine Geschichte über Gewalt. Anschläge – möglicherweise Mordversuche – auf mehrere wahrscheinlich unschuldige Männer... Wir haben alle Gewalt, bis knapp am Tod vorbei, die wir brauchen. Aber bisher haben wir noch gar keinen Sex-Aufhänger, ganz zu schweigen von unverhüllten Szenen."

„Bei Menschen, die im Zölibat leben, kann das schon mal vorkommen", bemerkte Deutsch.

„Wir verlassen uns auf Sie, Doktor", sagte Lauther, der nicht auf Deutschs Bemerkung achtete. „Sie müssen uns einen glaubwürdigen Sex-Aufhänger liefern, den wir deutlich, aber taktvoll darstellen können."

„Taktvoll! Das möchte ich sehen!" bemerkte Deutsch.

„Glauben Sie mir, Doktor. Ich kenne die Leute vom Sender, mit denen wir es zu tun bekommen. Eine sadomasochistische homosexuelle Beziehung geht einfach nicht! Aber wir müssen Sex haben."

Längeres Schweigen. Der Ball war ganz eindeutig auf Heinsohns Spielfeld.

„Würden Sie mir eine bisexuelle Persönlichkeit abnehmen?" wagte Heinsohn einen Vorstoß.

Lauther schüttelte stumm, aber entschieden den Kopf. Deutsch schnaubte nur.

Nach einer weiteren längeren Pause sagte Heinsohn. „Nun, wie wäre es, wenn einer der Priester eine Affäre hätte?"

„Also, einen Augenblick bitte!" unterbrach Koesler sein langes Schweigen. „Mit Ausnahme meiner Person sind alle Priester, die angegriffen wurden, älter. Sie würden nicht einmal daran denken, das kirchliche Keuschheitsgebot zu verletzen, sie haben der Kirche bereits viele Jahre sehr hingebungsvoll gedient..."

„Schon gut, Pater", unterbrach Lauther ihn, während er Heinsohn vielsagend ansah. „In dieser Richtung liegt das Risiko, daß wir verklagt werden. Das darf auf gar keinen Fall geschehen. Nein,

Sie müssen sich einfach den Täter vorstellen und auf seiner Seite ein wenig glaubwürdigen Sex ins Spiel bringen."

Es war eindeutig, daß Heinsohn sich nicht von einem Aspekt seiner so sorgfältig dargelegten Theorie trennen wollte.

„Nun", sagte er schließlich, „ich nehme an, zu jeder Regel gibt es die Ausnahme. Ich denke, es wäre möglich, daß der Attentäter heterosexuell ist." Es war eindeutig, daß dieses Einlenken dem Doktor schwerfiel. „Aber ich muß darauf bestehen, daß sich der Mann selbst in einer heterosexuellen Beziehung körperlich gewalttätig ausdrücken müßte."

„Kein Problem, Doktor", sagte Lauther und sah zu Deutsch, der nickte. „Die Gewalt wird die Unverhülltheit noch... äh... unverhüllter machen."

„Ich muß Ihnen noch etwas über Ihren Attentäter sagen", meinte Heinsohn.

Alle sahen ihn erwartungsvoll an.

„Nochmals die APA-Definition des Soziopathen: Sie besagt, daß Soziopathen die Neigung haben, ihr Verhalten zu rationalisieren, so daß es gewollt, vernünftig und gerechtfertigt erscheint."

„Ja?"

„Wenn die Polizei oder ich seiner habhaft werden, wird der Täter behaupten, daß er Gott einen Gefallen getan hat, indem er die Priester angriff. So verrückt sich das anhören mag; dieser Mann wird es so sehen."

„Perfekt!" Lauther neigte dazu, in Schlagzeilen zu denken. „Eine irregeleitete Jungfrau von Orleans!"

# 7

„Entfernen Sie den Schmutz von Ihrer Stirn!"

Instinktiv rollte Raphael Doody die Augen nach oben, als könnte er, wenn er das tat, die eigene Stirn sehen.

„Ich sagte, entfernen Sie den Schmutz von Ihrer Stirn!" beharrte Pater Budreau.

„Aber das", sagte Doody und deutete auf seine Stirn, „ist gesegnete Asche. Pater Feeny hat sie heute morgen gesegnet und hat sie uns während der Aschermittwochsmesse auf die Stirn geschmiert."

„Zunächst einmal, Doody, schmiert der Priester die Asche nicht auf die Stirn, er trägt sie auf. Zweitens, und das ist das Entscheidende, das Sakrament ist nur im Augenblick des Auftragens bedeutend. Danach ist es einfach nur Schmutz."

„Aber die Schwester hat gesagt..."

„Die Schwester hat gesagt! Die Schwester hat gesagt!" explodierte Budreau. „Es ist mir egal, was die Schwester gesagt hat! Das ist Theologie. Und jetzt waschen Sie sich den Schmutz von der Stirn!"

Doody wischte sich mit einem sauberen Taschentuch über die Stirn, das er nach jedem Wischen betrachtete.

Doodys Stirn war aus einer Reihe von ascheverschmierten Stirnen ausgewählt worden, weil er zu nervöser Transpiration neigte. Daher war das große Kreuz auf Doodys Stirn mehr Matsch als Asche.

Budreau war ein großer Mann, etwas größer als ein Meter achtzig und über zweihundert Pfund schwer; nicht gerade dick, aber gebaut wie ein Schrank. Abgesehen von seinem Priestertum war das Erlebnis, das ihn am entscheidendsten geprägt hatte, seine zehnjährige Zeit als Armeekaplan, während der er auch eine gewisse Zeit im Zweiten Weltkrieg in Europa verbracht hatte.

Zusätzlich zu „Theologie und Moral der christlichen Ehe", dem Kurs, den er gerade hielt, unterrichtete er auch noch „Historische Themen der moralischen Theologie" und „Moralische Prinzipien des christlichen Lebens." So oft wie möglich griff er dabei auf die Theologie vor dem Zweiten Vatikanum zurück, weil er sich dort heimischer fühlte.

„Öffnet das Buch auf Seite zweihundertfünfundfünfzig."

Es folgten die unspezifischen Geräusche, die typisch für ein Klassenzimmer sind. Rascheln von Papier, Studenten, die sich auf ihren Stühlen bewegen, Husten, Flüstern, Langeweile.

„Sie sehen, daß ich dort alle Ehehindernisse aufgelistet habe, die eine Ehe ungesetzlich, aber gültig machen, sowie diejenigen Vergehen, die eine Ehe ungültig machen. Sie sollen sie nicht nur verstehen, ich erwarte auch, daß Sie sie auswendig kennen."

Gedämpfter Protest. Ein Student hob die Hand. Budreau gefiel es nicht. Ihm gefielen Antworten, keine Fragen. Er konnte sich noch an eine Zeit erinnern, da keine Fragen gestellt wurden. Damals hatte ein Student im Seminar, der allzu viele Fragen bezüglich der Kirchendoktrin stellte, normalerweise nur eine kurze Laufbahn. Danach bat man ihn, in den Rängen der Laien zu bleiben und gefälligst den Mund zu halten.

„Maley?" Budreau erteilte dem Studenten widerwillig das Wort.

„Pater, gibt es denn nicht Ehegerichte der Kirche, die Fälle auch aus anderen Gründen als denen, die Sie aufgelistet haben, akzeptieren?"

„Mr. Maley, es geht hier nicht darum, was einzelne Gerichte tun und was nicht. Das hat hier keine Bedeutung. Wir haben es hier mit Theologie zu tun, nicht mit den Ansichten irgendeines jungen Rebellen, dem es irgendwie gelingt, zum Vorstand eines Ehegerichts zu werden, noch bevor das Öl der Priesterweihe auf seinen Händen getrocknet ist."

„Aber diese Liste ist so restriktiv. Ich glaube nicht, daß eine Liste, ganz gleich, wie lang sie ist, alle Möglichkeiten erfassen kann, die bei einer Ehe schiefgehen können."

Budreau erkannte eine schwache Stelle.

„Mr. Maley, wir unterhalten uns nicht darüber, was bei einer Ehe schiefgehen kann. Wir unterhalten uns darüber, ob eine Ehe besteht, und das hängt allein davon ab, wie der Bund geschlossen wird, und nicht von dem, was hinterher passiert. Es gibt glückliche und unglückliche Ehen, gute und schlechte. Wir kümmern uns nur darum, ob es eine Ehe gibt."

„Aber, Pater, wie kann sich ein Achtzehnjähriger auf Lebenszeit binden, ohne zu wissen, was die Zukunft bringt – ohne zu wissen, wie er oder sie sich entwickeln werden? Ich glaube nicht, daß das jemand kann!"

„Mr. Maley, genau das stimmt mit Ihrer Generation nicht. Sie können sich nicht ein Leben lang binden. Darum zerbrechen heutzutage so viele Ehen! Darum schwören so viele Priester und Nonnen ihrem Gelübde ab! Wir brauchen heute mehr junge Leute, die nicht zurückblicken, wenn sie sich entschieden haben. Leute, die Befehle entgegennehmen können. Was würde passieren, wenn man beim Militär so denken würde wie Sie?"

Oh, mein Gott! stöhnte die Klasse innerlich. Nicht schon wieder die Armee!

„Was würde geschehen, wenn die Soldaten im Schützengraben Befehle in Frage stellen würden? Finden Sie es richtig, daß sie abstimmen, wenn Angriff befohlen wird? Die militärische Art und Weise ist die einzige sinnvolle, eine Organisation zu leiten. Beim Militär ist ein Befehl ein Befehl. Keine Übereinkunft, etwas so lange zu tun, bis es einen langweilt oder man keine Lust mehr hat oder sich etwas Besseres anbietet. Heute wäre vieles besser, wenn es noch mehr von dieser altmodischen Hingabe gebe. Und, Mr. Maley, es ist durchaus möglich, daß sich Menschen ein Leben lang binden. Sehen Sie nur die Leute an, die silberne oder gar goldene Hochzeiten feiern, silberne Jubiläen ihrer Weihe, und so weiter!"

Maley dachte, daß ihm zwar ein paar Leute einfielen, die beim erstenmal gleich ihre richtige Bindung fürs Leben fanden, aber er kannte mehr silberne und goldene Mißerfolge und auch ein paar Priester, Nonnen und Ehepaare, denen es wirklich elend ging. Aber er hielt es für klüger, diese Bemerkung für sich zu behalten.

Die Glocke läutete. Die Studenten eilten hinaus, weil sie erpicht waren zu sehen, welche Fortschritte der Film machte, der in ihrem Seminar gedreht wurde.

Pater Budreau entfernte sich in seiner militärischen Gangart, der linke Arm schwang starr an der Seite, der rechte war angewinkelt und hielt die Bücher wie ein Gewehr.

Er ging zu einem privaten Gebet vor dem Essen in die Kapelle. Er konnte sich noch an die Zeit erinnern, als eine damals größere Studentenschaft täglich die Kapelle zum Gebet besucht hatte. Nun war er der einzige, der sich noch an diesen Brauch hielt. Er war ein Mensch mit festen Gewohnheiten. Essen, Schlafen, Arbeiten und Beten – und das alles jeden Tag zur selben Zeit. Freie Tage und Ferien, ebenso seine zweiwöchentlichen Schießübungen auf dem Schießplatz, waren feste Ereignisse, die er brauchte, um sich zu erholen.

Er kniete nieder und versuchte zu beten. Aber er konnte nicht von dem Gedanken loskommen, um wieviel besser die guten alten Zeiten im Vergleich zu heute gewesen waren. Für ihn war es ein Glück, daß Edward Maley sich nicht auf das Priesteramt vorbereitete, und ein Unglück, daß Raphael Doody es tat. In alten Zeiten wären sie beide hinausgeworfen worden – der erste, weil man seiner Loyalität gegenüber der Kirche nie hätte sicher sein können, der letztere, weil er hoffnungslos inkompetent war.

Er überlegte, ob es tatsächlich möglich sein würde, die Zeit zurückzudrehen, bis er endlich den Faden des Gebets aufnehmen konnte.

Die Szene im Flur von St. Joseph's war völlig chaotisch.

Die Fenster waren mit schwarzen Stoffbahnen verhängt worden. An der Seite des Korridors hatte man Schienen für die Kamera verlegt. Überall waren Techniker, brachten Scheinwerfer an, richteten die Ausrüstung und sahen emsig aus. Maskenbildner beschäftigten sich mit den Schauspielern, von denen einer eine schwarze Soutane und ein weißes Chorhemd anhatte, ein anderer dunkle Straßenkleidung.

Pater Koesler sah sich alles sorgfältig an und wunderte sich über die große Zahl von Leuten, die erforderlich war, um einen einfachen Film zu machen. Er hatte den Eindruck, als gebe es eigentlich zwei Teams, eines, das arbeitete, und eines, das sich bemühte, effektiv auszusehen.

Die Sergeants Patrick und Morris standen in vorderster Front einer Gruppe von Zuschauern, die sich eingefunden hatten, um beim Filmen zuzusehen. In vielen der Zuschauer erkannte Koesler Studenten von St. Joseph's und dem Sacred-Heart-Seminar. Offenbar waren einige während ihrer Ferienzeit als Hilfskräfte eingestellt worden.

In der Nähe der großen Kamera standen Bruce Lauther und Sol Gould. In ihrer Nähe hatte sich ein erbärmlich aussehender Herman Deutsch auf dem Regiestuhl zusammengerollt. Mary Murphy stand mit einem, wie Koesler fand, zweifelnden Gesichtsausdruck daneben. Er hatte festgestellt, daß Mary erfrischend normal und umgänglich war. Er beschloß, zu ihr zu gehen.

„Oh, Pater!“ Sie lächelte schief. „Wenn Sie Gebete in petto haben, dann bereiten Sie sich darauf vor, sie jetzt zu sprechen.“

„Geht etwas schief?“

„Ich habe so etwas noch nie gesehen. Wir proben diese Szene schon den ganzen Morgen. Ich habe keine Ahnung, was noch mehr schiefgehen könnte.“

„Kooperieren die Leute nicht?“

„Nichts kooperiert. Schauspieler vergessen ihren Text, die Schiene bricht zusammen und die Kamera kippt. Lichter explodieren, einmal ist schon der Film ausgegangen, bisher wurden drei Techniker entlassen. Herm hat einen Kater und Bruce ist nervös. Eine gewisse Menge Pfusch und Fehlmaterial wird immer ins Budget mit eingerechnet, aber das hier ist grotesk. Dabei haben wir erst angefangen.“

„Sie haben recht; ein Gebet könnte nicht schaden.“

Koesler sah sich beiläufig um, dann verweilte sein Blick auf fünf Männern, die inmitten des Trubels beschäftigt gewesen waren. Sie hatten sich nun an eine Seite des Flurs gedrängt. Koesler hätte es nicht für möglich gehalten, daß Arbeitskleidung konservativ sein konnte. Aber diese fünf hatten konservative Arbeitskleidung an. Er stellte fest, daß er einen der Männer kannte.

„Entschuldigen Sie, Mary." Er nickte mit dem Kopf. „Haben Sie diese Männer eingestellt?"

Sie sah zu der kleinen Gruppe. „Nein, aber ich habe denjenigen eingestellt, der sie eingestellt hat."

„Was tun sie?"

„Das sind Produktionsassistenten. Eine prätentiöse Bezeichnung für Handlanger. Sie erledigen die seltsamsten Aufgaben."

„Das glaube ich Ihnen aufs Wort."

„Stimmt etwas nicht?"

„Oh, nein. Es ist nur so, daß ich einen von ihnen kenne."

„Das überrascht mich nicht. Produktionsassistenten sind immer Einheimische."

Im selben Augenblick, als Koesler die fünf Produktionsassistenten gesehen hatte, hatte auch Sergeant Patrick sie gesehen. Durch ihr dichtes Zusammenstehen und ihre uniforme Arbeitskleidung zogen sie die Aufmerksamkeit auf sich.

„Sieh dir das an", sagte Patrick zu Morris. Sie sah sie ein paar Sekunden lang an, bevor es ihr dämmerte. „Oh, mein Gott, das ist Kirkus – Roman Kirkus!"

„Richtig, das ist er."

„Wie kommt denn der hierher?"

„Offensichtlich hat ihn jemand eingestellt. Wir sollten herausfinden, wer das war."

„Denkst du, wir sollten ihn von hier wegschaffen? Wenn er derjenige ist, den wir suchen, könnte er für die Fakultät eine Gefahr bedeuten."

Patrick dachte über diese Möglichkeit nach.

„Nein, ich glaube nicht. Wir haben ihn hier vor unseren Augen. Es ist mir lieber, wenn wir ihn beobachten können und er nicht irgendwo im Dunkeln agiert."

„Ruhe bitte! Ruhe bitte!" plärrte Sol Gould ins Megaphon. „Alles auf die Plätze!"

Koesler fiel auf, daß er den ersten Regieassistenten noch nie mit normaler Stimme hatte sprechen hören.

„Machen wir zur Abwechslung einmal alles richtig!"

„Was drehen sie jetzt?" flüsterte Koesler Mary zu.

„Die Szene, wo Pater Ward angegriffen wird."

„Das hatte ich befürchtet. Der Schauspieler, der ihn verkörpert, dürfte Mitte Fünfzig sein. Der wirkliche Pater Ward ist über Achtzig."

„Künstlerische Freiheit", sagte Mary mit dünnem Lächeln.

Der Schauspieler mit dem silbernen Haar kam aus einem Nebenzimmer auf den Flur. Alle Lichter waren gelöscht, abgesehen von der Taschenlampe, die „Ward" bei sich hatte. In der anderen Hand hielt er einen menschlichen Schädel. Abgesehen vom Altersunterschied, dachte Koesler, so weit, so gut. Dann bemerkte er einen Fehler, der ihm bisher entgangen war.

„Einen Augenblick", flüsterte er Mary zu. „Dieser Priester dürfte kein Chorhemd tragen. Das ist ein liturgisches Kleidungsstück, aber einen Schädel den Flur entlangzutragen, das ist keine liturgische Handlung."

Mary trat rasch nach vorn und flüsterte Gould etwas zu.

„Schnitt! Schnitt! Verdammt! Schnitt!"

Das Licht ging an, und das Team machte sich an die Arbeit. Koesler hielt den Aufwand für ein wenig übertrieben, nur um ein Chorhemd abzulegen.

Schließlich war wieder alles bereit. Das Licht wurde gelöscht. Gould rief wieder „Action!" Der Schauspieler betrat wieder den Flur, diesmal ohne Chorhemd. Er ging langsam den Flur entlang, und die Kamera folgte ihm.

„Pater Ward sagte, daß er Hamlets Monolog über Yorick rezitierte, als er den Flur hinabging", flüsterte Koesler Mary zu.

„Das wird später nachvertont", flüsterte sie zurück.

Als sich der Pater Ward-Darsteller dem Ende des Flurs näherte, trat eine Gestalt unter einer Tür hervor. Obwohl es im Flur dunkel war, bemerkte Pater Koesler die Anwesenheit des Attentäters sofort. Vielleicht, dachte er, weil er die Geschichte vom echten Pater

Ward gehört hatte. Daher kam das Auftauchen der Gestalt für ihn nicht unerwartet. Dennoch zuckte Koesler zusammen. Er dachte an Pater Ward und wie schlimm der wirkliche Angriff für ihn gewesen sein mußte.

Als er die nächsten Ereignisse sah, konnte Koesler seinen Augen nicht trauen. Anstatt zu stolpern und übereinander zu fallen, wie es der echte Pater Ward beschrieben hatte, wehrte sich der Filmpater Ward mit allem, was er zur Verfügung hatte. Nach dem Überraschungsmoment packte er den Angreifer und schleuderte ihn gegen die Wand. Dann begannen die beiden einen verzweifelten Ringkampf.

„Autsch! Oh, verdammt! Passen Sie doch auf, was Sie mit dem verdammten Messer machen!“ brüllte der Ward-Schauspieler.

„Schnitt! Schnitt! Was, zum Teufel, ist das?“ brüllte Gould ins Megaphon.

Das Licht ging an.

Der Ward-Darsteller hielt sich die linke Hand. Er hatte sich offensichtlich geschnitten.

„Requisiteur! Requisiteur!“ rief Gould. „Sie sollten ein Bühnenmesser mit Teleskopklinge beschaffen, kein echtes Messer! Was, zum Teufel, ist mit Ihnen los?“

„Aber das habe ich!“ ein kleiner, hektischer Mann stürmte herbei und nahm dem Angreifer das Messer aus der Hand. Er hielt die Handfläche unter die Klinge und stieß tapfer mit dem Messer zu. Die Klinge schien durch seine Handfläche zu schneiden, ohne auf der anderen Seite herauszukommen. Die Klinge schob sich in den Griff. „Sehen Sie!“ sagte der Mann voll Genugtuung.

„Nun, vor einer Minute hat es das nicht getan!“ sagte der Schauspieler und zeigte eine tiefe Schnittwunde an der Hand.

„Also gut“, sagte Gould, der zum erstenmal etwas ohne Megaphon sagte. „Verbindet ihn und seht zu, ob ihr jemanden findet, der feststellen kann, was mit dem Messer los ist. Alle herhören. Die nächste Einstellung beginnen wir mit dem Kampf. Wenigstens haben wir jetzt den Gang den Flur entlang im Kasten!“

Mary Murphy kam an Paters Koeslers Seite. „Sehen Sie, Pater, so geht das schon die ganze Zeit: eine Katastrophe nach der anderen. Das Messer schiebt sich jedesmal zusammen, nur dann nicht, wenn wir drehen. Dann schneidet es. Ich wäre fast bereit zu schwören, daß hier eine finstere Macht am Werk ist."

„Von finsteren Kräften weiß ich nichts, aber was um Himmels willen ist mit dieser Szene passiert? Ich meine, beim Schreiben? Dem einzigen Augenzeugen zufolge hat sich die Sache ganz und gar nicht so abgespielt."

„Oh, Sie meinen die Ungeschicklichkeit, das Fallen, das Stolpern?"

„Ja – die Ereignisse, die der echte Pater Ward beschrieben hat."

„Nun, um die Wahrheit zu sagen, Bruce und Herm sind sich selten einig. Aber sie waren sich einig, daß Pater Wards Geschichte unglaubwürdig ist. Das erklärt auch, warum wir einen etwas jüngeren Schauspieler für die Rolle brauchten."

„Aber es ist die Wahrheit. Er wurde sogar in der Zeitung zitiert."

„Pater, denken Sie an die Millionen Leute, die sich einen Fernsehfilm ansehen – eine Gruppe, der wir eine einfache, unkomplizierte Handlung präsentieren müssen. Wir denken nicht an die wesentlich kleinere Gruppe, die sich die Mühe macht, eine Zeitung zu lesen und die Nuancen festzustellen. Langer Rede kurzer Sinn – Pater Wards Geschichte mag gedruckt ganz gut aussehen, aber im Fernsehen funktioniert sie einfach nicht."

„Aber sie ist die Wahrheit. Pater Ward lügt nicht."

Mary zuckte nur die Schultern.

„Ja, ich weiß; dasselbe geschah, als Pilatus Jesus fragte: Was ist Wahrheit? Er bekam auch keine Antwort." Koeslers Mißfallen war offensichtlich. „Hören Sie, Mary, wenn ich hier nicht gebraucht werde – ich habe noch andere Dinge zu tun."

„Schon gut, Pater. Wir können von Glück reden, wenn nur diese Szene heute in den Kasten kommt."

Als er den Drehort verließ, stellte er fest, daß Deutsch noch tiefer in seinen Sessel versunken war, beinahe in eine fötale Haltung.

Er bemerkte auch, daß Roman Kirkus so breit grinste, daß es aussah, als würde er gleich in Gelächter ausbrechen. Koesler wunderte sich darüber.

Er wunderte sich auch über die seltsame Unfähigkeit des Täters. Darin lag eine Botschaft. Er konnte sie nur noch nicht entschlüsseln.

„Pat, Sie sind alt genug, um sich noch daran zu erinnern, daß es in Detroit einst drei große Zeitungen gab", sagte Bob Ankenazy.

„Die *Detroit Times?* Hearsts Blatt? Kaum. Ich war noch ein Kind, als sie eingestellt wurde."

„In gewisser Weise hatte Detroit mit seinen Zeitungen großes Glück. Die meisten Städte haben eine Menge Zeitungen, und man kann geringe bis gar keine Unterschiede zwischen ihnen feststellen. Alle konservativ oder liberal; alle sind zurückhaltend oder alle gehen Risiken ein. Aber in Detroit war es immer anders. Die *News* neigten schon immer zum Konservativen, die *Free Press* war verwegen. Und die *Times* war sensationell."

„Ich nehme an", sagte Pat Lennon, „Sie wollen damit auf die unterschiedliche Berichterstattung über dieses Filmprojekt hinaus."

Lennon hatte auf dem Schreibtisch die Freitagsausgabe der *News* und der *Free Press* liegen. Die *Free Press* brachte auf Seite eins einen Artikel ihres Reporters Joe Cox, der den zwielichtigen Hintergrund des Filmteams betonte, sowie die opportunistischen Motive hinter dem Fernsehfilm *Requiem für einen Mörder*. Das war ein extremer Kontrast zum Bericht der *News,* in dem von den Vorteilen die Rede war, finanziell und moralisch, die Detroit aufgrund des Wirkens der Gurus aus L. A. erwarten konnte.

Die Leser der *News* würden den Eindruck gewinnen, als müßten sie sich in Dankbarkeit vor den eindrucksvollen Besuchern aus dem Westen verneigen, während die Leser der *Free Press* zu der Überzeugung kommen konnten, daß es das beste wäre, sie aus der Stadt hinauszuprügeln.

Diese Kluft in der Berichterstattung war peinlich für die *News,* und Ankenazy war dafür verantwortlich. Ihm war auch klar, hätten er und Lennon allein Gelegenheit gehabt, die Geschichte zu recherchieren, wäre dieses peinliche Mißgeschick gar nicht erst passiert.

„Ich glaube nicht, daß es allein die Schuld von Leon oder Pete ist", sagte Lennon. Sie hatte die Geschichte, die die *Free Press* gebracht hatte, erwartet. Aber sie war nicht in der Stimmung aufzutrumpfen. „Es ist eben passiert."

„Ich kann mir vorstellen, daß London die besten Absichten hatte. Aber Sands hätte merken müssen, daß mit dem Projekt etwas nicht stimmt. Immerhin war er vor Ort."

„Ja", sagte Lennon loyal, „aber Petes Spezialgebiet ist die Kultur. Sehen Sie sich doch an, wer bei der Konkurrenz den Artikel geschrieben hat: Joe Cox, das Ass ihres Stabs."

„Nun", gab Ankenazy zu, „immerhin können wir Sands' Artikel in späteren Ausgaben revidieren und uns so ein paar Peinlichkeiten ersparen."

„Sehen Sie, schon haben wir den Silberstreifen am Horizont. Soll ich die Story wieder übernehmen?"

„Da gibt es nicht viel zu übernehmen. Sie werden den Film drehen – wahrscheinlich nicht sehr professionell – und aus und Schluß. Aber halten Sie sich bereit, falls etwas Unerwartetes geschehen sollte. Wir möchten, daß Sie dabei sind."

„Oh, da ist Tony!" Pater O'Dowd hieß Pater Gennardo am Tisch willkommen.

Pater Budreau stand auf, um seinen Freund zu begrüßen, und wollte ihm helfen, sich zu setzen.

„Bitte, bitte", protestierte Gennardo. „Mit mir ist alles in Ordnung. Es tut lediglich ein bißchen weh." Er schnaubte.

„Schnee? Schnee?" fragte Pater Dye. „Wir erwarten doch keinen Schnee mehr – oder?"

„Wie geht es dir?" fragte Pater Feeny.

„Ich komme zurecht. Wird eben nur seine Zeit brauchen, denke ich. Ich muß zugeben, es ist kein Vergnügen, angeschossen zu werden."

„Das kann ich bestätigen“, sagte Budreau.

„Ich wußte nicht, daß du jemals angeschossen worden bist“, wunderte sich O’Dowd.

„Ich nicht“, sagte Budreau, „aber ich wurde zu einer großen Zahl von Jungs gerufen, die auf dem Schlachtfeld angeschossen wurden.“

„Ah, ja, während deiner militärischen Laufbahn.“ O’Dowd erinnerte sich nur zu gut daran.

„Ich möchte nicht als Märtyrer behandelt werden“, protestierte Gennardo.

„Gott sei Dank, daß du kein Märtyrer geworden bist“, sagte Budreau.

„Ein interessanter Aspekt“, gab O’Dowd zu bedenken. „Um ein Märtyrer zu sein, muß man gemäß der etymologischen Bedeutung des Wortes leben und als Zeuge des Glaubens sterben.“

„Und der Sinn?“ fragte Budreau.

„Es kommt auf das – wie die Polizei sagen würde – Motiv an. Ein Märtyrer stirbt, weil er – oder sie – ihrem Glauben treu bleibt. Derjenige, der für den Tod des Märtyrers verantwortlich ist, tötet ihn wegen dem, was der Märtyrer glaubt.“

„Und?“

„Warum werden Priester angegriffen? Warum wurde Pater Gennardo angeschossen?“

Es folgte ein längeres Schweigen, während dessen jeder diese Fragen zum erstenmal im Licht des Märtyrertums zu überdenken schien.

„In aller Bescheidenheit, Pater Gennardo“, unterbrach Feeny schließlich das Schweigen, „aber wegen des Glaubens kann es nicht sein. Heutzutage ergibt das keinen Sinn. Außerdem, warum dann ausgerechnet die Patres Ward, Merrit, Koesler und dich selbst? Wo ist das gemeinsame Element?“

Schweigen.

„Vielleicht jemand, der Priester nicht mag“, meinte Dye.

„Das ist möglicherweise richtig“, sagte O’Dowd, der von Zeit zu Zeit seinen Freund ermutigte, der einen aussichtslosen Kampf gegen die Senilität kämpfte.

„Das gemeinsame Element?“ Gennardo spießte ein gewaltiges Salatblatt auf. „Ich sehe keines, davon abgesehen, daß wir alle Priester sind und keiner besonders jung ist.“

„Und alle sind Seminarprofessoren“, fügte O’Dowd hinzu.

„Bis jetzt“, sagte Feeny.

„Wenn wir auf Georges’ Bemerkung zurückgreifen“, sagte O’Dowd, „dann haben wir es vielleicht mit jemandem zu tun, der ältere Seminarprofessoren haßt.“

„Aber warum?“ fragte Budreau.

„Ich weiß nicht“, gab O’Dowd zu.

„Vielleicht wird der Film ein wenig Licht in die Sache bringen“, meinte Dye.

„Der Film!“ Feeny spuckte beinahe aus. „Könnt ihr euch vorstellen, daß man früher diese ganzen fremden Leute in das Seminar gelassen hätte? Sie stören die Ordnung des Hauses und machen das Priestertum zum Gespött! Ich halte es für wenig wahrscheinlich, daß die Filmleute uns etwas erzählen können!“

„Haben sie nicht einen Psychiater dabei?“ frage O’Dowd. „Vielleicht kann er Licht in das Dunkel bringen.“

„Ein Gerichtspsychiater? Und dann noch Dr. Fritz Heinsohn!“ schnaubte Gennardo. „Der wird nur wieder einen Rummel um sich selbst machen und wahrscheinlich ein nettes Sümmchen einstreichen.“

„Sei nicht so streng mit ihm, Tony.“ O’Dowd spießte Thunfischsalat mit der Gabel auf. „Er ist ein Mann, der sich seinen Lebensunterhalt verdienen muß. Und er ist geschickt bei dem, was er macht.“

„Das Beste, was man über die Psychotherapie sagen kann, ist, daß es sich um eine noch junge Wissenschaft handelt“, verkündete Budreau.

Gennardo schnaubte und lachte.

„Ist schon jemandem aufgefallen“, sagte O’Dowd, „daß wir uns schon sehr oft über diese Anschläge unterhalten haben, die die Filmemacher *Requiem für einen Mörder* zu nennen beschlossen haben, ohne dabei auf konstruktive Einfälle zu kommen, die bei der

Aufklärung helfen könnten? Wir alle haben analytisches Denken gelernt. Dazu kommt – und diese Möglichkeit dürfen wir nicht vergessen –, daß jeder von uns ein mögliches Opfer dieses Wahnsinnigen ist. Wir haben also nicht nur die christliche Pflicht, an der Aufklärung dieser Sache mitzuwirken, um der Gemeinschaft zu dienen, sondern wir müssen auch ein persönliches Interesse an der Aufklärung haben. Können wir nichts Positiveres finden als die zweifelhafte Expertise eines Mannes, der eine psychologische Ausbildung hat?"

„Wir haben die Lösung nicht", stellte Budreau fest, „und die Polizei hat die Lösung nicht. Was können wir sonst tun?"

Pater Dye rührte seinen Kaffee um. „Wir können sehr vorsichtig sein."

Es war ein Unfall. Es hätte jedem passieren können.

Als der erste Mann am Goldfischteich vorbeiging, stieß er versehentlich die Filmrollenbehälter um. Der oberste Behälter fiel in den Teich. Er sah sich um. Niemand schien gesehen zu haben, was er getan hatte. Er holte den Behälter unauffällig aus dem Wasser, wischte ihn an seiner Hose trocken und legte den Behälter wieder auf den Stapel. Dann ging er wieder seiner Aufgabe nach.

Pater Koesler betrat den Innenhof. Er war hierhergeeilt, nachdem er seinen Kurs über Kommunikation im Sacred-Heart-Seminar gehalten hatte. Er konnte sich nicht genug darüber wundern, wie viele Leute nötig waren, um einen einzigen Film zu machen. Männer und Frauen, Techniker und Stab huschten wie eine Ameisenarmee am Drehort herum. Er sah Mary Murphy. Er ging zu ihr.

„Was wird heute gemacht?"

„Oh, Pater." Sie lächelte. „Wir drehen gerade einen Spot, in dem Dr. Heinsohn den Täter auffordert, sich ihm zu stellen."

Koesler massierte sein Ohr. „Ergibt das einen Sinn? Was ist, wenn die Polizei ihn in der Wirklichkeit erwischt, ehe der Film gesendet wird?"

„Dann verwenden wir diesen Spot nicht. Nur so konnte Bruce den Doktor dazu bewegen, weiter an dem Film mitzuarbeiten. Sie und ich wissen als Einwohner von Detroit, daß es nicht die erste melodramatische Aufforderung an einen unbekannten Straftäter ist, sich bei dem guten Doktor zu stellen. Es wird nur das erstemal sein, daß er es in einem Film tut."

„Glauben Sie, daß jemals ein Straftäter auf die Aufforderung des Doktors reagieren wird?"

Sie lachten beide.

Es war ein Unfall. Es hätte jedem passieren können.

Der zweite Mann staubte die Requisiten ab, die in der nächsten Einstellung verwendet werden sollten. Die Requisiten bestanden lediglich aus einem Stuhl und einem Schreibtisch, auf dem eine Karaffe Wasser und ein leeres Glas standen. Als er damit fertig war, den Stuhl abzustauben, fragte er sich nicht zum erstenmal, wie es sein mochte, in einem Film mitzuspielen, in eine Kamera zu sehen, auf das Signal des Regisseurs für „Action" zu warten. Er nahm impulsiv auf dem Stuhl Platz. Besser gesagt, er ließ sich darauf fallen. Es gab ein lautes Knacken, das aber im Lärm des Drehorts keiner bemerkte. Die Wucht, mit der er sich hatte fallen lassen, verbunden mit seinem anhaltenden Gewichtsproblem, hatten den Stuhl zerbrechen lassen. Er wußte nicht, welches Teil, aber er wußte, daß er zerbrochen war. Nun, aber wenigstens war er nicht zusammengebrochen. Er sah sich rasch um. Niemand schien ihn gesehen zu haben. Er stand behutsam auf, stellte den Stuhl genau dorthin, wo der Requisiteur ihn hingestellt hatte, und ging weiter seiner Arbeit nach.

„Wie geht es Ihnen, Doktor-Baby?" Sol Gould wandte sich an Dr. Heinsohn, der gerade geschminkt wurde.

„Prächtig! Ganz prächtig!" Heinsohn sah sorgfältig in den Spiegel. Er achtete auf jede Bewegung der Maskenbildnerin. Er wollte weder, daß Puder auf den Aufschlag seiner Samtjacke geriet, noch gestattete er ihr, sein Haar zu berühren, das sein Haar-Stylist eigens an diesem Morgen hergerichtet hatte.

„Hören Sie, Herzchen, man hat mir gesagt, daß Sie es ohne Skript machen wollen."

„Das ist richtig." Der Psychiater verströmte Selbstvertrauen.

„Hören Sie, Herzchen, es wird meinen Leuten keine Mühe machen, Ihren Text auf Tafeln zu schreiben.“

„Nein, nein.“ Heinsohn lachte selbstbewußt. „Sie verstehen nicht. Ich bin schon Hunderte Male im Rundfunk und im Fernsehen aufgetreten. Ich versichere Ihnen, ich bin nicht kamerascheu. Ich brauche keinerlei Unterstützung.“

„Wie Sie meinen, Herzchen.“ Gould schüttelte den Kopf. Er hatte das Gefühl, als würde der heutige Tag reine Zeitverschwendung sein.

Es war ein Unfall. Es hätte jedem passieren können.

Der dritte Mann ging an der Beleuchtung vorbei. Er blieb mit dem Fuß im Kabel hängen und riß nicht nur den Stecker aus der Steckdose, er trat auch noch auf diesen Stecker und zertrümmerte ihn. Er sah sich um. Soweit er sehen konnte, hatte ihn niemand dabei beobachtet. Mit der Zehenspitze schob er den zertretenen Stekker nahe an die Wand. Er hoffte, niemand würde bemerken, daß er nicht mehr in der Steckdose steckte. Wenigstens so lange nicht, bis er außer Reichweite war. Er ging weiter seiner Arbeit nach.

Der einzige, der nichts zu tun zu haben schien, war Herman Deutsch. Pater Koesler sah zu Deutsch hin, der im Regiestuhl saß. Er schien noch kleiner geworden zu sein, seit Koesler ihn zuletzt gesehen hatte. Er hatte die Arme fest um die Brust geschlungen, der Kopf hing herab. Er schien kurz davor zu sein, sich zu einem kleinen Ball zusammenzurollen und davonzukugeln.

„Was ist denn mit Mr. Deutsch?“ fragte Koesler. „Er scheint kein sehr aktives Interesse an dem zu haben, was sich hier tut.“

„Oh“, antwortete Mary, „er verbringt die Abende damit, zu schreiben. Und während er schreibt, trinkt er. Dann zeigt Bruce das Drehbuch Dr. Heinsohn, der immer Einwände und Verbesserungen vorzubringen hat. Also muß Herman es umschreiben. Wenn Herman umschreiben muß, trinkt er noch mehr. Da bleibt für den Tag nicht mehr viel übrig. Aber Sol vertritt ihn ganz gut.“

„Alles klar, Ruhe am Drehort!“ rief Sol Gould durch das Megaphon.

Deutsch schien noch mehr zusammenzuschrumpfen.

Kameramann und Beleuchter machten sich bereit, andere zogen sich an die Wand zurück, aus dem Aufnahmebereich heraus.

„Gut!“ rief Gould. „Doc-Baby! Sind Sie bereit?“

Heinsohn, der auf dem Schreibtisch saß, ein Fuß berührte den Boden, der andere hing am Schreibtisch herab, nickte selbstbewußt.

„Also gut. Licht!“

Nichts passierte.

„Licht, habe ich gesagt!“

„Ich kann nicht, Mr. Gould“, sagte eine Stimme. „Der Stecker wurde zertreten.“

„Entlaßt diesen Mann!“

„Aber...“

„Entlaßt diesen Mann und sorgt dafür, daß der Elektriker den Stecker in Ordnung bringt!“

Das Chaos begann erneut, wenngleich sich niemand bewegte, abgesehen von dem gerade entlassenen Techniker und dem Elektriker. Koesler sah zu Bruce Lauther. Er schien die Kosten dieser Verzögerung durchzurechnen.

Der Elektriker beendete seine Reparatur und entfernte sich von der Wand. Er wurde von einem grinsenden Techniker aus dem heimischen Team abgelöst.

„Alles klar. Fertig, Doc-Baby?“

„Ruhe am Drehort. Licht!“

Die Kulisse wurde in grelles Licht gebadet, was Heinsohn nichts auszumachen schien: Er sah mit einem Ausdruck selbstbewußter Sorge in die Kamera.

Der Mann mit der Klappe trat vor Heinsohn. *„Requiem für einen Mörder,* Epilog. Die erste.“ Die Klappe ertönte.

„Action!“

„Meine Damen und Herren“, sagte Heinsohn, „Sie haben soeben ein Drama der Gewalt gesehen. Für den Laien scheint diese Gewalt sinnlos zu sein, aber für den Gerichtspsychiater ist Gewalt niemals sinnlos. Hinter allen menschlichen Taten steckt ein Sinn, manchmal ein verborgener Sinn. Nun möchte ich mich gern an den Mann wenden...“

„Einen Augenblick!“

„Was ist los?“ brüllte Gould.

„Mit dem Film stimmt etwas nicht“, sagte der Kameramann. Er öffnete die Kamera und tastete im Inneren herum. „Er ist naß! Der Film ist tropfnaß!“

„Entlaßt den Einleger!“

„Aber es war nicht...“

„Feuert den Einleger und schafft einen anderen Film her!“

Gedämpfte Unterhaltungen wurden laut, während der Einleger in Ungnade entlassen wurde. Lauther berechnete den Verlust mit wachsender Panik.

„Ruhe am Drehort. Licht!“

„*Requiem für einen Mörder,* Epilog. Die zweite.“

„Und Action!“

„Meine Damen und Herren. Sie haben soeben ein Drama der Gewalt gesehen. Für den Laien scheint diese Gewalt sinnlos zu sein, aber für den Gerichtspsychiater ist Gewalt niemals sinnlos. Hinter allen menschlichen Taten steckt ein Sinn, manchmal ein verborgener Sinn. Nun möchte ich mich gern an den Mann wenden, der für diese Gewalt verantwortlich ist...“

Heinsohn stand vom Schreibtisch auf, ging nonchalant dahinter und setzte sich.

„Diesem Mann möchte ich sagen...“

Der Stuhl brach mit einem Knirschen zusammen. Heinsohns Füße schnellten in die Höhe, und er fiel zappelnd nach hinten.

„Schnitt, verdammt, Schnitt!“

Die Deckenbeleuchtung wurde eingeschaltet.

„Jemand soll nachsehen, ob der Doc noch lebt! Entlaßt den Requisiteur!“

Gould eilte zum Drehort, als gerade ein paar Männer Heinsohn aufhoben und begannen, seine Kleidung abzuklopfen.

„Alles in Ordnung, Doc?“

Heinsohn machte eindeutig einen erschütterten Eindruck, nickte aber dennoch zaghaft. Der größte Teil seines Selbstvertrauens war offenbar dahin.

Gould wollte an seinen Platz zurückgehen.

„Oh, Mr. Gould", sagte Heinsohn, „wenn es nicht zuviel Mühe macht... Wenn wir noch Zeit haben, könnten Sie meinen Text vielleicht doch auf Tafeln schreiben lassen?"

„Aber sicher, Herzchen!"

Während Pater Koesler den Drehort verließ, überlegte er, ob dieser Film einen Rekord für die meisten Wiederholungen aufstellen würde. Er fragte sich, ob jemand entsprechende Statistiken führte.

„Sie sehen, zu Beginn des Schuljahres habe ich Ihnen gesagt, daß die Aszetik Sie nicht beißen würde, wenn Sie es damit versuchen, und ich denke, Ihr Erlebnis am letzten Wochenende war ein deutlicher Beweis dafür, daß wir gelernt haben, wie gut und nützlich Askese sein kann."

Pater O'Dowd sprach zu seiner Klasse im kleinsten Schulraum des St.-Joseph's-Seminars. Nur eine Handvoll Studenten entschieden sich jährlich dafür, Aszetik zu studieren. Wäre O'Dowd nicht dafür bekannt, freundlich und gütig zu seinen Studenten zu sein und sich für ihre Belange aufrichtig zu interessieren, hätten sich wahrscheinlich so wenige eingeschrieben, daß man den Kurs schon längst hätte aufgeben müssen.

Sie hatten sich über die Spiritualität der Kirche unterhalten, besonders in der westlichen Tradition, mit starker Betonung auf der Kontemplation.

O'Dowds Ziel war es, seiner Klasse zu demonstrieren, daß eine kontemplative Bewältigung des Lebens möglich und wünschenswert war, auch in diesen Zeiten. Mit diesem Ziel vor Augen war die Klasse ermutigt worden, ihre eigene Version der alten Lebensphilosophie St. Benedikts zu schreiben. Vergangenes Wochenende hatten alle in einem nahe gelegenen Kloster nach dieser Philosophie gelebt. Nun versuchte jeder Student, das auszudrücken und abzuschätzen, was er aus dieser Erfahrung gelernt hatte.

„Beginnen wir mit der Arbeit", sagte O'Dowd. „Immerhin ist das schon fünfzig Prozent von Benedikts Maxime *Ora et Labora*

– bete und arbeite. Hat jemand von Ihnen neue Aspekte der Arbeit dazugelernt, als er letztes Wochenende unterwegs war?"

Eine Freiwillige meldete sich.

„Ja, Eileen?"

„Es hat mich überrascht, in welch kurzer Zeit sich meine Einstellung der Arbeit gegenüber geändert hat."

„Erzählen Sie uns davon."

„Als die Aufgaben verteilt wurden und ich der Küchenarbeit zugeteilt wurde, war ich, wie ich gestehen muß, mehr als enttäuscht. Sie wissen schon, das Stereotype der Frauenarbeit..."

„Einen Augenblick", unterbrach sie ein anderer Student, „wir bekamen keine Aufgaben zugeteilt, wir haben Lose gezogen."

„Ich weiß. Aber es schien, als würde das Schicksal die Arbeit sexistisch verteilen. Wie auch immer, ich fing an und wollte herausfinden, wie gründlich ich die Küche organisieren konnte. Sie wissen, straffer aufziehen... Aber allmählich geschah etwas Seltsames. Ich denke, das gemächlichere Tempo des Wochenendes holte mich ein. Es bestand kein Grund zur Eile. Es war nicht nötig, alles mit Hektik zu machen. Weshalb also sollte ich mich beeilen, nur um die schnellste Methode herauszufinden, Essen zuzubereiten und Teller zu spülen? Und dann wurde mir klar, daß es mir Spaß machte, die Farben zu sehen und die Beschaffenheit des rohen Gemüses zu spüren, und das Aroma des Essens wahrzunehmen. Seit wir wieder in die alltägliche Welt zurückgekehrt sind, wollte ich keines der automatischen Hilfsmittel mehr anrühren, die wir in der Küche haben. Meine Mutter kann das nicht verstehen."

Die Studenten lächelten. Alle hatten ähnliche Erlebnisse gehabt.

Pater O'Dowd dachte wieder einmal darüber nach, welche Verschwendung es war, daß die Kirche sich weigerte, Frauen zu weihen. Eileen Schaaf wäre gerne Priesterin geworden. Aber sie konnte keine werden. Nicht in den wenigen Jahren, die ihm noch blieben – und wohl auch in der längeren Zeit, die sie noch hatte, nicht.

„Würde sonst noch jemand gern über seine Erfahrung mit der Arbeit am Wochenende reden?"

Niemand meldete sich.

„Nun gut. Und wie steht es mit dem Gebet? Der zweiten Hälfte von *Ora et Labora?* Ja, Richard?"

„Es war irgendwie komisch. Mein ganzes Leben lang habe ich einfach – gebetet." Dem jungen Mann schien dieses Bekenntnis gleichgültig zu sein. „Aber am Sonntag änderte sich daran etwas. Vielleicht war es das, was Eileen gesagt hat: Es war keine Eile, keine Hektik. Es bestand keine Veranlassung, das Ave Maria oder das Vater Unser hastig herunterzusagen. Und die Stille – mein Gott, es war so still!"

Zustimmendes Gelächter.

„Am Anfang, am Freitag, da dachte ich, die Stille würde mich verrückt machen. Aber dann gewöhnte ich mich daran. Dann geschah es: Am Sonntag stand ich früh auf und ging allein durch den Wald. Plötzlich war mir, ich kann das nicht erklären, als wäre ich Teil des Waldes. Als bestünde ein gemeinsames Band zwischen mir und dem Wald und allen Lebewesen – der ganzen Schöpfung."

Schweigen, während die anderen über ähnliche Erlebnisse nachdachten.

„Ja", nickte O'Dowd einem anderen Freiwilligen zu, „Raphael?"

Normalerweise meldete Doody sich nie für etwas. Er dachte, es sei ausreichend, wenn man einmal am Tag aufgerufen wurde, denn wenn das geschah, endete es fast immer mit einer Katastrophe. Wenn er überhaupt je eine Spur Selbstbewußtsein verspürte, dann in O'Dowds Klasse. Der ältere Prieser behandelte Doody stets freundlich und mit einem Ausmaß an Respekt, wie es der junge Mann von keinem anderen gewöhnt war. Wenigstens nicht von jemandem, der ihn gut kannte.

„Während wir dort waren", begann Doody stockend, „fühlte ich mich..." Er suchte nach einem Wort: „... als wären wir zusammen."

„Sie spürten das Gefühl der Gemeinschaft." O'Dowd lieferte das Wort, das Doody nicht eingefallen war. „Aber Sie haben es besser ausgedrückt, Raphael. Schildern Sie uns Ihre Empfindungen mit Ihren eigenen Worten."

„Wenn wir in der Schule sind, sagen wir, dann fehlt jemand, weil er krank ist". O'Dowd nickte ermutigend. „Und man nimmt einfach an, daß es ihm eben nicht gutgeht. Wenn man festgestellt hat, daß jemand fehlt, denkt man einfach nicht mehr an ihn. Aber während wir dort waren, empfand ich es fast als einen Verlust, wenn jemand fehlte oder zu spät kam. Als würde ein Teil von mir fehlen. Bevor wir im Kloster waren, habe ich so etwas nie erlebt."

„Sehr gut, Raphael", bemerkte O'Dowd. „Sie haben etwas Grundsätzliches am kontemplativen Leben erfahren: das Gefühl gegenseitiger Abhängigkeit. Nun können Sie vielleicht den Ausspruch von John Donne besser verstehen und würdigen: ‚Der Tod eines Menschen erschüttert mich, denn ich gehöre zur Menschheit; frag daher niemals, wem die Stunde schlägt; sie schlägt dir selbst.'"

O'Dowd freute sich besonders darüber, daß Doody bisher alle Versuche überstanden hatte, ihn vom Seminar auszuschließen. Natürlich sprach das Gesetz von Angebot und Nachfrage zu seinen Gunsten, und zwar in einem Ausmaß, mit dem keiner hatte rechnen können. Die Knappheit kirchlicher Amtsträger erreichte epische Ausmaße, und es war keine Besserung in Sicht.

Aber abgesehen davon war die Situation für O'Dowd eine Frage des Prinzips. Da er den größten Teil seines Lebens mit der Ausbildung von Seminaristen zu tun gehabt hatte, war er immer noch beeindruckt davon, welche Männer Jesus selbst als seine ersten Priester auserwählt hatte. Ganz gewöhnliche Leute: einen Verstoßenen, einen Verräter, einen Zweifler; alle gezeichnet von Irrtümern, Fehlern und Schwächen. Schwerlich die Besten der Besten. Dennoch hatte diese bunt zusammengewürfelte Gruppe es allein geschafft, das Christentum zu begründen und am Leben zu erhalten.

O'Dowd hatte stets geglaubt, daß es im Priestertum für Leute wie Raphael Doody einen Platz gab. Erst in jüngster Zeit jedoch hatten die Umstände eine Möglichkeit geboten, die These zu untermauern, daß die Doodys dieser Welt den Menschen hilfreich und nützlich sein konnten.

O'Dowds Gedanken schweiften zu seinem Freund Pater Dye ab,

der gerade einen Kurs in liturgischer Gebetsplanung abhielt. Von Zeit zu Zeit konnte er im benachbarten Klassenzimmer, wo Dye lehrte, Gelächter hören.

Früher war Dye ein blendender Anthropologe gewesen. Aber mit zunehmendem Alter kam die Senilität. Damit war Dye zur Zielscheibe häufigen Spotts geworden. Dennoch empfand O'Dowd Respekt vor seinem spirituellen Leben und seiner steten Güte. Dye war nicht so senil, daß er nicht mitbekam, wie verschiedene Leute – besonders jüngere – versuchten, ihn zum Narren zu machen. Aber er erduldete alle bissigen Bemerkungen und Spötteleien mit einer immerwährenden Freundlichkeit. Für O'Dowd war Dye in seinem jetzigen Zustand ein weiteres Beispiel dafür, daß jene, die die Welt nicht mehr haben wollte, immer noch nützliche Mitglieder der Gesellschaft sein konnten.

Außerdem konnte der alte George einen ab und zu schon noch zum besten halten.

Es läutete. O'Dowd ging in die Kantine, wo ihm das Küchenpersonal seinen nachmittäglichen Imbiß zubereitet hatte. Er würde Tee trinken und seine Biskuits dazu essen. Allein, wie es seine Art war.

„Für Gottes Heilige Kirche: Laßt uns zum Herrn beten, daß der Papst weiterhin unfehlbar sein möge." Der Student sah von dem Papier auf und sah seine Klassenkameraden an, die den Blick mit gelindem Amüsement erwiderten.

„Für die Nationen der Dritten Welt: Laßt uns zum Herrn beten, daß sie nicht mehr so abhängig sind."

Jemand schnaubte mit mühsam beherrschtem Gelächter.

„Für die Mitglieder der Kirchenhierarchie in diesem Land: Laßt uns zum Herrn beten, daß sie alle eine erfolgreiche Synode in Chikago haben und gesund zurückkehren mögen."

Jemand lachte laut heraus. Das schien den Lesenden ein wenig aus der Fassung zu bringen. Aber er las tapfer weiter.

„Für unseren Erzbischof Mark Boyle: Laßt uns zum Herrn beten, daß er sich guter Gesundheit erfreut und nicht aus seinem Haus am Palmer Park ausziehen muß."

Mehrere Klassenkameraden kicherten. Pater Dye,der sich auf seinem Stuhl zurückgelehnt hatte, sah zur Decke empor.

„Für die jungen Leute unserer Gemeinde: Laßt uns zum Herrn beten, daß sie es im Jugendklub gut auf die Matte bringen."

Die Klassenkameraden lachten über die Doppelbedeutung.

„Junger Mann", unterbrach ihn Pater Dye, „was war eigentlich Ihre Absicht, als Sie diese Gebete für die Gläubigen ausgedacht haben?"

„Eine fröhliche Gemeinde zu haben."

Pater Dye richtete seinen kleinen, rundlichen Körper auf und betrachtete seine Studenten, die in unterschiedlichen Stadien hilflosen Gelächters in ihren Bänken hingen. „Es scheint, als sei Ihnen das gelungen." Dye schlug mit seiner fleischigen Hand auf das Pult. „Ich bitte um Ruhe!"

Allmählich trat Ruhe ein.

„Wissen Sie, junger Mann, es ist nicht nötig, daß Sie das alles eigens im Gebet für die Gläubigen erwähnen. In der ursprünglichsten Form dieses Gebets sagte der Vorsprecher – der Präsident der Versammelten, der Priester, wenn Sie so wollen – lediglich etwas wie ‚Für den Weltfrieden', und ließ dann die Gemeinde ihr eigenes Gebet dazu sprechen. Ich würde Ihnen dringend anraten, junger Mann, daß Sie sich auch an diese Form halten. Es dürfte für alle Beteiligten besser sein: für diejenigen, die beten, und für diejenigen, für die gebetet wird. Und nun war es, glaube ich, Ihrer aller Aufgabe, ein Thema aufzugreifen und daraus anhand der liturgischen Formel ein Gebet zu bilden."

Papiere raschelten, während die Studenten ihre Hausaufgaben zückten.

„Ich würde vorschlagen, wir fangen bei Ihnen an, junger Mann." Dye nickte dem ersten Studenten in der ersten Reihe links zu. „Und dann werden wir mit Ihnen fortfahren, junge Dame." Er nickte der zweiten Studentin in der linken Reihe zu. „Und so weiter..."

Diesen August, dachte Dye, werde ich neunzig. Mein Gott, das ist ein stattliches Alter. Wenn ich gewußt hätte, daß ich so alt werde, hätte ich mich besser um mich gekümmert. Wem will ich etwas vormachen? Ich habe mich gut um mich gekümmert. Eine gelegentliche Zigarre, ein wenig Wein zum Essen, vielleicht ein Cocktail vor dem Essen, regelmäßig medizinische Untersuchungen und, vor allem, Vater und Mutter, die selbst beide über achtzig oder neunzig geworden sind...

„Dies ist ein Gebet in einer Zeit der Dürre. O allmächtiger und ewiger Gott, der du auf die Gerechten und die Ungerechten gleichermaßen regnen läßt, warum läßt Du es nicht auf alle regnen? Öffne Deinen Himmel und laß es herunterschütten, damit wir schwimmen können und Wasser im Überfluß haben. Das erflehen wir von dir durch Jesus Christus, unseren Herrn, mit unserer trokkenen Zunge. Amen."

Ich frage mich, ob mich diese jungen Leute veralbern oder ob diese albernen Gebete ihr Ernst sind? Es spielt keine große Rolle. Sie wären nicht die ersten, die einen alten Mann auf den Arm nehmen. Wenn sie es aber ernst meinen, dann kann man ihnen zugute halten, daß sie noch sehr jung sind. Ich habe nie verstanden, weshalb meine Kollegen sich so fürchterlich über unfähige Studenten aufregen können. Wenn sie älter und reifer werden, entwickeln sie vielleicht Fähigkeiten, die sie heute noch nicht haben. Außerdem bin ich mit Charlie O'Dowd einer Meinung: Man muß bedenken, mit welchen Leuten Christus angefangen hat. Am Anfang konnten die Apostel möglicherweise nicht besser beten als diese jungen Leute...

Die Glocke läutete, der Unterricht war zu Ende.

„Vergessen Sie nicht", rief Dye, als die Studenten zusammenpackten, „unsere NCR-Kassetten mit Pater Benedict Groeschel anzuhören. In der nächsten Stunde werden wir versuchen, pastorale Psychologie mit ins liturgische Gebet einfließen zu lassen."

Ebenso gut könnten wir versuchen, dachte er, mit den Armen zu rudern und zu fliegen.

Wie an jedem Tag, ausgenommen am Sonntag, ging er in die Kapelle, um ungestört zu beten. Die Kapelle wurde nicht mehr benützt. Als die Fakultät noch aus wesentlich mehr Priestern bestanden hatte, hatte sie immer Priester beherbergt, welche die alte lateinische Liturgie flüsterten. Nun kam nur noch selten jemand hierher.

Genau deshalb liebte George Dye die Kapelle so sehr. Hier konnte er ungestört beten, hier konnte er allein sein mit Gott.

Er nannte es seinen Horst. Tatsächlich war es wie ein Adlernest.

Die Suite befand sich im Zentrum des Seminars über dem zentralen Innenhof. Das turmähnliche Bauwerk war einige Stockwerke höher als die umliegenden Flügel des Seminars. Wenn er von einem Fenster zum nächsten schritt, konnte Pater Ly Freeny in alle anderen Fenster an den Innenseiten der Flügel hineinsehen. Ein starkes Fernglas unterstützte den Rektor von St. Joseph's bei seinen Bemühungen.

Ab und zu fühlte Pater Feeny sich veranlaßt, sein Spionieren zu rechtfertigen. An manchen Tagen schien es infantil, Seminaristen, anderen Studenten, Fakultätsmitgliedern oder dem Personal nachzuspionieren. Aber mit einigem Argumentieren kam er stets zum selben Ergebnis: Er, Ly Feeny, gegen den Rest der Welt.

Mit wenigen Ausnahmen schien es jeder darauf abgesehen zu haben, ihn aus seiner Position als Rektor des größten Seminars von Detroit zu verdrängen. Sein Footballtraining hatte ihn gelehrt, daß Angriff stets die beste Verteidigung ist. Und welch bessere Verteidigung konnte es geben, als zu wissen, was hinter seinem Rücken vor sich ging?

Außerdem hatten sich die Zeiten geändert. Dahin waren die Tage, als die Seminaristen noch ehrlich gewesen und täglich ihre Übertretung von Vorschriften gebeichtet hatten. Großer Gott, es waren ja fast keine Vorschriften mehr übrig! Wenn man wollte, nein, das mußte er verbessern, wenn die eigene Position verlangte, daß man die Studenten und ihr Verhalten genauestens kannte, dann war, bei Gott, eigentlich mehr vonnöten als nur eine oberflächliche Beobachtung.

Er konnte nicht sehen, ob George Dye in seiner Klasse schlief oder lediglich tagträumte. Er konnte sehen, daß sich Dye zurückgelehnt, die Augen geschlossen und die Hände über dem Bauch verschränkt hatte. Auf wundersame Weise schien seine Klasse normal zu funktionieren. Es war bekannt, daß sich die Studenten manchmal mitten im Unterricht entfernten, während Dye schlief.

Ab und zu, dachte Feeny, sollte ich versuchen, Dye abzuschieben. Aber ein solches Vorgehen konnte leicht eine Kettenreaktion auslösen, die Feeny seine Position als Rektor des Seminars kosten konnte. Es hatte keinen Zweck, das Wasser abzulassen, wenn er selbst mit in den Gully gespült werden konnte.

In Pater Gennardos Unterricht schien alles bestens zu sein. Gennardos Popularität bei den Studenten war deutlich gestiegen, seit auf ihn geschossen worden war. Für viele Studenten war er, besonders nach den Medienauftritten, eine Art Held geworden. Der Anschlag auf ihn war es gewesen, der die Filmleute auf den Plan gebracht hatte. Großer Gott, Feeny wäre froh gewesen, wenn sie wieder verschwunden wären. Sie machten nichts als Ärger und Verdruß und kosteten viel zu viel von seiner kostbaren Zeit.

Feeny wandte das Fernglas rasch vom Fenster direkt über Gennardos Klassenzimmer ab. Er hatte gesehen, daß eine nackte Frau dort am Fenster stand, und Feeny glaubte noch an das alte Keuschheitsgebot.

Dennoch sollte er sich vergewissern, daß kein Seminarist bei ihr war. Er schwenkte das Fernglas zurück. Kein Zweifel, es gab, wie Oscar Hammerstein es ausgedrückt hatte, nichts, das mit einer Frau zu vergleichen gewesen wäre. Aber das alles lag längst hinter Feeny. Sie schien allein zu sein. Kam wahrscheinlich gerade aus der Dusche. Er mußte die Studenten – besonders sie – darauf aufmerksam machen, die Rollos zu schließen.

Er wußte, er würde sie schockieren. Das war immer so, wenn er solch ein Thema zur Sprache brachte. Die Studenten fragten sich dann, ob er eine Privatleitung zu Gott hatte. Er schien ihre geheimsten Gedanken und Taten zu kennen. Warum sollte er auf diesen Vorteil verzichten? Feeny kam nicht auf den Gedanken, daß die Studenten vielleicht besser durch Liebe statt durch Angst motiviert wurden. Schließlich war der Beginn der Weisheit die Gottesfurcht.

Raphael Doody lag ausgestreckt auf dem Bett. Feeny sah auf den Stundenplan. Wie er vermutet hatte: Doody hätte einen Kurs besuchen sollen. In den alten Zeiten wäre ein Student wie Doody schon lange vor dem letzten Semester hinausgeflogen. In den alten Zeiten wäre es freilich, da er gerade darüber nachdachte, auch unmöglich gewesen, daß sich eine Frau in einem der Zimmer entkleidete.

Vorerst war jedoch Doody der Tropfen, der Feenys Geduldsfaß zum Überlaufen brachte. Er würde in Doodys Zimmer gehen und ihn unverzüglich wecken. Er wußte, Doody würde zuerst verblüfft sein, daß Feeny von seinem unrechtmäßigen Schläfchen wußte, und dann würde er denken, daß nur auf ihm herumgehackt wurde.

Aber wenn Erzbischof Boyle diesen jungen Mann in ein paar Monaten weihen wollte, dann würde Feeny immerhin dafür sorgen, daß Doody nicht seine Nachmittage verschlief, während sein Pfarrer der Meinung war, er würde die Gemeindeabgaben kassieren. Es konnte nicht schaden, wenn Doody zu der Überzeugung kam, daß Feeny auf eine übernatürliche Weise imstande war, alles zu sehen, so unbedeutend es auch sein mochte.

Feeny sah auf die Uhr. Wenn er Doody gemaßregelt hatte, blieben ihm noch wenige Minuten bis zu seinen täglichen Übungen. Es war die einzige Tageszeit, während der er den Turnsaal ganz für sich allein hatte.

Der erste Mann rückte ein wenig zur Seite, wobei er sein angebissenes Sandwich vom Rand stieß, so daß es in den Teich fiel.

„Ich frage mich, ob Erdnußbutter Goldfischen schadet“, sagte der zweite in vollem Ernst.

„Was?“ Der erste Mann sah über die Schulter und erblickte die Hälfte des Sandwichs, die langsam nach unten sank. „Verdammt! Das war fast mein halbes Essen!“

„Hier“, sagte der zweite Mann. „Du kannst von mir haben.“

„Danke.“ Der erste Mann holte sich ein Stück Kuchen aus der Ration des zweiten.

„Ich wollte nur wissen“, sagte der erste Mann, „wie lange es noch dauert, bis du zum Zuge kommst.“

„Nicht mehr lange", sagte der dritte Mann, der gerade seine Vespertüte auspackte. Er öffnete die Tüte und sah hinein. „Verdammt! Ich muß meine Vespertüte in den Mülleimer geworfen und die Mülltüte mitgebracht haben!"

„Ich fürchte, ich habe nicht genug für uns alle", sagte der zweite Mann.

„Oh, das macht nichts. Mit leerem Magen denke ich besser. Es wird allmählich auch Zeit."

„In gewisser Weise finde ich das schade", sagte der zweite Mann. „Dieser Job gefällt mir. Es macht Spaß, an einem echten Film mitzuarbeiten. Ich hätte mir nie träumen lassen, daß ich einmal bei so etwas mitmachen würden."

„Du solltest dich nicht zu sehr daran gewöhnen", warnte ihn der dritte Mann. „Wenn wir handeln, wird dieser Film zu Ende sein. Sie können unmöglich über einer Leiche weiterdrehen."

„Dessen wäre ich nicht so sicher", sagte der erste Mann. „Je mehr ich diesen Leuten zusehe, desto überzeugter bin ich, daß sie alles tun würden, um etwas ins Fernsehen zu bringen."

„Es ist eigentlich nicht wichtig, ob sie weitermachen. Wichtig ist, daß wir der Ausführung unseres ursprünglichen Plans näher sind als jemals zuvor."

Der erste Mann stimmte zu. „Hier ist es viel besser gelaufen als in Phase eins."

„Ihr meint, weil ihr nicht mehr von mir abhängig seid." Der zweite Mann schmollte.

„Mit dir hat das nichts zu tun", sagte der dritte Mann. „Es ist nur so – seit wir mühelos das Gebäude betreten können, haben wir bessere Beobachtungsmöglichkeiten. Wir haben jetzt unser Opfer, und wir wissen, daß es allein ist."

„Worauf warten wir dann noch?" beschwerte sich der erste Mann.

„Auf den letzten Teil unseres Plans: wie ihr beiden am besten imstande sein werdet, mich zu decken. Wenn wir das geklärt haben, dann werden wir ganz bereit sein, und wir werden handeln. Ich versichere euch, der Zeitpunkt ist nahe."

„Oh, Himmel!“ Der zweite Mann drehte sich unvermittelt um. Die ganze Pause über saßen sie am Rand des Goldfischteichs im Innenhof des Seminars. Unbemerkt war ein Zipfel seines Hemdes ins Wasser geraten. Das Hemd hatte sich mit Wasser vollgesogen, bis es seinen Rücken erreichte. Plötzlich merkte er, daß sein ganzes Hemd naß war.

„Ach, wring' es aus“, sagte der dritte Mann. „Das ist nicht halb so schlimm wie eine Mülltüte als Vesper zu bringen.“

Für alle, die nicht zum Team gehörten, war der Drehort tabu. Die Sergeants Patrick und Morris bildeten die einzige Ausnahme. Jeder andere Anwesende war entweder Techniker oder gehörte zum Stab.

Die Kamera und die Ausrüstung waren in einen der geräumigen Schlafsäle des Seminars geschafft worden, wo eine Kulisse errichtet wurde. In fertigem Zustand würde sie aus drei Wänden bestehen und ein spärlich möbliertes Zimmer darstellen. Ein Metallbett, ein kleiner Schreibtisch und ein Lehnstuhl waren die einzigen Möbelstücke. Techniker schwärmten herum, richteten Mikrofone ein, erprobten den Ton, experimentierten mit der Beleuchtung und legten Schienen für die Kamera.

In einer Ecke der Kulisse klopfte der zweite Mann Nägel in eine Bretterwand. Seine Aufgabe war es, die Rückwand zu befestigen. Viele der Nägel, die er in die Seitenwand nagelte, drangen aber gar nicht in die Rückwand. Er machte sich deswegen keine Gedanken. Er war ganz sicher, daß die Nägel saßen und die beiden Bretterwände zusammenhielten.

Auf der anderen Seite der Kulisse tat der erste Mann dasselbe. Auch er war sicher, daß jeder seiner Nägel Halt fand und die Kulisse zusammenhalten würde.

Herman Deutsch saß zur Abwechslung einmal nicht im Regiestuhl. Er schritt zögernd durch die Kulisse, als würde ihn jeder Schritt einem düsteren Schicksal näher bringen.

„Das ist es, Doktor“, sagte Bruce Lauther. „Hier ist das Geld. Sex und Gewalt in derselben Szene. Das gefällt mir!“ Er rieb die Hände aneinander.

„Ich weiß nicht.“ Dr. Heinsohn schüttelte den Kopf. „Mir gefällt diese Heterosexualität nicht. Das paßt nicht zum Profil des Soziopathen. Dieses Soziopathen.“

„Machen Sie sich deshalb keine Sorgen, Doktor“, sagte Bruce Lauther. „Nach Ihren Vorschlägen gestern abend und nachdem Herm das Drehbuch umgeschrieben hat, haben wir mehr als genug Gewalt in der Szene, um das Mädchen in seinem Zimmer auszugleichen. Es könnte ebenso leicht eine Gewalttat gegen die Frau sein wie eine Tat aus Liebe. Mit einem Wort, es wird zweideutig sein. Sie können es auch als aggressive Tat eines Homosexuellen bezeichnen. Wenn jemand eine Frage stellt, dann können Sie es in diesem Licht erklären. Vorläufig aber verkaufen wir es dem Sender als Tat eines Heterosexuellen – eines brutalen Mannes, der alles mit Gewalt macht, Priester angreifen und Geschlechtsverkehr praktizieren. Perfekt, nicht?“

„Ich weiß nicht. Vielleicht.“

„Ist von euch schon jemand am Drehort gewesen, wenn eine große Sexszene gedreht wurde?“ fragte der zweite Kameraassistent die Produktionsassistenten, die sich hinter der Kamera drängten, nachdem sie ihre verschiedenen Tests ausgeführt hatten.

Sie schüttelten alle den Kopf.

„Wild! Jeder sagt, daß es sehr professionell ist, und keinem fällt auf, daß normalerweise eine nackte Braut dabei ist. Lächerlich! Wann wart ihr Jungs zum letztenmal mit einer nackten Braut in einem Zimmer und habt nicht gemerkt, daß sie nicht da war?“

Die Assistenten wechselten Blicke und zuckten die Schultern.

„Das will ich doch meinen! Hört zu, Jungs, ich werde später ein paar Fotos machen. Wenn ihr morgen zu mir kommt, habe ich sie fertig. Acht-mal-zehn Hochglanz. Nur einen Schein pro Stück, dann habt ihr eine Erinnerung an diesen denkwürdigen Tag, die ihr mit nach Hause nehmen könnt. Etwas, das ihr euren Freunden zeigen könnt. Wir sehen uns morgen.“

Die Produktionsassistenten schienen an diesem Angebot sehr interessiert zu sein. Der Kameramann war ermutigt.

„Ich kann nicht glauben, daß diese Kulisse wie ein richtiges Zimmer aussehen wird, wenn sie filmen“, sagte Morris.

„Die Magie des Fernsehens“, antwortete Patrick grinsend.

„Ich nehme an, das hat etwas mit dem kleinen Bildschirm zu tun. Wenn sie das für die Leinwand drehen würden, dann müßten sie die Szene wahrscheinlich in einem richtigen Zimmer drehen. Aber auf dem kleinen Bildschirm bemerkt keiner den Schwindel – meinst du nicht auch? Äh, Dean... Dean Patrick!“

„Was? Oh... entschuldige, Marge. Ich habe Roman Kirkus beobachtet. Er hat wieder dieses böse Lächeln. Ich frage mich, was in seinem Kopf vor sich geht.“

„Du meinst, abgesehen vom Haß auf bestimmte Individuen?“

„Ja, abgesehen davon.“

Sol Gould unterhielt sich mit einem Schauspieler und einer Schauspielerin am Rand der Kulisse. Sie schienen auf nichts anderes zu achten. Er spielte den Täter. Sie war seine Freundin.

„Kennt ihr den Text?“ fragte Gould.

Die Schauspielerin lächelte. „Viel ist es ja nicht.“ Der Schauspieler nickte nur.

„Du darfst nicht vergessen, Herzchen, du bist ein brutaler Mensch. Obwohl deine Freundin willig ist, ist das mehr eine Vergewaltigung als eine freiwillige Hingabe. Also laß uns Gewalt sehen, Herzchen. Und achten wir darauf, daß wir es mit einer Aufnahme in den Kasten bekommen.“

Unter gebrüllten Anweisungen und allgemeiner Verwirrung wurde die Kulisse geräumt und alle Vorbereitungen zum Filmen abgeschlossen.

„Und Action!“ rief Gould.

Lauther stand an einer Seite und begann im Geiste durchzurechnen, wieviel die Einstellung kosten würde.

Deutsch sah in die Dunkelheit. Nur die Kulisse war beleuchtet.

Die Schauspielerin saß auf dem Bett. Außer den Schuhen war sie vollständig angezogen. Es klopfte an der Tür.

„Ist offen!“ rief sie.

Er trat aus der Dunkelheit in die Kulisse. Sie sprang auf und eilte nach links auf ihn zu. Sie warf die Arme um seinen Nacken. Er hob sie vom Boden hoch. Sie küßten sich leidenschaftlich. Noch während er sie küßte, packte er den Kragen ihrer Bluse am Rücken und begann, sie entzweizureißen.

„He, Liebling", begann sie, „du mußt doch nicht..."

Er riß den ganzen Rücken der Bluse entzwei. Er ließ sie los, trat zurück, packte das Vorderteil ihrer Bluse und riß es herunter.

Sie sah ihn an. Etwas in seinen Augen zauberte echte Angst auf ihr Gesicht.

Er zerrte an seinem Hemd. Knöpfe sprangen ab. Er riß sich das Hemd vom Leib. Er war bis zur Taille nackt.

Verblüfft versuchte sie zurückzuweichen, aber er war zu schnell. Er packte ihren Rock an der Taille und zog sie zu sich. Mit unglaublicher Kraft zerriß er den Saum ihres Rocks und riß ihn von ihrem Körper. Sie schrie.

„Glaubst du, daß die das so geplant haben?" flüsterte Sergeant Morris.

„Ich bin ganz und gar nicht sicher", erwiderte Patrick flüsternd. „Sei auf der Hut."

Sie warf sich herum und versuchte wegzulaufen, aber er bekam sie am Büstenhalter zu fassen. Sie wurde zu ihm zurückgeworfen, als der Verschluß brach und der Büstenhalter abfiel.

„Was soll das?" sagte Deutsch zu Gould. „Habt ihr diesen Kerl dazu angewiesen? Es ist sein Ernst." Deutsch saß jetzt sogar aufrecht in seinem Stuhl.

Gould schien sich nicht wohl zu fühlen. „Ich weiß nicht, Herm. Soll ich sie aufhalten?"

„Verdammt, nein. Filmt es. Was wir nicht verwenden können, können wir immer noch schneiden, oder wir können es so zurechtmachen, daß wir uns immer an der Grenze des guten Geschmacks bewegen. Schneiden können wir immer, hinzufügen nicht."

Sie legte die Arme über die Brüste und wich zurück; er streckte die Arme aus und riß ihr den Slip bis zu den Knien herunter. Dadurch kam sie ins Stolpern, fiel auf das Bett, und das Bett prallte gegen die Rückwand. Die gesamte Kulisse brach zusammen.

„Schnitt! Schnitt! Daß das ausgerechnet jetzt geschehen muß! Feuert den Kulissenmacher! Verdammt!“

„Ich glaube nicht, daß das beabsichtigt war“, sagte Morris.

„Wo ist Kirkus?“ fragte Patrick plötzlich scharf.

„Ich weiß nicht.“ Morris sah sich rasch um.

„Verdammt! Er ist verschwunden, während wir dieses Spektakel angesehen haben! So etwas darf nicht noch einmal passieren. Wir müssen ihn wiederfinden!“

„Du gehst dorthin, ich hierhin. Unternimm nichts, sieh nur zu, daß du ihn siehst. Sonst könnte es sein, daß wir eine Leiche finden.“

Pat Lennon sah sich um. Die Tridentiner würden heute ein volles Haus haben. Die Geschäfte der ultrakonservativen Gruppe nahmen eindeutig einen Aufschwung.

Die heutige Versammlung, die wie alle bisherigen Versammlungen im *Detroit Catholic* annonciert worden war, fand im Auditorium der Holy Redeemer Kirche statt. Es war eines der größten Gebäude in der Erzdiözese.

Lennon konnte sehen, daß der Balkon zwar nicht gebraucht, die Halle aber ansonsten ziemlich voll sein würde. Sie schätzte, daß etwa vierhundert Personen anwesend waren. Eine deutliche Steigerung gegenüber dem ersten Treffen, das sie mit Joe Cox zusammen besucht hatte.

Sie hatte Cox nicht dazu bewegen können, heute abend mitzukommen. Er hatte momentan keine feste Reportage; er wollte zu Hause bleiben und lesen. Sie jedoch war der Meinung, obwohl sie auch keinen speziellen Auftrag hatte, diese Versammlung besuchen zu müssen, weil sich eine Geschichte entwickeln konnte.

Durch Gespräche mit einigen Besuchern hatte sie herausgefunden, daß ein paar – vergleichsweise wenige – überzeugte Tridentiner waren. Ein paar hatten, angelockt von den Berichten, nur einige Treffen besucht, dabei aber festgestellt, daß die Gruppe für ihren Geschmack zu weit rechts stand; andere genossen einfach das Spektakel, bei einem Medienereignis dabeizusein. Die Versammlungen waren nämlich immer noch Gegenstand von Berichten im Fernsehen, wenn auch nur kurzen.

Ohne Fragen war es unmöglich herauszufinden, wer in welche Kategorie gehörte. Eine nette ältere Dame hatte sich Lennon genähert und sich schüchtern nach dem Befinden ihres „Hausherrn" gefragt, da Cox nicht dabei war. Lennon hielt das für einen überaus altmodischen Ausdruck und fragte sich, was die alte Dame denken würde, wenn sie wüßte, daß sie ohne zivilen oder kirchlichen Trauschein zusammen lebten.

„Sieh da. Das ist Conrad Nap, nicht wahr?" fragte Marge Morris.

Patrick beugte sich zur Seite, bis er den Mann sehen konnte. „Ja, das ist er. Sieht finster aus."

„Er wäre mein Spitzenkandidat gewesen. Aber er hat keinen Zugang zum Seminar, so wie Kirkus."

„Du solltest ihn aber noch nicht aus dem Spiel lassen. Wer immer der Bursche ist, er hatte auch keinen besonderen Zugang zu Sacred Heart und schien sich dennoch bestens dort auszukennen. Vielleicht ist Kirkus gar nicht unser Mann."

Patrick hatte größte Schwierigkeiten, seine langen Beine zu überkreuzen. Der Architekt hatte wenig Platz zwischen den Reihen harter, unbequemer Theatersitze gelassen.

„Ganz recht. Da wir gerade von Kirkus sprechen – wo hast du ihn gestern eigentlich gefunden?"

Patrick grinste verschlagen. „In der Herrentoilette."

„In der Herrentoilette! Du willst mir doch nicht sagen, daß Kirkus während dieser ganzen Vorstellung aufs Klo ging?"

„Nun, nicht ganz. Die Vorstellung scheint ihn erregt zu haben, und er ging sich, äh... erleichtern."

„Die Pubertät muß den Ärmsten nicht losgelassen haben."

Kirkus bat die Versammlung um Ruhe. Er betete mit den Anwesenden den Rosenkranz.

Es schien, als gebe es erneut Schwierigkeiten mit dem Mikrofon. Lennon wunderte sich darüber.

„Heute abend werden wir Beschwerden nicht einzeln vortragen.

Stattdessen habe ich Bruder Alphonsus gebeten, sich einige Ihrer Mißfallensbekundungen anzuhören und gesammelt zu präsentieren."

Er bat nicht darum, über diesen Vorschlag abzustimmen. Lennon hatte den Eindruck, als seien viele im Publikum nicht damit einverstanden. Sie nahm an, die Tridentiner fühlten sich betrogen, weil sie nicht selbst ihre Beschwerden vorbringen durften.

„Also halten wir uns nicht länger auf, bitten wir Bruder Alphonsus auf die Bühne." Jedes vierte Wort wurde nicht verstärkt.

Der große, magere, konservativ gekleidete Mann näherte sich der Bühne. In Größe und Körperbau erinnerte er an Kirkus. Alphonsus legte die Strecke fast ohne Schwierigkeiten zurück. Er stolperte auf der obersten Stufe, fiel aber nicht.

„Könnte er ein Ordensbruder sein?" flüsterte Koznicki.

„Schon möglich", murmelte Pater Koesler.

Bruder Alphonsus sammelte seine Notizen zusammen, dann klopfte er an das Mikrofon. Es war völlig tot. Er seufzte.

„Meine Damen und Herren", brüllte er, um gehört zu werden, „um Ihnen zu zeigen, wie schlimm es wirklich steht, werde ich nicht einmal auf den Verlust unserer herrlichen lateinischen Messe eingehen."

Unruhe im Publikum. Lennon konnte sich vorstellen, daß es einige gab, die speziell über dieses Thema gern lange und ausführlich diskutiert hätten.

„Unterhalten wir uns statt dessen heute abend lieber über das, was mit der neuen Kirche und der neuen Messe schiefgeht, die uns die Häretiker nach dem Zweiten Vatikanischen Konzil beschert haben."

Ein Raunen ging durch das Publikum. Lennon hörte jemanden – konnte es wirklich die arglos aussehende, weißhaarige Dame gewesen sein? – murmeln: „Zeig's ihnen, Al!"

„Die jungen Geistlichen verschleudern Hunderttausende von Dollars unnötig, um unsere Kirchen umzubauen, und sie gebrauchen dabei die Entschuldigung, daß sie sie den neuen Liturgien anpassen wollen. Und die bestehen nicht nur darin, daß sie den Altar herumdrehen, so daß der Priester schamlos die Gemeinde ansehen kann, anstatt ihr den Rücken zuzukehren und das Kruzifix anzusehen, wie es uns die Kirche immer gelehrt hat! Sie verändern den Standort der Orgel und des Chors ganz nach ihrem Belieben! Sie schieben das Heilige Sakrament in eine Ecke ab, wo niemand imstande sein wird, Jesus überhaupt zu finden, geschweige denn ihn anzubeten! Und sie versetzen das Geländer der Kommunion!"

„Ja!"

„Richtig!"

„Es ist entsetzlich!"

Er hatte sie gepackt.

„Sie lassen uns nicht nur nicht mehr niederknien, damit wir die heilige Kommunion mit Anstand empfangen können; jetzt haben sie sogar das Geländer entfernen lassen, das traditionell das Allerheiligste vom Rest der Kirche abtrennte."

„Schande!"

„O ja! Inzwischen empfangen sie die heilige Kommunion stehend. Sie strecken sogar die Hände aus, um die heilige Kommunion selbst zu nehmen! Und wir wissen alle, was diese Hände nur wenige Stunde zuvor alles gemacht haben, nicht wahr?"

„Schreckliche Dinge!"

„Schmutzige Dinge!"

„An ihren Weibern gefummelt!"

„Und das ist noch nicht alles! Diese Priester möchten Laien erlauben, die heilige Kommunion zu verteilen. Sie möchten, daß wir vergessen, was wir in der Schule gelernt haben und was die Nonnen uns beibrachten und was die Kirche immer gelehrt hat – daß nur die geweihten Hände des Priesters allein es wert sind, die heilige Hostie zu halten und die heilige Kommunion durchzuführen!"

„Eine Schande!"

„Für wen halten die sich eigentlich!"

„Und das ist noch nicht alles!"

Nein, das dürfte kaum alles sein, dachte Lennon. Ich wette, er könnte endlos so weitermachen.

„Nein, das ist noch nicht alles! Der Heilige Vater hat befohlen, daß Kinder zur Beichte gehen, bevor sie die Erstkommunion empfangen. Aber was tun unsere Pfarrer? Wie befolgen sie die Worte des Heiligen Vaters? Sie geben den kleinen Rabauken die Erstkommunion, ohne sie zur Beichte zu schicken! Wissen sie denn nicht, daß ein Kind im Alter von sieben Jahren das Alter der Vernunft erreicht hat und eine Todsünde begehen kann? Darum müssen Kinder beichten, bevor sie die Erstkommunion erhalten!"

„Wie die Kirche es immer gelehrt hat!"

„Hören sie nicht auf die Botschaft von Fatima?"

„Haben sie noch nie von der Heiligen Mutter von Tumerango gehört?"

„Sie sollten auf Evita, Elvira und José hören!"

„Zeigen wir es ihnen!"

Lennon war nicht ganz sicher, glaubte aber, daß der letzte Ausruf von Conrad Nap gekommen war.

„Unsere Priester werden nachlässig. Sie gewähren sogar schon allgemeine Absolution! Man muß nicht einmal mehr zur Beichte gehen. Man muß nur einen Priester finden, der die allgemeine Absolution für alle und jeden erteilt, zur Kirche gehen und die Absolution erhalten, ohne gebeichtet zu haben! Man denke nur an alle schmutzigen Sünden, die niemals gebeichtet werden!"

„Das gefällt dem Papst nicht!"

„Die Kirche hat immer gelehrt, daß man zur Beichte gehen muß!"

„Die Priester werden nachlässig!"

„Zeigen wir es ihnen!"

Schon wieder Conrad Nap.

In diesem Augenblick betrat das Team von Kanal 2 das Auditorium. Anscheinend war dies der einzige Kanal, der über die Versammlung des heutigen Abends berichten würde.

Roman Kirkus betrat das Podium und stieß Bruder Alphonsus beinahe hinunter.

„Wir alle möchten Bruder Alphonsus danken", brüllte Kirkus über den allgemeinen Aufruhr. „Gut gemacht, Bruder. Sie haben eindeutig einige der drängendsten Probleme angesprochen, mit denen die heutige Kirche sich konfrontiert sieht.

„Und nun“, Kirkus sah unverwandt in die Fernsehkamera, die nach einem kurzen Schwenk über das Publikum auf ihn gerichtet war, „möchte ich gern ein anderes Thema zur Sprache bringen, das für uns und unsere Sache von größtem Interesse ist, von dem viele aber sicher noch nichts gehört haben.

Es geht um das Seminar, von dem ich gesprochen habe – das St.-Joseph’s-Seminar. Wir haben bereits gehört, wie Bruder Alphonsus von dem Sexunterricht erzählt hat, den sie dort abhalten, wie auch im Sacred-Heart-Seminar. Nun bin ich hier, um Ihnen von der letzten Verfehlung in St. Joe’s zu erzählen. Sie machen dort einen schmutzigen Film!“

„Einen schmutzigen Film?“

„Wie kann das sein?“

„Ja, meine Freunde, sie drehen einen schmutzigen Film! Sie haben vielleicht gehört, daß ein Team aus Hollywood angekommen ist, aus diesem Sündenbabel, um einen Fernsehfilm über die Vorkommnisse in den Seminaren zu drehen. Das erzählen sie. Aber was sie in Wirklichkeit tun, das ist, einen schmutzigen Film drehen! Es fällt Ihnen vielleicht schwer, das zu glauben...“

„Sind Sie sicher?“

Als wäre es eine olympische Fackel, die er bis hierher getragen hatte, begann Kirkus mit einem Bündel Fotos zu winken. „Hier, meine Freunde, ist der Beweis! Ich habe für die Tridentiner diese Organisation infiltriert und jemanden aus ihrem Team etwas machen lassen, das sie Standfotos nennen. Meine Freunde, diese Bilder sprechen für sich selbst. Ich werde sie allen von Ihnen zeigen, die sich diese widerwärtigen Scheußlichkeiten ansehen wollen. Sie werden einen Mann sehen, der einer Frau die Kleider vom Leib reißt, bis sie splitternackt ist.“

Viele Männer im Publikum beugten sich nach vorn.

„Und das ist der Film, den sie im Seminar drehen. In unserem Seminar! Für ein paar Tausend Dollar hat uns die Erzdiözese verkauft und genehmigt, daß ein schmutziger Film in ihren heiligen Hallen gedreht wird. Was meinen Sie dazu?“

„Ungeheuerlich!“

„Das hat die Kirche nie gelehrt!"

„Eine Schande!"

„Zeigen wir es ihnen!"

„Meine Freunde, in ein paar Minuten wird jeder diese Bilder sehen können. Ich kann Sie alle nur auffordern, sich diesen Skandal mit eigenen Augen anzusehen! Nun wollen wir mit einem Gebet schließen. Im Namen des Vaters und des Sohnes und..."

„Wissen Sie", bemerkte Pater Koesler zu Inspektor Koznicki, während sie das Auditorium verließen, „alles, was Bruder Alphonsus heute gesagt hat, war weit übertrieben und entstellend, aber es basierte alles auf zulässigen Argumenten."

„Nun, Pater, wir waren uns ja bereits einig, daß pathologische Dinge stets im Normalen verwurzelt sind."

Ich muß über diesen verrückten Film recherchieren, den sie im Seminar drehen, dachte Lennon. Wenn tatsächlich etwas von dem stimmt, was Kirkus behauptet, dann könnte das eine Geschichte für die erste Seite werden. Jedenfalls scheint der Zeitpunkt günstig zu sein, um Kirkus zu interviewen. Er ist da, und er ist aufgeputscht. Diejenigen, die sich sonst nach einer Versammlung um ihn drängen, versuchen gerade, sich die Bilder anzusehen. Also habe ich Kirkus für mich allein.

Sie ging zur Bühne. Da der größte Teil der Menge in die andere Richtung strömte, fiel ihr das Vorankommen nicht gerade leicht.

„Zum Glück", sagte Morris zu Patrick, während sie hinausgingen, „konnte Kirkus die Fotos bekommen. Auf diese Weise hat er nichts versäumt."

Patrick lachte.

Gewöhnlich war Kirkus nach den Versammlungen stets von einer Traube von Tridentinern umringt, die versuchten, ihm ihre Gruselgeschichten von der „neuen" Kirche zu erzählen. Aber heute abend waren es nur wenige. Die Mehrheit derer, die nicht das Auditorium verließen, drängten sich neben der Bühne und rissen sich um die Hochglanzfotos, die Kirkus dem zweiten Kameraassistenten abgekauft hatte.

Lennon wartete, bis der letzte Tridentiner schließlich gegangen war. Dann stellte sie sich ihm vor; sie schlug ihren Notizblock auf und zückte den Bleistift.

Seinem Gesichtsausdruck konnte sie entnehmen, daß Kirkus zwar schon von den *Detroit News* gehört hatte, aber ganz sicher noch nicht von ihr. Wahrscheinlich las er die Sportseite und die Comics. Sie merkte auch, daß er lüstern ihre Brust anstarrte. So war das also!

„Ich hätte gern ein paar Hintergrundinformationen zu Ihrer Person, Mr. Kirkus."

„Nennen Sie mich Roman."

„Ich würde Mr. Kirkus vorziehen."

„Wie Sie wollen."

Lennon bemerkte, daß Kirkus' Blick ständig über ihren Kopf hinwegsah. Gelegentlich nickte er jemandem zu oder lächelte schüchtern. Sie vermutete, daß die Bewunderung seiner Anhänger für ihn eine ernste Sache war.

„Sind Sie gebürtiger Detroiter, Mr. Kirkus?"

„Aber sicher. Ich wurde im alten Providence Hospital geboren, als es sich noch am West Grand Boulevard befand."

„Katholisch seit Geburt?"

„Jawohl."

„Geburtsjahr?"

Er zögerte, als wüßte er nicht, ob er ihr antworten sollte. Dann „1928."

„Ausbildung? Gemeindeschulen?"

Sein Gesicht wurde verkniffen. „Nein. Öffentliche. Meine Eltern konnten sich keine katholische Schule leisten. Ich graduierte an der Cooley High, als die Nachbarschaft dort noch anständig war – bevor die Nigger das Viertel übernommen haben." Er studierte Lennons Gesichtsausdruck, um festzustellen, ob die rassistische Äußerung sie betroffen gemacht hatte. Er sah, daß das zutraf. „Machen Sie sich nicht die Mühe, nach dem College zu fragen. Ich habe keines besucht. Ich war zu sehr damit beschäftigt, die Demokratie in der Welt zu verteidigen."

„Sie waren im Krieg?"

„In zweien."

„Zweien?"

„Kaum alt genug für den Zweiten Weltkrieg, und gerade noch jung genug für Korea."

„Das ist bemerkenswert. Armee?"

„Jawohl."

„Dienstgrad?"

„Gefreiter."

„Gefreiter? Zwei Kriege, und nur Gefreiter?"

„Gefreiter erster Klasse." Kirkus errötete ein wenig.

Offensichtlich war ihm sein Scheitern in der Armee peinlich. Lennon fand es bemerkenswert, daß er nicht befördert worden war. Nach ein paar weiteren allgemeinen Fragen ging sie ins Detail.

„Mr. Kirkus, ich wüßte gern Ihre Meinung zu verschiedenen Themen." Sie machte eine Pause. „Waffen."

„Seien Sie nicht albern. Die Verfassung garantiert dem Bürger das Recht, Waffen zu besitzen."

„Besitzen Sie welche?"

„Natürlich. Automatiks, Revolver, eine Schrotflinte."

„Ich verstehe. Sie unterstützen demnach die Theorie, daß nicht Waffen Menschen umbringen, sondern daß Menschen Menschen umbringen?"

„Natürlich nicht. Waffen töten Menschen, Menschen töten Menschen mit Waffen besser."

„Sie befürworten das Töten doch nicht?"

„Kommt darauf an, ob Sie von einem Mord sprechen, den man rechtfertigen kann, oder den man nicht rechtfertigen kann."

„Wie sieht denn Ihre Definition eines Mordes aus, den man rechtfertigen kann?"

„Wenn man jemanden tötet, der den Tod verdient."

„Und wen würden Sie dieser Kategorie zuordnen?"

„Oh, einige."

„Kennen Sie Leute, die den Tod verdienen?"

„Einige."

„Könnten Sie Leute umbringen?"

„Das habe ich getan. Zwei Kriege, vergessen Sie das nicht."

„Was ist mit der Person, die die Geistlichen in den Seminaren angegriffen hat?"

„Wahrscheinlich hat sie ihre Gründe dafür."

„Können Sie sich einen Grund vorstellen, weshalb jemand die Geistlichen angegriffen haben könnte?"

„Sie haben die Versammlung besucht. Ich habe Sie schon einige Male gesehen. Sie sind so hübsch, daß Sie auffallen wie ein bunter Hund. Sie haben die Beschwerden gehört. Die Priester in den heutigen Seminaren richten ihre Studenten zugrunde, indem sie ihnen Sex und diese Wischi-Waschi-Religion beibringen, die nichts mit der Kirche unserer Väter zu tun hat. In diesen Seminaren wird die Zukunft des Katholizismus in Detroit gemacht."

„Halten Sie, Mr. Kirkus, das für einen ausreichenden Grund, um zu töten?"

„Manche Dinge sind es wert, dafür zu sterben, und manche sind es wert, dafür zu töten." Kirkus' Lächeln war etwas verzerrt.

„Danke für das Interview, Mr. Kirkus. Wenn ich noch weitere Informationen brauche, dann werde ich mit Ihnen Kontakt aufnehmen." Lennon klappte ihren Notizblock zu, verabschiedete sich und ging.

Was für eine unglaubliche Aussage! Das konnte sie in die Schlagzeile von Seite eins bringen und die Leser wirklich aufrütteln. Cox würde es noch leid tun, daß er die Versammlung nicht besucht hatte.

Während sie sich von Kirkus entfernte, konnte sie förmlich spüren, wie er ihre Hüften betrachtete. Ach, zum Teufel! Sie ließ sie aufreizend kreisen und ging langsam hinaus und die Treppe hinunter.

# 8

Pater Charles O'Dowd unterrichtete zwar einen Kurs in Aszetik, zu dem ein gesundes Quantum kontemplatives Beten gehörte, aber er betrachtete sich selbst nicht als einen besonders kontemplativen Menschen.

Er konnte und wollte nicht zulassen, daß er an dieser Wolke der Unwissenheit vorbeigezogen und in ein verändertes Stadium des Bewußtseins versetzt wurde. Er hatte schon vor langer Zeit beschlossen, das den Trappisten zu überlassen. Viele benützten Zen, um diesen Bewußtseinszustand zu erreichen, der dem Orientalen alles war, dem Christen dagegen nur ein Mittel, um die intimste Form des Gebets zu erreichen. Aus verschiedenen Gründen war er nicht bereit, diese Reise zu unternehmen, wenngleich er das Vehikel überaus gut kannte. Vielleicht erinnerte ihn dieses Ausschalten des rationellen Bewußtseins zu sehr an den Tod. Aber O'Dowds Gebet war dasselbe wie das des biblischen Vaters, dessen Sohn vom Teufel besessen war: „Ich glaube, Herr. Hilf du meinem Unglauben."

Der Tod war der äußerste Punkt. Jedesmal, wenn jemand den er kannte, starb, dann dachte er: Jetzt kennt er alle Antworten – jetzt ist er entweder in der Hölle, im Himmel, dem Fegefeuer, ein Flußkrebs oder gar nichts.

O'Dowd war gezwungen gewesen, während dieses Schuljahres ganz subjektiv über den Tod nachzudenken, weil offensichtlich ein Wahnsinniger die Seminarprofessoren zum Abschuß freigegeben hatte. Obwohl O'Dowd schon weit über Siebzig war, war er ein bemerkenswert gesunder Mensch. Unter normalen Umständen hätte er damit rechnen können, noch viele Jahre lang zu leben. Er hoffte auch noch auf viele Jahre. Aber ein Wahnsinniger konnte diese Aussichten binnen eines Augenblicks zunichte machen.

Vielleicht lag es am Wetter. Ein trostloser, kalter, nasser, deprimierender Märztag, an dem es aussah, als würde der Winter Michigan niemals aus seinen Krallen lassen. Ein Tag, der düster genug war, den Gedanken über die Sterblichkeit Auftrieb zu geben.

Kaum hatte er seinen nachmittäglichen Unterricht beendet, begann er, über Gewalt, Leid und Tod zu brüten. Langsam ging er zur Kantine, wo sein Tee und seine Biskuits warteten.

Ihm wurde bewußt, wie verwundbar er in dieser Umgebung war. Studenten, Personal und andere Fakultätsmitglieder befanden sich momentan alle in den anderen Flügeln des Seminars. Niemand, außer ihm, kam jemals um diese Zeit in den Speisesaal. Sogar das Küchenpersonal war fort. Sie mußten das Abendessen erst in ein paar Stunden vorbereiten.

Was für ein geeigneter Zeitpunkt für einen Attentäter, um zuzuschlagen! Seine Leiche würde erst gefunden werden, wenn das Küchenpersonal zurückkam. Der Killer hätte mehr als genug Zeit, zu verschwinden und seine Spuren zu beseitigen.

Er begann, sich ganz bewußt auf den Rand seines Blickfelds zu konzentrieren. Er wollte sich nicht dauernd umdrehen. Aber er wollte wissen, was um ihn herum vor sich ging. Er war immerhin kontemplativ genug, sich auf seine Intuition zu verlassen. Seine Intuition verriet ihm, daß ihn jemand beobachtete, oder daß etwas Ungewöhnliches geschehen würde.

Er stieß die Schwingtür zum Speisesaal auf. Niemand war zu sehen, kein Laut zu hören, abgesehen vom Klang seiner Schritte auf dem Boden. Auf einem Tisch im hinteren Teil des Saals stand O'Dowds mittäglicher Imbiß, den das nun abwesende Küchenpersonal wie immer zubereitet hatte.

O'Dowd nahm auf dem gewohnten Stuhl am Tisch Platz. Er schenkte sich Tee ein, brach ein Stück Keks ab, bestrich es mit Butter, biß hinein und fing an zu kauen.

Da nun sein Essen vor ihm stand und ihn die beruhigende Behaglichkeit erfüllte, die Routine stets mit sich bringt, begann er sich zu entspannen und überlegte sich, daß er wohl überängstlich reagiert haben mußte. Dieser Wahnsinn der Angriffe auf Seminarprofessoren war wahrscheinlich vorbei. Außerdem, weshalb sollte jemand ihn als Opfer aussuchen? In all seinen Jahren als Priester – die er fast alle mit der Ausbildung von Seminaristen verbracht hatte –, hatte er sich keine Feinde geschaffen. Manchmal machte er sich deswegen fast Vorwürfe. Selbst in dieser Fakultät gab es Lehrer, besonders die Patres Feeny, Budreau und Gennardo, die behaupteten, daß jemand, der sich keine Feinde machte, nichts tat. O'Dowd konnte sich nicht daran erinnern, sich jemals Feinde gemacht zu haben, und da er nicht zugeben wollte, daß er nichts getan hatte, bestritt er die Richtigkeit dieser Hypothese einfach.

Was war das? O'Dowd wollte seinen Ohren nicht trauen. Es hatte sich angehört, als wäre die Schwingtür des Speisesaals geöffnet und wieder geschlossen worden.

Er verfluchte sich, daß er sich mit dem Rücken zur Tür gesetzt hatte. Bisher hatte er sich stets auf seine Intuition verlassen. Warum hatte er nicht die einfachste Vorsichtsmaßnahme ergriffen und sich so hingesetzt, daß er die Tür im Auge behalten konnte? Was für ein Narr!

Nun bestand kein Zweifel mehr. Schritte kamen auf ihn zu. Sein Herz schlug bis zum Hals, als er sich herumdrehte, um den Eindringling zu stellen.

„Bob!" O'Dowds Stimme verriet große Erleichterung. „Bob Koesler – Sie haben mich zu Tode erschreckt!"

„Tut mir leid, das wollte ich nicht." Koesler nahm O'Dowd gegenüber Platz.

„Warum kommen Sie überhaupt jetzt hierher? Niemand kommt um diese Zeit hierher!" Ohne es zu wollen, hörte O'Dowd sich an, als würde er Koesler Vorwürfe machen.

„Beruhigen Sie sich, Charlie. Ich bin nur hergekommen, weil ich Sie sprechen wollte. Ich wußte, daß Sie hier sind, und eben deswegen wollte ich Sie sprechen."

„Oh?"

„Ich habe über diese Anschläge nachgedacht..."

„Wer nicht?" O'Dowds Herzschlag verlangsamte sich allmählich wieder.

„Wer immer sie ausgeführt hat, er hat sich die Routine unseres Lebens zunutze gemacht. Dinge wie Phils tägliche Messe, Eds Gang zur Reinigung, mein Abendessen freitags. Darüber wollte ich mit Ihnen reden. Von allen Fakultätsmitgliedern sind Sie derjenige, der klug genug ist, einzusehen, daß es das beste wäre, diese Routine aufzugeben – und derjenige, auf den die anderen am wahrscheinlichsten hören werden."

„Ich bin nicht der Rektor." O'Dowd bot Koesler Tee an. Koesler winkte ab.

„Hören Sie, wir wissen beide, daß Ly, Tony und Al, die, zusammen mit Ihnen und George Dye die älteren Mitglieder der Fakultät bilden, dieser Unterbrechung ihrer Routine niemals zustimmen würden. Bei aller Freundschaft, niemand würde auf George Dye hören. Sie sind der einzige, der darüber nachdenken dürfte."

„Da haben Sie recht Bob, das tue ich – und nach dem heutigen Nachmittag ganz besonders. Ich hatte eine Vorahnung, daß etwas passieren würde. Ich wußte nicht, daß dieses Etwas Ihr Besuch sein würde. Ich befürchtete natürlich das Schlimmste, nämlich einen Anschlag auf mich. Darum bin ich so erschrocken, als Sie hereingekommen sind."

„Ist das nicht genug? Ich bin keineswegs der einzige, der weiß, daß Sie regelmäßig hier unten sind – allein und verwundbar. Was eben geschehen ist, könnte ein Argument dafür sein, diese Routine sein zu lassen, damit wir nicht mehr so verwundbar sind."

O'Dowd lächelte. „Und Sie, Bob? Werden Sie Ihre Routine sein lassen?"

„Das ist etwas anderes, Charlie. Ich habe meine Feuertaufe bereits hinter mir."

„Ah, ja. Das ist der Unterschied. Sie wurden bereits angegriffen. Ich weiß aus Gesprächen mit den anderen – Leo, Phil, Ed und Tony –, daß Sie sich gewissermaßen als immum betrachten. Sie alle sind der Meinung, kein zweites Mal Opfer eines Anschlags zu werden. Aber das muß nicht so sein."

„Ich nehme an, Sie haben recht."

„Richtig. Aber was würden Sie davon halten, alles, was Sie regelmäßig tun, einmal eine Weile sein zu lassen? Vielleicht den Rest des Lebens? Sich praktisch sein restliches Leben geistig und emotionell zu fürchten?"

„Wenn man es so sieht..."

„So ist es. Es ist mir erst bewußt geworden, als Sie vor ein paar Minuten hereingekommen sind. Zuerst kam mir derselbe Gedanke. Ich sollte nicht hier sein. Ich sollte nie wieder meinen Nachmittagstee trinken. Ich muß mein Leben überdenken und es ändern, mir andere Gewohnheiten zulegen. Mache ich jeden Tag zur selben Zeit einen Spaziergang? Lese die Messe? Bete? Studiere allein? Besuche die Bibliothek? Nein, Bob, so ein Leben ist kein Leben."

„Ich muß sagen, ich weiß genau, wie Sie sich fühlen, Charlie, und ich kann nichts weiter dazu sagen. Bis vor kurzem habe ich es für unmöglich gehalten, daß jemand von uns seine Gewohnheiten ändert. Ich sah ein, daß es klug wäre, aber ich hielt es für unmöglich. Ich dachte mir nur, ich mache den Vorschlag, den ich für unpraktikabel hielt, einmal Ihnen. Belassen wir es bei dem Versuch."

„Das werden wir. Trotzdem danke, Bob. Und nun nehmen Sie einen Keks."

Pater Ly Feeny schrieb eine Reihe von Wörtern an die Tafel. Jeder, der mit den Worten „Sperma", „Ovum", „Eileiter", „Endometrium" und „Abtreibung" vertraut war, konnte das Thema der heutigen Stunde in „Medizinische Ethik" erraten.

„Ist dir schon einmal aufgefallen", flüsterte ein Student seinem Nachbarn zu, „daß wir von Ly Feeny und Tony Gennardo eine ganze Menge über die weibliche Anatomie erfahren?"

„Nun", flüsterte der andere, „du mußt doch zugeben, daß es zwischen der Theologie der menschlichen Sexualität und Medizinischer Ethik eine Menge Zusammenhänge gibt."

„Ich habe mir gerade überlegt", flüsterte der erste, „daß es ihnen eine Menge Mühe sparen und gleichzeitig unsere Aufmerksamkeit aufbessern würde, wenn sie ein lebendes Modell mitbringen würden."

Sie lachten gerade so laut, daß Feeny es hörte, der sich sofort umdrehte und das schuldige Paar auf der Stelle erblickte. Sein Kiefer, der stets ein wenig schief wirkte, war zusammengepreßt. Ein Ly Feeny mit zornigem Gesicht, wie ihn Generationen von Seminaristen kannten, erweckte Entsetzen in den Herzen der Unschuldigen und Schuldigen gleichermaßen.

„Ich möchte euch beide daran erinnern“, wandte er sich an die beiden Flüsterer, „daß ein Offizier eine Autorität durch Berufung des Kongresses ist, ein Priester aber eine Autorität durch Berufung Gottes. Und Gott mag keine Studenten, die hinter dem Rücken ihres Professors lachen.“

Er sagte es, aber er glaubte es nicht. Ein Anachronismus war er, ein Überbleibsel früherer Zeiten, und das wußte er. In den guten alten Zeiten konnte jeder Seminarist der das Mißvergnügen des Rektors erweckte, feststellen, daß seine Tage im Seminar gezählt waren. Heute nicht mehr.

Feeny nahm an seinem Pult Platz und ordnete seine Notizen. Er erklärte den biologischen Prozeß, der zur Schwangerschaft führte. Für die meisten Studenten konnte er dem Wissen über solche Zusammenhänge nichts Neues mehr hinzufügen. Ein paar seiner Studenten hatten mehr praktische Erfahrungen in sexuellen Fragen gesammelt als Ly Feeny in seinem langen Leben.

„Also“, fuhr Feeny fort, „wenn das Ei befruchtet ist, haben wir es mit einem menschlichen Wesen mit einer Seele zu tun. Eine Person mit allen Rechten eines menschlichen Wesens. Darunter wäre besonders das Recht auf Leben hervorzuheben. Nun, wie lautet der gebräuchliche Ausdruck für eine spontane Abtreibung?“ Er sah sich in der Klasse nach dem Studenten um, der am wenigsten aufgerufen werden wollte. Feeny hatte ein Gespür für so etwas.

„Mr. Doody.“

Raphael Doody schreckte zusammen und ließ seinen Kugelschreiber fallen. Er rollte lautstark über sein Pult und fiel zu Boden. Als er versuchte, ihn aufzuheben, kippte er beinahe aus dem Sitz.

„Mr. Doody“, wiederholte Feeny, „welches ist der gebräuchliche Ausdruck für eine spontane Abtreibung?“

„Äh..." Doody hätte es vielleicht gewußt, aber er war aus der Fassung gebracht. „Ich glaube Mord, Pater."

„Nein, Doody! Nein und noch mals nein!" So ein Einfaltspinsel! Doodys kontinuierliche Anwesenheit im Seminar war ebenso wie seine im Juni bevorstehende Weihe ein deutliches Mahnmal für die Priesterknappheit.

Wie es seine Gewohnheit war, rief Feeny danach jemanden auf, der die Antwort ganz bestimmt wußte. „Miss Schaaf?"

„Fehlgeburt." Sie hatte einmal darauf zu bestehen versucht, daß Feeny sie mit „Misses" ansprach, aber sie hatte schnell herausgefunden, daß man bei Feeny nicht auf etwas beharrte. Ebensowenig mochte sie, wie Feeny und alle anderen Raphael Doody behandelten. Er mochte von Natur aus schwerfällig sein. Aber sie war sicher, daß er viel besser wäre, wenn die anderen nicht auf ihm herumhacken, sondern versuchen würden, ihm zu helfen. Sie war sicher, wenn die Leute fortfuhren, Doody herablassend zu behandeln, würde er ständig in Unsicherheit leben.

„Und wie sieht es mit der Ethik der Fehlgeburt aus, Miss Schaaf?"

„Sie ist ein Irrtum der Natur. Sie ist ethisch und moralisch neutral."

„Aber die therapeutische Abtreibung, jede gewollte Entfernung des Fötus, ist Mord. Sie zieht die Exkommunikation für den Abtreibenden und alle nach sich, die formal an der Abtreibung beteiligt sind – haben Sie dazu eine Frage, Miss Schaaf?" Feenys Tonfall deutete an, daß man zu diesem Punkt keine Fragen haben sollte.

„Ich bin nicht sicher, ob man im Augenblick der Zeugung schon von einem menschlichen Wesen sprechen kann."

„Das sind Sie nicht?" Feenykenner hätten erkannt, daß der Vesuv in Feenys Innerem brodelte.

„Nein. Ich finde, in diesem Stadium und eine gewisse Zeit danach kann man bestenfalls davon sprechen, daß ein befruchtetes Ei vorhanden ist, welches sich in gegebener Zeit zu einem Menschen entwickeln wird."

„Ist das richtig?" Die hervorstehende Vene an Feenys Stirn hatte zu pulsieren begonnen.

„Es verhält sich hier ähnlich wie mit dem Augenblick des Todes. Niemand weiß wirklich, wann das ist. Bis vor kurzem spielte es auch keine besondere Rolle, bevor nämlich die Technik der Organverpflanzung entwickelt wurde. Da wurde es wichtig, festzustellen, wann der genaue Zeitpunkt des Todes ist. Medizinisch einigte man sich darauf, daß der klinische Tod dann eintritt, wenn das EEG keine Gehirnwellentätigkeit mehr anzeigt, und daß man in diesem Augenblick gespendete Organe entnehmen kann. Und daher", fuhr sie fort, ohne auf Feenys kaum mehr beherrschte Wut zu achten, „finde ich es ein Unglück, daß man sich dem Thema der Abtreibung nur so nähert, daß man entweder dafür oder dagegen sein muß. Ich denke, in Wirklichkeit verhält es sich mit dem Leben ebenso wie mit dem Tod. Niemand kann mit absoluter Sicherheit sagen, wann es beginnt. Warum setzen sich medizinische und theologische Experten nicht zusammen und einigen sich darüber, wann das Leben beginnt? Davor sollte man den Fötus mit dem Respekt vor etwas behandeln, aus dem einmal ein Mensch wird. Aber ernste Gründe sollten eine Abtreibung zulassen. Nach dieser Zeit freilich müßte man den Fötus als rechtmäßige Person anerkennen."

„Sind Sie fertig?"

„Ja."

„Spielt es eine Rolle für Sie, Miss Schaaf, daß die Kirche den Augenblick der Empfängnis als den Augenblick festgesetzt hat, in dem das Leben beginnt? In der kirchlichen Liturgie, Miss Schaaf, beten wir, daß der Augenblick der Empfängnis in Marias Gebärmutter, der Augenblick der Inkarnation, daß dieser Augenblick derjenige war, als Gottes Sohn Mensch wurde. Und, Miss Schaaf, *lex orandi, lex credendi*: Ein in einem Gebet verankertes Gesetz muß immer geglaubt werden."

„Das ist die Ansicht der Kirche."

„Miss Schaaf..."

Es läutete.

Mehrere Studenten dachten, daß Eileen Schaaf nur durch die Glocke gerettet worden war.

Man konnte nicht bestreiten, dachte Pater Feeny, daß Eileen Schaaf Köpfchen hatte. Aber sie war undiszipliniert. Zum Glück, dachte Feeny, würde sie niemals Priesterin werden, auch wenn sie den Rest ihres Lebens Theologie studierte. Die Kirche hatte in vielen Fragen eingelenkt. Aber am Verhalten aller, vom Papst bis zu den Bischöfen der Welt, konnte man erkennen, daß die Barriere zwischen Frauen und der Priesterweihe niemals fallen würde.

Er würde sich beim Fakultätstreffen dafür aussprechen, Eileen Schaaf hinauszuwerfen. Er würde zwar verlieren. Er hatte die Schrift an der Wand gesehen. Körper. Das Seminar brauchte Körper. Sogar Körper, deren Biologie sie daran hinderte, das Ziel zu erreichen, für das ein theologisches Seminar eingerichtet wurde. Aber er würde dennoch den gerechten Kampf ausfechten wie der heilige Paulus.

Vor seinen täglichen Übungen hatte er noch Zeit, in sein Zimmer zu gehen, das Fernglas zu nehmen und nachzusehen, ob irgendwo etwas im Gange war, das er unterbinden mußte.

In der Stimmung, in der er sich befand, brauchte er jemanden, an dem er sie auslassen konnte.

„Ich glaube nicht, daß Ihnen das gefallen wird, Pater."

Mary Murphy stand neben Pater Koesler am hinteren Ende der Kulisse.

Koesler lächelte. „Weshalb, Mary? Wird wieder eine dieser furchtbaren Sexszenen gedreht, von denen Pat Lennon gestern in den *News* geschrieben hat?"

„Das ist es nicht..." Mary schien abweisend. „Es ist... heute werden sie den Anschlag auf Ihr Leben filmen."

Das ließ das Lächeln von Koeslers Gesicht verschwinden. Dann versuchte er, nonchalant zu sein: „Ich glaube, nicht viele Leute, auf deren Leben ein Anschlag verübt wurde, haben Gelegenheit, noch einmal als Zeuge dabeizusein." Er strahlte. „Nun, ich denke, wenn sie mich je als Ratgeber brauchten, dann ist dies der beste Zeitpunkt."

Koesler studierte die Kulisse, die am Ende eines langen Flurs aufgebaut worden war. Sie bestand im wesentlichen nur aus einer Reihe offener, aufeinandergeschichteter Würfel auf einem Tisch an der Wand. Techniker eilten hin und her, die Briefe und kleine Päckchen in die offenen Würfel schoben. Andere justierten Scheinwerfer und Mikrofone. Wieder andere huschten umher und taten geschäftig, aber Koesler konnte beim besten Willen nicht erkennen, was genau sie taten.

„Was ist das?" fragte Koesler.

„Das sollen die Briefkästen im Sacred-Heart-Seminar sein", antwortete Mary.

„Die Brief... Aber das stimmt nicht einmal annähernd! Sie sind..."

„Wir wissen es."

„Die Briefkästen in Sacred Heart sind längliche, schmale, verschließbare Fächer aus Holz."

„Zu teuer."

„Warum hat nicht jemand die echten für einen Tag oder so geliehen? Ich bin sicher, Sacred Heart wäre gern bereit gewesen, sie kurze Zeit herzugeben."

„Wieder eine Genehmigung einzuholen. Außerdem, so wie hier Dinge zu Bruch gehen, wollten weder Herm noch Bruce das Risiko eingehen, sie hinterher ersetzen zu müssen. Wir nähern uns der dünnen roten Linie unseres Budgets."

„Aber diese gelben Kästen... Sie sind offensichtlich aus Plastik. Sie sehen billig aus."

„Pater, vergessen Sie nicht, was ich Ihnen am Anfang gesagt habe. Ausschlaggebend dafür, warum bei diesem Projekt etwas so und nicht anders gemacht wird, ist stets die Tatsache, daß es billiger ist."

„Ich erinnere mich, aber es gefällt mir nicht."

Zu gleicher Zeit hielt in einem nicht weit entfernten Klassenzimmer Pater Budreau seinen Unterricht über die Moral der christlichen Ehe.

„*Roma locuta, causa finita.*“ Pater Budreau zupfte an der kummerbundähnlichen Schärpe, die er über seiner schwarzen Soutane trug. „Rom hat gesprochen, die Frage ist geklärt.“ Er schien sehr zufrieden damit zu sein, wie er die Frage geklärt hatte.

Edward Maley, dessen Frage zu obiger Antwort geführt hatte, schüttelte den Kopf. „Ich muß Ihnen zustimmen, Pater, daß die Frage beantwortet worden ist, aber nicht von der Kirche.“

„Aber gewiß doch, Maley. Gehen Sie zu Pius XII. und seiner *Casti Connubii* an die Frauen im Jahr 1951 zurück. Als er von der Rhythmus-Methode der Geburtenkontrolle sprach...“

„Oder dem Vatikanischen Roulette“, flüsterte ein Student hinter vorgehaltener Hand.

„...da klärte er ein für allemal die Frage nach der Anwendung irgendwelcher Formen der künstlichen Geburtenkontrolle.“

„Aber 1951, Pater, das ist schon über dreißig Jahre her!“

„Unser Erlöser lebte vor zweitausend Jahren. Was hat die Zeit mit der Ewigkeit zu tun?“

„Pater, wollen Sie sagen, daß wir alles mißachten sollen, was die Menschheit in den vergangenen dreißig Jahren gelernt hat?“

„Ha! Warum erkundigen Sie sich nicht bei Pater O'Dowd danach, was die Menschheit in den vergangenen dreißig Jahren gelernt hat? Er wird Ihnen Horrorgeschichten darüber erzählen, wie die Menschheit ihre Umwelt vernichtet!“

„Natürlich, Pater, stimme ich Pater O'Dowds Theorie zu, wonach wir alle schon vor Jahren die kontemplative Sicht des Lebens verloren haben. Aber ich spreche von der explosionsartigen Zunahme des Wissens der Menschheit über den Menschen selbst.“

„Und ich spreche vom kirchlichen Lehramt!“

Zu gleicher Zeit.

„Du solltest sie nicht so schütteln“, sagte der zweite Mann.

„Was macht das schon“, erwiderte der erste Mann, „wird sowieso niemand trinken.“ Damit warf er die Champagnerflasche in die Luft. Er wollte sie auffangen, verfehlte sie aber. Zum Glück landete sie auf einem weichen Kissen.

„Paß auf!“ sagte der dritte Mann. „Wir sollten nicht die Aufmerksamkeit auf uns lenken! Stell die Flasche in die Kulisse.“

„Billig“, sagte der erste Mann, nachdem er das Etikett studiert hatte.

„Das ist alles, was mit diesem Film zu tun hat“, sagte der dritte Mann.

„Ist euch eigentlich aufgefallen, daß wir in letzter Zeit großes Glück hatten? Ich meine, daß wir diese Jobs behalten haben?“ sagte der erste Mann.

„Dieser Gedanke ist mir schon sehr oft gekommen“, sagte der zweite Mann. „Ich finde, das ist ein gutes Omen. Gott ist mit uns. Wir werden erfolgreich sein.“

„Ich würde mich auf nichts verlassen“, sagte der dritte Mann. „Wenn jemand von uns umfällt, wird die ganze Sache platzen. Also, hütet euch, Leute!“

„Ich kann nicht anders“, sagte der zweite Mann wieder, „ich habe ganz einfach das Gefühl, daß wir diesmal erfolgreich sein werden.“

„Eins steht fest“, sagte der dritte Mann, „es dauert nicht mehr lange, dann wissen wir es.“

Inzwischen im Klassenzimmer...

„Die meisten Katholiken haben noch nie etwas vom kirchlichen Lehramt gehört, geschweige denn, daß sie sich darum kümmern“, sagte Edward Maley.

„Dann liegt es“, konterte Pater Budreau, „an uns Priestern, Seminaristen oder Katecheten wie Sie vielleicht einer werden, es ihnen zu sagen.“

„Es ist zu spät, es ihnen zu sagen, Pater. Sie haben die Frage bereits für sich selbst entschieden. Alle Umfragen und Statistiken laufen auf dasselbe hinaus: Die Mehrzahl der Katholiken haben der kirchlichen Lehre wenigstens in dieser Frage abgeschworen und praktizieren Geburtenkontrolle ohne Schuldgefühle.“

„Sie wissen so gut wie ich, Mr. Maley, daß die Kirche keine Demokratie ist. Wir stimmen über Doktrinen oder moralische Fragen nicht ab. Es spielt dabei keine Rolle, wieviel Prozent der Katholiken den Geboten der Kirche Folge leisten oder nicht. Und es kann kein Zweifel bestehen, daß die Unterweisung in Sachen Geburtenkontrolle Bestandteil des kirchlichen Lehramts ist. Und wenn Sie mit den Lehren von Pius XII. nicht einverstanden sind, dann bleibt immer noch *Humanae Vitae*, die Enzyklika von Papst Paul VI., die von jedem nachfolgenden Papst bestätigt worden ist."

„Die Leute stimmen für sich selbst ab, Pater. Sie kümmern sich einfach nicht um überholte Gebote."

„Mr. Maley, vergessen Sie nicht, was unser Erlöser sagte, als die Menge der Meinung war, daß er eine harte Doktrin predigte. Er wandte sich an seine Apostel und sagte: ‚Wollt auch ihr mich im Stich lassen?' Das Problem, Mr. Maley, ist ihres, nicht unseres."

Inzwischen bei den Dreharbeiten...

Sol Gould sah auf die Armbanduhr.

Pater Koesler betrachtete die Schauspieler. Ein paar hatten schwarze Soutanen an. Andere trugen klerikale Anzüge und römische Kragen. Sie waren bereit, auf Anweisung die Kulisse zu betreten und sich den Postkästen zu nähern, wo der Film-Koesler seine präparierte Flasche in Empfang nehmen würde.

Dem echten Pater Koesler lag wenig an dem nachgeahmten Pater Koesler. Der Schauspieler, knapp einsfünfundsiebzig groß, war zu klein. Am meisten jedoch störte ihn der leere Blick des Schauspielers. Koesler war zunächst der Meinung, es sollte so aussehen, als würde der Schauspieler ununterbrochen über irgend etwas nachdenken, dann mußte er über seine eigene Eitelkeit lächeln.

Schließlich sah er die Flasche in einem der Fächer.

„Was ist das?"

„Das ist die präparierte Flasche für den Schauspieler, der Sie spielt", sagte Mary Murphy.

„Aber... es war doch eine Flasche vorzüglichen Gins", protestierte der Pater.

„Weder Bruce noch Herm waren der Meinung, daß Gin Klasse hat, und daher haben sie sich für Champagner entschieden."

Koesler schüttelte den Kopf.

Die Glocke ertönte, der Unterricht war zu Ende.

Offenbar war das der Ton, auf den Gould gewartet hatte. Er wollte ihn weghaben, damit er nicht versehentlich mit auf die Tonspur kam. Kaum hatte das Läuten aufgehört, bat er um Ruhe. Alle, einschließlich die zahlreichen Studenten, die zusahen, verstummten.

Inzwischen im Klassenzimmer...

Pater Budreau sammelte seine Bücher ein.

Sicher, das Seminar brauchte Studenten, dennoch würde er sich dafür aussprechen, Edward Maley auszuschließen, wenn das Semester im Juni beendet war und die Fakultätssitzung stattfand.

Maleys Art zu diskutieren hatte etwas Aufrührerisches. Außerdem studierte er sowieso nicht für das Priesteramt. Aufgrund seiner Reaktion auf das Thema „Kirchliches Lehramt" hätte man zu der Ansicht kommen können, daß er überhaupt kein Katholik war.

Budreau schritt den Flur entlang – rasche Schritte, linker Arm an der Seite schwingend. Er kam an der Peripherie der Filmkulisse vorbei. Im Flur wimmelte es von Studenten, die mit großen Augen zusahen, wie sich das Wunder des Filmemachens vor ihnen vollzog.

Budreau schüttelte den Kopf. Weltlicher Unsinn! In den alten Seminaren wäre ein solcher Zirkus niemals geduldet worden.

Aber er konnte nicht anders, er drehte sich noch einmal um und versuchte zu erkennen, was sich da abspielte. Mit der Geschichte an sich war er vertraut genug. Er hatte nicht nur in der Zeitung darüber gelesen und die Berichte im Fernsehen gesehen, er kannte alle Betroffenen persönlich.

Er sah eine Gruppe von Schauspielern in schwarzen Soutanen. Sie standen vor einer Reihe Plastikkästen, die wohl einen armseligen Ersatz für die hölzernen Postkästen des Sacred-Heart-Seminars darstellen sollten.

Sie schienen die Koesler-Episode zu drehen, überlegte Budreau. Zum Glück, dachte er, werde ich nicht Teil dieser frivolen Angelegenheit sein.

Während er von der Kulisse zu der Schwingtür ging, die den Korridor teilte, hatte Budreau nicht sehen können, daß der Champagner, der geschüttelt worden war, heftig in der Flasche blubberte.

Budreau betrat die verlassene Kapelle, ging ein Viertel des Weges den Mittelgang entlang, blieb stehen und betrat eine Bankreihe. Er kniete nieder und versuchte, sich auf das Beten zu konzentrieren. Das fiel ihm nie leicht, besonders nicht nach langen und anstrengenden Debatten, wie er sie mit diesem Maley gehabt hatte. Die Halsstarrigkeit des Studenten hatte Budreau erregt, und er brauchte eine gewisse Zeit, um sich zu beruhigen.

Er beschloß, wie in alten Zeiten, für Glauben und Glaubensboten zu beten. Er würde in Latein beten, der Sprache, die er so sehr liebte, und die allmählich zur Fremdsprache wurde.

*Pro missionibus et missionariis. Pater noster, qui es in coelis...*

Jemand hatte hinter ihm die Kapelle betreten. Seltsam. Um diese Zeit war außer ihm selten jemand hier.

*...sanctificetur nomen tuum...*

Er hörte keinen Laut. Auch das war seltsam. Wer immer hereingekommen war, ging nicht weiter. Normalerweise gingen alle in eine Reihe oder zum Altar. Niemand blieb einfach stehen.

*...adveniat regnum tuum...*

Budreau griff mit der rechten Hand in seine Schärpe.

*...fiat voluntas tuo sicut in caelo et in terra...*

Für jemanden, der soviel mit Feuerwaffen zu tun gehabt hatte wie Budreau, war das Geräusch unmißverständlich. Wer immer hinter ihm stand, er hatte gerade einen Hahn gespannt.

Mit einer einzigen geschmeidigen Bewegung, die bei einem Mann von Budreaus Gewicht überraschte, sprang er nach links und zog gleichzeitig einen Derringer aus der Schärpe.

PENG!

Der Korken schoß aus der Champagnerflasche und knallte an die Decke, an eine Wand, auf den Boden. Champagner spritzte über die meisten Schauspieler in Kirchenkleidung, die daneben standen.

„Schnitt, Schnitt! Verdammt!“ brüllte Gould. „Weiß denn hier niemand, wie man einen Film dreht?“

„Was war das?“ fragte Patrick.

„Der Korken.“ Morris schien die Frage zu überraschen. „Jemand muß die Flasche geschüttelt haben.“

„Nein, da war noch ein anderes Geräusch. Fast gleichzeitig mit dem Knallen des Korkens. Wo ist Kirkus?“

Beide sahen sich rasch um. Keine Spur von Roman Kirkus.

„Komm“, schnappte Patrick. „Es kam aus dieser Richtung.“

Er eilte mit Morris den Flur entlang. Sie wurden von der Schwingtür aufgehalten, die nun abgeschlossen war. Patrick trat mehrmals dagegen, bevor das Holz splitterte, das Schloß nachgab und sie aufging.

Mit gezückten Dienstwaffen legten sie rasch die zwanzig Meter bis zur Kapelle zurück.

Sie fanden nur einen sehr blassen und zitternden Pater Budreau vor, der immer noch eine kleine Pistole in der Hand hielt und alle Anzeichen eines Schocks zeigte. Nachdem sie sich vergewissert hatten, daß er unverletzt war, folgten sie seinem zitternden Finger und dem geflüsterten „Dort entlang“ und eilten in die Richtung zurück, aus der sie gekommen waren.

Morris war die erste, die die Pistole mit Schalldämpfer sah, die im hinteren Teil der Kapelle auf dem Boden lag. Sie führte den Kugelschreiber durch den Abzug, hob die Waffe auf und wickelte sie sorgfältig in ein Taschentuch ein. Dann folgte sie Patrick, der wieder zum Drehort gegangen war. Sie fand ihn dicht hinter der Schwingtür, die jetzt offen war. Der Boden zwischen den beiden Türflügeln war mit Holzsplittern und Teilen des aufgebrochenen Schlosses übersät.

Patrick hatte Roman Kirkus gefunden.

„Wo waren Sie gerade eben?“ wollte der Beamte wissen.

„In der Herrentoilette hier!“ Kirkus deutete auf eine Tür, die sich gerade hinter der Flügeltür befand.

„Wann sind Sie hineingegangen?“

„Vor etwa fünf Minuten.“

„Haben Sie nichts gehört?"

„Doch. Es hat sich angehört, als würde jemand die Tür eintreten. Also eilte ich nach draußen. Das Schloß der Flügeltür war aufgebrochen. Ich stellte mir vor, daß jemand dringend hinauswollte. Also habe ich die Tür weit aufgemacht."

„Hat jemand gesehen, wie Sie die Toilette betreten oder verlassen haben?"

„Ich." Ein anderer Produktionsassistent trat vor. „Ich war gleichzeitig mit ihm auf der Toilette."

Patrick sah mißtrauisch von einem zum anderen.

„Sieh nur!" Morris zeigte Patrick die Waffe, die sie aufgehoben hatte.

„Gute Arbeit. Blut?"

„Nein." Morris verwendete das Taschentuch als Schlinge und drehte die Waffe um. „Aber sieh dir das an."

Am Schalldämpfer war eine längliche Schramme zu sehen.

„Verflucht noch eins", sagte Patrick. „Er hat dem Täter die Waffe aus der Hand geschossen."

„Genau. Wie in den alten Wildwestfilmen."

„Bring sie zur Ballistik. Ich bleibe hier und versuche, ob ich etwas herausfinden kann. Zum Beispiel, wer die Tür abgeschlossen hat."

Die Zuschauer stellten fest, daß sich im Flur ein interessanteres Schauspiel bot als das, das sie bei den Dreharbeiten beobachten konnten.

„Also haben sie endlich die rauchende Pistole gefunden", stellte Bob Ankenazy fest.

„Buchstäblich." Pat Lennon überprüfte ihre Notizen, bevor sie den Text in den Textcomputer eingab. „Die Polizisten kamen wenige Minuten nach dem Schuß in die Kapelle. Als ich dorthin kam, konnte ich noch das Schießpulver riechen."

„Großartig, daß Sie am Schauplatz waren. Zur rechten Zeit am rechten Ort, könnte man sagen!"

„Ich hatte einfach Glück. Ich wollte die Sache mit dem schmutzigen Film weiterverfolgen. Ich verdanke alles, einschließlich des Superinterviews mit Roman Kirkus, den Tridentinern – Gott segne sie."

„Ja. Ihre Geschichte über die mißlungene sadomasochistische Szene hat unsere Schlappe gegenüber der *Free Press* wieder ausgebügelt, und Ihr Interview mit Kirkus bringt uns sogar eine Nasenlänge nach vorn. Ich nehme an, Cox war heute auch da?"

„Ja."

„Verdammt! Na ja, man kann nicht alles haben. Was haben die Bullen sonst noch herausgefunden?"

Lennon blätterte ihre Notizen durch. „Keine Fingerabdrücke. Der Täter muß Handschuhe angehabt haben. Er kann unmöglich genug Zeit gehabt haben, die Waffe abzuwischen und zu entkommen."

„Damit sind wir bei der abgeschlossenen Tür. Weiß jemand, wer sie abgeschlossen hat?"

„Das muß der Schlüssel zu der ganzen Sache sein, Bob. Soweit ich mitbekommen habe, wissen die Polizisten nicht, wer die Tür abgeschlossen hat. Es handelt sich um eine Schwingtür, die entweder offen oder zu ist. Wenn sie drehen, soll sie zu sein, aber natürlich nicht abgeschlossen.

Es scheint, als sei Pater Budreau den Flur entlanggegangen, wo sie die Kulisse aufgebaut hatten und filmten. Er stieß einen Flügel der Schwingtür auf und ging durch. Die Kapelle befindet sich etwa zwanzig Meter hinter der Tür. Er ging hinein und fing an zu beten.

Nach Budreau hat niemand mehr jemanden durch die Tür gehen sehen. Alle beobachteten, was am Drehort vor sich ging. Aber mindestens zwei Leute sind noch hindurchgegangen. Einer davon war Roman Kirkus, der andere einer der Produktionsassistenten. Ich habe irgendwo seinen Namen. Sie gingen in die Herrentoilette, die sich gleich hinter der Schwingtür befindet.

Offenbar hat kurze Zeit, nachdem die beiden in der Toilette verschwanden, jemand die Tür abgeschlossen. Sie kann von beiden Seiten abgesperrt werden."

„Und die Polizei weiß nicht, wer das war?"

„Niemand sagt, daß er es getan hat. Sie können sich nicht vorstellen, wieviel Leute Hauptschlüssel haben, die in alle Schlösser passen. Alle möglichen Leute könnten die Tür von beiden Seiten abgeschlossen haben."

„Warum wurde sie überhaupt abgeschlossen?"

„Damit der Täter genug Zeit hatte, zu entkommen. Nach dem Schuß muß er den Flur in die andere Richtung entlanggelaufen sein – weg vom Drehort. Es sind zwanzig Meter bis zum Ausgang und noch einmal dreißig Meter zum Parkplatz, wo ein Auto gewartet haben könnte."

„Was ist mit den beiden in der Toilette?"

„Sie behaupten, nachdem sie gehört hatten, wie Patrick die Tür auftrat, seien sie auf den Flur gegangen. Sie sahen, daß das Schloß aufgebrochen war, daher haben sie die Tür geöffnet."

„Sie können also nicht sagen, wer die Tür verschlossen hat..."

„Niemand gibt es zu, und niemand hat jemanden gesehen, der es getan hat. Es könnte der Attentäter selbst gewesen sein. Er könnte die Tür verriegelt und so verhindert haben, daß ihn die Polizei verfolgte. In jedem Fall hat er sie aufgehalten. Dann ging er rasch in die Kapelle, aber sein Mordversuch wurde vereitelt, und dann eilte er in die andere Richtung und ins Freie."

„Was meinen Sie dazu?"

„Es war eine Verschwörung. Jemand wartete, bis der Täter auf dem Weg in die Kapelle war, egal, aus welcher Richtung er kam, ob vom Drehort oder von draußen. Als er bereit war, verschloß sein Mitwisser die Tür. Bisher sind wir davon ausgegangen, daß der Täter allein handelte. Wenn ich mich nicht irre, dann handelt es sich um eine Verschwörung, an der zumindest noch eine Person beteiligt ist. Was aber entscheidender ist: Das Motiv verändert sich. Eine Person kann ein Motiv dafür haben, Menschen umzubringen oder es zu versuchen. Handelt es sich aber um mehrere, dann müssen sie ein gemeinsames Motiv haben. Sie müssen ein Motiv haben, bei dem sich alle einig sind."

„Interessant. Haben Sie schon etwas über die zurückgelassene Waffe herausfinden können?"

„Deswegen wollte ich gerade eben mit der Ballistik sprechen." Sie griff nach dem Telefon.

Joe Cox legte den Hörer auf. „Nellie! Die Ballistik hat gerade die Überprüfung der Waffe beendet. Es ist dieselbe, mit der auch dieser Gennardo angeschossen wurde."

„Großartig!" Nelson Kane sah auf. Er saß an seinem Schreibtisch und las Fahnen.

„Das paßt alles hervorragend zusammen", sagte Cox, der mit dem Notizblock in der Hand herbeikam und gegenüber dem Redakteur Platz nahm. „Ich denke, ich habe alles, was ich brauche."

„Keine Fingerabdrücke auf der Waffe?" Kane nahm die unangezündete Zigarre aus dem Mund und legte sie in den Aschenbecher, in dem sich nie Asche befand.

„Nein."

„Was ist dieser Budreau für ein Typ? Hat der immer eine Waffe im Gürtel?"

Cox lächelte. „Nein, eigentlich nicht. Natürlich haben ihn die Polizisten sich zuerst vorgenommen. Als sie fertig waren, schien er unter Schock zu stehen. Ein paar seiner Freunde haben ihn ins Krankenhaus gebracht."

„Wie kommt der Kerl dazu?" fragte Kane.

„Er ist ein Militärfanatiker. Hat im Zweiten Weltkrieg als Kaplan einiges mitbekommen. Hat sein Leben verändert. Ein paar seiner Studenten behaupten, er sei am besten, wenn er unterrichten kann, wie man die Messe auf der Haube eines Jeeps lesen kann."

„Studenten neigen immer zu Respektlosigkeiten", bemerkte Kane.

„Sie sagen, die Entscheidung sei ihm sehr schwer gefallen, ob er eine Laufbahn bei der Armee oder im Seminar einschlagen sollte. Das Entscheidende ist aber, Nellie, daß er einmal pro Woche Schießübungen macht. Er ist außerdem ein Waffennarr. Ich denke, das paßt mit seinem Armeetick zusammen. Er hat mit Gewehren geübt, ist aber in letzter Zeit zu Handfeuerwaffen übergegangen, was ihn offenbar in eine ziemlich gute Ausgangsposition für die Schießerei heute in der Kapelle gebracht hat."

„Wer war sein Ausbilder am Schießstand? Sundance Kid?"

„Was?"

„Der Täter erwischte Budreau von hinten. Er mußte sich umdrehen, um zu schießen, nicht wahr?"

„Ja. Selbst dabei hat er dem Burschen noch die Waffe aus der Hand geschossen. Er gibt zu, daß er gehofft hat, den Kerl zu treffen – irgendwo. Aber er sagte, er habe nur den Lauf seiner Waffe sehen können. Und der habe, so sagte er, wie das Rohr einer Kanone ausgesehen.

Das erklärt vielleicht, warum er die Pistole getroffen hat. Er sah sie. Man schießt auf das, was man sieht." Er grinste. „Das ist eine kleine Maxime, die ich gerade aufgestellt habe."

„Da sich seine ganze Aufmerksamkeit auf die Pistole konzentrierte, hat er den Burschen selbst wohl nicht gut gesehen, was?"

„Richtig. Er sagt, der Täter war schwarz angezogen und stand im Schatten. Seine Beschreibung ist sehr vage bis nicht vorhanden. Die Polizei sagt, mit Hypnose werden sie vielleicht noch etwas aus ihm herausbekommen. Aber das kommt später."

„Wie kommt es, daß außer Patrick niemand den Schuß gehört hat?"

„Ich nehme an, er hat ein Ohr dafür. Er hat in seinem Leben schon genug Schüsse gehört. Außerdem war er darauf vorbereitet, daß etwas schiefgehen würde. Aber es war schwer zu hören. Ein Derringer macht nicht viel Lärm. Zwei geschlossene Türen trennten ihn vom Tatort. Und dann kommt der seltsame Zufall hinzu, daß der Sektkorken praktisch im selben Augenblick knallte, als der Schuß fiel."

„Wie war das mit dem Champagner?"

„Das ist eine zu lange Geschichte. Ich muß anfangen zu tippen. Aber der Champagner wurde anstelle von Koeslers berühmtem Gin benützt. Das einzige, das mit dieser Flasche schiefgehen konnte, war, daß der Korken knallt. Und er hat geknallt."

„Ich kann es kaum erwarten, Ihre Geschichte zu lesen."

„Nellie, ich kann nicht sagen, ob sie im Seminar einen schmutzigen Film drehen, aber sie drehen ganz sicher einen Katastrophenfilm."

Die Rollos waren heruntergelassen, so daß es in dem kleinen Zimmer beinahe dunkel war.

Die vier dunkel gekleideten Männer saßen schon fast über eine Stunde beisammen.

„Ich begreife es einfach nicht", sagte der erste Mann. „Als ich den Schuß hörte, da war ich sicher, daß wir endlich Erfolg gehabt hatten."

„Ich habe die Tür verschlossen, sobald ich dich die Kapelle betreten sah", sagte der zweite Mann.

„Alles war perfekt, mit einer Ausnahme", sagte der erste Mann.

„Er hat zuerst geschossen", sagte der dritte Mann.

„Das haben wir unmöglich wissen können", sagte der vierte Mann. „Wir haben ihn so genau beobachtet. Er ging immer vor dem Essen in die Kapelle. Er war immer allein dort. Es war die perfekte Gelegenheit. Daran kann kein Zweifel bestehen, nicht einmal jetzt."

„Wir wissen, daß er Schießübungen gemacht hat", sagte der dritte Mann. „Ich bin sogar einmal hingegangen und habe neben ihm geübt." Er schien in Selbstmitleid zu versinken. „Wißt ihr, eigentlich ist das komisch: Keiner von ihnen hat uns erkannt – und wir sind immer da, bei den Dreharbeiten, mitten im Seminar, jeden Tag." Er schüttelte den Kopf, als wollte er sich in die Gegenwart zurückversetzen. „Er ist nicht einmal ein guter Schütze. Das bringt mich zur Raserei. Er kann nicht zielen. Ich habe selbst gesehen, wie er mit Pistole und Gewehr ein Ziel nach dem anderen verfehlt hat!"

„Es war ein Glückstreffer, kein Zweifel!" sagte der vierte Mann. „Selbst Budreau hat zugegeben, daß er nur hoffte, dich zu treffen – irgendwo."

„Wie sich herausstellte", sagte der zweite Mann, „war es in mehr als einer Weise ein Glückstreffer. Wenn er nicht deine Waffe getroffen hätte, dann hätte er dich getroffen. Du mußt überrascht gewesen sein."

„Überrascht!" brüllte der dritte Mann fast. „Wie viele Geistliche kennst du, die eine Pistole in der Soutane haben? Ich hatte ihn im Visier. Und gerade als ich den Hahn gespannt hatte, wich er nach links aus. Ich ging mit dem Lauf mit, so daß ich immer noch auf seinen Hinterkopf zielte. Ich wollte gerade abdrücken, als er sich umdrehte und selbst feuerte. Ich glaubte, meine Arme würden abfallen. Der Schmerz breitete sich auch in den Armen aus. Ich konnte die Pistole nicht mehr festhalten. Das verdammte Ding wurde mir aus der Hand geschleudert! Dann konnte ich nur noch an den Rest des Plans denken. Ich wußte, ich hatte nur wenige Augenblicke Zeit, aus der Kapelle heraus und in die Herrentoilette zu gehen. Ich hatte keine Zeit mehr, die Pistole aufzuheben. Außerdem tat mir die Hand zu sehr weh."

„Da wir gerade vom Plan sprechen – ist es jetzt nicht offensichtlich? Der Plan ist erledigt. Wir haben versucht, unserer Sache Aufmerksamkeit zu verschaffen. Wir haben es versucht. Aber wir haben versagt. So einfach ist das."

„Was soll das heißen, der Plan ist erledigt? Wir haben noch ein Opfer übrig. Wir haben nicht versagt, solange wir den letzten Versuch nicht verpatzt haben." Der vierte Mann hörte sich verzweifelt an. „Was ist, Männer? Wir können jetzt nicht aufhören!"

Kurzes Schweigen.

„Ich fürchte, ich muß zustimmen, daß wir tatsächlich am Ende sind", bekräftigte der vierte Mann. „Ihr kennt mich alle gut. Ihr wißt, daß ich nicht leichten Herzens aufgebe. Niemand von euch wollte diesen Plan entschlossener ausführen als ich. Ich habe mich nur widerwillig auf das Strohhalmeziehen eingelassen, als es darum ging, wer von uns das Instrument der Gerechtigkeit sein sollte. Es war eine Qual, dabeisitzen zu müssen, während vier Anschläge nacheinander schiefgingen." Er sah vorwurfsvoll zum zweiten Mann, der den Blick abwandte.

„Ich war überglücklich", sagte der dritte Mann, „als das Schicksal endgültig entschied, daß ich das Instrument der Gerechtigkeit sein sollte. Aber nun habe ich mit eigenen Augen gesehen, wie der Plan schiefging. Ich weiß, da ich mit der Planung des letzten Angriffs persönlich betraut war, daß unser Plan so narrensicher war, wie er nur sein konnte. Und ich war dabei, als es schiefging. Eine höhere Macht, als wir es sind, versucht, uns etwas zu sagen. Und das ist, daß wir jetzt aufhören sollen, bevor jemand, möglicherweise sogar einer von uns, verletzt wird."

„Ja", sagte der zweite Mann, „da wir von einer höheren Macht sprechen – ist jemandem von euch aufgefallen, daß an diesem Treffen etwas anders ist?"

„Nur die Tatsache, daß ein paar Kreaturen vorhaben, das sinkende Schiff zu verlassen, und sich endlich damit herauswagen", sagte der vierte Mann mißbilligend.

„Nein, nein", widersprach der zweite Mann, „ich meine etwas anderes, das nicht geschehen ist."

Niemand antwortete.

„Erinnert ihr euch denn nicht, wie bei unseren letzten Treffen immer irgend etwas schiefging, wie Unfälle passierten? Früher gab es fast keinen Augenblick, in dem nicht etwas Dummes geschah. Aber bei unserem heutigen Treffen ist überhaupt nichts schiefgegangen."

„Das würde ich als Zeichen von oben betrachten", sagte der zweite Mann. „Als Omen."

„Und ich nenne es Unsinn. Ich bin auch für eine Abstimmung", sagte der vierte Mann. „Alle, die dafür sind, mit unserem Plan weiterzumachen, sagen 'ja'."

Das einzige „Ja" kam von ihm.

„Ihr seid alle gegen... " Das letzte Wort spie er aus.

Ein dreifaches „Ja."

„Nun gut", sagte der vierte Mann mit resignierter, aber fester Stimme. „Ich nehme die Erfüllung unseres Pakts damit auf meine eigenen Schultern. Das hätte ich von Anfang an tun sollen. Wenn ich es getan hätte, dann wären wir jetzt nicht da, wo wir sind – fast bei Null."

„Nein, das kannst du nicht tun!“

„Dazu hast du kein Recht!“

„Wir haben abgestimmt! Du solltest dich an die Abstimmung halten.“

„Haltet ihr euch an die Abstimmung!“ höhnte der vierte Mann. „Ihr habt durch euer Votum unseren Pakt aufgelöst. Also gut, unser Plan ist als unser Plan gestorben. Jetzt wird es mein Plan.“

„Wir können dir nicht helfen.“

„Ich brauche eure Hilfe nicht! Ich will eure Hilfe auch gar nicht! Ich bitte euch nur, daß ihr weiterhin an dem Film mitarbeitet. Es würde auffallen, wenn sie jetzt drei neue Produktionsassistenten einstellen müßten. Ich kann mich immerhin darauf verlassen, daß ihr mich nicht verraten werdet.“ Er zögerte. „Das kann ich doch?“

„Natürlich.“

„Diese Frage hättest du nicht stellen sollen.“

„Für was für Freunde hältst du uns eigentlich?“

„Also gut. Hiermit erkläre ich diese Versammlung für geschlossen. Und mit diesem Treffen wird die Gesellschaft 'Instrument der Gerechtigkeit‘ – aufgelöst.“

Als die vier Männer zum letztenmal aus dem Zimmer gingen, hatten mindestens zwei von ihnen Tränen in den Augen.

Nichts mußte aufgebaut werden. Der Anschlag auf Gennardo sollte im Innenhof des Seminars gefilmt werden, wo er tatsächlich stattgefunden hatte. Dennoch schwärmten Techniker überall im Hof herum, der zur Filmkulisse geworden war. Scheinwerfer, Spiegel und Mikrofone wurden aufgestellt und getestet. Der erste Regieassistent und die Schauspieler probten den Verlauf der Ereignisse. Herman Deutsch, der die ganze Nacht wach gewesen war und die neue Szene geschrieben hatte, worin Pater Budreau zu Wilhelm Tell wurde, lag schlafend im Stuhl und ließ sich auch von der ringsum herrschenden Hektik nicht weiter stören. Bruce Lauther stand in der Mitte der Kulisse und rechnete aus, was das alles kosten würde.

An einer Seite unterhielten sich Inspektor Koznicki, die Sergeants Patrick und Moris sowie Pater Koesler miteinander. Sie waren gezwungen, ziemlich laut zu sprechen, um über das kakophonische Babel hinweg gehört zu werden.

„Pater Budreau konnte sich auch unter Hypnose nicht an die Einzelheiten des Attentäters erinnern?“ fragte Koesler.

„Nein, das war ein völliger Fehlschlag“, sagte Patrick.

„Unglücklicherweise“, bemerkte Inspektor Koznicki. „Wenn Pater Budreau imstande gewesen wäre, sich zu erinnern, hätte man damit vielleicht das Geheimnis der Masken lösen können.“

„Der Masken?“ wiederholte Koesler.

„Ja“, sagte Koznicki. „Bedenken Sie, bisher hat der Attentäter sechsmal zugeschlagen. Pater Ward sagte aus, daß sein Angreifer eine Art Maske getragen hat, wahrscheinlich einen Damenstrumpf. Auch Pater Merrit hat gesagt, daß der Mann eine Art Maske trug. Pater Sklarski erinnerte sich nicht an eine Maske bei seinem Angreifer, aber da der Mann ja selbst angegriffen wurde, konnte der Pater sein Gesicht nicht allzu deutlich sehen. Sie, natürlich“, wandte sich Koznicki an Koesler, „haben nicht gesehen, wer Ihnen die Flasche ins Fach gestellt hat. Pater Budreau kann sich an gar keine Einzelheiten des Mannes erinnern, der ihn angreifen wollte. Wir haben es also sozusagen mit einem kopflosen Attentäter zu tun.“ Koznicki breitete in einer hilflosen Geste die Arme aus.

„Der mutmaßliche Überfall auf Pater Sklarski war der einzige, der sich nicht auf Seminargelände zugetragen hat“, sagte Patrick. „Vielleicht hat er deshalb keine Maske aufgehabt.“

„Nun, es war auf jeden Fall kalt genug, eine Skifahrermaske zu tragen. Und die hätte er tragen können, ohne Verdacht zu erwekken – wegen des Wetters“, sagte Morris.

„Seltsam“, überlegte Patrick. „Soweit wir wissen, hat sich der Mann jedesmal verkleidet, wenn er jemanden auf Seminargelände angriff. Aber als er es abseits vom Seminar versucht, trägt er keine Maske.“

„Vielleicht“, gab Koesler zu bedenken, „ist er der Meinung, daß er sich außerhalb des Seminars nicht verkleiden muß.“

Die drei sahen Koesler erwartungsvoll an.

„Wenn", fuhr Koesler fort, „wir die Anschläge durch die Augen des Täters betrachten, welchen *modus operandi* finden wir dann? Er hat offensichtlich vor, sein Opfer zu töten; daher ist es nicht notwendig, daß er vor ihm das Gesicht verbirgt. Nun wissen wir freilich anhand der Ereignisse, daß es sein Glück war, daß er sich maskiert hat, denn es ist ihm bei keinem Opfer gelungen, es zu töten. Offensichtlich hat er aber nicht geplant, daß es so sein sollte.

Wenn das so ist, warum verkleidete er sich dann im Seminar und nicht außerhalb? Weshalb befürchtete er, auf dem Seminargelände identifiziert zu werden, fern davon aber nicht? Könnte es nicht sein, daß er fürchtete, auch von anderen Personen im Seminar erkannt zu werden als den Opfern?"

„Klingt logisch", gab Patrick zu.

„Aber würde er von jemandem im Seminar erkannt werden?" fragte Morris.

„Ein Geistlicher", antwortete Koesler, „ein Student, ein Angestellter. Oder die Kehrseite dieser Medaille: ein ehemaliger Priester, ein ehemaliger Student oder ein ehemaliger Angestellter."

Seine Zuhörer schienen so ernst, daß Koesler sich veranlaßt fühlte, die Stimmung ein wenig aufzuheitern. „Mir ist klar, wenn meine Hypothese zutreffend ist, dann habe ich damit die Liste der Verdächtigen auf ein paar lumpige Tausend reduziert."

„Ganz und gar nicht, Pater", widersprach Koznicki. „Ihre Beobachtungen sind sehr interessant. Schließlich habe ich Sie gebeten, bei den Ermittlungen zu helfen, weil ich mir von Ihnen ein paar ungewöhnliche Einsichten versprach."

„Danke, Inspektor. Ich fühlte mich aber völlig unqualifiziert, in der Polizeiarbeit herumzupfuschen. Und dennoch fühle ich mich gleichzeitig diesen Ermittlungen sehr verbunden. Nicht nur gehöre ich als mutmaßliches Opfer dazu, ich kenne auch die anderen Opfer persönlich. Ich habe zudem das Gefühl, daß nur noch ein einziges Puzzleteil eingefügt werden muß, und dann wird alles klar. Ich habe das Gefühl, daß dieser Fall kurz vor seiner Auflösung steht. Hat jemand von Ihnen schon einmal so ein Gefühl gehabt?"

Alle drei Polizisten lächelten zustimmend.

„Das dürfte eine der gemeinsamsten Empfindungen sein, die Polizisten haben, besonders bei der Mordkommission“, sagte Morris. „Man arbeitet an einem Fall, bis man schielt. Man überdenkt alles hundertmal aus hundert verschiedenen Blickwinkeln. Dann bleibt nur noch ein Hindernis zu überwinden, aber es hat den Anschein, als würde einem das nie gelingen.“

„Ich bin froh, daß ich nicht allein bin.“

„Glauben Sie mir, Pater, Sie sind nicht allein“, sagte Morris. „Aber gestatten Sie mir eine Frage, die in Ihr Spezialgebiet fällt. Weshalb ist die Kapelle noch offen?“

„Das stimmt“, sagte Patrick. „Immerhin fand eine Gewalttat darin statt – beinahe ein Verbrechen.“

„Ein paar Leute würden behaupten, daß die Predigten, die heutzutage in einigen Kirchen abgehalten werden, schon fast Verbrechen sind“, sagte Koesler. „Aber das ist eine gute Frage. Tatsächlich habe ich sie noch gestern abend im Kodex des Kirchenrechts nachgeschlagen. Paragraph Elf-zweiundsiebzig regelt diese Frage.“

„Elf-zweiundsiebzig? Sie haben mehr als elfhundert Vorschriften?“ Morris schien überrascht.

„Zweitausendvierhundertvierzehn, um genau zu sein“, sagte Koesler. „Elfhundertzweiundsiebzig ist diejenige, die sich mit einer entweihten Kirche beschäftigt.“

„Das war das Wort, wonach ich gesucht habe“, sagte Morris. „Entweihung.“

„Nur um Haaresbreite konnten wir der Tatsache entgehen, eine entweihte Kirche zu haben. Es kann vier Möglichkeiten geben, wie eine Kirche entweiht werden kann. Die erste ist ein Mord. Gott sei Dank ist das nicht geschehen, obwohl es dicht daran war.

Die zweite ist eine Verletzung, bei der eine große Menge Blut vergossen wird. Wenn Budreau nicht zufällig so treffsicher gewesen wäre, dann fürchte ich, wäre eine Menge Blut vergossen worden.

Die dritte wäre, eine Kirche einem weltlichen oder irrelevanten Zweck zuzuführen – etwa, eine Spielhölle daraus zu machen oder eine Orgie darin abzuhalten. Sie erinnern sich vielleicht, daß Christus die Wucherer aus dem Tempel vertrieb.

Schließlich kann eine Kirche noch entweiht werden, wenn ein Ungläubiger oder eine berüchtigte exkommunizierte Person darin begraben wird.

Nun – habe ich Ihnen mehr über entweihte Kirchen erzählt als Sie je wissen wollten?“

„Ganz und gar nicht“, sagte Morris. „Es war faszinierend, auch wenn es sich ein wenig mittelalterlich anhört. Aber was hätte getan werden müssen, hätte Pater Budreau, sagen wir einmal, den Täter getroffen und es wäre viel Blut vergossen worden?“

Koesler lachte. „Nun, um Ihre Frage ernsthaft zu beantworten, es gibt einen Ritus im römischen Ritual, mit dem man die Kirche wieder weihen kann. Ich lache deshalb, weil es mich an eine Geschichte erinnert, die in Seminarkreisen ziemlich bekannt ist. Haben Sie noch eine Minute Zeit?“

Alle drei entspannten sich.

„Wissen Sie, was ein Piscina ist?“

Koznicki nickte, Patrick und Morris schüttelten die Köpfe.

„Nun, in katholischen Sakristeien befindet sich ein Gegenstand, der Piscina genannt wird und einem gewöhnlichen Waschbecken ähnelt. Nur führt die Ablauf des Piscinas nicht ins Abwasser, sondern in den Boden. Wenn die bei einer Messe oder, sagen wir einmal, Taufe getragene Kleidung gewaschen wird, dann wird das Wasser ins Piscina geschüttet. Das ist eine würdige Art, Wasser zu beseitigen, mit dem heiliges Tuch gewaschen worden ist.“

Sein Publikum schien die Erklärung begriffen zu haben.

„Vor ein paar Jahren hatte ein Seminarsabsolvent, der zum Priester geweiht werden sollte, sein Abschlußexamen.

Einer seiner Professoren stellte ihm folgendes Problem: 'Sie lesen eine Messe. Gerade nachdem Sie den Wein und die Hostie gesegnet haben, läuft eine Maus über den Altar, nimmt die Hostie ins Maul und läuft davon. Was würden Sie tun?‘

Der junge Mann überlegte es sich eine Weile und sagte schließlich: 'Ich würde die Kirche niederbrennen und die Asche ins Piscina hinabspülen.'"

Gelächter.

„Stimmt das?"

„Ich kann nicht sagen, daß es stimmt, ich kann aber auch nicht sagen, daß es nicht stimmt."

Die meisten, die in der Hoffnung gekommen waren, den heutigen Dreharbeiten beizuwohnen, würden enttäuscht werden. Der Innenhof war abgesperrt, besonders nachdem sich die Ausrüstung darin befand und Techniker, Schauspieler, Arbeiter und Ratgeber sich darin drängten.

Auf dem Flur vor dem Innenhof drängten sich, unter vielen anderen, auch Pat Lennon und Joe Cox.

„Habe ich Sie heute nicht schon einmal gesehen?" sagte Cox zu Lennon. „Habe ich nicht sogar heute schon eine ganze Menge von Ihnen gesehen?"

Lennon errötete. „Warum schreist du es nicht in die Welt hinaus?"

„Ich könnte eine Werbeseite in der *New York Times* kaufen."

„Da wir gerade von der *Times* sprechen, ist das nicht..."

„... ihr hiesiger Reporter."

„Sind sie wieder an der Story dran?"

„Nach Budreaus 'Schnellste-Knarre-in-der-Soutane'-Nummer sind sie alle wieder dran."

„Glaubst du, daß es noch mal zu einer Schießerei kommen wird?"

„Was meinst du, weswegen die Reporter aus dem ganzen Land hier sind? Die wollen bestimmt nicht sehen, wie ein Film gedreht wird. Und schon gar nicht dieser hier!"

„Denkst du wirklich, daß er es versuchen wird bis er tatsächlich jemanden umgelegt hat?"

„Weshalb interviewst du mich? Noch schlimmer, weshalb stiehlst du mir meine Zeit, wenn ich jemand Interessanteren interviewen könnte?" Lennon begann, sich zu Sergeant Patrick vorzuarbeiten.

Pater Koesler ging inzwischen näher an die Kamera heran. Er betrachtete den Schauspieler, der Pater Gennardo darstellen sollte. Der Schauspieler, den Koesler nicht kannte, unterhielt sich angeregt mit Sol Gould, der auf verschiedene Stellen im Innenhof deutete.

Obwohl Koesler sich eingestehen mußte, daß er den Schauspieler noch in keinem bisherigen Film gesehen hatte, mußte er anerkennen, daß er eine bemerkenswerte Ähnlichkeit mit Pater Gennardo hatte. Sie waren etwa gleich groß und gebaut, hatten dunkles, meliertes Haar und knorrige Gesichtszüge. Koesler überlegte sich, ob jemand den Mann angewiesen hatte, so zu schnauben wie der echte Gennardo es aus Gewohnheit tat.

Techniker schienen etwas im Boden, der Wand, sogar dem Goldfischteich zu vergraben. Koesler ging zu Mary Murphy.

„Entschuldigen Sie, Mary, aber was tun diese Männer?"

Mary sah von ihren Unterlagen auf. „Hallo, Pater. Diese Männer? Sie bringen winzige Sprengladungen an."

Er sah sie an und wartete auf weitere Erklärungen.

„Sehen, Sie, hier wird natürlich nicht mit Kugeln geschossen. Der Attentäter schießt mit Schreckschuß, und diese Maschine dort drüben wird dann die Sprengladungen zünden. Sie müssen sich nur an die Reihenfolge erinnern, wie die Ladungen gezündet werden müssen. Sonst steht der Schauspieler in einem Teil des Innenhofs, und es sieht so aus, als würde in einen ganz anderen geschossen werden."

„Ruhe am Drehort!" rief Sol Gould durch das Megaphon. Es wurde still. „Alles an die Plätze!"

Die Scheinwerfer wurden eingeschaltet. Der mit einer schwarzen Soutane bekleidete „Pater Gennardo" begann, durch den Innenhof zu gehen. Koesler konnte eine schattenhafte Gestalt auf dem Balkon sehen, welcher den Innenhof überblickte. So weit, so richtig.

Der Attentäter hob die Pistole mit dem Schalldämpfer und feuerte.

Die Ladung neben „Gennardos" linkem Fuß explodierte.

Sehr realistisch, dachte Koesler.

Der Schauspieler warf sich hinter eine Bank. Die an der Lehne der Bank angebrachte Ladung explodierte.

Moment mal! dachte Koesler.

Der Schauspieler raste von der Bank hinter eine Säule. Die Ladung in der Säule explodierte.

„So ist es nicht passiert", flüsterte Pater Koesler Mary Murphy zu. „Pater Gennardo hat überhaupt nicht bemerkt, was sich abspielte. Er ist nicht in Deckung gegangen!"

„Ich weiß", flüsterte Mary zurück, „aber Bruce und Herm waren der Meinung, das Publikum würde nicht glauben, daß jemand auf diese Entfernung sein Ziel verfehlen kann, wenn es sich nicht schnell bewegt."

Darüber dachte Koesler einen Augenblick nach.

Der Schauspieler kam hinter der Säule vor und näherte sich rasch der Tür. Plötzlich schien er zu Boden geworfen zu werden. Er blieb reglos liegen. Rote Flüssigkeit troff unter seiner Schulter hervor über den Boden.

„Schnitt! Schnitt! Das war großartig!" Es kam selten vor, daß Gould so zufrieden war, besonders bei diesem Projekt.

Herman Deutsch erwachte kurz aus seinem Schlummer. Als er Goulds selbstzufriedenen Tonfall hörte, drehte er sich um und schlief wieder ein.

Koesler hörte einen Laut irgendwo in der Ferne und wunderte sich. Es konnte kein Echo sein. Für ein Echo kam es viel zu spät.

Morris und Patrick wußten Bescheid.

„Ein Schuß!" schnappte Morris. „Wo ist Kirkus?"

„Hier!" Patrick nickte in Richtung der Tonanlage, wo sich alle Produktionsassistenten versammelt hatten. „Ich habe ihn keine Sekunde aus den Augen gelassen. Gehen wir!"

Die beiden rannten, so schnell es ging, den Flur hinab.

„Zurücktreten! Polizei!" Patrick, der die Dienstwaffe in der Hand hatte, beugte die Schulter ein wenig und rempelte sich durch die Menge. Morris folgte in seinem Kielwasser. Während sie in Richtung des Geräusches liefen, folgte ihnen, wie dem Rattenfänger von Hameln, fast jeder, der am Drehort gewesen war.

Sie kamen an eine Abzweigung im Korridor.

Patrick neigte den Kopf nach rechts.

„Der Racketballhof!“

Die Parade wandte sich nach rechts und trampelte zum Hof.

Patrick stieß die Tür zum ersten Hof auf. Er und Morris sprangen hindurch und brachten die Waffen in Anschlag. Während sich hinter ihnen die Menge versammelte und jeder versuchte, einen Blick in den Hof zu erhaschen, klappten den beiden Polizisten die Kiefer herunter.

Der Hof war in einen Schießstand verwandelt worden.

Pater Budreau, der den Mund ebenfalls aufsperrte, gab einem Studenten Schießunterricht.

„Genau das hat uns noch gefehlt“, sagte Patrick.

„Der Sohn von Billy the Kid“, bemerkte Morris.

Pater Koesler war unkonzentriert. Es bereitete ihm äußerste Schwierigkeiten, der Versammlung des Pfarrgemeinderats zu folgen.

Es war nicht ungewöhnlich, daß er seinen Gedanken während solcher Versammlungen freien Lauf ließ. Aber heute abend war seine Ablenkung deutlich stärker.

Manchmal erging es ihm so, wenn er die Zeitung las. Er mußte einen Abschnitt mehrmals lesen, bevor er begriff, worum es ging. Wenn das geschah, konnte er nichts anderes tun, als die Zeitung wegzulegen und über das nachzudenken, was ihn beschäftigte.

Das konnte er jetzt nicht tun. Man konnte während einer Pfarrgemeinderatssitzung nicht einfach aufstehen und gehen. Besonders dann nicht, wenn man Pfarrer dieser Gemeinde war. Er saß fest.

Etwas beunruhigte Bob Bullock. Koesler dachte an ihn immer als Sweet Old Bob. Bullock verband einen streng konservativen Standpunkt mit einem äußerst reizbaren Temperament, und er schaffte es regelmäßig, alle in seiner Umgebung nervös zu machen. Koesler war schon lange zu der Überzeugung gekommen, daß Judy, Bullocks leidgeprüfte Frau, ohne Zwischenaufenthalt im Fegefeuer direkt in den Himmel kommen würde, weil sie diesen Mann ein Leben lang erduldet hatte.

„Bob, wir haben in dieser Frage keine andere Wahl." Ratsvorsitzender Ty Obermyer, ein äußerst zivilisierter Mann, versuchte, nicht die Geduld zu verlieren. Er hatte wenig Hoffnung, daß ihm das gelingen würde. „Der Superindentent der katholischen Schulen der Erzdiözese setzt die Gebühren fest, und wir haben keine andere Wahl, als sie zu akzeptieren."

„Ich sehe nicht ein, Herr Vorsitzender, wie sie in der Stadt Direktiven aufstellen können und von uns erwarten, daß wir ihnen blind folgen. Woher wissen sie, was wir uns leisten können?" verkündete Bullock in seiner keifenden Art.

„Der Grund ist der, Bob: Wenn wir es uns nicht leisten können, unseren Lehrern und dem Hilfspersonal ein anständiges Gehalt zu zahlen, dann werden sie uns die Schule schließen."

Das war ein Fehler. Aufgrund langer Erfahrung mit Sweet Old Bob wußte Koesler, daß der Mann stets ein paar falsche Fährten einschlug, bevor er darauf zu sprechen kam, was ihn wirklich beschäftigte. Der Trick bestand darin, dem Wunsch zu widerstehen, mit ihm zu streiten, ebenso dem Wunsch, ihn zu erwürgen, bis er zur Sache gekommen war.

Dann wurden seine Gedanken abgelenkt. Diesmal waren sie ihm nicht unwillkommen, da sie ihn Bullocks Einwände vergessen ließen.

Er erinnerte sich an etwas, das ihm Inspektor Koznicki erzählt hatte: Mit einer Serie von Morden – oder, wie in diesem Fall, versuchten Morden – versuchte der Täter normalerweise so etwas wie eine Botschaft zu verkünden. Er will etwas sagen, bedient sich dazu aber der Taten und nicht der Worte. Je besser man diese Botschaft verstehen kann, desto wahrscheinlicher ist es, daß man den Täter entlarvt. Aber um was für eine Aussage konnte es sich handeln?

Konnte Dr. Heinsohns Hypothese richtig sein? Daß der Attentäter versuchte, Vaterfiguren aus dem Weg zu räumen? Koesler dachte an die bisherigen Opfer. Mit einer Ausnahme – er selbst – waren es alle ältere Männer gewesen. Unter normalen Umständen wäre selbst er alt genug gewesen, um Großvater zu sein. Konnte es sein, daß sich der Haß des Mannes auf Großvaterfiguren richtete?

„Sie müssen bedenken, Bob, daß sich die Zeiten geändert haben", sagte Ratsvorsitzender Obermyer. „Sie können nicht erwarten, daß die Kinder heute den Katechismus von Baltimore benützen oder die Lehrbücher, die wir hatten."

„Das ist mir einerlei", grollte Bob Bullock. „Ich habe mir die Mühe gemacht, die Lehrbücher unserer Erst- und Zweitkläßler durchzusehen. Wissen Sie, daß ich in keinem von beiden die Zehn Gebote finden konnte?"

Nein, das war es nicht. Sweet Old Bob mußte wissen, daß kein Kind eine Gemeindeschule verließ, ohne die Zehn Gebote zu kennen. Außerdem hatte seine Stimme noch nicht den dringenden Tonfall angenommen, den er für sein eigentliches Anliegen reserviert hielt.

Etwas fehlte an dem Puzzle der Angriffe auf die Priester. Wenn Koesler nur dieses fehlende Teil hätte lokalisieren können! Es schien so nahe zu sein, so dicht vor ihm. Wie konnten all diese Priester einen gemeinsamen Feind haben? Sie unterrichteten nicht alle am gleichen Seminar. Er selbst unterrichtete an beiden, war aber erst vor kurzem zum Stab von St. Joe's hinzugekommen. Natürlich kannten alle Geistliche einander. Aber das war nicht ungewöhnlich; die älteren Priester neigten dazu, eine homogene Gruppe zu bilden.

„Und ich sage, das ist eine Schande!" Bullock schlug mit der Faust auf den Tisch. „Eine Parodie des Leidenswegs und Sterbens unseres Erlösers in einer katholischen Kirche aufzuführen, bedenken Sie das! Und das während der heiligen Fastenzeit! Was für religiöse Lehren zwingen wir unseren Kindern auf? Das frage ich Sie!"

Bingo! Koesler war auf dem Weg zur Sitzung in der Kirche gewesen. Die Lehrer des Religionsunterrichts der öffentlichen Schulen hatten eine Art Frühlingsfest vorbereitet. Sie verwendeten drei Diaprojektoren, um traditionelle Bilder von Jesus zu zeigen, die die letzten Abschnitte seines Lebens darstellten. In der Hauptsache handelte es sich um Nachbildungen der Werke großer Meister. Dagegen konnte Bullock keine Einwände haben. Aber zu den Bildern hatten sie lautstark ein Band mit „Jesus Christ Superstar“ abgespielt.

Das ist es! überlegte Koesler. Ihm sagte die Rockversion vom Leben Christi nicht unbedingt zu, aber er hatte festgestellt, daß sie für die Teenager von großer Relevanz zu sein schien. Für Bob Bullock freilich war „Superstar“ Blasphemie.

Wenn er gewußt hätte, daß Bullock unterwegs in der Kirche vorbeischauen wollte, dann hätte er bestimmt eine Möglichkeit gefunden, ihn abzulenken. Wenn er Bullocks Erregung betrachtete, kam Koesler zu dem Ergebnis, daß der Rat kaum mehr für andere Themen Zeit haben würde.

Er hing dankbar weiter seinen Gedanken nach.

Am Drehort herrschte eine eindeutig festliche Atmosphäre. Es war der letzte geplante Tag des Filmens. Mit etwas Glück konnte das Filmteam heute die Koffer packen und abreisen.

Das freute das Team, besonders die Leute aus Los Angeles, die die Nase vom Detroiter Vorfrühling voll hatten, der eigentlich nicht mehr war als ein später Winter. Auch die Seminaristen freuten sich, besonders die älteren, die sich wieder nach Ruhe und Frieden sehnten. Es freute die Polizisten, die ihre Ermittlungen in dem Chaos hatten durchführen müssen, das die Filmleute erzeugt hatten.

Drehort für diese letzten Einstellungen war die Kapelle, wo Pater Budreau den Schuß abgegeben hatte, den dank Kabelfernsehen und Nachrichtenmedien die ganze Nation gehört hatte. Zuvor jedoch hatte eben dieser Pater Budreau die geweihten Hostien entfernt, die der Kapelle vorbehalten waren.

Zum erstenmal im Seminar zugegen war die hübsche, brünette Shelley Eden, die Unterhaltungsfeuilletonistin der *Free Press*. Die einzige bekannte Frau, die bewußt auf ein Zusammentreffen mit Cary Grant verzichtet hatte, interviewte gerade Pater Budreau. Bisher hatte noch niemand, der mit *Requiem für einen Mörder* zu tun hatte, Shelleys Aufmerksamkeit erwecken können. Aber Budreau war fast über Nacht als der schnellste Schütze im Mittelwesten bekanntgeworden, dem der Colt am lockersten saß. Nun würde er, wenngleich ihm Polizei und auch Kirchenautoritäten nahegelegt hatten, auf seine Schießübungen zu verzichten, zum Gegenstand einer der beliebtesten Kolumnen in Detroit werden.

Herman Deutsch hatte die ganze Nacht damit zugebracht, das Drehbuch umzuschreiben. Er hatte, was den Alkohol anbelangte, inzwischen ein solches Geschick entwickelt, daß es ihm gelang, während der Arbeit in regelmäßigen Abständen gerade so viel zu trinken, daß es ihm gelang, so lange wachzubleiben, bis er die letzten Dialogzeilen geschrieben hatte, ehe ihn derAlkoholschlummer übermannte. Daher war er wieder einmal nicht in der Verfassung, selbst bei dem Regie zu führen, was er geschrieben hatte.

Bruce Lauther stand neben der Kamera. Sein Gesicht hatte einen zufriedenen Ausdruck. Trotz aller Widrigkeiten hatte es den Anschein, als würde es ihnen doch noch gelingen, diesen Film unter der Budgetgrenze fertigzustellen. In ein paar Wochen, wenn einige zusätzliche Szenen in Hollywood abgedreht und das Rohmaterial geschnitten worden waren, würde er in der Lage sein, den Bossen des Senders den Film zu zeigen. Nicht schlecht für jemanden, dessen Karriere angeblich dabei war, den Bach hinunterzugehen.

Pater Koesler unterhielt sich mit Mary Murphy, seiner üblicherweise zuverlässigen Informationsquelle.

„Ich verstehe nicht“, sagte er, „wie Sie so sicher sein können, daß es der letzte Drehtag ist.“

„Wir haben das Wort von keinem geringeren als Dr. Heinsohn persönlich dafür.“

„Oh?“

„Er sagt, als der Priester auf den Attentäter geschossen hat, war alles vorbei.“

„Aber er hat ihn doch gar nicht getroffen!“

„Nein, aber Dr. Heinsohn sagt, daß sich in diesem Fall die Vaterfigur zur Wehr gesetzt hat. Sehen Sie“ – Mary wußte nicht, warum sie diese Hypothese erklärte; sie verstand sie selbst kaum –, „der Attentäter hat auf die Geistlichen geschossen, weil sie für ihn Vaterfiguren waren. Laut Dr. Heinsohn – und Bruce hat mir versichert, daß der Doktor eine Menge ähnlicher Fälle zitierte –, hätte zweierlei geschehen können: Entweder er hätte einen von Ihnen getötet – entschuldigen Sie, Pater, das war nicht persönlich gemeint –, oder einer von Ihnen hätte seine Präsenz dadurch anerkannt, daß er sich wehrte."

„Ich verstehe." In Wahrheit verstand er es nicht.

„Als Pater Budreau auf ihn geschossen hat, war der Attentäter befriedigt. Aber Dr. Heinsohn beabsichtigt immer noch, in den Medien auf den Mann einzuwirken, sich ihm zu stellen, damit der Doktor seine geistige Gesundheit wiederherstellen kann."

„Ich verstehe." Er verstand es nicht.

In einer Ecke der Kapelle befanden sich die Sergeants Patrick und Morris mit einer Handvoll uniformierter Detroiter Polizisten, die nur für heute dem Fall zugeteilt worden waren. Offenbar hatte die Polizei wenig Vertrauen in Dr. Heinsohns Diagnose.

„Dies soll der letzte Drehtag sein", wandte sich Morris an die Gruppe, „daher ist es mehr als wahrscheinlich, daß unser Mann, wenn er etwas mit diesem Film zu tun hat oder die Dreharbeiten zur Tarnung benützte, heute zuschlagen wird."

„Ja", bestätigte Patrick. „Es spielt dabei keine große Rolle, ob es wirklich der letzte Drehtag ist. Wesentlich ist, der Täter geht davon aus, und wir auch. Wenn er zum Team gehört, dann hat er heute zum letztenmal ungehinderten Zugang zum Seminar. In jedem Fall dürfte er den heutigen Tag für die letzte Gelegenheit halten, ohne Aufmerksamkeit zu erwecken. Verteilen Sie sich im hinteren Teil dieser Kapelle und behalten Sie Marge und mich im Auge. Wenn wir etwas Verdächtiges bemerken, dann werden wir rasch handeln. Wir möchten Sie alle sofort zur Stelle haben."

„Achtung, räumen Sie den Drehort!" plärrte Sol Goulds Megaphon.

Deutsch wand sich bei dem lauten Geräusch und schien in seinen Stuhl zu schlüpfen.

„Alles auf die Plätze!"

Pater Koesler ging in eine der hinteren Ecken der Kapelle. Die meisten Schaulustigen, die gekommen waren, wichen in den Flur vor der Kapelle zurück. Den meisten genügte es offenbar, in der Nähe von Dreharbeiten zu sein, auch wenn sie nichts als kahle Wände sahen und außer einem gelegentlichen diskreten Räuspern oder leisen Schritten nichts hörten.

Der echte Pater Budreau sah dem Film-Pater Budreau zu, wie er die Kapelle betrat, gefolgt von der Kamera und dem Scheinwerfer. Der Schauspieler schien echter als er selbst in sich versunken zu sein, mußte Budreau zugeben, als dieser eine Bankreihe betrat. Als sich der Schauspieler niederkniete, konnte Budreau sehen, wie er mit der Hand in die Schärpe griff.

Wie schmal sie sein kann, überlegte Budreau, diese Distanz zwischen Leben und Tod. Er durchlebte die tatsächlichen Ereignisse noch einmal. Ein Augenblick des Zögerns, und er wäre ein toter Mann gewesen. Ein Zentimeter hin oder her, und sein Angreifer hätte ein toter Mann sein können.

Aus dem rechten Augenwinkel glaubte Dean Patrick zu sehen, wie sich im rückwärtigen Teil der Kapelle etwas bewegte. Er wirbelte in diese Richtung herum und sah gerade noch, wie eine Tür leise geschlossen wurde. Er stieß Morris an. Die beiden gingen zur Tür, dicht gefolgt von den uniformierten Polizisten. Keiner gab sich Mühe, den Lärm zu dämpfen, den sie erzeugten.

„Schnitt! Oh, Schnitt! Verdammt, was ist denn nun wieder los?"

Die Polizisten drängten sich vor der Tür. Sie war verschlossen. Patrick, der einen Schlüssel für alle Türen des Seminars erhalten hatte, aber keine Zeit vergeuden wollte, trat gegen das Schloß. Das Schloß brach unter seinem Tritt, das Holz splitterte, die Tür flog so heftig auf, daß sie beinahe aus den Angeln sprang.

Von Morris und Patrick angeführt, rannten die Polizisten den Flur entlang und die Treppe hinunter. Der letzte Polizist blieb vor der Tür stehen, damit keiner mehr hinein oder hinaus konnte.

„Die Gruftkapelle unten!" Patrick wußte, wohin die Treppe führte.

„Pater Dye!" Morris wußte, wer sich dort unten aufhielt.

Als sie sich der letzten Treppenstufe näherten, hörten sie einen

Schuß durch die unterirdische Gruftkapelle hallen. Sie sprangen die letzten Stufen hinunter.

„Stehenbleiben und fallen lassen!“ Morris stand unten und hielt den Revolver mit beiden Händen.

„Fallen lassen oder Sie sind ein toter Mann!“ rief dann auch Patrick.

Er ließ die Waffe nicht sofort fallen. Es wäre unmännlich gewesen, dem Befehl einer Frau zu folgen. Nur die Tatsache rettete ihm das Leben, daß er keine Bewegung machte. Ein paar Sekunden nach Patricks Aufforderung ließ er die Pistole auf den Boden fallen.

„So“, sagte Patrick. „Also doch Roman Kirkus.“

Morris kniete sich neben Pater Dye nieder. Er war von der Gebetbank gefallen. Sie drehte ihn um. An seinem kahlen Hinterkopf sah sie eine Schußwunde. Sie sah nicht, wo sie wieder ausgetreten war. Sie suchte nach Lebenszeichen.

„Er ist tot.“

Mehrere Polizisten hatten Kirkus an eine Wand gestellt. Sie tasteten ihn nach Waffen ab. Nachdem sie ihm Handschellen angelegt hatten, las Patrick ihm seine Rechte vor.

Ein Beamter wurde hereingerufen, um die Festnahme zu protokollieren. Inspektor Koznicki, der sich mit einer mobilen Einheit in der Nachbarschaft aufhielt, wurde auf der Stelle informiert. Er telefonierte mit Patrick und ließ Kirkus in ein Büro des Seminars bringen. Koznicki wollte Kirkus verhören, bevor er in die Stadt gebracht wurde.

Koesler, der wie alle anderen in der Kapelle oder in deren Umgebung gewesen war, überlegte, was geschehen sein mochte. Aber die Polizisten wollten keine Informationen preisgeben, bevor sie nicht die Erlaubnis des Inspektors hatten.

Eine Stunde später hatten wenige Zuschauer den Schauplatz verlassen. Tatsächlich war ihre Zahl sogar noch gewachsen, weil Reporter der lokalen Fernsehsender dazugekommen waren.

Im und um das Büro, das nun von der Polizei benützt wurde, herrschte rege Betriebsamkeit. Ab und zu kam oder ging jemand. Aber niemand wollte sagen, was vor sich ging.

Schließlich kam einige Bewegung in die Menge, als die Polizisten jemanden aus dem Büro brachten und den Flur entlangführten. Sogar auf Zehenspitzen konnte Koesler nicht erkennen, wer es war.

Ein Polizist kam aus dem Büro und fragte mit lauter Stimme: „Ist hier ein Pater Koesler?"

Koesler trat vor, wies sich aus und wurde in das Büro geführt. Koznicki, Patrick, Morris und mehrere uniformierte Beamte waren dort; sie alle sahen verhalten zufrieden aus.

„Es ist aus, Pater", sagte Koznicki.

„Aus?"

„Ja."

„Wer ist es? Wer hat es getan? Ist es..."

„Roman Kirkus."

„Kirkus?"

Etwas stimmte nicht. Das paßte nicht.

Koesler hatte ein Gefühl extremer Enttäuschung als würde er versuchen, einen eckigen Bolzen durch ein rundes Loch zu schieben.

„Ja, es war Kirkus", wiederholte Patrick. „Er hat die volle Verantwortung für alle Anschläge übernommen. Wir haben unseren Mann."

„Die schlechte Nachricht – und die ist wirklich schlecht", sagte Morris, „ist die, daß er bei seinem letzten Opfer erfolgreich war."

„Erfolgreich?"

„Er hat tatsächlich einen Priester erschossen. Es tut mir leid, Pater."

„Wen?"

„Pater Dye."

„Den alten Pater Dye?"

Das ergab nun überhaupt keinen Sinn mehr. Plötzlich war es, als wären alle Bolzen eckig und alle Löcher rund.

Dann, langsam wie ein Sonnenaufgang, wurde Koesler alles klar. Das letzte Teil fügte sich ein. Alle Überlegungen, die er in letzter Zeit angestellt hatte, ergaben nun einen Sinn. Es war nicht so, daß etwas fehlte – in dieser Gleichung war zuviel enthalten.

Aber wenn alles falsch war, was war dann richtig?

Rasch legte Koesler das Puzzle noch einmal zusammen und griff dabei auf die Teile zurück, die ihm richtig erschienen.

Koznicki wurde besorgt. Er fragte sich, was sein Freund hatte, der so benommen dastand. Natürlich war es eine schockierende Nachricht, aber dennoch kam es ihm seltsam vor, daß Pater Dyes Dahinscheiden ihn so sehr mitnahm, daß er sich nicht mehr regen konnte. Schließlich war Pater Dye fast neunzig gewesen. Man konnte kaum sagen, daß er vor seiner Zeit abberufen worden war.

Koesler sah auf die Uhr, dann ließ er die letzte Information einsinken.

„Oh, mein Gott, nein, Inspektor! Ich könnte mich irren, aber wenn nicht, dann dürfen wir keinen Augenblick mehr verlieren. Kommen Sie!“

Koesler stürmte zur Tür hinaus, dicht gefolgt von den Polizisten im Büro, und dann denen vor dem Büro. Niemand hatte die leiseste Idee, wohin der Priester wollte.

Als sie die Kapelle erreicht hatten, lief Koesler nicht zur linken hinteren Tür, die zur unterirdischen Kapelle geführt hätte, sondern zur rechten.

Er riß die Tür auf und raste die Treppe hinunter.

„Der Turnsaal!“ rief Patrick, als ihm die Erleuchtung kam.

„Pater Feeny!“ Morris, die im Laufen auf die Uhr sah, wußte ganz genau, wer sich um diese Zeit dort aufhalten würde.

Am Fuß der Treppe befand sich eine weitere Tür. Koesler preßte die Schulter gegen die Tür und schob, während er den Knopf drehte.

Sie war nicht verschlossen. Koesler wurde fast durch die Tür katapultiert und stieß mit einem Mann zusammen, der direkt dahinter stand. Die beiden fielen und rollten die Treppe hinunter zum Balkongeländer, hinter dem der Saal sechs Meter zum Übungsraum hinab abfiel. Glücklicherweise bremste das Geländer ihren Sturz.

Als Koesler mit ihm zusammengestoßen war, war dem Mann die Waffe aus der Hand geschlagen worden und auf den Boden gefallen.

Morris hob sie auf. Koznicki trennte die beiden Männer.

Koesler begann, seinen schwarzen Anzug abzuklopfen. Es war eine beinahe hoffnungslose Aufgabe. Aber sein Gesichtsausdruck drückte Befriedigung aus, daß sich wieder einmal eine seiner Hypothesen bestätigt hatte.

Koznicki drehte den verhinderten Attentäter herum.

„Nun", sagte er, „wenn das nicht unser Bruder Alphonsus ist!"

„Wer ist da? Wer ist dort oben?" rief Pater Feeny. Ohne sein Fernglas fühlte er sich beinahe nackt.

Der blaue Plymouth bog von der I-75 bei Gratiot ab, wo die Autobahn endete, und wandte sich nach rechts. Es waren nur wenige Blocks bis zum Polizeihauptquartier in der Beubien 1300.

„Ein Problem mit der Miranda-Erklärung ist", sagte Patrick, „daß viele Täter sie ernst nehmen und zwar nicht schweigen, aber sich dennoch weigern, Fragen zu beantworten."

Marge Morris lächelte. „Wie im Fall Al Wiedemann alias Bruder Alphonsus. Wenn Pater Koesler nicht gewesen wäre, dann wüßten wir jetzt noch nichts von den anderen drei. Wie er wohl herausgefunden hat, daß die beiden Studenten von den anderen wußten?"

Patrick kicherte. „Ich habe schon ein paar seiner Erklärungen gehört. Meistens sind sie ziemlich verworren, aber irgendwann ergeben sie doch immer wieder einen Sinn. Er hat die Begabung, auf winzige Kleinigkeiten zu achten und sie alle zu verknüpfen."

„Genau das, was ein guter Detektiv tun sollte."

„He, mach uns oder dem Hauptquartier keine Vorwürfe! Koesler wäre der erste, der zugeben würde, daß er in diesen ‚katholischen' Ermittlungen, die wir manchmal durchführen müssen, mehr Informationen besitzt als wir. Ihm steht das alles einfach näher, obwohl er, das muß man ihm lassen, alles gut verarbeiten kann, was er mitbekommt. Ich nehme an, genau aus diesem Grund läßt Koznicki ihn ab und zu mitarbeiten."

„Nun, dank ihm können wir vier statt einen einbuchten."

„Fünf", verbesserte Patrick.

„Richtig! Wie konnte ich Kirkus vergessen, den einzigen, der tatsächlich jemanden umgebracht hat?“

„Sachte. Er gehört nicht zu der Bande – der Gesellschaft 'Instrument der Gerechtigkeit'. Kirkus wurde schon früher eingelocht. Unsere Viererbande ist wahrscheinlich gerade mit den Verhören fertig.“

Patrick fuhr in die riesige Tiefgarage des Reviers.

Er und Marge konnten ihren Augen kaum glauben. Es hatte einen Zusammenstoß gegeben, einen ernsten Zusammenstoß, an dem mindestens drei Polizeiautos beteiligt waren. Aus zweien lief Flüssigkeit aus.

„Was ist denn passiert, Barney?“ fragte Patrick den Chef der Garage.

„Unglaublich!“ Mehr konnte Barney nicht hervorbringen. Er schüttelte den Kopf.

„Was ist passiert?“ wiederholte Morris.

„Ich rede mir immerzu ein, daß es ein Unfall war, aber ich kann es immer noch nicht glauben. Es gelang mir, drei Einsatzwagen nach St. Joseph's zu schicken, um die Verhafteten abzuholen. Sie wissen schon, die aus dem Fall, an dem Sie gearbeitet haben. Wir wollten sie getrennt herbringen, damit sie unterwegs nicht miteinander reden konnten. Nun, die drei Autos kamen etwa gleichzeitig hier an. Eins fuhr dorthin, eins fuhr dahin, und das dritte fuhr um dieses Auto herum und dorthin. Sie können ja sehen, wo sie sich wieder getroffen haben.“ Er schüttelte wieder den Kopf.

„Jemand verletzt?“

„Drei Fahrer haben einen schwer verletzten Stolz.“

Patrick und Morris gingen zum Aufzug der Garage.

„Sie sollten besser den Fahrstuhl drinnen nehmen“, sagte Barney. „Der hier ist steckengeblieben.“

Auf dem Weg in den fünften Stock unterhielten sich die beiden über den ungewöhnlichen dreifachen Zusammenstoß.

Während sie zur Mordkommission gingen, begegneten sie Sergeant Cratney, der, fanden viele, dem jungen Sean Connery ähnlich sah. Der für gewöhnlich lächelnde, fröhliche Polizist schien verdrossen zu sein.

„Die vier, die ihr abgeliefert habt“, sagte Cartney, „weswegen wurden die verhaftet? Wegen schwarzer Magie?“

„Haben sie Schwierigkeiten gemacht?“ fragte Morris.

„Sie eigentlich nicht so sehr. Aber es hatte den Anschein, als wären sie vom Pech verfolgt. Ich will euch einen kurzen Bericht geben.“

Cartney zeigte ihnen die vier Vernehmungszimmer, wo die vier Mitglieder der Gesellschaft ‚Instrument der Gerechtigkeit‘ gerade verhört worden waren. Obwohl es in diesen Zimmern selten aufgeräumt aussah, hatten Patrick und Morris sie noch nie in solch einem Chaos gesehen. Hier war eine Schreibmaschine auf den Boden gefallen, so daß die Walze abgebrochen war. Dort waren Aktenschränke umgestürzt. Sogar die Tür des Mikrowellenherds war aus den Scharnieren gerissen worden.

Sie waren beeindruckt.

„Und das ist noch nicht alles. Gehen wir nach oben.“ Cartney fuhr fort: „Nein, nicht mit dem Fahrstuhl. Die Treppe. Der Fahrstuhl steckt im neunten Stock fest, und die ‚Instrumente der Gerechtigkeit‘ sind drinnen.“

Während sie die vier Stockwerke hinaufgingen, bemerkte Cartney: „Ich weiß nicht, wie sie das anstellen. Wenn man lange genug mit diesen Burschen zusammen ist, dann läuft man ebenso oft gegen Türen wie durch sie hindurch. Kommt hierher.“ Cartney führte sie in den Lagerraum, wo ein völlig mit den Nerven heruntergekommener Beamter sich den Schweiß von der Stirn wischte, obwohl es gar nicht übertrieben warm war.

Patrick beugte sich vorsichtig über die Schwelle und sah ins Lager. Der Boden war fast vollständig mit Umschlägen übersät; zahlreiche davon waren aufgerissen und ihr Inhalt herausgekullert. Jeder Umschlag enthielt normalerweise – ausgenommen Kleingeld und Zigaretten – die persönlichen Habseligkeiten, welche die Verhafteten mitbrachten, die entweder in Haft genommen wurden oder in die Untersuchungszellen wanderten. Es war Aufgabe des diensthabenden Beamten, jedes Stück in den entsprechenden Umschlag zu tun. Der Beamte wischte sich mit gutem Grund die Stirn.

Danach führte Cartney sie zur Fingerabdruckeinheit an der Wand. Schwarze Fingerabdrücke waren an den ungewöhnlichsten Stellen zu sehen: an den Wänden, auf dem Boden, an der Unterseite des Tisches. Der Beamte, der das Abnehmen der Fingerabdrükke überwacht hatte, schien den Tränen nahe zu sein. „Manchmal passierte es, wenn etwas zu Boden fiel und sie sich bückten, um es aufzuheben", murmelte er.

„Sind diese vier Plagen etwa eure Beute?" fragte der farbige Beamte, der für den neunten Stock verantwortlich war.

Patrick verzog das Gesicht. „Ich schäme mich fast, es zuzugeben. Ja. Ich werde versuchen, ihre Inhaftierung zu beschleunigen und sie Ihnen vom Hals zu schaffen. Wo sind sie jetzt?"

„Inzwischen wurden sie in ihre Zellen gebracht. Es ist uns gelungen, sie weit genug auseinanderzulegen, so daß sie sich nicht miteinander unterhalten können. Kommt, ich zeige es euch."

Er lüpfte seinen Wanst vom Stuhl und führte sie zur Tür, die zum Zellentrakt führte.

„Ich habe einen in der letzten Zelle, und..."

In diesem Augenblick betrat das Trio den langen Gang und konnte die letzte Zelle sehen. Ein Mann stand hinter dem Gitter. Er hatte die Hosen bis zu den Knien heruntergelassen. Wasser floß aus seiner Zelle den Gang entlang auf die drei Beamten zu und wie durch Seitenkanäle in alle anderen Zellen.

„Ich habe mich nur darauf gesetzt..." Der Gefangene schien den Tränen nahe zu sein.

„Oh, mein Gott!" rief der Polizist aus. „Er muß die Schüssel richtiggehend aus der Wand gerissen haben!" Er konnte überhaupt nicht begreifen, weshalb die anderen sich vor Lachen zu biegen schienen. Für sie war es lediglich eine heitere Episode, die letzte dieses Falles. Für ihn aber bedeutete sie eine ernsthafte Katastrophe.

Pater Koesler und Inspektor Koznicki hatten beide herzhaften Hunger bekommen, und sie beide hatten eine Vorliebe für italienisches Essen. Das führte sie zu Mario's, einem bekannten und guten Detroiter Restaurant, das sich in einer armen, von Verbrechen heimgesuchten Gegend in der Innenstadt befand.

Sie waren so früh da, daß sie auch ohne Reservierung einen Platz bekamen.

Normalerweise zieht ein Geistlicher in Kirchenkleidung, wenn er ein Restaurant betritt, eine gewisse Aufmerksamkeit auf sich. Heute abend nicht. Ein kleiner kahler Mann mit einer Toga saß allein an einem Ecktisch. Auf dem Kopf hatte er einen Lorbeerkranz. Koesler überlegte, daß Mario wahrscheinlich einen Werbefilm hatte drehen lassen.

Nachdem er den anachronistischen Römer einige Augenblicke lang angesehen hatte, wandte Koesler sich an Koznicki. „Können Sie sich vorstellen, daß der Mann mit der Toga zu dem Kellner sagt: ‚Was meinen Sie, was für einen Salat ich wohl möchte!'"

Sie lachten, dann sahen sie beide die riesige Speisekarte durch. Jeder wußte, was er bestellen würde – Spaghetti. Früher hatte Koesler ab und zu Kalbsfrikassee bestellt, bis Koznicki ihm einmal in allen übelkeiterregenden Einzelheiten erzählt hatte, daß dieses aus notgeschlachteten Kälbern hergestellt wurde.

Sie bestellten Drinks, danach brachte der Kellner Brot und Butter.

Soweit Koesler sich erinnern konnte, waren alle Bedienungen von Mario männlich und Italiener. Sie schienen alle gemeinsam zu haben, daß sie ihm nicht mit der Hochachtung begegneten, die einem Priester normalerweise zukam. Für ihn war dies eine weitere Manifestation eines Antiklerikalismus unter männlichen Italienern. Was auch immer die Gründe sein mochten, es gefiel Koesler, einmal als ganz normaler Mensch angesehen zu werden.

„Nun, Pater", Koznicki brach eine Scheibe Brot ab und reichte sie Koesler, als überreiche er ihm eine Trophäe, „verraten Sie mir, wie Sie es gemacht haben. Wieder einmal bin ich sprachlos angesichts Ihres Spürsinns."

Koesler errötete. „Das war doch nichts Besonderes, Inspektor. Ich wußte einfach ein paar Dinge, die Ihre Leute unmöglich wissen konnten."

„Sie sind zu bescheiden. Woher wußten Sie, daß Kirkus eigentlich gar nicht derjenige war, nach dem wir gesucht haben? Und woher wußten Sie, daß Pater Feeny das letzte Opfer sein sollte? Unter vielen anderen Fragen, die ich habe..."

„Es ist ein wenig schwer zu erklären. Es gab einfach zu viele Teile des Puzzles. Gestern abend habe ich während einer Pfarrgemeinderatsversammlung ständig über die Sache nachgedacht."

Koznicki schien überrascht.

„Nun", sagte er, „irgend jemand muß doch während einer solchen Versammlung denken – irgend etwas. Ich habe versucht, den gemeinsamen Faktor aller Opfer zu finden. Jedesmal, wenn ich einen gefunden hatte, mußte ich mich ausnehmen. Ich selbst paßte in kein Schema. Aber wenn ich mich selbst aus dem Spiel ließ, gab es mehr als einen gemeinsamen Faktor. Alle anderen waren erheblich älter als ich. Sie alle hatten ungefähr dasselbe Alter. Alle unterrichteten seit vielen Jahren am Seminar. Alle genossen den nicht unbegründeten Ruf, besonders streng zu ihren Studenten zu sein. Es war kein Geheimnis, daß die meisten Studenten, die früher vom Seminar ausgeschlossen wurden, dies einem dieser Männer zu verdanken hatten."

Sie bekamen ihre Drinks und bestellten das Essen.

„Also", fuhr Koesler fort, „ließ ich mich einmal aus dem Spiel, um den Gedanken zu Ende zu bringen. Ich mußte davon ausgehen, daß jemand anderes als der Attentäter mir die Flasche Gin mit dem Gift gegeben hatte. Nachdem ich aus dem Spiel war, wurde das Bild plötzlich viel klarer. Als Kirkus den armen Pater Dye ermordete, war dies der zweite und verräterische Irrtum in der Gleichung. Der Attentäter war sehr wählerisch, wenn er seine Opfer aussuchte. Warum waren die Patres Burk, Martin, Grandville, Smith, O'Dowd und die anderen nicht angegriffen worden? Ein paar, wie Smith, schienen nicht in den Rahmen zu passen, weil sie zu jung waren. Andere wie Burk, Grandville, O'Dowd und, ja,

Dye paßten nicht dazu, weil sie eine fast sprichwörtliche Geduld mit ihren Studenten hatten. Als ich erfuhr, daß Pater Dye überfallen worden war, war ich ziemlich sicher, daß es der falsche Mann war. Wenn meine Überlegungen korrekt waren, dann hätte es nicht Pater Dye sein sollen, sondern Pater Feeny, der, wie die anderen Opfer, den Ruf hatte, streng zu sein. Und wenn wir das falsche Opfer hatten, dann hatten wir auch den falschen Täter. Aber es war der perfekte Augenblick für einen Anschlag. Es sollte der letzte Drehtag sein. Danach wäre es leichter gewesen, das Seminar abzusichern, und es wäre für jemanden von außen viel schwerer, wenn nicht gar unmöglich gewesen, unerkannt zu operieren. Und da jeder dachte, der Fall wäre gelöst worden, und es die Zeit war, da Pater Feeny normalerweise seine Übungen machte – allein –, war für den Täter der beste Augenblick zum Handeln gekommen."

„Und daher haben Sie uns in den Turnsaal geführt."

„Und stieß dort mit Bruder Alphonsus oder Al Wiedemann zusammen."

Der Salat wurde serviert. Wie der Herr in der Toga am Ecktisch, aßen auch sie einen Salat „Cäsar".

„Hatten Sie einen besonderen Grund zu der Vermutung, daß Pater Feeny das letzte Opfer sein würde?" Koznicki brach ein weiteres Stück Brot ab, diesmal für sich selbst.

„Symmetrie. Mich ausgeschlossen, wären es in jedem Seminar drei Opfer gewesen. Ward, Merrit und Sklarski in Sacred Heart, Gennardo, Budreau und Feeny in St. Joe's.

Sehen Sie, wenn wir älteren Katholiken beunruhigt sind, dann entwickeln wir mitunter ein gewisses Zwangsverhalten. Sogar diejenigen unter uns, die als normal gelten, sind mitunter von Zahlen besessen. Daher ist es ziemlich leicht, sich an sie zu halten, wenn uns etwas Ungewöhnliches widerfährt."

„Zahlen?"

„Ja. Bedenken Sie: Sieben Sakramente, Zehn Gebote, neun erste Freitage, fünf erste Samstage, vierzehn Stationen des Kreuzes, vierzig Fastentage, drei Personen in der Dreieinigkeit, zwei Naturen Christi, fünf Prozessionen der Dreieinigkeit, sieben Todsünden..."

„Augenblick!" bat Koznicki. „Sie überfordern mich!"

„Ich könnte weitermachen – etwa die traditionellen Bußen nach der Beichte: fünf Vaterunser und fünf Ave Maria – aber ich will es dabei bewenden lassen."

Koesler winkte den Kellner herbei und bestellte Chianti zur Vorspeise.

„Nun, ich weiß nicht, ob es Ihnen jemand gesagt hat, Pater, aber wir haben uns auch darüber gewundert, was Ihre Flasche Gin anbelangt. Wären alle vorherigen Attentate mit einer Pistole ausgeführt worden, dann hätten wir uns noch mehr gewundert. Aber der erste Angriff wurde mit dem Messer ausgeführt, die beiden nächsten mit Pistolen. Wenn ein *modus operandi* geändert wird, dann ist es kein unflexibler *m. o.* mehr. Unser Übeltäter hätte also durchaus auf Gift zurückgreifen können, nachdem er es einmal mit dem Messer und zweimal mit einer Pistole versucht hatte."

„Darüber habe ich nicht nachgedacht. Mir war nur klar, daß ich nicht zu den anderen Opfern paßte – und damit, dachte ich, nicht in den Plan des Täters."

„Ah, ja, der Plan. Ich weiß, daß das Motiv Rache war, aber nur deshalb, weil Wiedemann das ausgesagt hat. Aber Rache wofür?"

„Die Mitglieder der Gesellschaft 'Instrument der Gerechtigkeit' waren sehr verbitterte Männer, Inspektor. Sie waren alle einmal Seminaristen gewesen, wenn auch nicht alle in derselben Klasse. Sie waren nur wenige Jahre hinter mir. Ich kannte sie nicht, weil, offen gesagt, keiner von ihnen lange genug blieb, um sich deutlicher einzuprägen. Sie wurden ausgeschlossen, wie ihre Unterlagen zeigen, weil sie alle so unfähig waren. Gewissermaßen klassische katholische Pechvögel. Richtig bewußt wurde mir das erst, als Mr. Deutsch, der Drehbuchautor, ständig die Angriffe, die in Wirklichkeit stattgefunden hatten, umschrieb. Er ließ Pater Ward den Angreifer in die Flucht schlagen und Pater Gennardo den Kugeln entfliehen. Die Filmemacher waren der Meinung, das Publikum würde nicht glauben, daß ein Messerstecher nicht imstande sein würde, einen hilflosen und gebrechlichen alten Mann zu überwältigen. Oder daß ein Attentäter sein Ziel viermal auf kurze Entfernung verfehlen konnte. – In Wirklichkeit handelte es sich um unglaublich unfähige Attentate von unglaublich unfähigen Männern auf Priester, die sie entlassen hatten, eben weil sie so unfähig waren. Und wie man an den verpfuschten Attentaten sehen konnte, hat die Zeit nicht dazu beigetragen, daß sie geschickter wurden. Das bringt mich zu der Frage, ob die Priester auf lange Sicht nicht doch gut daran taten, sie auszuschließen."

„Aber warum eine so furchtbare Rache? Sie scheint völlig unproportional zu sein", sagte Koznicki.

„Dem stimme ich zu. Aber es wird verständlicher, wenn man sich ihre Enttäuschung vorstellt, als sie aus dem Seminar entlassen wurden. Am Anfang hatte wahrscheinlich jeder ein ausgesprochen starkes Motiv dafür, daß er Priester werden wollte. Selbstverständlich können ihnen auch die Vorteile nicht unklar gewesen sein, die das Priesteramt mit sich gebracht hätte. Mit einem Wort, sie wären sicher gewesen. Nun sollen Sie bitte nicht denken, daß ich den Priesterberuf herabsetzen möchte. Sie wissen sehr gut, was ich davon halte und wie ich darüber denke. Er ist eine der wenigen wirklich bedeutenden Berufungen dieser Welt. Viele Männer haben ein heroisches, sogar heiliges Leben als Priester geführt. Was mich betrifft, ich denke darüber noch genauso wie vor vielen Jahren: Der Tag meiner Weihe war der glücklichste Tag meines Lebens. Aber Gott weiß, der Priesterberuf bringt auch eine Sicherheit mit sich wie kein anderer auf der Welt. Zugegeben, ein Priester kann von Pfarrei zu Pfarrei, vielleicht sogar von Land zu Land versetzt werden. Aber so sehr er auch alles verdirbt – natürlich innerhalb der Grenzen des Kirchengesetzes –, er bleibt Priester, mit allen Vorteilen, die das mit sich bringt.

Und nun denken Sie an die Männer, von denen wir sprechen... Versuchen Sie sich vorzustellen, wie speziell solche Männer diese Sicherheit brauchen könnten. Diese Sicherheit wurde ihnen verwehrt, als sie aus dem Seminar entlassen wurden. Sie müssen das ganze Ausmaß des Verlusts schon damals erkannt haben, und sie müssen schon damals verbittert gewesen sein.

Und denken Sie, wie sie sich heute fühlen müssen. Heute ist alles ganz anders als zu ihrer Zeit. Heute brauchen wir Priester so verzweifelt, daß selbst die Mitglieder der Gesellschaft ‚Instrument der Gerechtigkeit' eine Chance hätten, geweiht zu werden. Ich erinnere mich an eine Unterhaltung, die ich mit Pater Ward hatte. Er machte eine Bemerkung über Leonard Marks..."

„Ja, nach dem wollte ich Sie fragen, Pater", unterbrach ihn Koznicki.

„Das war mir klar. Er und William Zimmer sind die beiden interessantesten Aspekte dieses Falls. Aber zurück zu Pater Ward. Er sagte von Marks: 'Er kann einfach nichts richtig machen. Vor Jahren hätte er nicht länger als ein oder zwei Semester durchgehalten.' Und das stimmt. Also sind unsere Tölpel doppelt verbittert. Verbittert darüber, daß sie aus dem Seminar hinausgeworfen worden waren, daß man ihnen ihren heißersehnten Beruf verweigerte und auch die heißersehnte und bitter benötigte Sicherheit. Und verbittert deshalb, weil heutzutage junge Männer viel sanfter behandelt werden als sie und sogar manchmal geweiht werden – anders als sie. Daher beschlossen sie, es den Seminarprofessoren, die sie ausgeschlossen hatten, zu zeigen. Ihr Motiv war Rache, und außerdem wollten sie auch eine Botschaft deutlich machen. Daher nannten sie sich 'Instrument der Gerechtigkeit.'"

Die Spaghetti wurden gebracht, der Kellner schenkte mit der Andeutung eines Nickens den Wein ein.

Koesler nahm Gabel und Löffel und begann, die Spaghetti aufzuwickeln.

„Natürlich bin ich drei der vier Personen nie begegnet. Wissen Sie, ob sie Mühe hatten, einen Job zu finden und eine gewisse Sicherheit zu erlangen?"

„Wir hatten noch nicht besonders viel Gelegenheit, das nachzuprüfen, aber es sieht ganz so aus. Mit Ausnahme von Wiedemann – Bruder Alphonsus. Er bekam früh eine Stelle bei der Post, und es gelang ihm, diese auch zu behalten."

„Das ist kaum zu glauben."

„Aber es stimmt. Und nur durch die Kontakte von Wiedemann

wurden die vier als Mitarbeiter beim Filmteam eingestellt. Und Kirkus ebenfalls."

„Kirkus auch?"

„Ja. Kirkus war zwar kein Mitglied ihrer Geheimgesellschaft, aber alle vier gehörten zu seinen Anhängern. Ursprünglich hatte Kirkus zum Filmteam gehören wollen, um aus eigenen Gründen das Seminar im Auge zu behalten, aber auch um der Tridentiner willen. Offenbar waren seine Ziele, wenngleich nicht von Anfang an geplant, denen der Viererbande sehr ähnlich. Sie werden sich erinnern, daß Kirkus sich in der Herrentoilette aufhielt, als der Anschlag auf Pater Budreaus Leben stattfand, oder besser, als Pater Budreaus Reaktion den Attentäter selbst in Gefahr brachte. Ob er den Schuß gehört hat oder nicht, Kirkus muß sich zweifellos etwas gedacht haben, als er einen der vier in die Toilette stürmen sah, außer Atem und aufgeregt, und wahrscheinlich sich die schmerzende Hand haltend. Als Sergeant Patrick Kirkus befragte und eben derselbe Mann vortrat und ihm ein Alibi verschaffte, da muß Kirkus klargeworden sein, daß er eigentlich sich selbst ein Alibi verschaffte. Aber wie die Dinge lagen, hielt er es für das Beste, zu schweigen.

Tragisch bezüglich Kirkus ist nur: Wenn wir rechtzeitig herausgefunden hätten, daß der Attentäter ein ehemaliger Seminarist war, dann hätten wir vielleicht rechtzeitig handeln und so verhindern können, daß Kirkus einen Mord beging. Ich glaube, es war Patricia Lennon von den *News*, die als erste geschrieben hat, daß Kirkus niemals eine Gemeindeschule besucht hat, geschweige denn ein Seminar."

„Was ist mit Kirkus, Inspektor? Glauben Sie, daß er einfach in das alles hineingezogen worden ist?"

„Ganz sicher. Er war eine Schöpfung der Medien. Wir alle haben gesehen, daß er erst zum Leben erwachte, wenn die Fernsehteams die Veranstaltungen besuchten. Ich glaube, als er den armen Pater Dye erschossen hat, da glaubte er tatsächlich schon selbst daran, daß er die Anschläge auf die anderen begangen hatte."

Koesler, der zu essen aufgehört hatte, schien plötzlich niedergeschlagen zu sein.

„Was ist denn, Pater?“

„Oh, ich habe gerade an den armen Pater Dye gedacht. Es ist so viel so schnell geschehen, daß ich noch gar keine Gelegenheit hatte, um ihn zu trauern.“

„Das ist verständlich, Pater.“

„Ich habe auch an etwas gedacht, das Dr. Heinsohn sagte. Leute, die ein solches Verbrechen begehen, haben die Fähigkeit, ihr eigenes Verhalten vernunftmäßig so dazustellen, daß es gerechtfertigt erscheint. Man stelle sich vor, jemand kann es als gerechtfertigt betrachten, einen so netten alten Menschen wie Pater Dye zu töten!“

Sie hatten zu Ende gegessen. Das Geschirr wurde abgeräumt und Kaffee serviert. Die beiden Freunde schwiegen ein paar Minuten. Koesler betete für eine glückliche Auferstehung von Pater Dyes Seele und dankte Gott, daß er dem Priester ein so langes und erfülltes Leben gewährt hatte. Dann schaltete er in Gedanken um und dachte wieder über die Motive von Kirkus‘ Taten nach.

„Ich vermute, Kirkus‘ Aussage war anders als die der vier. Er wollte das bloßlegen, was er als die Sünde in den heutigen Seminaren betrachtete. Daher tötete er ein Mitglied der Fakultät dieses Seminars, eine Säule, wenn Sie so wollen, des Establishments, um auf diese seine Ansicht hinzuweisen. Aber sein Urteilsvermögen war zu dem Zeitpunkt schon so durcheinander, daß er nur noch Kragen und Soutane sehen konnte – und nicht die Tatsache, daß er ein altes Mitglied des Klerus erschoß, das durchaus einer Meinung mit ihm gewesen wäre: daß die Geschehnisse im Seminar eine Sünde waren oder doch immerhin ein Fehler.“

Koznicki rauchte selten. Heute abend zündete er sich eine Zigarre an. Da ihm die Zigarre nach dem Essen fehlte, mußte sich der ehemalige Raucher Koesler nach einer anderen Beschäftigung für seine Hände umsehen. Er spielte mit einem Löffel.

„Nun, Pater, bleibt noch eine Frage: die beiden Seminaristen. Woher wußten Sie, daß sie etwas damit zu tun hatten?“

Koesler lächelte. „Zimmer und Marks? Anhand der Flasche Gin. Nachdem ich mich aus der Reihe der in Frage kommenden

Opfer ausgeschlossen hatte, wurde klar, daß derjenige, der versucht hatte, mich umzubringen, nicht derjenige sein konnte, der versucht hatte, die anderen umzubringen. Aber dennoch hatte jemand die Droge in eine Flasche Gin gegeben und in mein Fach gestellt. Warum?

Mir fiel kein Motiv ein. Aber die Tatsache, daß ich die vergiftete Flasche bekommen hatte, hatte eine Auswirkung gehabt: Ich war plötzlich dabei – sofort und sehr persönlich. Konnte das der Effekt sein, den der Täter beabsichtigt hatte? Ich konnte es nicht glauben. Aber wenn – und damit baute ich praktisch ein Kartenhaus – das die Absicht gewesen war, dann hatte ich auch gleichzeitig das Motiv. Aber warum sollte jemand ein so teuflisches Mittel ersinnen, damit ich mit in die Sache verwickelt wurde? Warum ‚Antabus'?

Nun, der Täter befand sich in einer Position, in der er nichts zu verlieren hatte. Wenn ich es getrunken hätte, hätte es mich todkrank gemacht, mich aber, wie Sie mir erzählt haben, nicht getötet. Aber ich hätte ganz sicher direkten Anteil an den Ermittlungen gehabt. Eine extreme Methode, das kann ich Ihnen versichern. Aber, wie sich herausstellte, wußte der Giftmischer, daß es nicht tödlich war.

Und wenn ich das zerbrochene Siegel bemerkte? Wäre ich dann nicht aufmerksam geworden und hätte der Polizei die Flasche zur Untersuchung gegeben? Genau das ist dann auch passiert – und ich hatte sofort Anteil an den Ermittlungen. Sie sehen, so oder so, der Täter hätte das erreicht, was er erreichen wollte. Aber selbst wenn – selbst wenn das der erwünschte Effekt gewesen ist –, wer hätte ein Interesse gehabt, daß ich an den Ermittlungen teilnehme?"

„Ich", sagte Koznicki und paffte eine Rauchwolke.

„Ja, Sie." Koesler kicherte. „Aber Sie hätten mir keinen solchen Streich gespielt. Sie hätten mich einfach vor die Alternative gestellt. Nein – ich erinnerte mich an eine Party in Sacred Heart, während der William Zimmer mich fragte, wie die Ermittlungen liefen. Ich sagte ihm, daß ich nichts damit zu tun hätte. Das schien ihn, wie mir zurückblickend klar wurde, über alle Maßen zu enttäuschen. Im Nachhinein sah es so aus, als hätte er gewollt, daß ich an den Ermittlungen teilnehme. Aber warum? Und wenn, warum rückte er nicht ganz einfach mit dem Vorschlag heraus? Nachdem ich angefangen hatte, in diese Richtung zu denken, paßten plötzlich eine ganze Reihe bis dahin seltsamer Vorkommnisse in das Gesamtbild. Sie selbst, Inspektor, haben festgestellt, daß dort, wo der Angriff auf Pater Ward stattfand, der Boden gebohnert worden war.

Was, wenn jemand gewußt hätte, wo der Überfall stattfinden sollte, und hätte versucht, diesen zu vereiteln, indem er den Boden an besagter Stelle bohnerte, so daß alle ausrutschten, die dort gingen, was letztlich Pater Ward das Leben gerettet hat? Sie sehen, Zimmer tat das Beste, was er konnte – jedenfalls hielt er es für das Beste –, die Überfälle zum Scheitern zu bringen. Wie ich später herausgefunden habe, versteckte er sich sogar in einem der Schränke, um selbst einzuschreiten, falls es so aussehen sollte, als würde der Mordversuch doch noch erfolgreich sein. Aber Sie sehen, er hatte seine Gründe, so irregeleitet sie waren, nicht nachweislich daran teilzuhaben. Hinterher jedenfalls wischte er das Wachs vom Boden, und Sie haben festgestellt, daß der Boden saubergemacht worden war.

Als Pater Merrit angegriffen wurde, wollte er mit seinem Auto nach St. Gregory's fahren und die Messe lesen. Wenn er sein Auto tatsächlich erreicht hätte, dann hätte er festgestellt, daß es nicht angesprungen wäre, weil die Batterie gestohlen worden war. In diesem Fall hätte er die Pfarrei angerufen und gesagt, daß er es nicht schaffen würde.

Was, wenn jemand wußte, daß an diesem Morgen ein Anschlag auf Pater Merrit geplant war, er sich aber in dem Glauben wog, daß dieser Anschlag in St. Gregory's stattfinden sollte? Um das zu verhindern, entfernt er die Batterie aus Pater Merrits Auto, damit dieser nicht dorthin fahren kann. Und um das zu tarnen, nimmt er auch aus sechs anderen Autos die Batterien heraus, damit es wie ein gewöhnlicher Diebstahl aussieht.

Natürlich hätte Zimmer ein Licht aufgehen müssen, als der Anschlag auf Pater Merrit stattfand, noch bevor dieser sein Auto erreicht hatte. Aber statt dessen beschloß er, noch vorsichtiger zu sein, er war entschlossen, in Zukunft nichts mehr dem Zufall zu überlassen.

Als Pater Sklarski erschossen werden sollte, ließ 'jemand' durchsickern, daß ein weißer Mann, wahrscheinlich in Schwarz gekleidet, an einer bestimmten Ecke warten würde. Er würde eine Pistole dabei haben, die man ihm leicht abnehmen konnte.

Was passiert? Der potentielle Attentäter wird überfallen, und Pater Sklarski kommt davon. Aber auch hier ging Zimmer kein Risiko ein. Er sagte mir, daß er selbst in der Nähe lauerte und eingreifen wollte, sollte es nötig sein, den Mörder davon abzuhalten, auf Sklarski zu schießen. Er hätte es so aussehen lassen, als wäre er ein desinteressierter Passant, der zufällig in diesem Augenblick vorbeikam. So weit, so gut.

Aber nun geschehen zwei Dinge. Der Ort des Verbrechens wechselt über ins St. Joseph's, wo Zimmer nicht mehr eingreifen kann. Noch schlimmer, Zimmer bekommt keine Informationen mehr, wer der nächste sein wird oder wem künftige Anschläge gelten sollen.

Vergessen Sie jetzt nicht, Inspektor, daß ein Teil von dem, was ich jetzt erzähle, Mutmaßungen sind, ein Teil Beobachtungen und ein Teil Wissen, das ich erst hinterher erfahren habe.

Als die Attentate sich nach St. Joseph's verlagern, finden keine dieser Vereitelungsmanöver mehr statt. Nun ist das Scheitern auf eine erstaunliche Kombination von Tolpatschigkeit und widrigen Umständen zurückzuführen – wenn dieser selbsternannte Beschützer, den ich erfunden habe, existiert, dann reicht sein Einfluß nicht über Sacred Heart hinaus.

Und wen in Sacred Heart kenne ich, der genug Grips und Gerissenheit besitzt, das alles durchzuführen? Selbstverständlich William Zimmer. Und woher bekam Mr. Zimmer seine Informationen? Hat er an den Anschlägen teil, oder kennt er jemanden, der daran teilhat?

Wieder erinnerte ich mich an eine Unterhaltung. Während eines Essens in Sacred Heart erzählte mir Pater Ward, wie alle Studenten zu Zimmer Vertrauen hatten, und daß Zimmer wahrscheinlich besser über alles Bescheid wußte, was sich dort abspielte, als die gesamte Fakultät zusammen. Aber was, oder besser, wer, war diese spezielle Informationsquelle?

Irgendwie waren Zimmer und Leonard Marks dicke Freunde geworden. Nun ist Leonard ein sehr netter junger Mann, aber er ist in jeder Beziehung derselbe Tölpel wie auch unser Attentäter. Wäre Marks in unserer Zeit am Seminar gewesen, so hätte er dort, wie Pater Ward richtig bemerkte, keine zwei Semester durchgehalten.

Kann es nicht sein, überlegte ich mir, daß gleich und gleich sich auch in diesem Fall gern gesellt? Wer immer diese Anschläge ausführte, er war tölpelhaft genug, daß er ein Klon des armen Leonard hätte sein können. Konnte Leonard selbst der Attentäter sein? Das hätte erklärt, warum Zimmer mit der Sache zu tun hatte.

Aber nein; wenn Leonard je geplant hätte, so etwas durchzuführen, dann hätte Zimmer es mitbekommen und es ihm ausgeredet. Nein, es mußte jemand anders sein; jemand, der Leonard so ähnlich war, daß er sich mit ihm verbunden fühlte, und zwar in einem solchen Ausmaß, daß er ihn bis zu einem gewissen Grad ins Vertrauen zog. Und wenn nicht ins Vertrauen, so mußte er doch in seiner Gegenwart Drohungen gegen bestimmte Professoren ausgestoßen haben, die ihn in seiner Seminarzeit geplagt haben – dieselben Professoren, die heute Leonard plagten. Wie das Sprichwort sagt, nichts verbindet Freunde mehr als gemeinsame Feinde.

Wie sich herausstellte, versuchte die 'Instrument der Gerechtigkeit'-Bande, weil Leonard ein seelenverwandter Tolpatsch war, der ihre Gefühle teilte, ihn zu rekrutieren und ihn als Beobachter in ihre Pläne einzuspannen. Natürlich konnte ein verbitterter, verdrehter Verstand nicht auf die Idee kommen, daß Leonard, obwohl seine Professoren auf ihm herumhackten, nicht dasselbe empfinden würde.

Bestürzt und erschrocken wandte Marks sich an seinen Freund Zimmer um Rat, der ihm versprach, daß er versuchen würde, die

Anschläge zu verhindern, oder wenigstens dafür zu sorgen, daß sie keinen Erfolg haben würden. Was er auch tat, so gut er konnte. Aber als die vier ihre Operationsbasis nach St. Joseph's verlegten, war Leonard Marks von der Bildfläche verschwunden. In dem Stadium konnte Zimmer nicht viel mehr tun als beten – und das tat er mit Lennie zusammen – und hoffen, daß die Ungeschicklichkeit des Täters auch weiterhin alle Opfer beschützen würde.

Somit fehlt also, als sich der Schauplatz nach St. Josephs's verlagert, das Element einer schützenden Hand, die die Angriffe verhindert. Außerdem hätte man denken sollen, daß die Gesellschaft 'Instrument der Gerechtigkeit' versuchen würde, einen Ersatz für Marks im St. Joe's zu suchen. Aber möglicherweise war er ihnen auch von so geringem Nutzen, daß sie beschlossen, darauf zu verzichten. Wenn Sie die vier weiter verhören, Inspektor, dann finden Sie vielleicht heraus, daß die vier nach den Vorkommnissen in Sacred Heart beschlossen, keinen Außenstehenden mehr in ihre Pläne einzuweihen."

„Erstaunlich", sagte Koznicki, der den Eindruck erweckte, als suchte er nach etwas. „Eine spektakuläre Hypothese Ihrerseits, aber das Wunderbare daran ist, daß sie sich als zutreffend herausgestellt hat."

„Es ist immer schön, wenn sich Hypothesen als richtig erweisen. Aber sagen Sie mir, Inspektor, werden gegen Marks und Zimmer Anklagen erhoben werden?"

„Die einzig mögliche Anklage wäre gegen Zimmer wegen des ‚Antabus', das er Ihnen in den Gin gemischt hat."

„Oh, ich habe nicht die Absicht, deswegen Klage gegen ihn zu erheben. Ich werde mit ihm darüber reden, natürlich. Aber ich dachte an Anklagen, weil die beiden die Polizei nicht verständigt haben."

„Nein, das ist seltsamerweise kein Verbrechen. Ich könnte mir vorstellen, daß der Bezirksanwalt und die Leute vom zuständigen Polizeirevier ihnen die Hölle heiß machen, nachdem Sergeant Patrick die beiden gehörig ins Gebet genommen hat."

„Was auch geschehen sollte; dagegen möchte ich mich nicht aussprechen. Aber ich bin froh, daß es nicht zu einer Anklage kommt.

Sehen Sie, Inspektor, Zimmer ist sehr begabt und talentiert, und daher erwartet man naturgemäß mehr von ihm als Vernunft. Er ist noch sehr jung – gerade einundzwanzig. Er wird älter und reifer werden. Diese ganze Sache hat ihn völlig überfordert. Ich weiß das, weil ich mit ihm gesprochen habe. Er wußte nicht, wie er damit fertig werden sollte. Zugegeben, in seinem jugendlichen Stolz hat er eine schlechte Urteilsfähigkeit bewiesen. Aber vergessen Sie nicht, er hat auch nach einer Möglichkeit gesucht, die Sache so hinzubiegen, daß niemand verletzt werden würde. Nicht die Priester, nicht der unbekannte Täter, und ganz besonders nicht sein Freund Lennie.

Er hatte Angst, daß Lennie Ärger bekommen würde, wenn er zur Polizei oder zum Rektor ging. Und noch ein bißchen Ärger mehr für Lennie hätte durchaus das Ende seiner Laufbahn am Seminar bedeuten können, ein Schicksal, das Lennie laut Zimmers Ansicht nicht verdiente.

Und wenn das alles schon Zimmer überforderte, dann erübrigt es sich wohl zu sagen, daß Marks natürlich überhaupt nicht damit fertig werden konnte. Er sah nur eine Möglichkeit, nämlich seinen Freund einzuweihen und zu hoffen, daß dieser ihm nicht nur die Last von den Schultern nehmen, sondern daß ihm auch eine Lösung einfallen würde. Wenn alle damit fertig sind, ihnen die Gesetze um die Ohren zu schlagen, dann werden beide, denke ich, um vieles klüger sein."

Koesler stellte fest, daß Koznicki ihm kaum zuhörte. „Ah, Inspektor, gibt es etwas..."

„Nun, ich könnte noch ein Stück Brot vertragen."

Koesler winkte mit der Serviette, bis der Kellner zu ihm hersah.

„Wir hätten gern noch ein wenig Brot, wenn es Ihnen nichts ausmacht."

# 9

Der Sommer in Michigan konnte bedrückend sein. Die Winter in Michigan riefen manchmal Klaustrophobie hervor, aber Frühling und Herbst in Michigan machten alles wieder wett. Die Bewohner der südlichen Staaten sollten ruhig ihre immerwährende Wärme haben; die Bewohner der nördlichen Staaten priesen ihren Wechsel der Jahreszeiten.

Das einzige Wort für diesen Frühlingstag Anfang Juni war „berauschend". Die Temperatur lag weit über zwanzig Grad, der Himmel war wolkenlos.

Insekten summten, Autos dröhnten, ein Elektromäher schnitt Bahnen in den Rasen vor Sacred Heart. Im zweiten Stock des Seminars, im Lehrerzimmer, fand das abschließende Fakultätstreffen dieses Schuljahres statt.

Vieles war geschehen, seit vor zwei Monaten einige Festnahmen das Ende der Anschläge auf Seminarprofessoren bedeutet hatten. Roman Kirkus war des Mordes für schuldig befunden, aber für unzurechnungsfähig erklärt worden. Er war dem Rehabilitierungszentrum übergeben und von dort in das größte Gefängnis der Welt gebracht worden, das Staatsgefängnis außerhalb von Jackson, wo ihm psychiatrische Hilfe zuteil wurde.

Alle vier Mitglieder der Gesellschaft ‚Instrument der Gerechtigkeit' waren für schuldig befunden worden, Mordversuche an verschiedenen Personen geplant und ausgeführt zu haben. Auch sie saßen in Jackson ein.

Im Archiv einer großen Fernsehgesellschaft ruhte ein Film mit dem Titel *Requiem für einen Mörder*. Der Vertrag der Filmgesellschaft mit der Erzdiözese war ausgelaufen und nicht verlängert worden. Die Gesellschaft war gezwungen gewesen, in Los Angeles im Studio zu Ende zu drehen. Eine Gruppe von Vizepräsidenten des Senders hatte den fertigen Film begutachtet und war zu dem Ergebnis gekommen, daß das vollendete Produkt untragbar war. So bezeichneten sie es, wenn sie höflich waren. Zweifellos würde der Film niemals irgend jemandem gezeigt werden.

Dr. Fritz Heinsohn hielt sich bemerkenswert zurück – für seine Verhältnisse. Aber jeder wußte, daß er, wie Mac Arthur, zurückkehren würde.

William Zimmer und Leonard Marks hatten Strafpredigten von beinahe jedermann erhalten; jedenfalls kam es ihnen so vor. Zimmers bis dahin makelloses Betragen hatte dafür gesorgt, daß er mit vergleichsweise heiler Haut davonkam. Marks dagegen war am Boden zerstört. Er hatte schon vor all diesen Ereignissen im Kreuzfeuer gestanden. Es gelang ihm, um Haaresbreite einem Hinauswurf zu entgehen, besonders weil er sich von Zimmer helfen ließ. Sein Schicksal stand im Augenblick zur Debatte. Die Frage lautete, ob Marks zur religiösen Ausbildung ins St.-Joseph's-Seminar geschickt werden sollte oder ob man seiner Laufbahn gleich hier und jetzt ein Ende bereiten sollte.

Das einzigartige Schuljahr hatte Seminaren überall auf der Welt einigen Stoff zum Nachdenken verschafft. Die Geschichte der Anschläge auf sechs Seminarprofessoren durch irregeleitete ehemalige Seminaristen war von den internationalen Nachrichtenagenturen weltweit verbreitet worden. Aber die Ereignisse hatten besonders in den beiden Seminaren von Detroit einen bleibenden Eindruck hinterlassen.

Die versammelte Fakultät war beinahe damit fertig, sich über die diesjährigen Schüler zu einigen. Der Streit um die Person William Zimmers war hitzig, lang und heftig gewesen. Als alles gesagt worden war, einigte man sich schließlich darauf, daß er sich zwar schwere moralische Verfehlungen geleistet hatte, man ihn aber deswegen nicht ausschließen sollte. Sein ansonsten ausgezeichnetes, ja makelloses Betragen, sprach für seine Begabung. Mit einigen Vorbehalten – manche ausgesprochen, manche nicht – wurde Zimmer versetzt.

Dann kam der letzte Fall: Leonard Marks. Allen Anwesenden war klar, daß Marks' Fall von zentraler Bedeutung war. Dem Pro und Kontra dieses Falles war wesentlich mehr als die übliche Zeit gewidmet worden.

Pater Phil Merrit hatte sich nachdrücklich dafür ausgesprochen, die höchstmöglichen Anforderungen an Kandidaten für das Priesteramt zu stellen. Er war sich des Problems der Priesterknappheit bewußt. Aber er bestand darauf, daß es sich um ein Dilemma handelte, das letztlich nur Gott allein entscheiden konnte.

Er zitierte Jesus' Ansprache an seine Jünger: „Ich habe euch ausgesucht, nicht ihr mich." Diese Worte galten auch heute noch, beharrte Pater Merrit. Jesus wählte immer noch seine Priester aus. Die jungen Männer trafen die Entscheidung nicht einseitig.

Es lag in der Verantwortung der derzeitigen Fakultät, führte Merrit weiter aus, daß diejenigen ausgesondert wurden, die nicht zum Priesteramt taugten und den Verpflichtungen und Verantwortungen, die es mit sich brachte, nicht genügen konnten. Er sagte weiter, daß es feige von der Fakultät wäre, sich durch die jüngsten Gewalttaten einschüchtern und von ihrem strengen Kurs abbringen zu lassen. Als Fakultätsmitglied, das selbst angegriffen worden war, vertrat er diesen Punkt besonders nachdrücklich. Merrit endete mit der Aussage, daß Leonard Marks ganz offensichtlich nicht für das Amt des Priesters geeignet war und bei allem Verständnis jetzt entlassen werden sollte.

Die Patres Burk und Grandville sprachen mit bewegenden Worten über die Vielfalt der Aufgaben innerhalb der Priesterschaft. Sie waren der Meinung, die sie auch vertraten, daß es unmöglich war, allgemeingültige Maßstäbe für alle Priester anzulegen. Sie zitierten die Worte des heiligen Paulus, als dieser schrieb, wie unterschiedlich alle Teile des Körpers waren, und wie sie doch zu einem harmonischen Ganzen zusammenwirkten. Auch beim Priestertum gab es so viele verschiedene Aufgaben zu erfüllen, daß die Mitglieder der Fakultät es sich besser zweimal überlegen sollten, bevor sie das Leben eines jungen Mannes vernichteten, der sich sehnlich wünschte, Priester zu sein, und dessen hauptsächliche Unzulänglichkeit darin bestand, daß er linkisch war.

Sie wiesen darauf hin, daß auch die Jünger Jesu unwahrscheinlich Kandidaten für das Amt der Apostel gewesen waren. Zweifellos hätte keiner dieser Apostel den strengen Anforderungen der heutigen Seminare genügt. Dennoch waren sie zu den Fundamenten der Kirche geworden.

Die Debatte dauerte noch an, als die Abstimmung begann. Noch waren die Stimmen für und gegen Leonard Marks ausgeglichen. Nur drei Stimmen fehlten noch. Die Entscheidung oblag den Patres Sklarski, Koesler und Ward.

Sklarski hatte nicht den geringsten Zweifel. Er würde den Daumen nach unten halten, was Marks, diesen Unruhestifter, anbelangte. Jemand mußte ihn aufhalten. Auch Koesler war sich sicher: Marks Aufrichtigkeit wog schwerer als seine Ungeschicklichkeit.

Pater Ward, mit dem die Ereignisse ihren Lauf genommen hatten, hatte die ganze Zeit geschwiegen. Niemand war sich mehr darüber im klaren als er, daß man keinerlei Kompromisse machen sollte, wenn es um die Maßstäbe für Geistliche ging, egal, wie die Umstände aussahen. Nun dachte er jedoch darüber nach, daß er das Schicksal eines jungen Mannes in Händen hielt, dem er wahrscheinlich sein Leben verdankte, und er war sich darüber im klaren, daß er, ebenso wie der junge Mann, für den Rest seines Lebens mit dieser Entscheidung leben mußte. Pater Leo Ward neigte den Kopf und betete inbrünstig um göttliche Führung.

Seit nunmehr drei Wochen war er Pater Raphael Doody. Es waren die glücklichsten drei Wochen seines bisherigen Lebens gewesen. Er konnte sich nichts vorstellen, was die Zukunft bringen konnte, das ihn glücklicher machen würde.

Er würde niemals seine Weihe vergessen. Er hatte alles und jeden segnen wollen. Aber er hatte sich damit zufriedengeben müssen, nur die Dinge und Menschen zu segnen, denen er an diesem Tag begegnete. Seine letzten Gedanken, bevor er sich in jener

Nacht zur Ruhe begab, waren gewesen: Nun, da ich ein Priester bin, was kann ich für mich tun, das ich bisher nicht tun konnte? Schließlich kam er zu dem Ergebnis, daß es nichts Besonderes gab, das er tun konnte, und daher sprach er sein Abendgebet und schlief ein.

Während seiner ersten Messe machte er ein paar Fehler. Aber das war nur auf seine Nervosität zurückzuführen. Seither kam er mit der täglichen Messe ziemlich gut zurecht – für seine Fähigkeiten.

Dann war er zum Pfarrgehilfen der St.-Ambrose-Gemeinde berufen worden. Er hatte seinem neuen geistlichen Leben mit Spannung entgegengesehen. Natürlich hatte er ein paar kleine Probleme gehabt, aber nichts Ernstes – etwa mit der ersten Familie, die er in die Gemeinde eingeführt hatte. Er hatte ihnen die Umschläge für die Kinderbeiträge gegeben statt denen für Erwachsene. Aber das ließ sich leicht wieder ausbügeln. Außerdem hatten sie ihm das im Seminar nicht beigebracht.

Dann kam eine Hochzeit. Er war korrekt angekleidet zum Altar gekommen, hatte aber das einschlägige Ritual vergessen. Er hatte einen der Ministranten in die Sakristei geschickt, um es zu holen.

Braut, Bräutigam und die Trauzeugen hatten den Altar erreicht, und immer noch keine Spur vom Buch oder dem Jungen. Mit rotem Kopf hatte er selbst in die Sakristei gehen und es holen müssen. Komisch, von diesem Tage an hatte er den Ministranten nicht mehr gesehen.

Nun war er auf dem Weg zum Verheyden Funeral Home, um den Rosenkranz für Mrs. Ventimiglia zu beten, eine ältere Gemeindeangehörige, die vor zwei Tagen gestorben war und die morgen auf dem Pfarrfriedhof beigesetzt werden sollte.

Er erreichte die Ecke Outer Drive und Mack. Dort lag Verheyden am Grosse Pointe Park. Es war ein Gebäude, das des Präsidenten der Vereinigten Staaten würdig gewesen wäre. Aber es enthielt lediglich viele Zimmer für die Toten.

Ein feierlicher Bestattungsunternehmer führte ihn in die richtige „Schlummerkammer", einen Raum voll weinender Trauernder.

Pater Doody versuchte, sich seinen Weg zum Sarg zu bahnen.

Ein paarmal wurde er beinahe von Verwandten, Freunden und Anteilnehmern zu Fall gebracht, die seinen römischen Kragen sahen und zu fliehen versuchten, bevor sie vom Rosenkranz festgehalten wurden.

Eine junge Frau, die sich als Mrs. Ventimiglias Tochter vorstellte, hielt ihn auf. Sie wollte beichten. Sie begaben sich in einen kleinen Nebenraum. Pater Doody nahm auf einem harten Stuhl Platz, die Frau kniete neben ihm auf dem Boden.

„Vergib mir, Vater, denn ich habe gesündigt. Es ist, oh, schon ein paar Jahre her, seit ich nicht mehr bei der Beichte war." Sie wartete und zuckte schon unter der Strafpredigt zusammen, die sie aufgrund ihres jahrelangen nachlässigen Katholizismus erwartete. Da sie nicht kam, vermutete sie, daß der Priester sie bis nach der Beichte aufheben würde. „Nun, ich habe die Messe oft versäumt. Ich habe die Kinder angeschrieen. Fast immer, denke ich. Und mein Mann und ich... wir...äh... praktizieren Empfängnisverhütung." Jetzt? Sie verkrampfte sich.

„Ist das alles?"

„Ja, Pater. Werden Sie jetzt mit mir schimpfen?"

„Wir sind glücklich darüber, daß Sie wieder zu uns gefunden haben. Und wir beten für Ihre gute Mutter, die jetzt zweifellos schon bei Unserem Herrn ist. Und was die Buße anbelangt, warum beten Sie nicht einen Rosenkranz für Ihre Mutter?"

Als sie fertig waren, hatte die Frau auf beiden Wangen eine überraschte Träne der Dankbarkeit.

„Wenn Sie mir noch einen Gefallen tun könnten, Pater: Wenn Sie den Rosenkranz für meine Mutter beten, könnten Sie den Rosenkranz nehmen, den ihr meine Tante, die Nonne war, hinterlassen hat?"

„Aber gewiß. Wo ist er?"

„Im Sarg, Pater."

Er ging in die Kammer zurück. Diesmal fiel es ihm viel leichter, zum Sarg zu gelangen. Eine große Zahl von Trauernden hatte die Flucht bewerkstelligen können.

Es war nicht schwer, den Rosenkranz der verstorbenen Nonne

zu finden. Er war von der Art, wie ihn die Schwestern früher gehabt hatten. Eintausendfünfhundert große Holzperlen. Als er ihn aus dem Sarg herausnahm, fiel ihm ein Ende zu Boden und hätte ihn um ein Haar mitgerissen.

Pater Raphael Doody ließ den größten Teil auf dem Boden liegen, während er den Rosenkranz betete.

„Wie heißt dieser Priester?" fragte Mrs. Ventimiglias Tochter ihre Nachbarin.

„Pater Doody."

„Ist er von St. Ambrose?"

„Ja."

„Er ist ein guter Priester. Ich werde von nun an wieder St. Ambrose besuchen."

„Die Versammlung der Tridentiner möge sich beruhigen!" Conrad Nap schlug mit dem Hammer auf das Pult.

„Im Namen des Vaters und des Sohnes und des Heiligen Geistes", intonierte Nap.

Perlen von Rosenkränzen klapperten.

„Ich glaube an Gott, den allmächtigen Vater, den Schöpfer des Himmels und der Erde..." Das Problem mit Roman Kirkus war, daß er einen guten Kampf geliefert, aber niemals etwas wirklich Wertvolles getan hatte. Zugegeben, er hatte den Geistlichen erschossen, aber das war ein alter Mann gewesen, der niemals jemandem etwas zuleide getan hatte. Und das Gericht sagte, daß Kirkus verrückt war.

„Vater unser, der Du bist im Himmel, geheiligt werde Dein Name..." Kirkus war nicht der Anführer, den die Tridentiner brauchten. Man mußte sich nur einmal ansehen, wie die Besucherzahlen gefallen waren. Heute abend konnten nicht mehr als fünfzehn Personen anwesend sein.

„Gegrüßet seist Du Maria, voll der Gnade, der Herr ist mit Dir..." Ich muß einen Weg finden, das Fernsehen wieder hierherzubringen. Das wird die Menge anziehen. Ich brauche Massen, sonst wird der Bürgermeister von Tumerango niemals wieder herkommen. Und wir werden niemals wieder von den Kindern und ihren Visionen hören. Wie schaffe ich es, daß das Fernsehen wieder hierherkommt?

„Ehre sei dem Vater und dem Sohn und dem Heiligen Geist..." Die Mafia bekommt Berichte in den Medien. Die Nazis bekommen sie. Sämtliche Aufrührer sind immer im Fernsehen. Wir müssen auch ein paar Unruhen anzetteln. Aber zuerst muß ich diese passiven Leute dazu bringen, sich von ihren Hintern zu erheben und etwas zu tun. Und wenn man sie dazu bringen will, etwas zu tun, dann muß man sie dazu bringen, zu hassen. Das ist es; ich werde ihnen beibringen, zu hassen. Dann werden wir Taten sehen. Dann wird das Fernsehen wieder kommen. Dann werden die Reporter Conrad Nap fragen, was er so meint...

„Oh, Jesus, vergib uns unsere Sünden, errette uns vor dem Feuer der Hölle, und führe alle Seelen zum Himmel, besonders jene, die Deiner Barmherzigkeit am dringendsten bedürfen..."